Bea De Olivera

Tod auf Mallorca

Kriminalroman

PIPER

Mehr über unsere Autoren und Bücher:
www.piper.de

Wenn Ihnen dieser Roman gefallen hat, schreiben Sie uns unter Nennung des Titels »Tod auf Mallorca« an empfehlungen@piper.de, und wir empfehlen Ihnen gerne vergleichbare Bücher.

Die Beauftragte der Bundesregierung für Kultur und Medien

NEU START KULTUR

VG WORT

Wir produzieren nachhaltig
www.piper.de

Dieses Werk wurde gefördert mit einem Stipendium der VG WORT im Rahmen von NEUSTART KULTUR.

ISBN 978-3-492-50651-9

Redaktion: Franz Leipold
Satz auf Grundlage eines CSS-Layouts
von digital publishing competence (München)
mit abavo vlow (Buchloe)
Covergestaltung: Alexa Kim »A&K Buchcover«
Covermotiv: lunamarina/depositphotos.co
Printed in Germany

Für meinen Vater

Jeder von uns ist nicht eine Welle, sondern ein Teil des Ozeans (nach Mitch Albom)

Nach der Liebe ist die Eitelkeit die schönste Leidenschaft des Menschen. Sie zwingt uns gut zu sein, aus dem Drang heraus so zu scheinen.

George Sand (1804–1876)

PROLOG

Samstag, 20. Mai 2017
El Sueño Relax & Spa, Portals Nous

Der Mosaikboden der nach Süden gerichteten Terrasse schimmerte goldbraun in der Morgensonne. Glatt wie eine Eisfläche und türkis leuchtend, zwang der Infinity Pool den Betrachter, den Blick auf seinen mächtigen blauen Konkurrenten zu richten: das Meer.

Makellos hatte der Frühdienst den Außenbereich der ersten Etage zurückgelassen und somit das Versprechen des Fünfsternehotels eingelöst, seinen Gästen einen 24-stündigen Wellness-Traum zu erfüllen. Weich gepolsterte Sonnenpodeste, verschwenderisch groß wie Haremsbetten und weiß wie die Strandkleider eines Models für Kokospralinen, stahlen dem gleißenden Sonnenlicht die Show.

Noch kein Gast hatte die Symmetrie der *Pool-Lounge* gestört. Alles schien an seinem Platz. Handtücher waren akkurat zu Türmen gestapelt, perfekt und geometrisch angeordnet wie die Designhotels an Mallorcas beliebtester Strandpromenade.

Palmen in großen sahneweißen Keramikkübeln, ihre edlen Fächer trotzig ausgebreitet, warteten darauf, Schatten zu spenden.

Für den Bruchteil einer Sekunde würde der erste Gast, der sich nach dem Frühstück mit einem zweiten Café con leche oder einem Glas Champagner auf die Terrasse zurückziehen wollte, den Blick über die luxuriöse Pool-Landschaft noch genießen können. Dann könnten ihn einige widerspenstige Oleanderblüten irritieren, die, von einer Windböe auf den glatten Boden getrieben, neben einer dunkelroten Blutlache lagen wie Kleckse auf einem Bild von Mirò.

Keinen Atemzug würde es dauern, bis sich ihm die Situation in ihrer Unabänderlichkeit offenbarte: Eine leblos am Boden liegende Frau, die langen blonden Haare wie einen Heiligenschein um ihren Kopf drapiert. Ein schlanker durchtrainierter Körper in weißen Leggins und passendem Neckholder-Top, auf der rechten Schulter eine tätowierte Lotosblüte, ein Bein unnatürlich verdreht. Ein feiner Blutfaden, der sich über ihren verschlossenen Lippen eine Spur quer über ihre Wange den Hals entlang gesucht hatte.

Er selbst hatte noch in ihre großen, vor Unverständnis weiten Augen geblickt, in denen sich die Farbe Blau so durchdringend widerspiegelte, als ob der Himmel höchstpersönlich das Opfer vor dem nahenden Tod bewahren wollte. Ein letztes Leuchten, dann war sie auf der Yoga-Terrasse in seinen Armen zusammengesunken.

Einen Wimpernschlag später schlug sie dumpf auf den Steinplatten auf. Die Palmenwedel hatten sich von ihrem Sturz nicht beirren lassen und wiegten sich träge mit ihrem rastlosen Tanzpartner, der heute aus Südwesten kam.

Die Dinge nahmen ihren Lauf. Aber die Richtung bestimmte er – sonst niemand.

KAPITEL 1

Carrer de la Corderia, Altstadt Palma

Ein stetes Kratzen an der Tür zerrte Aimée aus dem Schlaf. Hatte sich mal wieder eine herrenlose Katze ins Treppenhaus geschlichen und brachte sie um ihre letzte REM-Phase? An Aufstehen war nicht zu denken, war sie doch erst gegen zwei Uhr eingeschlafen. Sie hatte die Finger nicht von einem überflüssigen zweiten Glas Corbières lassen können; ihr Ex-Mann Peer hatte ihr eine Kiste aus Hamburg nach Palma schicken lassen.

Aimée erwartete das wimmernde Miauen der Katze, doch stattdessen hörte sie nur ein quietschendes Geräusch, dass sie an die Renovierungsarbeiten in ihrer letzten Wohnung erinnerte. Allein bei dem Gedanken an das mühselige Abspachteln der Wände begann ihr rechter Oberarm zu schmerzen.

Dabei war es lange her, im Sommer vier Jahre. Nach ihrer Rückkehr aus Mali, wo sie in einem Team als Polizeiausbilderin gearbeitet und eine Affäre mit ihrem spanischen Kollegen Diego Fuentes angefangen hatte, war sie in eine marode Altbauwohnung auf St. Pauli gezogen. Ihre Tochter Josephine war gerade in die sechste Klasse gekommen. Eigentlich wollten Peer und sie sich nur räumlich trennen, um die Chance zu erhalten, einander wieder näherzukommen. Aber dann war aus der räumlichen eine echte Trennung geworden.

Auf eine weitere Tiefschlafphase hoffend, drehte Aimée sich auf die Seite, grub ihr Ohr tief in das Kissen und zog sich die Bettdecke so über den Kopf, dass ihr gerade noch ein schmaler Tunnel blieb, um genügend Sauerstoff zu bekommen. Alles schien ruhig. Bildete sie sich das Geräusch etwa nur ein? Ein Phänomen, das Aimée oft überfiel.

Objektiv hatte es ruhig zu sein, aber in ihrem Kopf spukten die Töne weiter. Im günstigsten Fall bauten sie sich in ihre Träume ein ...

... und aus dem Kratzen an der Tür wurde das Quietschen von Seilen eines gerade auslaufenden Segelbootes, Taue, die an die Reling schlugen, an den Mast klappernde Segel und surrende Leinen, die das Schiff vom Ankerplatz lösten. Den frischen salzigen Wind im Gesicht, versuchte Aimée, sich die Gischt von den Lippen zu lecken, fuhr mit der Hand durch ihr feuchtes Haar, spürte die Wärme der Sonne auf ihrer Haut. Doch plötzlich fühlte sich ihr Mund trocken an. Ein quälender Durst überfiel sie, Corbières, splitternder Lack, ihr brach der Schweiß aus, jemand schrie ihren Namen und plötzlich war sie hellwach.

Wütend öffnete sie die Augen. Es war nicht die Sonne, die ihr Gesicht wärmte, sondern das Licht einer Taschenlampe. Und die Gischt bestand nicht aus Meerwasser, sondern aus den letzten Tropfen ihres Wasserglases, das ihr von einer Gestalt ins Gesicht geschüttet worden war.

»Aufstehen, Señora Sander!« Die laute Männerstimme gehörte definitiv nicht in ihren Traum. Aimée richtete sich ruckartig auf, wischte sich das Wasser von den Wangen und nahm im Dämmerlicht allmählich die Umrisse des Eindringlings wahr: Groß, kräftig, männlich.

El Sueño Relax & Spa, Portals Nous

Hotelmanager Julio Paz hatte Schweißperlen auf der Stirn, nachdem er Nima Roth, die Yoga-Trainerin des Hotels und Leiterin des Wellness-Departments, auf der Pool-Terrasse entdeckt hatte. Der starre Blick, ein Griff an ihr Handgelenk, um einen nicht mehr vorhandenen Puls zu fühlen – mehr Beweise brauchte es nicht. Paz hatte sich auf die Lippe gebissen. »Tod im Luxushotel« – diese Schlagzeile konnte er wirklich nicht gebrauchen. Das so aufwendig an die Spitze katapultierte Spa-Resort durfte auf dem Empfehlungsranking kein zweites Mal abrutschen. Hotelinhaber Patrick Dengler hatte ihm deutlich zu verstehen gegeben, dass sinkende Buchungen in seinem Verantwortungsbereich lagen.

Paz zögerte keinen Moment, verließ die Terrasse, zurrte hastig die riesigen Vorhänge zusammen, die sich an der Seite der Fensterfront im verschlafenen Morgenwind aufbauschten, und stellte das Schild »Pool-Terrasse closed« auf den Gang. Mit schnellen Schritten begab er sich in Richtung Rezeption und zückte sein Handy, er brauchte Verstärkung.

»Wenn ich mein Frühstück auf der Pool-Terrasse einnehmen will, dann wird mich niemand daran hindern. Dafür haben wir schließlich bezahlt«, keifte ein Mann seiner Frau zu und schob sich unbeirrt an dem Schild vorbei. Über seinen beigen Shorts spannte ein zu eng sitzendes weißes Polohemd. Sein Frühstücksteller, den er in der Hand balancierte, war gerade so gefüllt, dass es nicht unanständig aussah.

»Trotzdem, ich hätte lieber an einem gedeckten Tisch gegessen«, maulte die blondierte Mittsechzigerin in einem klassisch blau-weiß geringelten Schlauchkleid. Dank der Grapefruit-Scheiben, die sie in einer Schale vor sich hertrug wie ein Messdiener die Hostien zum Altar, wäre ihr Bauch auch nach dem Frühstück noch flach.

»Und warum werden hier jetzt tagsüber die Vorhänge zugezogen? Ich sehe das ganze Jahr kaum Sonne, da wird es doch wohl im Urlaub möglich sein, unter freiem Himmel zu essen.« Ungeduldig drückte der Gast seiner Frau den Teller in die Hand und riss ruckartig den Vorhang beiseite. Ein Windstoß schob sich unter den seidigen Stoff, blähte ihn auf wie ein Segel und gab den Blick auf die Pool-Terrasse frei. Das Gezänk des Paares stoppte abrupt, ein Schrei, dann hallte das laute Klirren zersplitternden Porzellans auf hartem Marmor durch den Frühstücksbereich.

Mit dem Handy am Ohr drehte sich Paz entsetzt um. Jetzt nur die Ruhe bewahren. »Nein, Señor Dengler, ich wollte zuerst Sie benachrichtigen.« Er wedelte mit der Hand eine Serviererin des Frühstückspersonals heran und wies sie an, sich um die Scherben zu kümmern. »Ja, Señor Dengler, *comprendo,* ich erledige das. Sofort.«

Carrer de la Corderia, Altstadt Palma

Panik stieg in Aimée auf, als sie den Fremden vor ihrem Bett stehen sah. Am liebsten hätte sie laut geschrien. Doch als ehemalige Polizistin wusste sie nur zu gut, dass dies der größte Fehler wäre, den sie machen konnte. Angriff? Angesichts der Tatsache, dass ihr Gegenüber einen durchtrainierten Körper hatte, wie sie an dem eng anliegenden T-Shirt unter der Lederjacke unschwer erkennen konnte, und über ihr stand, würde sie trotz ihrer Kampfausbildung im Moment keine Chance gegen ihn haben. Sie musste Zeit gewinnen, um ihn zu überwältigen.

Warum war dieser Kerl überhaupt in ihre Wohnung eingedrungen? Ein simpler Einbrecher konnte er nicht sein; erstens hätte er sie dann nicht geweckt, und zweitens war bei ihr nun wirklich nichts zu holen. In Gedanken rasterte sie sämtliche Fälle der letzten Wochen auf, die sie in ihrem Büro für private Ermittlungen bearbeitet hatte. Doch ihr wollte kein Detail einfallen, das eine derartige Aktion plausibel machte.

»¿Me comprende? Vamos, raus aus dem Bett!« Sein spanischer Akzent rasselte.

»Was wollen Sie von mir?«, fragte Aimée. *Du hast keine Angst!*

»Das werden Sie früh genug erfahren«, erwiderte der Spanier trocken und verzog keine Miene. Sein Gesicht zeigte einige harte Falten.

»Was halten Sie davon, mich *jetzt* aufzuklären?«, hakte sie nach und empfand in diesem Moment pure Dankbarkeit ihrem alten Polizeipsychologen gegenüber, der ihr beigebracht hatte, wie sich Anzeichen von Panik perfekt überspielen ließen. *Auch wenn du das Gefühl hast, die Kontrolle zu verlieren, muss dein Gegner vom Gegenteil überzeugt sein, verstanden?*

Jetzt musste sie nur noch an ihren Revolver unter ihrem Kopfkissen kommen. »Wenn ich weiß, worum es geht, kann ich mich besser auf die Situation einstellen. Verstehen Sie, Señor ...?«, versuchte sie ihn abzulenken.

Falsche Frage. Anstatt ihr zu antworten, richtete er routiniert die Pistole auf sie, die er blitzschnell aus dem Hosenbund seiner schwarzen Jeans gezogen hatte, packte ihren Arm und zog sie unsanft hoch.

»Dann muss ich eben nachhelfen.« Ungerührt griff er unter ihr Kopfkissen, zog ihren Revolver darunter hervor und schob ihn sich in seine hintere Jeanstasche.

»Sie sind gut informiert«, musste Aimée zugeben.

»Und Sie sind mir eine Spur zu langsam, Señora. Lassen Sie das Theater und machen Sie sich fertig.« Seine Stimme klang rau und emotionslos. »Suchen Sie sich etwas zum Anziehen heraus, rápida!«

»Sie glauben doch nicht, dass ich mich von Ihnen wie eine Geisel aus meiner eigenen Wohnung führen lasse!« Die Vorstellung war einfach grotesk. Vielleicht könnte sie ihn wenigstens verbal aus der Ruhe bringen. Ihr Herzklopfen ließ nach. Auch wenn sie immer noch nicht wusste, worauf das Ganze hinauslaufen sollte, schien er es nicht auf ihr Leben abgesehen zu haben. Das war schon mal gut. Eine Entführung? Sie? Aimée hatte keine reichen Verwandten.

»¡Qué mierda!« Ein Schwall von spanischen Schimpfwörtern brach aus ihm hervor. Hastig riss er den Kleiderschrank auf, zerrte ein Kleid vom Kleiderbügel und warf es ihr zu. Dabei wedelte er bedenklich unvorsichtig mit seiner Pistole vor ihrem Gesicht herum. Aimées Herzschlag veränderte wieder seinen Rhythmus, die Situation begann, ihr zu entgleiten. Bei allen Erfahrungen, die sie in ihrem Leben gemacht hatte, war sie noch nie in ihrer eigenen Wohnung bedroht worden. Ihr Apartment war wie ein Kokon, den sie sich über den Dächern Palmas geschaffen hatte.

»Das ist nicht gerade mein Lieblingskleid«, bemerkte sie zynisch. Aimée bevorzugte Jeans und Stiefel, praktisch, robust, das ideale Outfit für ihr Motorrad, eine gebrauchte *Triumph Street Twin,* ihr ganzer Stolz. Außerdem war sie der Typ Frau, der in einem Kleid eine so auffällige feminine Ausstrahlung gewann, dass sie sich irgendwann abgewöhnt hatte, Kleider zu tragen.

»Sie ziehen das jetzt an, Señora«, raunzte er sie an, umfasste ihren Oberarm wie ein Schraubstock und schob sie ins Bad.

Aimée stellte den Wasserhahn an und ließ sich das kalte Wasser über ihre Handgelenke laufen. Ihr Kreislauf spielte allmählich verrückt. Fieberhaft suchte sie nach einer Erklärung für diesen absurden Überfall, während sie in den Spiegel starrte. Ihre dunklen langen Haare lagen in zerzausten Wellen um ihr Gesicht, durch die Schatten unter ihren Augen wirkte ihre helle Haut noch etwas blasser. Ausgerechnet jetzt drängte auch noch das wohlvertraute Rauschen in ihrem rechten Ohr aus ihrem Unterbewusstsein und verlangte wie ein trotziges Kind nach Aufmerksamkeit. *Ja, ich höre dich! Ja, ich weiß du bist ein Teil von mir!* Verdammt. Wie sollte sie dieser Antonio-Banderas-Kopie entkommen, wenn sie schwächelte?

»Beeilung, Señora!«, rief der Spanier und pochte ungeduldig an die Badezimmertür. Der Ton in ihrem Ohr wechselte erbarmungslos seine Frequenz.

Sollte sie vielleicht das ganze Haus zusammenzuschreien? In ihrem fensterlosen Bad würde sie allerdings niemand hören. Sie musste warten, bis sie im Treppenhaus waren.

Ihre Hände bebten, während sie sich das schwarze Kleid mit den großen aufgedruckten Rosen über den Kopf zog, in dem sie sich noch nie besonders wohlgefühlt hatte. Peer mochte es. *Das Kleid betont deine sinnliche Figur*, meinte er mit dem Kennerblick eines Fotografen. Aimée hingegen fand, sie sah darin aus wie Sophia Loren auf Männerfang. *Aber vielleicht ist der Einsatz meiner weiblichen Reize meine Chance!*

Eilig schmiss Aimée sich einige Hände Wasser ins Gesicht, um endlich nicht mehr so auszusehen, wie sie sich fühlte. Energisch bürstete sie sich ihr verknotetes Haar und atmete tief ein. Wenn Mateo sie um zehn Uhr nicht vor der Kathedrale La Seu antreffen würde, von wo aus sie jeden Samstag bis an die Playa de Palma gemeinsam joggten, würde er Alarm schlagen. Das stand fest.

Hotel El Sueño al Mar, Playa de Palma

Juan Alvarez räumte seine Lieferung eilig, aber sorgsam in die gläsernen Vitrinen der Hotelboutique. Das »El Sueño« in Portals Nous hatte er bereits beliefert. Danach musste er nur noch nach Santanyí ins »Familia & Niños«.

Während er die Glasflaschen aus dem Karton holte, strömten die ersten Gäste zum Frühstücksbuffet. Einige Frühaufsteher waren bereits die Strandpromenade entlanggejoggt und schnappten sich verschwitzt die für sie bereitstehenden Wasserflaschen vom Tresen. Das Hotelpersonal hatte ihm einen Espresso serviert, der genauso bittersüß schmeckte wie die in schwarzem Glanzpapier verpackte schokoladige Kaffeebohne, die auf der kleinen Untertasse dazu gereicht wurde.

Eigentlich lieferte Juans Mitarbeiter die begehrten »Luz de Sóller«-Bio-Produkte an die El-Sueño-Hotelkette aus. Aber die Orangenöle und seit Neuestem auch Körperlotionen aus Orangenblüten waren in den letzten Tagen so heiß begehrt, dass außer der Reihe Ware geordert worden war, obwohl die Hauptsaison noch nicht einmal begonnen hatte.

Juan selbst setzte normalerweise keinen Fuß in die Hotels von Patrick Dengler. Daran hatte sich auch nichts geändert, seit er mit Nima zusammen war. Dass die Yoga-Trainerin des Hotels eine heimliche Beziehung mit ihm führen wollte, war ihm daher nur recht gewesen. Doch das würde sich bald ändern. Sie hatten morgen ein Date, und er konnte es nicht abwarten, Nima den Aquamarin-Ring zu schenken, der so blau war wie ihre strahlenden Augen.

»Juan. Was für eine seltene Ehre!«

Juan blickte auf. Patrick. Warum musste er ihm ausgerechnet heute über den Weg laufen? Er hatte gehofft, seinen ehemaligen Jugendfreund zu dieser frühen Stunde nicht in einem seiner Hotels anzutreffen.

»Warum habe ich dich so lange nicht mehr hier gesehen? Beanspruchen die Orangenhaine von Sóller deine ganze Zeit? Ach nein, du engagierst dich ja mit Leib und Seele für den Umweltschutz.«

»Es gibt viel zu tun«, antwortete Juan knapp.

Patrick schob seine Hände in die Taschen seiner Golfhose. »Bestimmt«, erwiderte er eine Spur zu trocken. Er sagte es so, dass Juan mühelos die Ironie aus seinen Worten heraushören konnte.

»Und was zieht *dich* in dein Hotel? Keine Lust auf Jetski heute?«, fragte Juan. Er wusste von den regelmäßigen Rennen, die Patrick organisierte; damit trieb er umweltbewusste Mallorquiner auf die Barrikaden. Seit seine Schwester ihm gesagt hatte, wie viel Liter Benzin jährlich direkt an der Küste durch den Jetski-Wahn ins Meer flossen, war seine Verachtung für seinen ehemaligen Freund noch gewachsen.

»Juan, mein Lieber, du kannst es nicht lassen, was? Komm doch nächsten Sonntag einfach mal mit. Es ist ein berauschendes Gefühl von Freiheit, bei Tempo 250 an den Felsen von Andratx vorbeizurasen ... ich bin überzeugt, es wird dir gefallen!« Mit kritischem Blick aus seinen blaugrünen Augen lehnte er sich an das Regal und musterte Juan herausfordernd.

Doch Juan ließ sich nicht provozieren, sondern schüttelte nur den Kopf. »Patrick, mich interessieren deine Rennen nicht. Erst recht nicht auf Kosten anderer.«

»Mein lieber Juan! Der ewige Weltverbesserer.« Patrick nahm eines der kleinen Designgläser mit der Orangenblütencreme in die Hand und las das Etikett: »Rein biologische Zutaten, keine Paraffine. Auf was die Leute so stehen.« Abschätzig lächelnd, stellte er das Glas wieder auf den gläsernen Absatz. »Solange es Geld bringt, wunderbar. Aber sobald der Kleister wie Blei hier herumsteht, kannst du deinen Bio-Krempel wieder abholen.«

Juan erstarrte. Derartige Begegnungen waren ihm bisher erspart geblieben. Als ihn der Marketingchef des »El Sueño« letztes Jahr angerufen hatte mit der Anfrage, alle Hotelboutiquen mit seiner kompletten Produktpalette zu beliefern, war sein erster Impuls gewesen, das Angebot abzulehnen. Doch die El-Sueño-Hotels zu boykottieren wäre kindisch und unprofessionell gewesen. Und da sich Patrick bisher nie zwischengeschaltet hatte, konnte er damit leben.

»Du glaubst doch nicht, es war die Idee unseres Marketings, ›Luz de Sóller‹ bei uns zu vertreiben, oder?«, setzte Patrick nach.

»Ich habe einen normalen Liefervertrag mit deinem Management abgeschlossen. Wenn du keine Ware mehr bekommen willst, reicht ein Anruf in meinem Büro.« In Juan stieg kalte Wut auf.

»Juan, immer noch der gleiche Hitzkopf wie damals! Empfindlich wie eine Mimose im Mai.« Er tätschelte Juan am Oberarm und schüttelte abfällig grinsend den Kopf. »Hier geht es um Geld, um sonst nichts ...« Als ob Juan das nicht wüsste, schließlich verströmte Patrick aus jeder Pore ein Selbstbewusstsein, das einzig und allein auf der Tatsache beruhte, ein sicheres Vermögen im Hintergrund zu wissen. »Ich bin mir sicher, du weißt, wem du es zu verdanken hast, dass du deine Bio-Paste hier in meinem Hotel verkaufen kannst, also halt dich demnächst zurück mit deiner Kritik an meinen Hobbys, Juanito!«

Juan kochte. Die Verniedlichungsform seines Namens hatte ihn schon immer rasend gemacht. Leider wusste Patrick nur zu genau, wie er ihn auf die Palme bringen konnte. Zwei Finger an die Stirn gelegt, griff sein ehemaliger Freund nach seinem Handy, das aufdringlich begonnen hatte, die ersten Takte eines alten Phil-Collins-Hits zu spielen. Ohne Juans Reaktion abzuwarten, wandte er sich ab und entfernte sich in Richtung Hotelbüro. Trotzdem konnte Juan erkennen, dass Patrick keine guten Nachrichten erhielt. Sein selbstgefälliges Lächeln wich einem tiefen Stirnrunzeln.

Aber statt Genugtuung darüber zu empfinden, wie seinem Rivalen von einst die Gesichtszüge entglitten, ballte Juan die Hände zu Fäusten. Am liebsten wäre er ihm hinterhergegangen, um ihm einen Kinnhaken zu verpassen. Patricks kryptische Anspielung konnte nur bedeuten, was er bisher schon geahnt hatte, aber nicht hatte wahrhaben wollen. Nicht die Hotelmanager waren von seinen Produkten überzeugt, erst recht nicht Patrick – sondern Marie, seine Jugendliebe und ... Patricks Frau.

Carrer de la Corderia, Altstadt Palma

Aimée trat aus dem Badezimmer und wickelte betont unbeteiligt ihre Haare zu einem lockeren Chignon zusammen. »Señora! Sind Sie endlich fertig?«, rief der Spanier ungeduldig und sah sie im nächsten Moment mit völlig anderen Augen an.

Aimée wunderte sich einmal mehr, was ein Kleiderwechsel bewirken konnte. Eindeutig gefiel Zorro das Kleid besser als ihr ausgewaschenes graues Baseball-T-Shirt. Ein Moment der Unachtsamkeit, den Aimée mit einem gezielten Tritt gegen seine Hand ausnutzte. Die kleine Beretta flog gegen die Wand, und er fluchte wild. Gut, dass sie ihre Biker-Stiefel gestern Abend im Bad hatte stehen lassen. Noch ehe der Fremde sie in den Schwitzkasten nehmen konnte, trat sie ihm zwischen die Beine. Er schrie vor Schmerz auf, krümmte sich zusammen und hielt sich beide Hände in den Schritt. Ohne zu zögern, versetzte Aimée ihm einen weiteren Tritt gegen die Schulter, worauf er rücklings auf ihrem Bett landete. Mit einem Satz setzte sie sich auf seinen Brustkorb, die Knie in seinen Bizeps gedrückt. Er heulte auf.

»Ahora bien, mi amigo, wer bist du? Was willst du von mir?«, fragte Aimée scharf. Als sie keine Antwort erhielt, begann sie, ihr Knie noch ein wenig fester in seinen Oberarm zu bohren.

»Mein Name ist Rodrigo. Mein Auftraggeber ... De Miravelles wartet nicht gerne auf seine Gäste«, stöhnte er schließlich.

»De Miravelles?« Aimée musste sich verhört haben. »Garcia de Miravelles?« wiederholte sie.

»Ja, kann ich jetzt wieder aufstehen?«

»Ich verstehe, de Miravelles hat meine Handynummer verlegt, daher müssen Sie in meine Wohnung einbrechen!« Aimée holte tief Luft. »Dafür habe ich natürlich Verständnis.« Sie musste aufpassen, dass sich ihre Stimme vor Rage nicht überschlug.

»Umso besser. Er wird schon seine Gründe haben, meinen Sie nicht?« Man sah ihm an, dass er sich aus seiner schmerzhaften Lage befreien wollte. »Ich weiß nicht, was da zwischen Ihnen und de Miravelles läuft. Ich weiß nur, dass Sie ihm etwas schuldig sind«, keuchte er. Aimée spannte sich an, um ihre Selbstbeherrschung nicht zu verlieren. Ein harter Druck legte sich auf ihre Brust. Niemand wusste besser als sie, dass es zwischen Garcia und ihr eine offene Rechnung gab. Sein Stöhnen erinnerte sie daran, wie fest sie den unter ihr liegenden Mann noch im Griff hatte.

»Ich komme mit«, erwiderte sie tonlos, schwang sich mit einem Bein über seinen Körper vom Bett, strich ihr Kleid glatt und angelte sich Jeansjacke und Handtasche, die sie am Abend vorher achtlos über einen der Korbstühle geworfen hatte.

Garcia de Miravelles. Er hatte letzte Woche dreimal auf ihre Mailbox gesprochen und um Rückruf gebeten. Eigentlich hätte sie es sich denken können, dass nur er hinter diesem theatralischen Auftritt stecken konnte. Nicht nur sein äußeres Erscheinungsbild, seine ganze Haltung erinnerte an einen Menschen aus dem 19. Jahrhundert.

Auch wenn sie für ihren Samstagmorgen etwas anderes geplant hatte, wusste sie nun wenigstens, mit wem sie es zu tun hatte. Sie schrieb Mateo eine SMS, dass sie heute nicht zum Joggen kam. Wenigstens konnte sie sicher sein, in den nächsten Stunden nicht mit einer Kugel im Bauch irgendwo zwischen Mülltonnen auf dem Hinterhof eines drittklassigen Hotels zu liegen.

Was konnte Garcia nur von ihr wollen? Nach ihrer letzten Begegnung war alles zwischen ihnen gesagt gewesen, oder dachte er an einen Auftrag? Sollte sie etwa wieder für ihn arbeiten? Nach dem Desaster ihrer letzten Begegnung hielt Aimée das für ausgeschlossen.

»Vamos, Senora?«, riss Raoul sie aus ihren Gedanken, während Aimée wie in Trance die Tür abschloss. Er folgte ihr durch das kühle Treppenhaus. Ihre Schritte hallten laut auf den Steinfliesen des Patios. Hier unten war die Luft fast eisig, die getünchten Mauern hielten die Temperaturen der Nacht.

»Haben Sie das Tor geöffnet?«, fragte sie, ohne eine Antwort zu erwarten. Doch sein zufrieden wirkender Blick auf seinen klappernden Schlüsselbund sprach Bände.

Garcia würde von ihr etwas zu hören bekommen, schwor sie sich. Sie vernahm ein kurzes Klicken, anschließend das japsende Piepen eines Wagens. Im nächsten Moment trat der Spanier die Haustür hinter ihnen zu, führte Aimée zu dem auf dem Bürgersteig parkenden mattschwarz lackierten BMW-Cabrio, öffnete die hintere Autotür und schob sie in den Wagen.

In Aimée brodelte es. Wie sehr sie solche Methoden hasste! Eigentlich war sie die letzte Person, die sich einfach so abführen ließ. Dass ihr Magen knurrte, machte die Situation nicht besser. Hunger zu haben war für sie die Garantie, richtig schlechte Laune zu bekommen. Erst als der Wagen nach einigen Minuten die nahe gelegene Hauptstraße erreichte und sich das Panorama der Serra de Tramuntana in der Ferne abzeichnete, entspannte Aimée sich etwas. Der Sonnenaufgang überzog die Insel mit seidigen Lilatönen, und das Bergmassiv erschien noch mächtiger und unerreichbarer als sonst. Ohne einen Café solo und eine frische *Ensaimada* würde Garcia am frühen Morgen kein Gespräch beginnen – so gut kannte sie de Miravelles bereits.

Juan Alverez kämpfte gegen den Drang an, das Gaspedal durchzutreten. Die Hände fest um das Lenkrad gepresst, schaffte er es nur mit einiger Mühe, die schmale Allee mit ihren blühenden Rhododendronbüschen, die sich bis vor das schmiedeeiserne Tor der Hotelausfahrt erstreckte, im Schritttempo zu durchfahren. Erst als er kurz hinter der Ausfahrt auf die Straße einbog, die in Richtung Autobahnzubringer führte, gab er Gas. Er überholte den *bus el aeropuerto,* überquerte viel zu schnell die Kreuzung, bis er mit erhöhter Geschwindigkeit auf die Ma-19 auffuhr. Schließlich zog er rechts auf die Ma-11 und ließ Palma hinter sich. Es war lange her, dass er von seinem alten Jugendfreund gedemütigt worden war.

Patrick Dengler war ein Meister in Herzlichkeit vortäuschendem Small Talk, geschickt darin, seinen Gesprächspartner um den Finger zu wickeln, ohne dass dieser merkte, wie schnell er übers Ohr gehauen wurde. Er war skrupellos und pflegte entsprechende Kontakte. Juan kannte ihn lange genug. Er kannte den Code seiner Mimik, spürte hinter der Fassade den abschätzenden Blick, der schon fast an Verachtung grenzte, das falsche Mitleid. Der millionenschwere Deutsche, der sich Immobilien unter den Nagel riss, sie zu einer Goldgrube machte, um sie an Prominente und Neureiche oder an die meistbietende Baugesellschaft zu verkaufen. In den letzten Jahren hatte er sich in die Hotelbranche eingekauft und leitete nun vier Themenhotels auf Luxusniveau. Der Gegensatz zwischen ihnen war schon fast lächerlich groß.

Vielleicht hätten sie trotz allem Freunde bleiben können, wenn es nicht diesen einen Menschen gegeben hätte. Dass Marie damals Patricks Heiratsantrag angenommen hatte, wäre etwas gewesen, womit sich Juan über kurz oder lang abgefunden hätte. Vielleicht hätte er sogar Pate ihres Sohnes werden können. Er hätte sich arrangiert, bestimmt. Aber es gab etwas, dass ihn lange davon abgehalten hatte, seinen Frieden mit Maries Entscheidung zu treffen. Erst seit er Nima auf einer Umwelt-Demo begegnet war, hatte sein Leben eine neue Farbe bekommen.

Juan fuhr in den Sóller-Tunnel ein und musste das Tempo drosseln. Er fluchte laut. Wann würde den Mallorquinern endlich die Maut erlassen? Aber am lautesten fluchte er darüber, wie schnell alte Wunden aufreißen konnten. Er hatte sich so sicher gefühlt, schließlich wollte er Nima morgen Abend einen Antrag machen.

Bilder von Patrick und Marie als 12-jährige Kinder ließen sich einfach nicht aus seinem Gedächtnis verbannen. Wie sie an der Bucht von Porto Sóller von den Klippen in die kalten Tiefen sprangen, immer wieder in das Blau eintauchten, ein nicht enden wollendes Lachen, ein ewiges Außer-sich-Sein, nur salziges Wasser, kitzelnder Wind, wärmende Sonne und ein endloses unangetastetes Leben lag vor ihnen. Alles schien machbar, greifbar und unglaublich leicht. Doch schenkte Marie dem deutschen Jungen ein Lächeln mehr als ihm, schien die Sonne plötzlich nicht mehr so hell, wechselte das Meer in einen dunkleren Farbton, biss sich ein dumpfer Schmerz in Juans Unterleib. Erst wenn Marie kurz darauf wieder auf der Felsklippe stand, ihre nassen Haare ausschüttelte, dann zusammenband, und sie winkend Juans Namen rief, damit er auch wirklich zusah, wenn sie sprang, zitterte er nicht mehr vor Kälte und Angst, den kostbaren Moment der Einigkeit zwischen ihnen dreien verloren zu haben, sondern vor Erleichterung. An ihren lachenden dunkelblauen Augen sah er, dass sie glücklich war, und dieses Glück glänzte in seiner Seele wie die Lichtreflexe auf dem hellen sandigen Meeresgrund der schillernden Buchten Mallorcas.

Villa de Miravelles, Deià

»¡Buenos días! Señora Sander. Haben Sie schon gefrühstückt?« Garcia de Miravelles trat aus seinem dunklen Arbeitszimmer heraus in den sonnendurchfluteten Salon, um Aimée zu begrüßen.

Eher schlank als muskulös und eher mittelgroß als stattlich, entsprach er nicht wirklich dem Idealbild eines Frauenschwarms. Trotzdem musste sie dagegen ankämpfen, für einen Moment die Luft anzuhalten. Gut, sie wusste, wie Garcia de Melvilles auf sie wirkte. Schon bevor sie ihm das erste Mal begegnet war, hatten die Erzählungen über ihn ihre Neugier geweckt, und sie fühlte sich von seinem Ruf ebenso angezogen wie von seinem Promi-Status abgestoßen. Er belieferte die Balearen mit den besten Weinen aus der ganzen Welt, chilenische Merlots, australische Sauvignons und Pinotage aus Südafrika, prämiert, teuer, exklusiv.

De Miravelles trug eine schwarze Anzughose und ein blütenweißes Hemd. Sein Teint, sonst eher gebräunt, wirkte heute blass.

»Dazu ließ mir Ihr Revolverheld keine Zeit, Señor de Miravelles«, erwiderte Aimée.

»Nachdem Sie meine Anrufe ignoriert haben, musste ich davon ausgehen, dass sie freiwillig keinen Fuß mehr in meine Villa setzen würden.« De Miravelles wies ihr den Weg durch den Salon auf eine breite Veranda. Auf dem riesigen Eichentisch war für zwei Personen eingedeckt.

»Das würde Ihr Stolz nicht zulassen«, setzte er hinzu.

»Was nicht allzu schwierig zu verstehen ist. Schließlich haben Sie mich damals rausgeschmissen …« Irgendetwas hielt Aimée davon ab, ihm vorzuhalten, was er ihr damals alles an den Kopf geworfen hatte.

Schnell bemerkte sie, dass sein schwarzes Haar an den Schläfen silbergrau geworden war, aber er trug es immer noch ein wenig länger als üblich. Sein Lächeln war nur angedeutet. Sein Blick war ernst und aufmerksam auf sie gerichtet wie bei einem Panther, der jede Bewegung seiner Beute genau taxiert. Seine Stimme klang etwas dunkler als noch vor einem Jahr. Nur seine Haltung war noch genauso streng und förmlich wie bei ihrer ersten Begegnung.

Seit sie die von Olivenbäumen umgebene alte Villa mit den zwei Ecktürmen oberhalb von Sóller betreten hatte, versuchte sie, die Erinnerung an die Ereignisse zu verdrängen, die zu ihrem ersten Zusammentreffen geführt hatten. Wenn sie ehrlich war, versuchte sie seit einem Jahr nichts anderes.

Die Luft war mild und salzig. Obwohl die Villa weit oberhalb des Meeres lag, hatte Aimée den Eindruck, die Gischt der wilden Wogen, die Tag für Tag und Minute für Minute gegen die steil aufragenden Klippen brandeten, würde bis nach hier oben katapultiert. Das an den Steinfliesen üppig wachsende Johanniskraut verlieh der ganzen Szenerie den typisch mallorquinischen Duft, der Aimée immer noch beruhigte, weil er sie für einen Moment in ihre Kindheit versetzte. Gemeinsam mit ihrer Mutter und ihrem algerischen Stiefvater hatte sie oft die Ferien hier auf Mallorca verbracht.

De Miravelles warf ihr einen Blick zu, der sie frösteln ließ. Als seine Tochter vor über einem Jahr verschwunden war, hatte er nicht nur die Polizei hinzugezogen, sondern auch Aimée als private Ermittlerin um Unterstützung gebeten. Es gab keine Lösegeldforderung und auch sonst keine Drohbriefe. Die damals 16-jährige Lélia war wie vom Erdboden verschluckt.

»Ich möchte mich für die ungewöhnliche Kontaktaufnahme bei Ihnen entschuldigen«, erklärte er und wies sie an, sich zu setzen.

»Ihr Bodyguard hat mich zu Tode erschreckt. Sie hätten nach Palma fahren oder mir etwas Aussagekräftiges aufs Band sprechen können. Verdammt.«

Er hob eine Augenbraue. »Ich habe mich soeben entschuldigt. Wollen Sie sich nicht setzen?« De Miravelles rückte Aimée ihren Stuhl zurecht und sah sie auffordernd an.

»Nein. Sie sagen mir jetzt, was dieser ganze Zauber soll.« Seine Unverfrorenheit machte sie wahnsinnig.

»Feinfühligkeit war schon damals nicht Ihre Stärke«, bemerkte er trocken.

»Stimmt. Aber ich werde auch nicht dafür bezahlt, die Dinge schönzureden.« Sie war für Offenheit und sagte lieber die Wahrheit, als sich im Dickicht dessen zu verheddern, was andere Menschen womöglich verletzen konnte. Es war, als ob ihr die natürliche Sperre fehlte, eine Schranke. Nein, Diplomatie war nicht ihre Stärke. Doch irgendwann hatte sie aufgehört, sich dafür zu schämen.

»Lassen Sie es gut sein, Aimée«, erwiderte er schneidend.

»Sie hatten damals keine andere Wahl. Sie mussten die Polizei informieren.« Wem wollte sie etwas vormachen? Sie hätte es nicht für möglich gehalten, dass ein Blick noch eisiger werden konnte. Ungerührt reichte er ihr die silberne Schale mit den weiß gepuderten Ensaimadas.

»Café con leche mit einem doppelten Espresso, nicht wahr?« Garcia wies den Hausangestellten an, der mit einem Tablett auf die Terrasse getreten war, die Tasse vor Aimée auf den Tisch zu stellen. Er selbst nahm sich einen Café solo vom Tablett.

Daran erinnerte er sich?

»Essen Sie. Sie müssen etwas im Bauch haben, bevor ich Ihnen erzähle, warum Sie hier sind.« Das war der Moment, in dem Aimée am liebsten aufgesprungen wäre. Aber auch wenn sich vergangene Fehler nicht rückgängig machen ließen, wenn sie eines für Garcia de Miravelles tun konnte, dann war es, ihm wenigstens zuzuhören.

Keller, Bogotá, Kolumbien

Carlos fühlte den Schweiß auf seiner Haut. Sein Mund war trocken. Er konnte die Augen kaum aufhalten, ein stechender Kopfschmerz pochte hinter seiner Stirn. Wie lange lag er wohl schon in diesem Haus? Einen Tag? Drei Tage?

Alles hatte mit diesem Treffen begonnen, an dem auch kolumbianische Regierungsvertreter teilnehmen sollten. Das Thema waren neue Maßnahmen, um die Regenwaldrodung einzudämmen. Ein wichtiger Termin. Doch vor dem Gebäude in einem Vorort von Bogotá, wo er laut einem Mittelsmann erscheinen sollte, war Carlos überfallen und dann verschleppt worden. Er war tatsächlich in eine Falle getappt, obwohl er es hätte besser wissen müssen. Carlos wusste, wie gefährlich solche Verhandlungen sein konnten, aber er hatte dem jungen Kolumbianer vertraut. Doch womöglich hatte dieser selbst sein Leben riskiert.

Am ersten Tag konnte er noch über sein Handy verfügen. Um Geld zu organisieren, wie die beiden vermummten Fremden sagten. Er informierte Pia, dass Geld seine einzige Chance war, hier lebendig rauszukommen. Sie hatte geantwortet, ihm so schnell zu helfen, wie sie könne. Am nächsten Morgen war sein Handy weg. Seitdem hatte er jedes Zeitgefühl verloren.

Jetzt war er in diesem fensterlosen Raum gefangen, in dem schwarze Balken die Decken durchzogen und ihn bedrohten wie Fallbeile; überall stank es nach Schimmel und toten Ratten.

Carlos versuchte, sich auf der alten Matratze aufzurichten, und griff nach einem Glas Wasser, das auf dem Boden neben einer Karaffe stand. Zitternd führte er es an seine Lippen, dann stellte er es wieder ab, lehnte sich erschöpft zurück und schloss die Augen.

Die letzten Monate hatte er sich gemeinsam mit Pia Umweltaktivisten aus aller Welt angeschlossen. Sie waren in verschiedenen Ländern tätig geworden. Nima hatte ihm immer wieder Geld aus Mallorca geschickt, damit sie über die Runden kamen. Aber auch Spendengelder von gemeinnützigen Vereinen halfen ihnen, an die Orte zu reisen, wo sich Menschen aus Profitgier an der Natur versündigten. Sie waren in die Alpen gefahren, um für die Rettung der Gletscher zu demonstrieren. Oder sie beteiligten sich an Aktionen in paradiesähnlichen Orten, wo ausländische Hoteliers sich an keinerlei Umweltgesetze hielten, unnötigen Müll produzierten sowie Lebensraum und Lebensgrundlage der Einheimischen und der Tier- und Pflanzenwelt zerstörten.

Seit über einem halben Jahr waren sie jetzt in Südamerika unterwegs, um gegen die Abholzung der tropischen Regenwälder vorzugehen. Carlos war sich bewusst, dass es ein Kampf gegen Windmühlen war. Aber ihre Bewegung wurde größer. Die Klimaveränderung drohte den Menschen mit Naturkatastrophen. Es war zum Verzweifeln, dass trotzdem immer weiter gerodet wurde. Die Regierenden mussten doch begreifen, dass es so nicht weitergehen konnte. Die Wut über diese Ungerechtigkeit lieferte ihm das nötige Adrenalin; er würde nicht aufgeben, er vertraute Pia. Er durfte nicht resignieren, dann hätte die schlechte Seite gewonnen.

Villa de Miravelles, Deià

»Wissen Sie eigentlich, wie unfähig Sie sind? Kein Wunder, dass man Sie aus dem Polizeidienst in Deutschland entlassen musste.« So hatte de Miravelles sie damals in seinem Arbeitszimmer angebrüllt. Aimée hatte es sich geschenkt, ihn darüber aufzuklären, dass sie selbst gekündigt hatte.

»Sie haben nicht das geringste psychologische Gespür. Meine Tochter würde mir so etwas niemals antun, verstehen Sie, niemals!« Ob sie sich über ihn lustig machen wolle, hatte er sie angeblafft. Ob sie nicht wisse, was Pietät bedeutet, und dass sie wohl ihren Beruf verfehlt habe.

Die Verzweiflung in seinen dunklen Augen konnte sie bis heute nicht vergessen, ebenso wenig seine Beschimpfungen.

»Was Sie behaupten, kann nur eine Mutter denken, die ihr eigenes Kind in einem anderen Land zurückgelassen hat. Verlassen Sie mein Grundstück, ich will Sie nie wieder hier sehen.«

»Ich bin schon weg. Aber vielleicht sollten Sie darüber nachdenken, was es für ein junges Mädchen bedeutet, mit einem Vater zusammenzuleben, für den Affären den gleichen Stellenwert haben wie das Entkorken einer Weinflasche.«

Aimée hatte sich umgedreht und war gegangen. Was nichts an der Tatsache änderte, dass die Umstände von Lélias Verschwinden Fragen aufwarfen. In Lélias Alter taten Kinder Dinge, die kein Vater für möglich halten würde. Aimée wusste, die Zahl der vermissten Jugendlichen ließ keine Rückschlüsse auf Herkunft und soziale Verhältnisse zu; Kinder verschwanden in Hamburg aus Billstedt ebenso wie aus Blankenese.

Er hatte ihren wunden Punkt getroffen. Sie konnte nun mal nicht zu Hause sitzen und die fürsorgliche Entenmutter spielen, das lag ihr nicht. Trotzdem züngelte sein Vorwurf wie die Flamme einer Kerze gegen ihren Solarplexus und nährte das schlechte Gewissen einer vermeintlichen Rabenmutter. Auch wenn sie wusste, dass es Josephine in Hamburg gut ging und sie kein Interesse daran hatte, mit ihr auf der Baleareninsel zu leben. Das behauptete sie jedenfalls. Und Aimée glaubte ihr.

Eskaliert war die Situation überhaupt erst, weil sie eine Parallele zu einer Vermisstenmeldung gezogen hatte.

Es war einer ihrer ersten Fälle auf Mallorca gewesen. Eine verschwundene 15-jährige Deutsche, die nach einem Strandtag mit Freunden und einigen Drinks zu viel in einer Bar in

Arenal zum letzten Mal gesehen worden war. Der Vater des Mädchens hatte Aimée schon im Voraus eine Summe überwiesen, die ihre Miete für die Dachwohnung in Palma für das ganze Jahr abdeckte. Dass sich Jennifer als Putzhilfe in der Millionärsvilla eines Popstars verdingt hatte, nur um ihrem Idol nahe zu sein und ihm ihre Version von »The First Cut Is the Deepest« vorzusingen, veranlasste ihn, seine Geldbörse noch ein erhebliches Stück weiter zu öffnen. So erleichtert war er darüber, dass Aimée seine Tochter lebendig aufgespürt hatte.

Doch dieser Vergleich hatte de Miravelles damals nicht gefallen. Nein, er hatte Aimée deutlich gemacht, dass die Beziehung zwischen ihm und seiner Tochter von Vertrauen geprägt war. Dass er sie nun mit Eskorte zu einem privaten Tête-à-Tête an seinen Frühstückstisch bat, konnte nur eines bedeuten: Garcia de Miravelles wollte sich entschuldigen, weil sie recht gehabt hatte.

El Sueño Relax & Spa, Portals Nous

Wie alle Hotelgäste waren auch er und seine Frau Elsa in die Lobby gerufen worden. In der Hotelhalle mit den helltürkisen Glaslampen und sandfarbenen Sofas herrschte ein ziemlicher Trubel. Mehrere Polizisten verzeichneten anscheinend auf ihren Tablets, wer welches Alibi für den heutigen Morgen hatte. Die meisten Gäste hatten um sieben Uhr noch geschlafen. Das würde er auch angeben. Er und seine Frau machten bereits seit einer Woche Urlaub in dem für Menschen mit Behinderung gut ausgebauten Design-Hotel. Sie schliefen gerne aus und bedienten sich schon vor dem Frühstück an dem Obstkorb, der jeden Tag aufgefüllt wurde, ebenso wie jeden Tag eine neue Flasche Cava vom Zimmermädchen auf den runden Glastisch gestellt wurde. Den tranken sie meist etwas früher als zur Blue Hour auf dem Balkon. Natürlich mit Meerblick. Kein Wunsch blieb unerfüllt. Nur der eine Wunsch, dass seine Frau wieder gehen kann, blieb ihm verwehrt. Stattdessen schob er Elsa in einem Rollstuhl durch das Foyer und wartete darauf, dass sie aufgerufen wurden. Es hieß, die Yoga-Trainerin des Hauses war aus dem sechsten Stock, der Wellness- und Yoga-Etage, über die Balustrade gestürzt und mit dem Hinterkopf auf der Steinterrasse aufgeschlagen. Kein schöner Tod, aber immerhin schnell.

»Zimmernummer 211, por favor.«

»Wir haben geschlafen, Comisario«, erklärte Elsa, ohne eine Frage abzuwarten. Der Polizist vermerkte ihre Antwort auf seinem Tablet.

»Sie sehen ja, dass meine Frau kein Yoga machen kann.« Hans Thalberg konnte es sich nicht verkneifen, das dem Polizisten unter die Nase zu reiben.

»Und mein Mann und Yoga, ich sage Ihnen, zwei Welten begegnen sich. Wir spielen ... wir haben Tennis gespielt, bevor ich einen Unfall hatte.«

»Reicht Ihnen das?« Thalberg griff nach Elsas Hand. »Wir möchten gerne weiter unseren Urlaub genießen. Soweit das hier noch möglich ist.« Eine Zumutung war das.

»Hans, der Mann macht nur seine Arbeit. Wenn Sie noch Fragen haben, wir helfen Ihnen gerne.«

Seine Frau war viel zu gut für diese Welt, und was hatte ihr das gebracht? Er schwieg und sah den Polizisten grimmig an. Dieser nickte und hakte ihre Zimmernummer mit einem grünen Kreuzchen ab.

Villa de Miravelles, Deià

»Señor de Miravelles, kann ich jetzt erfahren, worauf dieses absurde Treffen hinauslaufen soll?«

Statt einer Antwort reichte er ihr noch einmal den Korb mit den Ensaimadas, doch diesmal lehnte Aimée mit einem Kopfschütteln ab.

»Aimée, ich mag Sie.«

Er räusperte sich, legte die Fingerspitzen auf die Tischkante, und Aimée spürte geradezu körperlich, wie schwer ihm die folgenden Worte fielen.

»Ich male mir oft aus, dass Lélia noch lebt; das ist mir der einzige Trost.« Er zerpflückte seine Ensaimada auf dem Teller. »Ich stelle mir vor, wie sie älter wird, wie sie mit anderen Menschen spricht, wie sie ihre Haare zusammenbindet, wie sie lacht ...« Er stockte.

»Ich weiß, ich bin Ihnen mit meiner Vermutung zu nahegetreten.« Es tat ihr aufrichtig leid, wie sehr sie ihn verletzt haben musste. »Es hätte mir klar sein sollen, wie unwahrscheinlich es war, sie irgendwo am anderen Ende der Welt wohlauf zu finden – schließlich wurde der Flughafen sofort nach ihrem Verschwinden kontrolliert.«

Dass es neben einigen Fakten, was Lélias Verschwinden betraf, Unstimmigkeiten gab, würde sie Garcia bestimmt kein zweites Mal unter die Nase reiben. Es war schon schlimm, sein Kind zu verlieren, aber sich vorzustellen, dass die eigene Tochter es in Kauf nahm, einem Elternteil ihren möglichen Tod zuzumuten, war schlichtweg grausam. Kein Mitleid mit den eigenen Eltern zu haben ließ entweder auf einen triftigen Grund schließen oder darauf, dass Lélia manipuliert worden war.

»Die Polizei hat alles getan, was getan werden konnte«, fuhr er nun etwas sachlicher fort. »Trotzdem lässt sich für mich der letzte Zweifel nicht ausräumen, ob ich den richtigen Weg gewählt habe.« Für einen Moment presste er seine Lippen aufeinander, dann schlug er mit beiden Handflächen kurz auf den Tisch und schob seinen Stuhl zurück, um aufzustehen.

»Sie sind nicht hier, um sich meine Selbstvorwürfe anzuhören.« Er stellte sich mit dem Rücken an das Geländer, hinter ihm das offene Meer und die Wellen, die in ihrer tiefblauen Unendlichkeit dem Rhythmus des Kommens und Vergehens unbeirrbar folgten. »Auch wenn Sie es nach unserer letzten Begegnung nicht für möglich halten, aber ich weiß Ihre Ehrlichkeit und Ihre direkte Art zu schätzen.«

Aimée hielt es für besser zu schweigen, bis sie endlich wusste, um was es überhaupt ging.

»Eigentlich handelt es sich um eine Routinearbeit.« Seine Augen sprühten Funken. Erst jetzt bemerkte sie, dass sie diesen Blick während ihres Gesprächs vermisst hatte. Es schien, als ob ein Teil von ihm im wahrsten Sinne des Wortes erloschen war. Warum blitzten diese Funken jetzt plötzlich wieder auf?

»Sie sollen ein Bild für mich suchen«, sagte er schlicht.

»Ein Bild?« Was war nur los mit ihr heute? Aber was zum Teufel meinte er: ein Foto, ein Gemälde?

»Ich zeige Ihnen, wo es bis gestern noch hing.« Er hielt ihr die Terrassentür auf.

»Es wurde gestohlen? Hier in Ihrer Trutzburg?« Am Eingang hatte sie einen Sicherheitsmann gesehen, und auch die Alarmanlagen waren nicht gerade dezent angebracht.

»Es muss jemand gewesen sein, der sich in meinem Haus gut auskennt«, erklärte er. »Gerade der erste Stock ist nicht problemlos zu erreichen, wenn die Sicherheitsanlage eingeschaltet ist.« Er griff nach einer schmalen Fernbedienung, die auf einem Marmortisch lag, und demonstrierte, was geschah, wenn man die große Steintreppe hinaufging, während die Lichtschranke eingeschaltet war. Ein roter Laserstrahl wurde in dem Moment sichtbar, als Garcia den Fuß auf die dritte aus hellem Sandstein gehauene Stufe setzte. Eine ohrenbetäubende Sirene heulte auf und ließ Aimées Trommelfell erbeben. Die Frequenz ihres ewig rauschenden Begleiters wechselte in ein energisches Pfeifen, das auch nicht mehr leise wurde, obwohl sie blitzschnell ihr Ohr zuhielt. Eine Geste, die Garcia nicht entging.

»¡Perdón! Ich wusste nicht, dass Sie so empfindlich sind«, bemerkte er und beendete mit einem Druck auf die Fernbedienung den markerschütternden Alarm.

»Eine Handgranate ist bei einem Einsatz in Mali neben meinem Wagen explodiert. Das hat mein Hörnerv mir nicht verziehen.« Warum erzählte sie Garcia davon?

Er musterte sie durchdringend. »Sie waren in Mali?« Sah sie etwa einen Ausdruck der Bewunderung auf seinen Gesichtszügen? Das konnte er sich sparen. Trotz ihrer Risikobereitschaft war ihr Einsatz von so vielen Niederlagen geprägt, dass sie irgendwann angefangen hatte, an dem Sinn der Mission zu zweifeln.

»Ich habe fünf Monate in einem Trainingszentrum für malinesische Polizeischüler in Bamako gearbeitet.«

»¡Dios mio!« Ohne einen weiteren Kommentar stieg er die Steintreppen hoch, wobei seine Verwunderung fast etwas beleidigend wirkte. Es war offensichtlich, dass für ihn Frauen nicht in Krisengebiete gehörten.

»Ich kann nicht glauben, dass Sie das nicht wussten. Sie haben doch sicher über mich im Internet recherchiert?«, bemerkte Aimée.

»Nicht nur das, ich habe auch auf anderen Ebenen über Sie Nachforschungen angestellt ...«

»Tja, dann arbeiten Ihre Leute vielleicht nicht sorgfältig genug.«

Im ersten Stock angekommen, wurde Aimée klar, wohin Garcia sie führte. Nur zu gut erinnerte sie sich an Lélias riesiges Erkerzimmer, das von der Polizei mehr als einmal auf den Kopf gestellt worden war. Sie fühlte, wie ihre Beine immer schwerer wurden, je länger sie den endlos wirkenden Flur entlanggingen. Noch immer hingen die verspielten Stillleben von Orangen und Zitronen an den Wänden, Kinderzeichnungen, auf die Lélia in Sonntagsschönschrift in die unteren Ecken neben Monats- und Jahreszahlen ihren Namen gemalt hatte. Aimée schluckte, während sie an die Zeichnungen ihrer eigenen Tochter dachte.

Die lustigen bunten Tiere mit den großen Köpfen und den kurzen Beinchen hatten sie damals so zum Lachen gebracht, aber auf die Idee, die selbst gemalten Bilder zu rahmen und in der Wohnung aufzuhängen, war sie nie gekommen.

Sie waren am Ende des Flurs angelangt. Langsam schob Garcia den Schlüssel ins Schloss, den er aus der Hosentasche gezogen hatte, und drehte ihn energisch um. Den Bruchteil einer Sekunde meinte Aimée, ein Zögern wahrzunehmen, dann stieß er die Tür auf.

Nichts hatte sich verändert. Natürlich war das sonnendurchflutete Zimmer aufgeräumt, sorgfältig waren alle Gegenstände, die eine 15-Jährige benötigte, an ihrem Platz, Schminkutensilien lagen auf der hell gestrichenen antiken Spiegelkommode. Das Himmelbett war mit einer fliederfarbenen Seidendecke überzogen. Am Fenster stand ein überdimensional großer Sofatisch aus Treibholz, der von zwei schreiend pinkfarbenen Sitzkissen flankiert wurde; jeder Teenager würde sich nur zu gerne darauf rekeln, um sich in einem unvermeidlichen Handymarathon zu verlieren.

»Ich komme einmal die Woche in dieses Zimmer, meistens am Samstagnachmittag. Das war unsere Zeit. Ich hatte keine Termine, sie keine Schule. Wenn sie Lust hatte, durfte sie bei einem meiner Hauskonzerte dabei sein. Als sie noch kleiner war, hat das Kindermädchen sie anschließend ins Bett gebracht, später kamen Freundinnen zu Besuch und haben allerlei Unsinn auf der Etage angestellt, aber irgendwann war sie häufiger weg ... und ich habe nicht mehr nachgefragt, wo sie blieb.« Er stockte. Auf seiner Stirn bildeten sich zwei tiefe Falten. Seine Augen, in denen Aimée nur Schmerz und Reue las, wurden schmal.

Mittlerweile stand Garcia rechts von Lélias Bett. Über dem Nachttisch erschien eine große rechteckige Fläche einen

Hauch heller als die übrige Wand. Aimée hätte den Unterschied kaum wahrgenommen, wenn nicht der Haken gewesen wäre, der ohne Bild einsam und störend aus der Wand ragte.

Fragend sah sie de Miravelles an, doch es dauerte einige Augenblicke, bis er weitersprach.

»Immer wieder versuche ich zu begreifen, was wirklich passiert ist. Meistens bleibe ich nur ein paar Minuten hier, manchmal eine Stunde oder länger.« Er fasste sich mit seiner Hand durch sein Haar, und Aimée sah, wie sein Gesicht von einem Moment auf den anderen zu altern schien. Dann holte er tief Luft, und mit dem nächsten Atemzug kam wieder Leben in seine Züge, ein jugendliches Leuchten. Hoffnung? Seine Hände tief in seinen Hosentaschen vergraben, erklang seine Stimme plötzlich erstaunlich fest.

»Ich weiß nicht, was mich veranlasst hat, vorgestern hier hochzukommen. Ich war wie ferngesteuert. Zunächst wirkte alles unverändert. Aber auf einmal spürte ich, dass irgendetwas anders war ... und dann sah ich, dass der Andy Warhol nicht mehr an seinem Platz hing.«

Aimée erinnerte sich an ein Plakat, auf dem die vier bekannten Blumen in Rot zu sehen waren. »Das Poster?«

»Nein, kein Poster. Es ist ein Siebdruck. Ein Original.«

Aimée wusste, dass Garcia Kunst sammelte. Aber dass er so leichtsinnig war, Originale in seiner Villa aufzuhängen?

»Selbst bei den Alarmanlagen, die in Ihrer Villa installiert sind, ein gewisses Risiko«, sagte sie.

»Nur wenn man weiß, dass es ein Original ist.«

Aimée zuckte mit den Schultern. Sie hatte damals keinen zweiten Blick auf die legendären *Flowers* verschwendet. Z zu normal und zu oft wahrgenommen, hat dieses Motiv für sie jegliche Einzigartigkeit verloren.

»Und deshalb haben Sie mich hierherbringen lassen? Weil Ihnen ein Warhol gestohlen wurde? Haben Sie nicht die Polizei gerufen?« Aimée schüttelte den Kopf.

»Die Polizei bleibt diesmal aus dem Spiel.« Garcia sah sie durchdringend an, er schien keinen weiteren Widerspruch zu erwarten.

Frequenzwechsel. Schrill, zwei Oktaven höher.

»Außer mir und Lélia weiß niemand, dass es kein normales Plakat ist.«

Aimée hatte geahnt, dass dieser Vormittag nicht besser würde als der Morgen.

»Und Sie nehmen jetzt an ...«, versuchte sie, auf den Punkt zu kommen.

»Ich nehme überhaupt nichts an. Ich weiß es, und es ist mir egal, was Sie jetzt denken, Aimée. Sie können sich in ihrer Bestätigung sonnen. Das muss Ihnen reichen. Ansonsten erwarte ich nur eines von Ihnen ...«

Er hielt inne, als er Aimées Gesichtsausdruck sah.

»Ich glaube, Sie haben sich verschätzt, de Miravelles, und ich kann mir denken, was Sie von mir erwarten. Aber, nein, ich bin nicht bereit, erneut nach Ihrer Tochter zu suchen.« Sie wollte nur raus aus diesem Zimmer. Trotzdem hielt sie seinem Blick weiter stand. Hatte sie wirklich eben noch geglaubt, so etwas wie eine Bitte in seinen Augen gelesen zu haben. »Es tut mir leid, Sie müssen jemand anderen engagieren.« Mit diesen Worten drehte sie sich um und verließ das Zimmer.

Garcia war ihr aus Lélias Zimmer in den kühlen Patio der Villa mit all seinen exotischen Pflanzen gefolgt, die in handbemalten Töpfen die Wände hinaufkrochen. Jeder seiner Schritte auf dem Jugendstil-Mosaikboden hatte durch den Innenhof gehallt, mahnend, vorwurfsvoll. Wie sie schon erwartete, versuchte er es nun mit einem exorbitant hohen Honorarangebot – doch wenn sie noch einmal für ihn arbeiten sollte, dann sicher nicht wegen des Geldes. Es müssten gewisse Spielregeln gelten und bestimmte Umgangsformen eingehalten werden.

»Ich verstehe, dass Sie nicht noch mal für mich arbeiten wollen. Aber Sie haben auch eine Tochter – denken Sie nicht an mich, sondern an Lélia.«

»Ich rufe Sie an …« Hatte sie das wirklich gesagt? Aimée biss sich auf die Unterlippe.

»Danke, Aimée. Und entschuldigen Sie, dass ich Sie gezwungen habe, hierherzukommen. Es wird das letzte Mal gewesen sein.« Garcia reichte ihr die Hand, sie entzog sich ihm etwas zu hastig und sah ihn durchdringend an. Was dieser Mann konnte, konnte sie schon lange, besann sie sich.

»Ich verspreche nichts, Señor de Miravelles«, antwortete sie kühl. Er nickte. Aimée war froh, als Garcias Mitarbeiter die Tür des schwarzen BMW hinter ihr zugeschlagen hatte und sie das verminte Terrain der Villa endlich verlassen konnte. Im Rückspiegel sah sie, wie Garcia ihr hinterherblickte. Das Anwesen wurde schnell kleiner, so rasant nahm der Wagen an Tempo auf, aber die Präsenz Garcia de Miravelles blieb.

El Sueño Relax & Spa, Portals Nous

»Hast du irgendetwas mit Nimas Tod zu tun?« Marie Dengler klappte den Laptop zu und erhob sich von ihrem opulenten Holzschreibtisch, der mitten im Raum stand. Von hier aus blickte man auf die vier großen mallorquinischen Palmen, die wie ein orientalisches Portal den Hoteleingang schmückten. Herausfordernd sah sie ihren Mann an, der mit schmalen Lippen und dunklem Blick ihr Büro betreten hatte.

»Bist du jetzt übergeschnappt?«, erwiderte er und schüttelte den Kopf. »Du weißt, ich schätze dich für deinen schwarzen Humor. Aber mir ist gerade wirklich nicht nach Scherzen zumute. Nimas Unfall kommt zu einem denkbar ungünstigen Zeitpunkt.«

»Unfall? Warum haben wir dann eine ganze Armee von Polizisten im Hotel?«

»Selbstmord, Unfall, ich weiß nicht, was passiert ist.«

Marie holte tief Luft. »Patrick, es scheint alles darauf hinzudeuten, dass Nima nicht freiwillig aus dem Leben geschieden ist. Weißt du, was das bedeutet?« Ihre Stimme bebte. »In unserem Hotel ... ein Mord ...! Ich habe gestern Morgen noch bei ihr eine Stunde Poweryoga gemacht; sie stand vor mir, sie war so lebendig, so perfekt in all ihren Bewegungen, so unglaublich selbstsicher, sie ist ... war der einzige Mensch, bei dem mir klar wurde, was es bedeutet, in sich zu ruhen.«

Was man von ihr leider im Moment nicht behaupten konnte. Die Vorbereitungen für die Hochzeit ihres Sohnes Hendrik kommende Woche waren aufwendig und zeitraubend. Alles sollte perfekt sein, mehr als perfekt. Sie mussten auf alles vorbereitet sein, auch auf Regenschauer. Es mussten Zelte bereitgestellt werden. Die Gäste sollten schließlich vor Son Marroig nicht im Regen stehen.

Marie ließ sich auf das breite Sofa fallen. Sie hatte Kopfschmerzen. Der Tod Nimas ging ihr nah. Natürlich war es absurd, ihren Mann mit Vorwürfen zu belasten. Allerdings war der Star der mallorquinischen Yoga-Welt mehr als einmal mit ihrem Mann aneinandergeraten.

Patrick setzte sich neben sie und nahm ihre Hand. »Hey, ich habe mich mit Nima arrangiert. Sie ist ... es stimmt, sie war sehr eigen, hat mich wahnsinnig gemacht mit ihren Ansprüchen. Allein schon wie der Yoga-Raum auszusehen hat, welche Blüten unbedingt zu jeder Stunde frisch in der Schale liegen mussten. Ihre Ideale, mein Gott, sie war eine Träumerin. Und dann diese unmöglich umzusetzenden Umweltkonzepte. Aber nachdem sie letztes Jahr wegen Körperverletzung angezeigt wurde und ich trotzdem hinter ihr stand, hat sie mich wohl mit anderen Augen gesehen.«

Marie legte beide Hände in den Nacken und rollte ihre verspannten Schultern nach hinten. »Ja, ich weiß. Nima hat mir erzählt, wie hoch sie dir das angerechnet hat. Patrick, entschuldige, ich habe einfach zu viel gearbeitet. Die Umstellung unseres digitalen Buchungssystems auf diese verrückte neue Software, Hendriks Hochzeit – jetzt Nimas Tod …« Patrick nickte und nahm ihre Hand. »Wir haben schon ganz andere Dinge miteinander durchgestanden. Vertrau mir, es wird ein rauschendes Fest. Ich werde dafür sorgen, dass sich bis zu Hendriks Hochzeit alles aufgeklärt hat, ich verspreche es dir.«

Casa Limón, Sóller

Als Juan die letzten Orangenschalen durch den feinen Häcksler presste, um sie am Abend mit Mandelöl und einem Anteil Feigenextrakt in einem Wärmebad zu verbinden, spulte sich das Gespräch mit Patrick wieder und wieder in seinem Kopf ab. Seine Arbeit, die ihm sonst eine tiefe Befriedigung verschaffte, konnte den Aufruhr nicht überdecken, der in ihm tobte.

»Warum lässt du dich überhaupt noch auf ein Gespräch mit ihm ein? Du kennst ihn doch«, hatte Sofia versucht, ihn zu beruhigen. Doch obwohl seine Schwester für sie beide sein Lieblingsgericht gekocht hatte und durch das zweistöckige Steinhaus am Rand von Sóller der Duft von Lamm, Rosmarin und Limonen zog, war er zunächst einfach in den Keller gegangen.

Seit ihre Eltern vor zehn Jahren kurz hintereinander verstorben waren, lebten Juan und Sofia in dem Haus, dessen Hauptteil noch aus dem 18. Jahrhundert stammte. Immer wieder hatte man ein Stück angebaut. Das machte den Charme dieses Hauses aus, das wie eine kleine Festung wirkte. Er entging auch vermögenden Touristen oder Immobilienspekulanten nicht, die mit steter Regelmäßigkeit ungeniert in den Garten spazierten und ihr Kaufinteresse bekundeten.

Juan hatte seiner Schwester nur kurz von dem Wiedersehen mit Patrick erzählt, doch er musste auch nicht weiter ausholen. Sofia wusste um die ehemalige Freundschaft zwischen Juan und Patrick ebenso gut Bescheid wie über ihre Feindschaft. Als vier Jahre jüngere Schwester hat sie nicht nur ihn bewundert, sondern auch seinen in den Sommermonaten in Sóller lebenden deutschen Freund. Als kleines Kind war Sofia die ersten beiden Sommer noch Teil der Kinderclique gewesen, gemeinsam mit einigen Nachbarskindern.

Doch so gerne und selbstverständlich er die Verantwortung für seine kleine Schwester übernahm, wenn der Sommerbesuch nicht da war, so sehr wehrte er sich dagegen in Patricks Anwesenheit. Wer wollte schon vor einem Freund als Babysitter dastehen? Juan wollte ihm imponieren oder ihm mindestens auf Augenhöhe begegnen – und dieses Bedürfnis wurde von Jahr zu Jahr stärker.

»Wir werden die El Sueño Hotels nicht mehr beliefern.« Juan stand in der Tür, seine Stimme klang hart.

»Wie oft haben wir schon darüber gesprochen? Du musstest doch bisher nie mit ihm persönlich verhandeln. Der Vertrieb verläuft doch reibungslos«, versuchte Sofia, die Wogen zu glätten. Der Hotelmanager, mit dem Juan die Verträge abgeschlossen hatte, war begeistert von der Qualität ihrer Produkte. Es hatte nie ein böses Wort zwischen ihnen gegeben. Im Gegenteil, er bot »Luz de Sóller« sogar eine größere Gewinnspanne an als andere Läden auf Mallorca. Die Touristen waren verrückt nach den Düften ebenso wie nach der besonderen Verpackung.

»Nur weil Patrick auf der Erfolgswelle unserer Produkte mitschwimmen will, muss ich mich nicht von ihm behandeln lassen wie der letzte Dreck«, erwiderte Juan, stemmte sich vom Türrahmen ab und trat auf die Terrasse. Er stützte sich mit den Händen auf dem Geländer ab und blickte stumm über Port de Sóller und die blau glänzende Bucht. Von hier aus hatten seine Großväter Orangen nach Frankreich und Europa verschifft, damals bevor die Bahnstrecke zwischen Palma und Sóller zu Beginn des 20. Jahrhunderts durch das Tramuntana-Gebirge gebaut worden war.

»Du hättest ihm aus dem Weg gehen müssen, sofort. Irgendwann geht ihr beide euch noch an die Gurgel.« Sofia verteilte den Lammeintopf auf ihre Teller und brach sich ein Stück vom Weißbrot ab, das in einem Korb auf einer roten Serviette lag. Als Juan nicht reagierte, ließ sie ihr Besteck fallen und warf das Stück Brot zurück in den Korb.

»Ich verstehe dich nicht, Juan. Was hat sich geändert? Kannst du nicht endlich loslassen? Du hast etwas geschafft, wir haben etwas geschafft ... Ich dachte, seit du und Nima ...« Sofia stockte.

»Es war Marie ...« Juan hatte seiner Schwester immer noch den Rücken zugedreht.

»Marie? Was meinst du? Ich dachte, sie ist nur damit beschäftigt sein Geld auszugeben, und nicht daran interessiert, wie es hereinkommt.« Juan drehte sich zu ihr um und spürte mit jeder Faser ihre Loyalität. Ihm war klar, dass seine Schwester für die Frau, die sich gegen ihn und für Patrick Dengler entschieden hatte, schon lange nichts mehr übrig hatte. Seit sie die steilen Felsen von Cap de Formentor erklomm oder die vertikalen Wände im Tramuntana Gebirge hinaufspazierte wie Tom Cruise in *Mission Impossible,* war aus seiner zierlichen Sofiata eine selbstbewusste und toughe Frau geworden.

»Es liegt nicht an der Qualität unserer Produkte, warum wir Denglers Hotels beliefern – Marie hat sich für ›Luz de Sóller‹ eingesetzt.« Er starrte immer noch über die Bucht, als ob sich auf der anderen Seite die Antwort auf all seine Fragen finden würde.

»Selbst wenn, das spielt doch keine Rolle ...«

»Selbst wenn?« Juans Stimme drohte, sich zu überschlagen. »Selbst wenn? Sofia, wir beliefern eine der erfolgreichsten Hotelketten der Balearen, weil Marie Dengler es wollte! Kannst du mir sagen, wie ich mich heute Abend noch im Spiegel ansehen kann?«

»Was ist so schlimm daran? Vielleicht liebt sie dich ja noch ...« Juan warf ihr einen zornigen Blick zu. Doch sie ließ nicht locker. »Wie kommst du überhaupt darauf? Hat sie dir das gesagt?«

»Unsinn!« Juan drehte sich um und sah in die klaren Augen seiner Schwester. Erst jetzt wurde ihm klar, dass sie die Allerletzte war, an der er seine Wut auslassen durfte.

»Es tut mir leid, mía estrella.« Er ging zu ihr hinüber, strich ihr eine Haarsträhne aus der Stirn und küsste sie auf die Wange. »Ich esse später.« Mit den Worten ließ er seine Schwester allein zurück und verließ die Terrasse.

Carrer del Deganant, Altstadt Palma

Rodrigo hatte sie wieder nach Palma zurückgefahren und am Hafen abgesetzt. Von dort war Aimée zu Fuß in ihr Büro gegangen, das in einer der kleinen Seitenstraßen lag, die sich wie altes unnachgiebiges Wurzelwerk um die Kathedrale von Palma wanden, als ob sie das riesige Kirchenschiff daran hindern wollten, in See zu stechen. Sie fischte ihre Post aus dem ewig verklemmten Briefkasten und taxierte die Briefumschläge, während sie die Stufen in den ersten Stock hochging. Ein Werbeflyer für Yoga-Unterricht hatte sich zwischen ein paar Rechnungen verirrt. Peer schwärmte ihr seit Jahren vor, wie ausgeglichen er sei, seitdem er sich regelmäßig in den herabschauenden Hund begab. Oder war es der heraufschauende? Yoga würde sicher auch ihrem Tinnitus guttun, behauptete er. Eigentlich glich das Geräusch einer leckenden Heizung, aber ihr HNO-Arzt hatte ihr geraten, es mit einem positiven sinnlichen Erlebnis zu assoziieren. Also Meeresrauschen! Und um das Meer rauschen zu hören, legten andere Menschen immerhin weite Strecken zurück ... sie hatte es im Doppelpack zur Verfügung, einmal als akustischen Begleiter, der ihr nicht von der Seite wich, und dazu noch als 3-D-Erlebnis, sobald sie zu Fuß einige Minuten die Gassen der Altstadt von Palma hinunterstreifte.

Wenn sie Garcias Auftrag ablehnte, hätte sie Zeit, eine Probestunde zu nehmen. Ein Grund mehr, die Vergangenheit hinter sich zu lassen, dachte Aimée und betrat ihr weiß getünchtes Büro.

Mit den zwei schmalen Fenstern und einem französischen Balkon war es nicht unbedingt opulent, aber sie fühlte sich wohl an dem alten Schreibtisch mit Blick auf die zwei trendigen Siebzigerjahre-Sessel in grellem Orange und Gelb, die sie auf dem Flohmarkt in Santa Catalina erworben hatte. Zudem war es in ihrer kleinen *agencia* erstaunlich ruhig, obwohl in der Nähe täglich Tausende von Touristen durch die Gassen stolperten. Hier hatte sie ihr Archiv, und hier empfing sie ihre Klienten. Es war ein weiterer Kostenfaktor gewesen, der schmerzte, aber schließlich wollte sie eine professionelle *detective privada* abgeben.

Sie zog den Ordner mit ihren Aufzeichnungen über den Fall der verschwundenen Lélia aus dem Regal und verstaute ihn in ihrer Tasche. Sie würde zu Hause einen kurzen Blick hineinwerfen. Dann schrieb sie Stevan Stivans eine Nachricht. Er war Stammgast in der Tapasbar ihres Stiefvaters und Kunstsammler. Wenn jemand etwas über den spanischen Kunstmarkt und Pop Art wusste, dann er.

Aimée öffnete die Fenster und atmete die milde Mailuft ein. Eine ältere Dame zog ihren Chihuahua über den kleinen Platz. Ein Junge bollerte mit einem Fußball gegen die Nachbartür. Die Kreuzfahrttouristen saßen entweder beim Mittagessen oder lagen am Strand.

Eigentlich hatte ihr Körper am Vormittag schon genug Adrenalin ausgeschüttet; sie sollte sich entspannen und den Samstagsnachmittag genießen. Stattdessen kreisten ihre Gedanken immer wieder um Garcia und seine Tochter. Nur ihr Instinkt hatte ihr damals gesagt, dass Lélia freiwillig verschwunden war. Aber ohne jegliche Beweise war sie schließlich selbst davon überzeugt gewesen, dass Lélia nicht mehr lebte. Statistisch gesehen, starben über 90 Prozent aller Entführungsopfer innerhalb der ersten 48 Stunden, weil die Entführer es geplant hatten, sich erkannt fühlten oder einfach durchdrehten.

Sollte Lélia wirklich noch am Leben sein, musste die Polizei genauso wie sie selbst etwas Wesentliches übersehen haben. Sie hatten keine Beweise für eine unglückliche Liebe oder einen festen Freund gefunden. Scheinbar war Lélia die Unschuld in Person. Das mallorquinische Nachtleben schien sie nicht zu interessieren, sie konnte gute Leistungen in der Schule vorweisen und wollte in den USA studieren. Wenn sie noch lebte, hatte ihr jemand geholfen, ihre Identität zu ändern, und da ihr Bankkonto unberührt war, musste er ihr auch finanziell zur Seite gestanden haben.

Aimée schloss das Fenster, sie sollte den Fall ablehnen, und genau das würde sie auch tun. Sie würde Garcia morgen früh anrufen und ihm klarmachen, dass es das Beste für alle wäre, die Polizei zu informieren.

Aber wem machte sie damit etwas vor? Dieser Fall hatte sie das ganze letzte Jahr nicht losgelassen. Sie hatte an ihren Fähigkeiten gezweifelt, hatte sich immer wieder Selbstvorwürfe gemacht. Sie wollte Antworten auf die Fragen, die sich seit Stunden in ihrem Kopf wiederholten. War Lélia wirklich wiederaufgetaucht, weil sie Geldsorgen hatte? Und war sie wirklich so dreist, das Anwesen ihres Vaters zu betreten, um mit dem Warhol unter dem Arm ohne ein Wort wieder hinauszuspazieren?

Aimée konnte jetzt nicht so tun, als ob nichts gewesen wäre. Sie konnte nicht ignorieren, dass Lélia vielleicht doch am Leben war. Das hatte Garcia de Miravelles wohl noch vor ihr gewusst – und sie wusste es jetzt auch. Spätestens seit sie in ihr Büro gegangen war, um den Ordner zu holen.

Tapas Bar & Café »Josie«
Plaça Llorenç Bisbal, Palma

Auf dem Weg nach Hause entschied Aimée, sich ein paar Tapas in der Bar ihres Stiefvaters zu besorgen. Schinken, Manchego, dazu ihr eisgekühlter Lieblingsrosé. Der Tag war lang genug gewesen. Doch auf den Wunsch, die Tapas gleich mitzunehmen, ohne sich zu setzen, schaute Raouf sie nur mit einem Kopfschütteln an.

Der aus Algerien stammende Raouf Belrami kannte sie seit ihrem fünften Lebensjahr. Ihr leiblicher Vater war verstorben, als Aimée noch ein Baby war.

Ihre Mutter hatte mit Aimée Urlaub auf Mallorca gemacht. Es war September, der Touristenstrom hatte bereits nachgelassen, als Aimée am Strand von Santanyí in eine zerbrochene Muschel getreten war. Sie hatte fürchterlich geweint, und ihre Mutter war angesichts des vielen Blutes außer sich gewesen. Raouf hatte gesehen, was passiert war, ihre Mutter beruhigt, Aimée in sein Auto getragen und zum nächsten Arzt nach Santanyí gebracht. Aimée wusste bis heute nicht, wie er es geschafft hatte, sie trotz des brennenden Schmerzes an ihrer Fußsohle ein wenig zum Lachen zu bringen. Vor allem, weil er nur französisch mit ihr sprach.

Aber vielleicht waren es nicht nur seine beruhigenden Worte, die für ihre Kinderohren wie eine Zaubersprache klangen, sondern der Fremde mit den dunklen Locken und dem Dali-Bärtchen sah auch noch aus wie ein Zauberer. Und schon am gleichen Abend aßen sie zusammen mit ihm in einem Strandrestaurant in der Cala Figueras. Zwar hatte ihre Mutter ein Faible für Französisch, doch für eine komplette Konversation reichte es dann doch nicht. Und so wurde es ein Abend, an dem sie sich alle drei mit Händen und Füßen verständigten und sehr viel lachten. Ihre Mutter hörte gern französische Chansons, und bei ihnen zu Hause lief von früh bis spät Serge Gainsbourg, France Gall oder Dalida. Aus dieser Vorliebe rührte auch ihr außergewöhnlicher Name: Aimée. Susanne Berger hatte sich keinen schöneren Namen für ihre Tochter vorstellen können als einen, der impliziert, dass ihre Tochter geliebt wurde. Aimée mochte ihren Namen.

Für die nächsten zehn Jahre waren Susanne Berger und Raouf ein Traumpaar. Er folgte seiner neuen Liebe und ihrer kleinen Tochter nach Hamburg, und die deutsch-algerische Allianz, wie Raouf ihre Beziehung liebevoll nannte, war für Aimée eine Selbstverständlichkeit, und das mit allem, was dazugehört: kein Schweinefleisch, politische Diskussionen, Merguez und Couscous.

»Du wirst bei mir essen, du Katastrophe! Mateo ist auch hier.« Raouf wies mit dem Kopf an das Ende des Tresens, wo bereits ein Weinglas stand. Seine dunklen, mittlerweile mit grauen Strähnen durchzogenen Locken trug er zu einem Zopf zusammengebunden. Er war ein Typ, der aus der Menge herausstach, und seine dunklen Augen blickten immer noch genauso amüsiert über das Leben wie damals. »Er holt sich gerade Zigaretten.« Dabei nahm er Aimée in den Arm und drückte ihr einen festen Kuss auf die Haare.

»Tout va bien?« Ihr Stiefvater sah sie von der Seite an. »Was ist passiert?«

Aimée schluckte. Es war einfach unmöglich, ihm etwas vorzumachen. Doch im Moment lag ihr nichts ferner, als Raouf von ihrem absonderlichen Vormittag zu berichten.

»Es ist alles in Ordnung, Papá. Wirklich.« Sie rang sich ein aufrichtiges Lächeln ab und drückte ihm einen Kuss auf die Wange. Er sie sah wartend an. »Ein alter Fall, Papá. Ich soll einen alten Fall wieder aufnehmen.«

»Du arbeitest zu viel. Was willst du mit dem ganzen Geld, das du verdienst?«

»Das sagt der Richtige.«

»Ma biche, ich meine es ernst. Du brauchst mal ein paar Tage für dich. Du reibst dich für deine Fälle viel zu sehr auf.«

»Papá, ich hab alles im Griff. Jetzt, wo Josephine nicht kommt, werde ich einfach ein wenig entspannen. Vielleicht melde ich mich zum Yoga an.«

»Du und Yoga? Muss man da nicht still auf dem Boden sitzen?«

Aimée faltete die Hände vor der Brust und summte ein tiefes »Om«. Er schüttelte lachend den Kopf, als ein Gast nach ihm rief.

»Raouf, dos cervezas, por favor.«

Wenige Augenblicke später saß Aimée neben Mateo am Tresen und hatte ein Glas Rosado aus dem Navarra vor sich stehen. Er trug ein hellblaues Designerhemd und eine verwaschene modische Jeans-Bermuda. Dazu weiße Segelschuhe. Mateo hatte eine Schwäche für teure Klamotten. Aber wie Aimée zugeben musste, standen sie ihm auch. Ihr Freund sah sie aus seinen braunen Augen skeptisch an.

»Que passa, Aimée? Muss ein wichtiger Termin gewesen sein, dass du unsere Jogging-Runde sausen lässt. Hast du wieder einer untreuen Ehefrau hinterherspioniert? Oder sollst du wieder Ahnenforschung betreiben, um herauszufinden, wie die Eigentumsverhältnisse eines einsam gelegenen Grundstücks aussehen?«

Aimée winkte ab. Sie wollte nicht ins Detail gehen. »Weder noch, Mateo. Ich will nicht drüber reden.«

»Was soll das heißen, mi ángel? Du siehst irgendwie mitgenommen aus, so als würdest du mit deinem nächsten Auftrag wieder deinem verdammt heißen Ex-Geliebten in die Quere kommen ...«

Darüber wollte Aimée lieber nicht nachdenken, aber er hatte recht. Falls sie sich wirklich im Auftrag Garcia de Miravelles erneut in den Fall einarbeitete, musste sie über kurz oder lang Diego informieren. Doch das würde sie so weit wie möglich hinausschieben.

Diego Fuentes, Hauptkommissar mit großen Ambitionen und Aimées Ex-Lover. Wegen ihm hatte sie vor fast zwei Jahren Hamburg verlassen, Spanisch gelernt und war nach Palma gezogen. Zunächst hatte er für ihre Arbeit auf Mallorca nur ein müdes Lächeln übrig. Eine Frau als Privatdetektivin, *imposible.* Für unmöglich hatte sie es im Nachhinein auch gehalten, dass sie ihre Ehe für einen Mann beendet hatte, der Frauen lieber Paella zubereitend mit drei Kindern in der Küche stehen sah, als dass sie sich unabhängig um ihre eigene Karriere kümmerten.

Doch sie tröstete sich: Zu einer Begegnung mit ihm würde es nur kommen, wenn der Fall wieder aufgenommen wurde. Sie würde die mallorquinische Polizei nicht einschalten, vorerst jedenfalls nicht.

»Aimée? Oder hast du Diego bereits benachrichtigt?« Er klang nun ernstlich besorgt.

»Nein, Mateo. Natürlich nicht.«

»Ehrlich gesagt, will ich auch gar nicht wissen, wem du jetzt schon wieder nachspürst«, sagte er prompt und schaute ostentativ auf die kleinen Geflügelstückchen, die im Wechsel mit kleinen roten Peperoni auf einem kleinen Holzspieß hinter einer Glasvitrine auf hungrige Gäste warteten. Seine Miene strafte ihn Lügen. Aimée wusste, dass Mateo es liebte, wenn sie ihn in ihre Fälle einweihte.

Der gebürtige Mallorquiner war einer der besten Konditoren Palmas und hatte kürzlich seine zweite Filiale auf der Insel eröffnet, beides Bäckereien, die nach alten überlieferten Rezepten Brote und Gebäck herstellten, dazu ausgefallene Tortenkreationen. Er und Peer hatten sich bei einem Fotoshooting in Hamburg kennengelernt, als Mateo seine Ausbildung mit einem Praktikum bei dem Chefpatissier eines Hamburger Fünfsternehotels krönte. Josephine war damals erst drei Jahre alt gewesen. Für Peer war es ein lukrativer Auftrag gewesen, die Top Ten der weltbesten Tortenbäcker in ihrem »Working-Place« für ein Hochglanzmagazin zu fotografieren.

»Ehrlich gesagt, weiß ich im Moment noch gar nicht, ob ich den Auftrag überhaupt annehme. Jetzt, wo Josephine nicht nach Mallorca kommt, wollte ich mir eine Auszeit gönnen, Yoga oder vielleicht wandern ...«

»Das klingt ziemlich gut. Leider kann ich dich nicht begleiten. Eigentlich dürfte ich bei dem Arbeitspensum, das vor mir liegt, überhaupt nicht hier sitzen.«

»Warum, wer darf denn deine nächste Buttercremesünde verspeisen?«, fragte Aimée, und bei dem Gedanken an die edlen Torten überfiel sie sofort ein unbändiger Appetit auf Süßes.

»Nicht nur eine Person, sondern gleich eine ganze Hochzeitsgesellschaft. Einer der einflussreichsten Hoteliers Mallorcas feiert die Hochzeit seines Sohnes, da lasse ich mir natürlich etwas einfallen. Ich meine, Patrick Dengler ist kein kleiner Fisch.«

»Das klingt nicht nach kleinen Törtchen.«

»Nein, es wird groß, größer, am größten«, erwiderte Mateo stolz, während Aimée immer mal wieder zu dem laufenden Fernseher hinsah, der in der Ecke der Tapasbar an der Decke hing. »Also, zunächst sollte ich nur die Hochzeitstorte kreieren, jetzt will er ein ganzes Kuchenbuffet. Es ist der Wahnsinn«, erzählte Mateo.

»Der Sohn von Patrick Dengler heiratet? Wen?«, wollte Aimée wissen und sah ihrem Vater zu, wie er mit einem Spezialmesser ein Stück Rinderschinken abschnitt. Sie nahm sich ein Stück von dem krossen Weißbrot, das bereits vor ihnen in einem mit weißer Serviette ausgeschlagenen Korb stand.

»Soweit ich informiert bin, die Erbin eines italienischen Modeimperiums.«

»War klar.«

»Man munkelt, es sei eine Liebeshochzeit«, ergänzte Mateo. Das bezweifelte Aimée. Sie vermutete einen Geschäftsdeal, der die Firma des deutschen Baulöwen nur noch weiter stärken sollte. Sie nahm einen Schluck von ihrem Rosé.

»Kann ich mir kaum vorstellen. Ich verbinde den Namen Dengler eigentlich nur mit zu schnell hochgezogenen Ferienhäusern, die zu lange leer stehen.«

»Wo hast du das denn her?«, fragte er etwas pikiert. Aimée legte irritiert die Stirn in Falten. Wollte Mateo diesen Unsympathen etwa verteidigen?

»Egal, ich habe mal was über ihn gelesen«, lenkte sie ein. Sie wollte Mateo nicht den Spaß verderben. Er hatte seinen Auftrag, das war das Wichtigste.

»Jedenfalls ist er ein sehr interessanter Mann. Als Inhaber mehrerer Hotels engagiert er sich auch für Umweltstandards und vertreibt in seinen Hotelboutiquen Bioprodukte. Er hat mich sogar darauf hingewiesen, keine Plastikverpackungen zu verwenden.«

Aimée zog die Augenbrauen hoch und zuckte mit den Schultern. Tatsächlich? Bemüht, bei Mateos Themen zu bleiben und somit von weiteren Fragen, wie sie den Vormittag verbracht hatte, abzulenken, erkundigte sie sich nach der Neueröffnung seines Ladens in Pollença.

»Pollença ist nicht Palma. Sagen wir mal, es lässt sich etwas schleppend an. Aber es muss sich auch dort erst einmal herumsprechen, dass wir das beste Brot und die hervorragendsten Torten der Insel backen.« Seine braunen Augen blitzten zwar, aber Mateo klang, als ob er sich selbst Mut zusprechen wollte. Er raufte sich durch seine dichten schwarzen Locken und lächelte sie optimistisch an. Aimée wusste, wie viel er in diesen zweiten Laden investiert hatte, und sie hoffte inständig, dass die liebevoll designte Pastelería ein Erfolg werden würde.

»Der Auftrag für Dengler ist für mich *die* Chance, in gewissen Kreisen Fuß zu fassen. Es wird nicht nur die Crème de la Crème Mallorcas bei der Verlobung sein, sondern auch internationale Gäste. Und wer weiß, vielleicht verschicke ich demnächst meinen Torten nach Hamburg und Düsseldorf.« Seine dunklen Augen glänzten wie geschmolzene Zartbitterschokolade.

»Ich bin sicher, sie werden sich die Finger nach deinen Kreationen lecken.« Aimée wünschte sich für den leidenschaftlichen Konditor, dass seine Träume wahr wurden.

»Hoffentlich«, erwiderte Mateo und nahm Raouf den Teller ab, auf dem der hauchdünn geschnittene Cecina de Léon zu einem appetitlichen Berg angerichtet war. Aimée angelte sich mit den Fingern ein Stückchen und schob es in den Mund.

»Wie soll man bei so einem Schinken Vegetarierin werden?«, seufzte sie und griff schon nach dem nächsten Stück, als ihr Blick erneut von den Fernsehbildern einfangen wurde.

Einer Reportage auf Antena 3 über die Unterwasserwelt Mallorcas folgten die Nachrichten, die mit einer abgesperrten Hotelterrasse ihre neuesten Meldungen eröffneten. Zu sehen waren zwei Polizisten, die vor dem riesigen Panoramafenster schaulustige Hotelgäste in Schach hielten. Auf dem im unteren Bild eingeblendeten Laufband erschien die Schlagzeile: »Mord im Luxushotel? – Tote auf Poolterrasse.«

»Mateo, ist das nicht Patrick Dengler?«, fragte Aimée und zeigte mit einer Olive zwischen ihren Fingern auf den Bildschirm. Mateo sah auf und hätte sich beinah verschluckt.

»Das ist Dengler. Eine Tote? Im El Sueño? Ach du lieber Himmel.«

In der nächsten Einstellung war Aimées Ex-Freund Diego Fuentes zu sehen, der offensichtlich nicht besonders auskunftswillig war. Ganz schön gereizt, erkannte Aimée verwundert. Eigentlich brachte Diego selten etwas aus der Fassung. Kontrolltyp und Workaholic war zwar keine gute Mischung, wie sie während ihres Zusammenlebens schnell feststellen musste, aber nach außen war Diego stets die Ruhe selbst.

Während Mateo sein Handy zückte, trank Aimée ihr Glas aus. Mit halbem Ohr hörte sie, dass es sich um die Yoga-Lehrerin des Hotels handelte. Wie passend. Wer hatte denn ein Interesse daran, eine Yoga-Lehrerin ins Nirwana zu befördern? Oder war sie über eine Yoga-Matte gestolpert?

Aimée nahm sich eine Serviette und packte die restlichen Tapas hinein. Das war definitiv keine Frage, die sie beantworten musste.

»Du willst doch jetzt nicht gehen?«

»Mateo, ich bin müde. Wir telefonieren.«

»Wegen heute Morgen ...« Mateo nahm sie in den Arm und gab ihr rechts und links einen Kuss auf die Wange. »So ohne Erklärung kommst du mir nicht davon.« Dann zwinkerte er ihr zu.

»Ich rufe dich morgen an und erzähle dir alles, d'accord?«, vertröstete sie ihn. »Papá, kann ich noch eine Flasche Rosado mitnehmen?

»Und früh schlafen«, ermahnte Raouf sie und reichte ihr den Navarro, den Aimée in ihrer Tasche verstaute. »Du siehst ziemlich blass aus«, rief er ihr hinterher. Doch da war Aimée schon aus der Tür.

Carrer de la Corderia, Palma

Aimée ließ die Tür lauter als sonst hinter sich zufallen, streifte ihre Schuhe ab und stellte ihre Tasche auf den massiven langen Holztisch, der den offenen Wohnküchenbereich dominierte. Für ihren Ein-Personen-Haushalt war er viel zu groß. Doch sie hing an dem Tisch, den sie sich aus Hamburg mitgebracht hatte, und so nutzte sie ihn nicht nur als Ess- und Schreibtisch, sondern auch als Ablage für alles, was sonst keinen eigenen Platz hatte.

Nachdem sie ein Glas aus der Küchenvitrine geangelt und sich von dem Rosado eingeschenkt hatte, schnappte sie sich ihren Laptop und ging auf ihre kleine Dachterrasse. Aimée setzte sich im Schneidersitz auf das Daybed und blickte auf die Lichter, die an der Bucht von Palma wie hingeworfene Silbermurmeln den Abend ankündigten. Noch immer überkam sie dieses sehnsüchtige Kribbeln bei dem Blick über die weite Bucht, die sich von Magaluf im Westen bis nach S'Arenal im Osten erstreckt. Ihre Tochter nannte die kleine Dachterrasse ihr Rettungsdeck und liebte die kleine Terrasse genauso wie sie. Fern von Schule und Freunden, lag Josephine hier stundenlang, ihre langen Beine über dem Geländer ausgestreckt, und versank in die Welt ihrer Fantasy-Romane.

Ihre Tochter hatte versprochen, ein Wochenende im Juni zu kommen. Und dann natürlich in den Sommerferien. Aber wer weiß, vielleicht schoben sich wieder andere Pläne dazwischen? So wie vor wenigen Wochen, als Josephine ihren Besuch für die Maiferien absagte. Die Eltern ihres Freundes Luca hatten sie spontan eingeladen, mit nach Dänemark zu fahren, wo sie mit mehreren Familien ein Haus gemietet hatten.

Aimée nippte an dem Rosé. Sie freute sich für ihre Tochter, dass sie selbstständig und flügge wurde. Aber wehmütig war ihr trotzdem zumute. Entschlossen klappte sie den Laptop auf, gab den Namen de Miravelles und das Jahr 2016 ein und begann, von Artikel zu Artikel zu springen.

Die Faktenlage spiegelte sich in den Zeitungsartikeln genauso wider, wie sie es in Erinnerung hatte; auch ein Blick in ihre Unterlagen ergab keinen neuen Anhaltspunkt. Es war zum Verrücktwerden. Wo bist du, Lélia?

Sie stellte das Glas auf die Ablage, die ihr Peer aus alten Bootsplanken gebaut hatte, und schloss den Laptop. Es war dunkel geworden. Desinteressiert hing der aufgehende Mond über einem Kreuzfahrtschiff. Kein Wind, nicht die kleinste Brise drang vom Meer her zu ihr hoch. Sie dachte an den Eindringling, der sie wie Zorro aus dem Bett gerissen hatte, an den gestohlenen Andy Warhol, von dem nur Garcia selbst und seine Tochter wussten. Sie dachte an Josephine und ihr glückliches Kinderlächeln. Was veranlasst Menschen dazu, Dinge zu tun, ohne darüber nachzudenken, was ihr Handeln für andere Menschen bedeutet? Ihr fielen die Augen zu, und sie träumte davon, wie sie in einem Raum voller Campell-Dosen Yoga machte. Ihre Beine schienen wie aus Gummi, und eine Yoga-Lehrerin flüsterte ihr immer wieder die gleichen Worte ins Ohr, die sie nicht verstand. Über allem dröhnte ein tiefes Om, das in ein Surren überging.

Die Luft fühlte sich klamm und feucht an, als Aimée von ihrem Handy geweckt wurde, das wie eine unter Glas gefangene Wespe vibrierte.

Eine mallorquinische Festnetznummer, die sie nicht kannte, leuchtete auf ihrem Display auf. 22.20 Uhr. Aimée hoffte nur, dass es kein Tourist war, der seine Ehefrau vermisste, und auch keine Touristin, der ihr Ehemann in einem Club abhandengekommen war. Aimée setzte dem Wespentanz mit einer Wischbewegung ein Ende.

»Aimée Sander, Agencia de detectives.«

»Ich rufe im Auftrag von Señor Dengler an.«

Wenn ihr nächtlicher Anrufer einen Ausbruch der Begeisterung von ihr erwartete, konnte er lange warten.

»Und Sie sind?«, fragte Aimée.

»Manuel Fernandez, Secretario particular de Señor Dengler. Hören Sie, Sie sind uns als beste Privatermittlerin

Palmas empfohlen worden, und Señor Dengler benötigt dringend Ihre, sagen wir, Ihre Unterstützung. Der Ruf unserer Hotels steht auf dem Spiel.«

Dengler? Sie kniff sich in ihren Oberschenkel und setzte sich auf. Ein leichter Wind war aufgezogen. Fröstelnd zog sie sich ihr Strandplaid über die Schultern.

»Eigentlich nehme ich im Moment keine Aufträge mehr an, Señor Fernandez. Ich muss Sie leider enttäuschen –, ich stecke in anderen Ermittlungen«, erklärte sie. Noch hatte sie Garcia weder ab- noch zugesagt, sie hatte also noch nicht einmal gelogen. Aimée wusste nicht, warum sie so gereizt reagierte, aber das formelle Gesäusel des Secretario ging ihr gehörig auf die Nerven.

»Señor Mateo Conta hat uns versichert, dass Sie uns helfen können.«

Mateo hatte sie Dengler empfohlen? Ohne ihr etwas zu sagen? Ihre Sprachlosigkeit nutzte der Secretario aus, um nachzulegen. Sie schwang sich von dem Daybed und ging mit dem Handy am Ohr in die Küche, um sich ein Glas Wasser zu holen.

»Leider hat sich in einem unserer Hotels ein großes Unglück ereignet, das von einem Ehepaar, das bei uns Urlaub macht, bemerkt wurde«, holte der Anrufer aus. »Jetzt ist an eine interne Ermittlung ohne Presserummel leider nicht mehr zu denken …«

Ach? War der Mann nicht ganz bei sich?

»Deuten Sie an, dass sie den Mord lieber vertuschen wollten?«

»Sigñora, so ein hartes Wort. Die Polizei wird sicher hervorragende Arbeit leisten. Aber bei einer möglichst raschen Aufklärung besteht immerhin die Möglichkeit, dass die Journalisten noch vor der Hochzeit von Señor Denglers Sohn das Interesse verlieren.«

»Selbstmord wurde bereits ausgeschlossen?«, fragte Aimée.

Er räusperte sich.

»Schon gut. Ich habe vorhin die Nachrichten gesehen. Das heißt, die Polizei ermittelt wegen Mordes?« Es war eine rhetorische Frage. Diego war eingeschaltet, er würde sich den Fall nicht so schnell aus der Hand nehmen lassen.

»Señora, Sie müssen noch heute Abend mit Señor Dengler persönlich sprechen. Er setzt alle Hebel in Bewegung, um den Täter so schnell wie möglich zu fassen, und erwartet Sie bereits in seinem Apartamento.«

Das wurde ja immer besser.

»Ich bin sicher, dass die Polizei alle nötigen Schritte eingeleitet und mit ihren Ermittlungen bereits begonnen hat. Mehr kann ich ...«

»Mateo hat uns versichert, dass Sie uns helfen werden. Er hat uns Ihre Kompetenz wärmstens ans Herz gelegt. Enttäuschen Sie Señor Dengler nicht. Er scheint von Ihren Fähigkeiten ebenso begeistert zu sein wie von Mateos Backkünsten. Aber Menschen sind ersetzbar und natürlich auch Konditoren ... womit ich nicht sagen will, dass ...«

... eine Hand, die andere wäscht. Aimée hatte verstanden. Ärger stieg in ihr hoch. Hätte Mateo sie nicht wenigstens vorwarnen können? Die Grenzen zwischen einem Freundschaftsdienst und Erpressung konnten fließend sein. Woher kam ihr das nur bekannt vor?

»Wohin soll ich kommen?«

Avenue de Gabriel Roca, Palma

Die Inneneinrichtung der Penthouse-Wohnung war teuer, modern und seelenlos. Eine mit alabasterweißem Teppich bezogene Wendeltreppe, die in eine zweite Etage führte, zog als Erstes Aimées Aufmerksamkeit auf sich. Parallel zu dem Treppenturm eröffnete sich eine gefühlt zwanzig Meter breite Fensterfront, deren Türen halb aufgeschobenen waren.

Sie hatte Mateo nicht erreicht. Hatte er im Gespräch über die Hochzeitsvorbereitungen sein komplettes Privatleben ausgeplaudert und Dengler von ihrer Freundschaft erzählt? Aber warum sollte er ihm von ihr erzählen?

Aimée zog ihre Lederjacke vorne zu. Die Nachtluft drang in den Raum. Hinter einer halbhohen gläsernen Balustrade sah sie den Jachthafen Palmas im dunklen Halbschlaf liegen. Bis hier oben hin hörte man das Klappern der Verschnürungen und Seile, die an die Masten der millionenteuren Boote schlugen. Geduldig und unbeeindruckt von den Sehnsüchten und dem Stolz ihrer Besitzer, taumelten sie im schwarzen Hafenwasser.

Dengler hatte sie an der Tür empfangen und war gleich darauf an die Bar gegangen, um ihnen einen Drink einzuschenken.

»Womit kann ich Sie beglücken? Ich habe einen großartigen Hamburger Gin in meiner Bar. Sie bevorzugen ihn ohne Gurkenscheibe, nicht wahr? Ich habe auch eine Schwäche für Purismus.« Er wandte sich kurz zu ihr um, hob beide Hände und wies auf sein Apartment, um seine Worte zu unterstreichen.

Bisher hatte Aimée einen der größten Immobilienbesitzer Mallorcas nie persönlich kennengelernt, aber aus Bemerkungen, die über ihn fallen gelassen wurden, und diversen Zeitungsberichten hatte sie sich in den letzten beiden Jahren ein Bild von dem gebürtigen Düsseldorfer machen können, der schon als junger Mann von seinem Vater ein erfolgreiches Maklerbüro in Sóller übernommen hatte. Profitorientiert, dabei intelligent und attraktiv. Dass er über ihre Herkunft und ihre Trinkgewohnheiten Bescheid wusste, sollte sie wohl verunsichern, aber Aimée gab sich ungerührt. Trotzdem fragte sie sich, woher er seine Informationen hatte.

»Weder mit noch ohne Gurkenscheibe, Herr Dengler. Ich bin nicht privat hier.«

»Stimmt, Signora Sander, Sie haben recht. Ich sollte mich auf das Wesentliche konzentrieren. Dann also Wasser?« Er schenkte es bereits aus einer Karaffe ein und kam einen Augenblick später mit dem Glas in der Hand auf sie zu. Aimée musste zugeben, was seinen Ruf betraf, war er alles andere als ein Sympathieträger, aber die Fotos in den Zeitungen schmeichelten ihm nicht, er *sah* gut aus. Sein Lächeln war gewinnend, auch wenn es sie beim Anblick seiner hellblauen Augen fröstelte. Wolfsaugen, deren Blick man standhalten sollte, wollte man ihm unversehrt entkommen. Sie nahm das Glas, trank einen Schluck, während sie genau das tat. Wenn er glaubte, sie irritieren zu können, nur weil er ihren Lieblingsdrink kannte, hatte er sich geschnitten.

»Entschuldigen Sie bitte die Umstände, die ich Ihnen mache, Señora Sander. Es ist sonst nicht meine Art, Frauen mitten in der Nacht zu mir zu bestellen.« Warum hatte sie dann das Gefühl, das genau das seine Art war? Obwohl er verheiratet war. Mit einer Mallorquinerin, soweit sie wusste.

»Es ist mir egal, wen sie zu welcher Uhrzeit zu sich bitten, ich kann Ihnen nur sagen, dass ich möglichst bald ins Bett will, und zwar in mein eigenes. Also ich wäre Ihnen dankbar, wenn Sie Ihre Spielchen lassen und zur Sache kommen, ansonsten ... « Seelenruhig stellte sie das Glas auf dem Chromtisch ab. Während er am Tresen lehnte und sie schweigend taxierte, wurde es ihr zu viel. Sie wandte sich zum Gehen.

»Bleiben Sie!« Er hielt sie am Ellbogen fest. Ein Blick von ihr, und er ließ seine Hand sinken. »Ich wollte mich nur vergewissern, dass Sie wirklich die durchsetzungsstarke Frau sind, als die Mateo sie mir beschrieben hat. Sie müssen verstehen, dass ich mich in der Situation, in der mich befinde, vergewissern muss, dass ich mich mit absoluter Kompetenz umgebe. Setzen Sie sich doch. Bitte.«

Wenn sie Mateo lediglich einen Gefallen schuldig gewesen wäre, wäre jetzt der perfekte Moment, um dieses Apartment zu verlassen. Doch Mateo hatte ihr zu oft aus der Patsche geholfen, also setzte sie sich auf das einzige dunkle Möbelstück, ein schwarzes Ledersofa. Dengler nahm ihr gegenüber in einem riesigen quadratischen Sessel Platz, schlug die Beine übereinander, die Arme ausgebreitet auf die Lehnen gestützt. Seine Körperhaltung hätte jedem Therapeuten Tränen der Freude in die Augen getrieben, ein Paradebeispiel für einen Narzissten. Richtig nahegegangen war ihm der Tod einer seiner Mitarbeiterinnen anscheinend nicht – und wenn, ließ er sich jedenfalls nichts anmerken.

»Was versprechen Sie sich davon, mich einzuschalten, Herr Dengler?«, fragte Aimée. Er konnte nicht ernsthaft im Sinn haben, ihr die halbe Nacht seine Macht zu demonstrieren.

»Wie gesagt, ich mag Menschen, die sich durchsetzen können, besonders Frauen. Und selbstverständlich will ich Sie nicht länger als unbedingt nötig hier festhalten.« Dengler lächelte.

Sie musste sich zusammenreißen, Mateo zuliebe. Sie lächelte knapp zurück.

»Also, über die Fakten muss ich Sie nicht weiter aufklären?«

»Nein.«

»Gut, dann wissen Sie, dass es sich nicht um einen Unfall handelt. Auch ein Suizid wird bereits ausgeschlossen. Die Situation ist durch das offensive Gebaren einer unserer Hotelgäste etwas angefeuert worden …« Er stockte.

»Wenn ich Ihnen weiterhelfen soll, müssen Sie schon etwas deutlicher werden«, bemerkte Aimée trocken.

»Wir hatten bereits die Vorhänge zu den Terrassentüren zugezogen, um die Pool-Lounge, um Nima vor den neugierigen Blicken der Hotelgäste zu schützen, bis die Polizei eintrifft. Aber das Ehepaar Fähnrich bestand darauf, sein Frühstück dort einzunehmen. Herr Fähnrich hat die Volants eigenmächtig beiseitegerissen.« Dengler hob den Kopf und strich sich mit der Hand über die Stirn. »Der Schrei seiner Frau hat beinahe sämtliche Gläser in unserer Bar zum Zerspringen gebracht. Sie haben sofort das Gerücht in Umlauf gesetzt, Nima sei ermordet worden. Dabei lag sie doch einfach nur so da …« Er schüttelte den Kopf und stützte sich vornüber gebeugt mit den Ellbogen auf den Knien ab.

»Kannten die beiden Nima denn persönlich?«, fragte Aimée.

»Nima war seit zwei Jahren die Yoga-Lehrerin von Frau Fähnrich – also, wenn sie mit ihrem Mann hier auf Mallorca war. Ob sie einander privat kannten, weiß ich nicht – und da kommen Sie ins Spiel, Señora Sander. Ich will nicht nur wissen, ob Nima Kontakte mit Hotelgästen abseits von ihren Yoga-Stunden pflegte, sondern ich wäre Ihnen sehr dankbar, wenn Sie auch einen Blick auf ihre privaten Beziehungen werfen.«

»Nima ist keine Einheimische?«, mutmaßte Aimée.

»Nein, sie ist Deutsche. War Deutsche. Roth. Nima Roth. Neun Monate des Jahres arbeitete sie bei uns. Sie lebte auf einer alternativen Land-Finca in der Nähe von Llucmajor.«

»Und den Rest des Jahres?« Aimées Handy surrte auf.

»Einen Moment.« Als sie den Anrufer sah, drückte sie ihn weg. Einen Moment später ertönte das sanfte Pling einer eingegangenen Nachricht. Aimée hob die Augenbrauen.

»Etwas Wichtiges?« fragte Dengler. Er klang eine Spur beleidigt. Ohne zu antworten, las sie die Kurznachricht. Garcia de Miravelles hatte ein goldenes Fußkettchen im Garten gefunden. Er war sicher, dass es Lélia gehörte und dass sie es nicht schon vor einem Jahr dort verloren haben konnte. Der Zustand des Kettchens war tadellos.

»Hm.« Sie wollte eine Nachricht zurücktippen, schloss aber schließlich ihr Handy und war wieder bei Dengler. »Also, wo verbrachte Nima den Winter?«

Zufrieden fuhr er fort. »Sie gab überall auf der Welt Yoga-Retreats, in Thailand, auf Bali, in Sri Lanka – sie ist ein Star in der Yoga-Welt. Die komplette Yoga-Etage im El Sueño wurde nach ihrem Konzept gestaltet.« Er hielt inne, und Aimée bekam den Eindruck, als ob ihm erst jetzt das Ausmaß dessen klar wurde, was ihr Tod bedeutete. Sie versuchte, sich auf Dengler zu konzentrieren, während sie überlegte, was sie de Miravelles antworten sollte.

»Haben Sie der Polizei gegenüber bereits eine Vermutung geäußert, wer für Sie als Täter infrage kommt?«, wollte sie wissen.

Dengler blickte sie entgeistert an. »Nein, natürlich nicht. Hätte ich Sie sonst hierher bestellt.«

»Herr Dengler, ich will mich einfach nur auf dem gleichen Stand befinden wie die Polizei. Sonst können wir das Ganze hier auch gleich sein lassen.« Nichts wäre ihr lieber als das. Garcia de Miravelles *und* Patrick Dengler, na danke.

»Es tut mir leid. Sie haben recht. Ehrlich gesagt, war ich der Polizei heute Mittag keine große Hilfe. Welches Motiv sollte jemand haben, eine erfolgreiche und großherzige buddhistische Yoga-Queen umzubringen? Habgier? Eifersucht?« Er stellte sein Glas so heftig ab, dass Aimée glaubte, es würde auf dem Tisch zu Bruch gehen. Sie sah ihm an, dass ihn das befriedigt hätte.

»Das frage ich Sie, Herr Dengler. Schließlich hat die Tote für Sie gearbeitet.« Aimée nahm ihm den ahnungslosen Hotel-Tycoon einfach nicht ab.

»90 Prozent aller Morde sind Beziehungsdelikte. Hatte Nima Roth einen Freund?«, stellte sie eine Standardfrage.

Dengler blickte in sein Glas und schwenkte das Wasser darin, also ob es sich um einen kostbaren Whiskey handelt.

»Wissen Sie, Nima war eine sehr unabhängige Frau. Ein Freigeist. Wie sie auf den Pressefotos sehen können, war sie sehr attraktiv.«

»Das beantwortet nicht meine Frage.«

»Ehrlich gesagt, ich weiß nichts von einer festen Beziehung. Sie war etwas unstet, um es mal so auszudrücken.«

Aimée nickte.

»Frau Sander, ich möchte, dass Sie ins El Sueño fahren und sich an der Hotelbar etwas umhören.«

»Jetzt? ...«

»Es sind keine 20 Minuten von hier nach Portals Nous. Mein Fahrer wartet unten.«

»Ich bin mit meinem Motorrad gekommen und nachdem ich Ihr Apartment verlassen habe, werde ich zurück in die Altstadt fahren und zu Bett gehen.« Sie warf einen Blick auf ihr Handy, zwanzig nach zwölf. Ihr Ohrgeräusch hatte sich mittlerweile zu einem unangenehm ziehenden Kopfschmerz entwickelt. Sie stand auf, schob ihr Handy in ihren schmalen Lederrucksack und zog ihn sich über die rechte Schulter.

»Ihr Freund Mateo hat beteuert, wie zuverlässig Sie sind. Genauso wie er Ihnen stets zur Seite steht, kann er sich doch auf Sie verlassen, oder? Ich habe auch noch ein Angebot aus Barcelona auf dem Schreibtisch liegen, ein Traditionsunternehmen mit exquisitem Ruf. Ihre Spezialität, Champagner-Macarons.«

Ihr Magen zog sich zusammen, so sauer war sie. Mateo, warum tust du mir das an? Dass sie ihre Freundschaft auf diese Art unter Beweis stellen musste, nahm sie ihm übel. Sie zog ihren Schlüssel aus der Tasche.

»Ich bezweifele zwar, dass ich um diese Uhrzeit irgendetwas in Erfahrung bringen kann. Der Täter wird sich wohl kaum an der Hotelbar betrinken, nachdem er heute Morgen dort einen Menschen getötet hat.«

»Danke. Und melden Sie sich anschließend bei mir.«

Diese Gutsherrenmentalität raubte Aimée den letzten Nerv. »Wird es in ihrem Hotel morgen früh Yoga-Stunden geben?«, fragte sie statt einem Jawohl Sir.

»Selbstverständlich. Das sind wir unseren Gästen schuldig. Business as usual, auf jeden Fall.«

»Ich werde morgen früh in den ersten Yoga-Kurs gehen und mich anschließend an den Poolbars umsehen. Sie hören dann morgen Nachmittag von mir.«

»Ich bin Ihnen sehr dankbar.«

»Sicher.« Im Hinausgehen drehte sich Aimée noch einmal um und blieb kurz stehen.

»Eine Frage habe ich noch. Warum sind sie wirklich beunruhigt?«

Patrick Dengler schob die Ärmel seines weißen V-Ausschnitt-Pullovers hoch und sah sie mit blauen Augen an. Seine Mimik änderte sich plötzlich. Seine arrogante Art wich einer besorgten Haltung.

»Ich habe vorhin einen Anruf erhalten. Die Teamleiterin für den Kinderbereich meines Resorts in Santanyí ist heute Abend nach dem Essen zusammengebrochen. An der Rezeption wurde ein Drohbrief abgegeben, so eine Art Bekennerschreiben. Tatsächlich deutet alles auf eine Vergiftung hin. Unser Hotelarzt hat sie versorgt. Jetzt liegt sie im Bett und schläft. Könnten Sie sie ebenfalls morgen befragen?« Er reichte ihr sein Handy, damit sie das abfotografierte Schreiben lesen konnte:

We start with your stuff, than we take care for the wedding of your son. No more investments on the island. Money destroys nature. R.w.a.C. (Rebels with a Cause)

»Und Sie haben dieses Schreiben nicht der Polizei gezeigt?«

Dengler schüttelte den Kopf. Er wirkte plötzlich verändert. Nervös rieb er die Handflächen gegeneinander. Sie sah, dass die Innenflächen seiner schönen Hände verschorft und stark gerötet waren. Aimée wusste nicht, wie ernst man dieses Schreiben nehmen konnte, aber Patrick Dengler schien über etwas die Kontrolle verloren zu haben. Jedenfalls für einen Moment.

El Sueño Roof Bar, Portals Nous

Während Aimée die Treppen in die Roof-Bar des El Sueño hochging, sprach sie entnervt auf Mateos Mailbox. Zum dritten Mal. »Mateo, melde dich bitte. Was hast du Dengler über mich erzählt? Wo steckst du? Ruf. Mich. Zurück!« Auf der noch gut besuchten Dachterrasse angekommen, taxierte sie die Gäste und entdeckte schließlich einen freien Platz auf einem der mit riesigen Kissen belegten betongrauen Sofas.

Aimée setzte sich auf eine der Sofalehnen. Zwei junge deutsche Frauen in hautengen Shorts und weißen Spitzentops ließen sich willig mit ihr auf ein Gespräch ein. Obwohl sie die Nachricht schon am Morgen erhalten hatten, waren sie immer noch tief berührt, dass ihre charismatische Trainerin am nächsten Morgen nicht mehr mit ihnen in ein befreiendes Om einstimmen würde.

»Ich kann immer noch nicht glauben, dass Nima nicht mehr bei uns ist. Wir sind schon den dritten Sommer in diesem Hotel, und das nur wegen ihr. Wie kann ein Mensch mit so viel positiver Energie so früh sterben?« Die dunkelblonden Zöpfe der muskulösen Yoga-Schülerin schwangen um ihr hübsches Gesicht, während sie den Kopf schüttelte.

»Gestern Abend hatte sie noch eine Hatha-Yoga-Stunde gegeben. Ich habe mich anschließend noch bei ihr bedankt für die spirituelle Kraft, die mir ihre Stunden geben,« bekräftigte die Brünette ihre Begeisterung für die Tote.

»Habt ihr Nima auch mal außerhalb des Yoga-Bereichs getroffen? Ich meine, sie hat doch sicher abends mal mit euch gefeiert, oder?«

Die beiden sahen sich fragend an.

»Eigentlich nicht. Ich habe sie nie in der Bar gesehen.«

»Hm, ansonsten ist euch nichts Ungewöhnliches an ihrem Verhalten aufgefallen?«

»Nein, Sie war immer sehr intensiv. Sie hatte diesen besonderen Blick, der einem das Gefühl gibt, wirklich von ihr gesehen zu werden.«

»Stimmt, sie wirkte immer unheimlich empathisch, sie war so ganz bei sich, so unerschütterlich.«

»Okay, Mädels, ich geh mir mal etwas zu trinken holen. Wird sicher schwer, guten Ersatz für sie zu finden«, zog sich Aimée aus dem Gespräch zurück. Diese Informationen waren ihr genug. Nima schien wirklich schon mit einem Fuß das Tal der Erleuchtung betreten zu haben. Wer hatte ein Interesse daran gehabt, zu verhindern, dass sie die Menschheit weiter mit ihrer Ausstrahlung und ihrem Können beglückte?

Aimée sah, wie eine junge Frau mit kurzen wasserstoffblonden Haaren am Tresen zahlte, und wollte sich ihren Platz sichern. Nach einem letzten Schluck Aperol rutschte sie von ihrem Barhocker und streifte Aimées Blick.

Irgendwie kam Aimée das Gesicht bekannt vor, auch wenn die Beleuchtung auf der nächtlichen Dachterrasse große Schatten auf die Gesichter legte. Josephine hatte letzten Sommer mit ein paar Mädchen ihren Segelschein in der Bucht von Pollença gemacht. War sie eine von ihnen? Die Dachterrasse des El Sueño war auch bei jungen Mallorquinern eine beliebte Location für Samstagnacht.

»¿No nos conocemos? Kennen wir uns nicht?«

Das Mädchen schüttelte irritiert den Kopf, wandte sich zielstrebig dem gläsernen Fahrstuhl zu, um sich kurz darauf doch für den breiten Treppenabgang zu entscheiden, und zückte ihr Handy.

Aimée setzte sich auf den freigewordenen Barhocker. Wahrscheinlich hatte sie sich geirrt. Immerhin war der Barkeeper weder arrogant noch blasiert. Mit seinem Dreitagebart, einem sonnengebräunten Teint und einem Schlangen-Tattoo am Hals zwar nicht ihr Geschmack, aber dennoch ein sexy Exemplar seiner Gattung. Dass er über dem blütenweißen Hemd eine dunkelblaue Weste trug, auf der sich in der

Größe von Vichy-Karos Martinigläser aneinanderreihten, tat seiner Fels-in-der-Brandung-Aura keinen Abbruch.

»Schrecklich, was heute Morgen passiert ist«, sagte Aimée in seine Richtung. Dabei nippte sie an ihrem eisigen Gin Lemon und zog ihre Schultern hoch.

»Eigentlich hätten wir für heute die Bar schließen sollen.« Er schob ein Geschirrhandtuch in eine Cocktailtulpe und drehte es rasend schnell hin und her. Aimée stellte sich vor, wie das Glas brach. »Aber das ist meine Meinung. Der Chef will, dass der Hotelbetrieb reibungslos weiterläuft.« Er stellte das Glas hinter sich in ein Spiegelregal, in dem sich das bronzefarbene Licht der Feuerstellen, die zwischen den Sofagruppen loderten, flackernd spiegelte.

»Waren Sie mit Nima befreundet?«, fragte Aimée.

»Ich hoffe, Sie sind keine Journalistin.« Der Barmann lächelte abschätzend.

»Nein, Privatdetektivin.«

Er sah ihr direkt in die Augen, und sein Lächeln wurde echt.

»Mal was Neues.«

Aimée lächelte zurück. Sie liebte es zu sehen, wie die Leute auf die Wahrheit reagierten.

»Befreundet? Wir waren Kollegen. Haben ab und zu zusammen einen Drink genommen. Mehr nicht. Nima war sehr into Yoga, sehr healthy, superfood und so, eigentlich schon fast Buddhistin. Sie wollte im Winter nach Nepal. Es war für sie nicht nur ein Job, sondern eher eine Lebenshaltung. Wenn sie verstehen, was ich meine.«

Aimée nickte und trank einen Schluck von dem schrecklich guten Gin Lemon.

»Sie hatte eine tolle Energie. Ihrer Ausstrahlung konnte sich keiner entziehen. In ihrer Nähe waren alle ... irgendwie ... entspannter«, erklärte der Barkeeper weiter.

»Und hatte sie einen Freund?«, fragte Aimée. Bei so viel Gelassenheit müsste es doch in der Liebe besonders gut laufen.

Der Barmann zuckte mit den Schultern. »Ich weiß von keiner festen Beziehung. Sie wirkte sehr aufgeschlossen.« Er stützte sich mit beiden Händen auf der Spüle ab und sah Aimée direkt in die Augen. »Wenn du wirklich wissen willst, warum Nima sterben musste, dann solltest du überlegen, wem ihr Tod schadet. Für den Schuppen hier ist ihr Tod jedenfalls ein ziemlicher Verlust. Dein Gin Lemon geht aufs Haus.«

Damit wandte er sich einer Horde Männer zu, die nach Tennis- oder Hockey-Mannschaft aussahen und lauthals nach Bloody Marys verlangten.

Aimée fragte sich, warum der Barmann sie wirklich mit diesem Hinweis beglückt hatte. Sie entschied, darüber morgen nachzudenken. Jetzt wollte sie nur noch ins Bett.

KAPITEL 2

Sonntag, 21. Mai 2017
Casa Limón, Sóller

Während Juan fröstelnd am Fenster stand, fielen im Garten bereits die ersten wärmenden Sonnenstrahlen auf die Zitronenbäume. Nachdem er in den Spätnachrichten von Nimas Tod erfahren hatte, hatte er die ganze Nacht kein Auge zugemacht. Auch Sofia stand unter Schock. Sie hatte ihn davon abgehalten, nach Palma zu fahren, um Nima noch einmal zu sehen.

Heute hatte er ihr erklären wollen, dass sie mit der Heimlichtuerei endlich aufhören sollten. Er wollte ihr einen Ring schenken. Und jetzt stürzt sie in den Tod? Fassungslos ging er immer wieder ihr letztes Gespräch am Telefon durch. Sie hatte etwas angespannt geklungen. Der sonst so selbstverständliche und vertraute Ton zwischen ihnen war etwas schief. Er war sicher, sobald er ihr sein Angebot gemacht hätte, wäre wieder alles wie immer. Nima war die Frau, mit der er sich endlich ein neues Leben vorstellen konnte. Ohne es zu merken, lief er auf der Terrasse auf und ab. Wer war nur für ihren grausamen Tod verantwortlich? Einen Unfall hielt er für völlig ausgeschlossen. Und Selbstmord? Nicht Nima, unmöglich.

Ein Schauer lief ihm über den Rücken, als er daran dachte, dass Dengler womöglich in seiner Anwesenheit von Nimas Tod erfahren hatte. Sein Gesicht war wie versteinert gewesen, als er den Anruf entgegengenommen hatte.

Wie er selbst hatte sich Nima ehrenamtlich für die mallorquinische Umweltgruppe *NatureNow* eingesetzt. Sie hatten schon viel auf die Beine gestellt, Demos gegen den Verkauf von Wohnungen, Proteste gegen Ferienanlagen und Kreuzfahrtschiffe organisiert oder auch zu Aktionen aufgerufen, gemeinsam Plastikflaschen an Mallorcas Stränden einzusammeln. Der Trashtag war Nimas Idee gewesen. Aber in bestimmten Bereichen hatte sie sehr eigene Vorstellungen – vor allem, wenn es um die Verteilung von Spendengeldern ging. Das konnte er als Leiter der mallorquinischen Umweltgruppe natürlich nicht durchgehen lassen. Diese Meinungsverschiedenheit war aber Geschichte, eigentlich.

Nima hatte sogar Dengler von dem Thema Nachhaltigkeit überzeugen können. Auch wenn es ein Witz war im Vergleich dazu, was ein Hotel wirklich leisten konnte, um die Müllberge auf Mallorca zu reduzieren. Von Marmelade bis Duschgels war alles verpackt in Plastik, Plastik und noch mal Plastik.

Gewaltsame Proteste lehnten Juan und Nima beide ab. Sie plädierten für Kooperation. Was einigen engagierten Umweltschützern oft nicht reichte. Steckten womöglich radikale Öko-Aktivisten hinter ihrem Tod? Aber warum ausgerechnet Nima? Juan hielt es für unmöglich, dass sich die Aktivisten eine unschuldige Yoga-Lehrerin schnappten und von einer Terrasse stießen, um auf nicht eingehaltene Umweltgesetze aufmerksam zu machen. Oder hatte Nima ihm etwas verschwiegen?

Juans Entscheidung stand fest. Er musste Marie sehen, noch heute. Sie könnte ihm sagen, ob die El-Sueño-Hotels womöglich erpresst wurden.

Er hatte Marie ewig nicht mehr gesehen. Hatte nur aus der Ferne ihr Glamour-Leben an Patricks Seite wahrgenommen. Am Anfang noch mit masochistischer Neugier, im Laufe der Zeit aber hatte er sich an den Schmerz gewöhnt wie an eine Narbe, die sich nur bei bestimmten Wetterlagen bemerkbar macht. Manchmal hatte er sogar das Gefühl gehabt, die Fotos der beiden auf den Titelseiten der Zeitungen neutral und emotionslos analysieren zu können. Voyeuristisch und ausgesperrt. Das wohltätige Traumpaar sezierend, Nuancen zwischen echtem und falschem Lächeln suchend. Das Traumpaar, das der Insel so viele Arbeitsplätze verschaffte, dass junge Spanier vom Festland herüberkamen, um sich hier ihr Studium zu finanzieren. Der Mäzen, der sozial schwachen Jugendlichen aus Deutschland auf Mallorca einen Urlaub mit therapeutischer Betreuung ermöglichte. Alles für ein gutes Image, davon war Juan überzeugt. Auch wenn er es kaum ertragen konnte, musste er zuzugeben, dass Marie auf manchen Fotos glücklich aussah. Seit er mit Nima zusammen war, hatte er immer seltener an sie gedacht. Nima war das absolute Gegenteil von Marie, und dafür hatte er sie geliebt.

Carrer de la Corderia, Palma

Vor ihrem Kühlschrank standen zwei Männer, die Aimée nur von hinten sah, die ihr aber trotzdem merkwürdig bekannt vorkamen. Der eine schmal, mit schwarzer Jeans und schwarzem Hemd, beugte sich hinunter, warf sich bunte Eiswürfel aus dem Gemüsefach in seinen Longdrink und zog einen Strohhalm aus dem Kühlfach. Der andere, größere von beiden öffnete ihre Butterdose. Da sie nur sein Profil sah, konnte sie auch nur ein Auge erkennen, das ihr unnatürlich blau vorkam. Eine eisblaue Träne tropfte aus seinem Auge auf ihre Butter. Die beiden redeten miteinander, und Aimée war sicher, dass sie über sie sprachen, konnte aber kein Wort verstehen. Ihre Stimmen klangen sonderbar fern, wie Moderatoren in einem Radio, das im Hintergrund rauscht. Aimée wollte, dass sie aus ihrer Küche verschwanden, doch über ihre Lippen kam nur ein brabbelndes Krächzen. Sie ruderte mit den Armen, um auf sich aufmerksam zu machen. Die beiden drehten sich tatsächlich zu ihr um, und Aimée wunderte sich immer noch, was die beiden überhaupt hier zu suchen hatten. Jetzt kamen sie langsam immer näher, ihre Augen vorwurfsvoll auf sie gerichtet.

Aimées Herz raste. Sie zog mit ihrem Handrücken über ihre verschwitzte Stirn. Was verdammt noch mal machten de Miravelles und Dengler nur in ihrer Küche? Eine Antwort darauf gab ihr im nächsten Moment ihr summendes Handy, das sie zurück in die Realität katapultierte. Sie holte tief Luft und atmete langsam wieder aus. Niemand war hier. Sie war allein. Sie hatte nur geträumt.

Als Aimée auf das Display sah, war sie sofort hellwach und streifte mit der rechten Fingerkuppe über das Display.

»Mateo, endlich.«

»Schläfst du etwa noch?«

»Nein, ich bin schon lange wach.« Sie schwang die Beine über die Bettkante und hielt ihrem besten Freund eine Standpauke.

»Konntest du mich nicht über deine so persönliche Beziehung zu Dengler informieren? Der Typ ist ein Intrigant. Und dass ich den Auftrag annehmen musste, war die reinste Erpressung.«

»Das nennst du Erpressung? Freu dich doch über einen neuen Auftrag. Ich verstehe dich nicht. Ja, ich habe dich erwähnt. Warum denn auch nicht?«, erwiderte Mateo. Stellte er sich dumm oder hatte er wirklich keine Ahnung?

»Wenn ich seinen Auftrag nicht angenommen hätte, wärst du auf deinen Hochzeitstorten sitzen geblieben, mon chér.«

»Wohl kaum. Ich habe schließlich einen Vertrag. Außerdem hast du doch jetzt Zeit, wo Josephine nicht kommt, oder bist du schon mit deinem anderen geheimnisvollen Auftrag zu sehr beschäftigt?« Okay, daher wehte der Wind. Dieses Gespräch wurde Aimée allmählich zu absurd. Sie musste das

Thema wechseln, sonst würde sie sich mit ihrem besten Freund gewaltig in die Haare bekommen.

»Mateo, du hast doch eine Mitarbeiterin, der diese Künstler-Finca vor Santanyí gehört?«, lenkte sie ein. »Meinst du, sie hätte etwas gegen einen Besuch?«

»Schön, dass ich gut genug dafür bin, dir Kontakte herzustellen. Demnächst verlange ich Provision.«

»Okay, okay, schreib mir eine Rechnung.«

»Mach ich glatt.« Was war nur mit ihrem Freund los? Sah er überall nur noch die Dollarzeichen?

»Vielen Dank, Mateo. Ich muss jetzt los.«

»Wohin? Laufen? Ohne mich?«, fragte Mateo beleidigt.

»Nein, ich geh zum Yoga. Im El Sueño. *Arbeiten.*« Sie hatte jetzt keine Zeit, dieses Gespräch weiterzuführen.

Sie mussten heute Abend miteinander reden – am besten bei Raouf und einem Glas Rosado. Hastig räumte sie die Küche auf und kramte ein paar Kleidungsstücke aus einer Schublade, von denen sie annahm, dass man sie zum Yoga trug.

La Seu, Palma

Wie ferngesteuert war Juan Alverez in seinen Wagen gestiegen, hatte den Motor gestartet und Gas gegeben. Kein anderer Gedanke ließ sich mehr denken. Die Anspannung und seine Trauer gaben ihm die Kraft, sich nur darauf zu fokussieren, Marie zur Rede zu stellen. Als er den Sóller-Tunnel durchquert hatte und zwischen den abschüssigen Orangengärten bereits das Meer vor ihm sichtbar wurde, war Juan sicher, die richtige Entscheidung getroffen zu haben. Er wusste zwar nicht einmal, ob sie auf der Insel war, wusste nicht, ob sie an ihrer alten Gewohnheit festgehalten hatte, zur Kirche zu gehen. Aber falls ja, dann wäre sie genau jetzt dort, in der Sonntagsmesse von La Seu, und zwar allein.

Mallorquiner an der Seite von Touristen hatten das Schlusslied bereits zu Ende gesungen. Nur noch die Orgel war zu hören, doch ihr mächtiger Klang verschmolz schon bald mit den Glocken der Kathedrale zum kirchlichen Finale, vor dem sich die Gläubigen beim Hinausgehen ehrfurchtsvoll zu ducken schienen. Juan lehnte an einer Mauer vor dem Seitenausgang, der in die Altstadt führte, und taxierte die Menschen, die fächerartig in verschiedene Richtungen strömten.

Mittlerweile war ihm klar geworden, wie absurd seine Fahrt hierher war. Die Wahrscheinlichkeit, sie hier zu treffen, war lächerlich gering. Hatte er denn nichts gelernt? Hatte er sich wirklich in die Situation eines Schuljungen gebracht, der mit schweißnassen Händen vor dem Schultor stand? Wie damals, als er auf seine große Liebe gewartet hatte, um sie mit seinem Mofa abzuholen, stark und jung und unantastbar.

Vor seinem inneren Auge wurden die aus der Kirche kommenden Menschen zu den Schülerinnen, die albern lachend in ihren hellen Sommerkleidern den Schulhof verließen. Er war erst gar nicht abgestiegen, hielt den Fuß auf dem Gaspedal, die Hand an der Bremse, bis er sie auf sich zukommen sah, ihr dunkles Haar zu einem Zopf zusammengebunden. Sie löste ihn im Gehen und schüttelte ihre Locken, befreit von den Zwängen eines langen Schultags. Ihr glitzernder Blick, als sie ihn sah, ihr selbstbewusster Schritt, als sie auf ihn zueilte, ein Lächeln auf den Lippen, das ihm alles versprach und doch so unschuldig war, wie das Lächeln eines Mädchens von fünfzehn Jahren nur sein kann. Ihr Duft nach Orangenblüte und Jasmin, als sie ihm schnell einen Hauch von einem Kuss auf seine Lippen setzte, sich dann hinter ihn klemmte, die Hände um seine Taille geschlungen. Juan meinte, ihre Haut zu riechen, als sein Blick plötzlich wieder klar wurde und er Marie unter den letzten Besuchern, die die Kirche verließen, entdeckte.

Wie eine Fata Morgana löste sie sich aus ihrer Umgebung heraus. Wie hatte er annehmen können, dass er über sie hinweg war? Sie trug ein dunkelgrünes Kopftuch und war im Begriff, ihre Sonnenbrille aufzusetzen, als ihr Blick ihn traf. Überrascht. Für einen Sekundenbruchteil liebevoll. Oder bildete er sich das nur ein? Denn im nächsten Moment wandte sie sich ab und wechselte mit schnellen Schritten die Richtung. Wollte sie ihm davonlaufen, ihn ignorieren?

»Marie!« Juan lief ihr hinterher. Sie hatte ihren Schritt nicht verlangsamt, sodass sie fast gestolpert wäre, als er sie an den Treppen, die zur Plaza de la Seu führten, am Arm packte und zwang stehen zu bleiben.

»Bist du verrückt geworden, Juan. Lass mich los«, zischte sie. Sie versuchte, seinen Arm abzuschütteln, während sie sich an ihrer riesigen Designerhandtasche festhielt wie an einem Rettungsanker.

»Warum läufst du vor mir weg?«

»Juan. Es macht keinen Sinn. Ich will nicht mit dir sprechen!« Ihre Augen leuchteten dunkelblau. Er hatte fast vergessen, wie schön sie waren.

»Das ist mir egal. *Ich* will mit *dir* sprechen. Von mir aus auch hier vor der Kirche ...«

Marie schüttelte nur den Kopf. »Das geht nicht.«

Juan ließ ihren Arm nicht los.

»Du kannst nicht so tun, als ob es uns ... mich nie gegeben hat.«

Sie sah sich um, als ob sie jemanden suchte, dann holte sie ihr Handy aus ihrer Tasche und tippte eine Nachricht.

»Fünf Minuten, länger nicht.«

»Musst du ihm immer noch über jeden Schritt Rechenschaft ablegen?« Juan wusste, dass jetzt der ungünstigste Zeitpunkt war, sie zu provozieren, aber er konnte nicht anders. Zu seiner Überraschung sah sie ihn milde an.

»Ich schreibe meinem Fahrer, dass ich eine Freundin getroffen habe.« Ihre Stimme klang müde und kühl.

Juan schluckte. Er entdeckte einen Zug an Marie, den es damals noch nicht gegeben hatte. Wie auch? Marie wirkte abgeklärt, und eine Lüge schien ihr so vertraut wie ein Tag, von dem man weiß, dass er genauso verläuft wie unzählige Tage zuvor.

Hotelstrand El Sueño Spa & Relax, Portals Nous

Da die gesamte Wellness-Etage noch immer abgesperrt war, fand der Yoga-Kurs am Strand statt. Aimée war durch den mit subtropischen Pflanzen angelegten Garten hinunter zum Meer gegangen. Der Tod der Yoga-Trainerin hatte einige Gäste nicht davon abgehalten, sich am hoteleigenen Strand zu versammeln und auf ihre Vertretung zu warten. Was für ein schrecklicher Tod, wirklich – aber auf den Kurs verzichten, nein, das möchte man nicht, schließlich war das Hotel schon teuer genug, hörte Aimée die Erklärung der gertenschlanken Kursteilnehmerinnen. Zwei Männer waren von ihren Frauen offensichtlich dazu verdonnert worden, sich ebenfalls mal in die Figur des Kriegers oder der Kobra zu begeben. Für Aimée hatte es eine Sonderregelung gegeben: Mithilfe eines kleinen Kärtchens, das Dengler an der Rezeption für sie hinterlegt hatte, galt sie als Gast.

Eine junge Frau mit indischen Wurzeln begrüßte die Gruppe mit weicher Stimme. Der weiße Sand unter den Füßen, der Blick auf die Bucht von Palma und das in einem klaren Blau schimmernde Meer bildeten eine Traumkulisse, um seinen Körper auf Vordermann zu bringen. Das stand schon mal fest. Nach einigen Atemübungen begannen die eigentlichen Übungen und Aimée realisierte erstaunt wie beweglich sie war. Der herabschauende Hund tat ihr erstaunlich gut, ebenso wie die Kriegerin, eine Position, die ihr das Gefühl gab, eine unerschrockene Amazone zu sein. Sie dehnte Körperpartien, von denen sie gar nicht wusste, dass sie existierten, und versuchte, ein- und wieder auszuatmen, so wie die Yoga-Lehrerin es mit sanfter bestimmender Stimme ihren Schülern vorsprach.

Die Entspannungsphase, oder das Shavasana, wie die Lehrerin das simple auf dem Rücken Liegen nannte, dauerte Aimée allerdings zu lang. Unruhig wippte sie mit den Zehen hin und her und war erleichtert, als das abschließende Namasté die Stunde beendete.

Die anschließenden Plaudereien brachten nichts, die Leute wussten kaum etwas über die Tote. Aber sie waren alle fasziniert gewesen von Nimas Ausstrahlung, ihrem in sich ruhenden Wesen und ihrem biegsamen Körper. Leicht verschwitzt, aber entspannt setzte sich Aimée an die kleine Strandbar. Ein älterer Herr schob seine Frau im Rollstuhl einen behindertengerechten Rollpfad entlang und orderte zwei Gläser Champagner.

Trotz Rollstuhl wirkte die ungefähr 60-Jährige fit und sportlich, und nachdem sie selig die Meeresluft in sich aufgesogen hatte, sah sie Aimée erwartungsvoll an.

»Waren Sie auch beim Yoga?«

»Ja, zum ersten Mal in meinem Leben«, gestand Aimée.

»Ist es nicht ein Erlebnis? Ich *liebe* Yoga. Aber jetzt …« Sie zeigte an sich herunter. »Leider kann ich nur noch den Oberkörper trainieren.«

»Elsa, die Dame will sich bestimmt entspannen.« Ihr Mann reichte ihr ein Glas.

»Nein, ich unterhalte mich gerne mit Ihrer Frau«, widersprach Aimée. »Machen Sie öfter Urlaub hier?«

»Seit der Eröffnung vor drei Jahren sind wir mindestens zweimal im Jahr hier. Aber dann … ich hatte einfach ziemlich viel Pech.« Die Frau nippte an ihrem Champagner und lächelte tapfer. »Aber wir können trotzdem viel unternehmen.«

»Elsa, du sollst dich doch schonen.« Dem deutschen Urlauber schien das Gespräch unangenehm, stellte Aimée fest. Er war im Begriff, seine Frau schon in Richtung der Sonnenliegen zu fahren, aber Elsa sprach einfach weiter.

»Sie müssen bei der Kerze aufpassen. Da kann man sich schnell etwas verknacksen. Aber Sie sind ja auch noch jung, da passiert Ihnen sicher nichts. Bis zum nächsten Mal.«

Aimée winkte der Dame zurück. Ehe sie sich weiter über die beiden wundern konnte, summte ihr Handy kurz auf.

Garcia hatte ihr eine Nachricht geschrieben:

Aimée. Noch nicht mal eine Antwort? G. d. M.

Verdammt. Sie hatte Garcia gestern Nacht nicht mehr geantwortet, obwohl er ihr noch ein Foto von dem im Gras liegenden Fußkettchen geschickt hatte. Vielleicht hatte Mateo recht, sie sollte sich über ihre neue Auftragslage freuen. Dann eben kein Wandern in den Bergen. Sie tippte eine Antwort:

Wie hoch ist die Wahrscheinlichkeit, dass es wirklich Lélias Kettchen ist?

100 %. Eine Sonderanfertigung zu ihrem 14. Geburtstag.

Ich verspreche nichts.

Ein »Gracias, Aimée« war seine Antwort. Der Auftrag war abgemacht. Über mangelnde Arbeit würde sie sich die nächsten Tage nicht beschweren können. Doch bevor sie irgendetwas für die Herren de Miravelles oder Dengler tat, wollte sie schwimmen gehen.

Aimée streifte ihre Sportkleidung ab, unter der sie ihren Badeanzug trug, und ließ sich in das kühle türkisfarbene Wasser gleiten. Zur Linken Palma und zur Rechten das offene Meer, sortierte Aimée ihre Gedanken und fühlte sich schon bald so wach wie lange nicht mehr. Vielleicht sollte sie statt Joggen lieber Schwimmen zu ihrer sportlichen Routine machen.

Nach zwanzig Minuten schwamm sie zurück an den Strand, der Sand unter ihren Füßen war noch nicht zu heiß. Aimée griff nach ihrem Handtuch und warf gleichzeitig den unvermeidlichen Blick auf ihr Handy. Josephine. Drei Anrufe in Abwesenheit. Aimée rief sofort zurück.

»Guten Morgen, mein Schatz! Geht es dir gut?«

»Mama?« Aimée vernahm ein Schluchzen.

»Josephine, was ist los? Seid ihr gut in Dänemark angekommen?«

»Ich bin nicht in Dänemark. Ich stehe vor deiner Tür.«

Café am Hafen, Palma

Josephine liefen nun schon seit einer halben Stunde immer wieder Tränen die Wangen hinunter. Selbst die Churros in ihrem Lieblingscafé konnten sie nicht trösten, doch immerhin schluchzte sie nicht mehr. »Er hat sie vor meinen Augen geküsst.« Trotzig tunkte Josephine ihre dritte frittierte Brandteigstange in die glänzend schimmernde Schokoladensoße. So wie Aimée es verstand, befand sich ihre Tochter gerade in ihrem ersten Liebesalbtraum.

Josephines langes dunkles Haar war zu einem hohen Pferdeschwanz zurückgebunden, ihre langen Beine ragten aus einer ausgefransten kurzen Jeans.

»Weiß Papa schon Bescheid?«, fragte Aimée.

»Papa ist auf einem Schweigeseminar.«

Aimée schaute ihre Tochter fassungslos an. »Warum das denn? Er redet doch sowieso eher wenig.«

»Mama!«

»Entschuldige, aber da kenne ich Leute, denen so eine Kur sicher besser bekommen würde.«

»Er hat sich total darauf gefreut. Ich werde ihm dieses Seminar bestimmt nicht verderben.«

»Nein, natürlich nicht, chérie. Wie müssen ihn nicht anrufen. Du bist ja bei mir.«

»Und warum hast du heute nicht frei?«

»Eine alte Geschichte.«

»Aha. Klingt wichtig.« Sie schnäuzte sich die Nase.

»Josephine, es tut mir leid. Wenn ich gewusst hätte, dass du doch kommst, hätte ich diese Aufträge nicht angenommen. Außerdem bin noch jemandem etwas schuldig.«

»Warum? Hast du etwa einen Fehler gemacht?«

Wieso hatte Aimée das Gefühl, Ironie in Josephines Frage gehört zu haben? Sie entschied, den Unterton zu ignorieren, und erzählte ihr von Garcia de Miravelles und seiner Tochter. Dass Garcia sie damals vor die Tür gesetzt hatte, wollte sie Josephine allerdings am liebsten verschweigen. Aber warum eigentlich?

»Ich weiß nicht, ob ich einen Fehler gemacht habe. Jedenfalls gibt es seit gestern Indizien, dass seine Tochter lebt.«

»Und du willst sie finden?«

»Nein, ja. Ich habe noch einen anderen Fall und muss gleich nach Santanyí. Es tut mir leid, es ist etwas kompliziert.« Josephine sah sie entgeistert an.

»Josie, wir essen heute Abend zusammen. Ich hätte heute auch lieber frei.«

»Dann komme ich eben mit. Du hast doch einen zweiten Motorradhelm, oder? Ich werde nicht den ganzen Tag im Bett liegen und wegen diesem *Arschloch* heulen.« Unbeirrt stand sie auf. »Was ist? Worauf wartest du? Ich bin sechzehn. Meinst du nicht, du könntest mir allmählich etwas mehr vertrauen. Ich bin kein Kind mehr.«

Wenn es ein oberstes Gebot für Aimée gab, dann war es, Berufliches von Privatem zu trennen. Noch nie hatte Josephine sie auf einen Termin begleitet. Und das würde auch so bleiben.

»Ich habe Nein gesagt.« Sie stand auf. »Du wirst Mateo in der Konditorei helfen. Er muss die Hochzeit des Jahres mit Macarons und Torten beliefern.«

Sie hasste es, Josephine so abzuservieren. Doch es ging nicht anders.

La Seu, Palma

Wenn man Marie und ihn durch die schmalen schattigen Gassen Palmas gehen sah, könnte man sie für ein Paar halten, ging es Juan durch den Kopf. Doch das waren sie nicht, vielleicht noch nicht einmal in jenem Sommer, als sie sich zum ersten Mal in einer der einsamen Buchten am Fuße Dejàs geküsst hatten.

»Juan, es macht mein Leben nicht leichter, wenn du dich nicht damit abfinden kannst, dass ich mich gegen dich entschieden habe. Du musst nicht nur mir und Patrick vergeben, du musst auch dir selbst vergeben.«

Maries Schritte halten auf dem jahrhundertealten Kopfsteinpflaster, und Juan nickte. Was sollte er auch antworten?

»Du irrst dich, Marie. Ich bin nicht hier, um mit dir über unsere gescheiterte Liebe zu reden.«

»Gibt es eine andere Frau?«, fragte sie unvermittelt.

Juan nickte.

»Das freut mich. Eine Mallorquinerin?«

»Nein.«

»Eine Deutsche?«

Juan nickte wieder.

»Wir wollten zusammenziehen. Ich habe in den letzten Monaten viel von ihr gelernt«, begann er langsam, während sie an der alten Steinmauer des Jardí del Bisbe entlanggingen. »Du wirst es nicht glauben, sie hat mich sogar dazu gebracht, regelmäßig zu meditieren. Aber das ist jetzt alles vorbei ...« Er kämpfte um jedes Wort.

»Sie ist so eine Art Yoga-Guru und hat in euren Hotels als Trainerin gearbeitet. Du kennst sie bestimmt. …« Er holte tief Luft.

»Du und … Nima?«

Er nickte. »Marie, mich interessiert, was du über ihren Tod weißt.«

»Ich? Wie meinst du das? Ich weiß überhaupt nichts.« Ihre Stimme bebte. »Es tut mir wirklich leid, dass ausgerechnet jetzt …«

»Ich brauche dein Mitleid nicht. Du musst mich nicht bedauern, weil in eurem Hotel meine Verlobte ermordet wurde.«

Juan presste den Kiefer zusammen. War Marie wirklich so ahnungslos, wie sie tat?

»Marie, wird das El Sueño bedroht?«, fragte er mit harter Stimme.

Marie blieb abrupt stehen. »Bedroht, von wem? Warum?«

»Ihr haltet euch nicht an die neuen Umweltgesetze. Ihr entsorgt den Müll nicht so, wie ihr solltet. Es gibt Aktivisten, die das ändern wollen.« Er bluffte. In Wirklichkeit wusste er nicht, ob es eine radikale Umweltgruppierung gab, die sich die El-Sueño-Hotelkette als Ziel ausgesucht hatte, um ein Exempel zu statuieren.

»Juan, was ist nur in dich gefahren? Ich weiß überhaupt nicht, wovon du sprichst. Du glaubst doch nicht, dass Nima von Umweltschützern ermordet wurde, um uns zu schaden. Das wäre ja absurd.« Juan sah, wie Marie ihr rotes Seidentuch vom Hals zog und in ihrer riesigen Tasche verstaute. Die frühe Mittagssonne heizte die kühlen Gassen auf. Die Temperatur war schnell gestiegen.

»Was meinst du, was ihr Tod für uns bedeutet? Sie war eine wunderbare Yoga-Lehrerin, absolut unersetzlich. Ich mochte Nima sehr.« Warum hatte er das Gefühl, Marie verteidigte sich?

»Wie schon gesagt, ich brauche dein Mitleid nicht. Und ich möchte auch nicht mehr, dass du aus Pflichtgefühl unsere Produkte bestellst.« Er fühlte sich wie ein kleines trotziges Kind, aber er konnte nicht über seinen Schatten springen. Innerlich kochte er.

Sein Brustkorb wurde eng. Maries Anblick war ihm unerträglich.

»Juan.« Marie griff nach seinem Arm, doch er stieß ihre Hand weg.

»Ich glaube, die fünf Minuten sind um. Das waren die letzten ›Luz de Sóller‹-Produkte, die ich euch geliefert habe.« Er wandte sich ab.

»Juan, warte.«

Doch er ignorierte den entsetzten Unterton in Maries Stimme und ließ sie vor dem weißen Steintor stehen, hinter dem sich der Bischofsgarten Jardí del Bisbe wie ein verbotenes Paradies öffnete.

Finca Fonoll Marí, Llucmajor

Der mallorquinische Himmel strahlte blau, am Horizont bauschte sich ein weißes Wolkenbett auf. Der Fahrtwind glitt an ihnen ab wie Seide.

Josephine saß hinter ihr auf der steingrauen Triumph Street Twin und hatte die Arme um ihre Taille gelegt. Aimée fühlte sich ihrer Tochter so verbunden wie lange nicht mehr. Für einen Moment konnte sie sich kaum vorstellen, dass Josephine in einer Woche wieder nach Hamburg fliegen würde. Stopp. Jetzt war Josie hier, und nur das zählte. Mateo konnte Josie erst morgen in seiner Konditorei einsetzen. Heute hatte er eine Besprechung mit der Mutter der Braut. Da konnte er Josephine unmöglich mitnehmen. Vielleicht war es gar nicht so verkehrt, wenn Josephine sie begleitete. Informationen würde sie sicher keine ausplaudern, dafür war sie nun wirklich zu alt.

Sie brauchten eine knappe halbe Stunde. Von der Ma-19 Richtung Santanyí musste sie auf der Höhe von Llucmajor rechts abbiegen. Die schönsten Fincas lagen meist weit ab vom Schuss, und so wunderte sich Aimée nicht, dass sie erst einen langen etwas heruntergekommenen Feldweg hinter sich bringen mussten, bevor sie ihr Ziel erreichten.

Die Maisonne warf ihr klares Licht auf die Finca Fonoll Marí. Vier Palmen bogen sich über das Anwesen, das noch keine Luxussanierung über sich hatte ergehen lassen müssen. Es hatte seine glorreicheren Zeiten hinter sich, trotzdem genoss Aimée den seltenen Anblick, der nicht an Profit und Bauboom erinnerte.

Unter einem halb zusammengebrochenen Carport schien ein hellblauer VW-Käfer auf sein Gnadenbrot zu warten. Auf der gegenüberliegenden Seite grasten drei hellgraue Esel auf einer ungemähten Wiese und ließen sich durch das Motorengeräusch ihrer Triumph nicht stören. Nur eines der drei Tiere hob seinen hübschen Kopf, musterte kurz die Neuankömmlinge und malmte im nächsten Moment ungerührt auf seinen Grashalmen weiter.

Eine schlanke Fünfzigerin in einem kurzen weißen Sommerkleid kam ihnen aus dem schattigen Hausflur entgegen. Das musste Vera sein. Ihr blond gesträhntes Haar war zu einem fransigen Bob geschnitten. Fasziniert sah Aimée auf ihre bunten Perlenketten, die in neonfarbenen Troddeln über Veras Bauchnabel ragten und bei jedem ihrer Schritte hin und her wippten. Veras Blick war aufgeschlossen; sie wirkte jünger, als sie war.

»Hola, Aimée, nicht wahr?«, begrüßte Vera sie und lächelte auch Josie herzlich an. So sehr Aimée Mateos Verhalten ärgerte, auf seine Kontakte war Verlass. Vera half ihm bei großen Feierlichkeiten mit den Torten.

»Holla, Vera. Das ist Josephine, meine Tochter. Sie bleibt gerne hier draußen und wartet auf mich. Nicht wahr, Josie?«

»Bien sûr, maman«, sagte Josephine. Aimée lächelte. Seit wann war ihre Tochter so ironisch geworden?

»Wo kommen wir denn da hin?« Vera kreiste empört mit den Armen. »Du bist doch kein Hündchen, das draußen warten muss. Nein, komm gerne herein. Ich verziehe mich mit deiner Mutter auf die Terrasse, und du kannst es dir in unserem *living room* bequem machen.«

Aimée vernahm einen leichten Ruhrpott-Akzent, der Vera etwas Bodenständiges verlieh.

»Kein Problem, ich bleibe wirklich lieber draußen«, erklärte Josephine und gab Aimée einen Kuss auf die Wange.

»Ich geh spazieren«, verabschiedete sie sich und ging auf die Weide zu. Aimée sah ihr hinterher. Sie fühlte ein Ziehen in ihrem Solarplexus. Josephine wusste, was sie wollte. Vielleicht schon länger, als Aimée dachte.

»Die Finca stammt aus dem 19. Jahrhundert und gehörte einem verarmten Grundbesitzer, der seine Familie verließ, um nach Amerika auszuwandern«, sagte Vera und riss sie damit aus ihren Gedanken. »Freunde meiner Eltern haben sie in den Siebzigern gekauft. Komm, wir gehen hier entlang.« Vera schien in ihrem Element.

Aimée folgte ihr durch einen Eingangsbereich, in dem Antiquitäten und handgearbeitete mallorquinische Fundstücke ein buntes Sammelsurium bildeten. Körbe, in denen sich alte Glaskugeln türmten; Olivenzweige, die aus Naturvasen ragten; goldgelb verputzte Wände. Aimée fühlte sich, als ob sie eine mallorquinische Schatzkammer betrat. Ihre Schritte hallten auf den alten Steinfliesen. Ein starker Duft stieg ihr in die Nase, den sie nicht identifizieren konnte. Irgendwie streng und bitter.

»Das ist Klars«, erklärte Vera entschuldigend. »Unsere Kräuterhexe. Er kocht gerade eine seiner Salbei-Rosmarin-Essenzen. Hinter dem Haus liegen seine Beete. Thymian,

Baldrian, Kamille – von manchen Kräutern habe ich allerdings noch nie etwas gehört. Aber sie helfen bei allen möglichen Wehwehchen.«

Aimée versuchte, nicht die Nase zu rümpfen, während sie den mit alten Oleanderkübeln bestückten Hinterhof betraten. Eigentlich mochte sie den Duft von Kräutern, vielleicht lag es an der Zusammenstellung?

Drei Bänke, aus altem Treibholz zusammengetischlert, umgaben einen massiven Eichentisch. Daneben befanden sich ein ramponierter Korbstuhl und ein Topf mit helltürkiser Farbe. Ein Holzbaldachin spendete Schatten. Auf dem Tisch standen blinde flaschengrüne Weinballons, aus denen lange Gräser und gelbe Disteln ragten. In einer kleinen türkisen Keramikschale lagen Oliven und Zitronenspalten. Dazu ein Teller mit Brotwürfeln. Vera schenkte ihnen aus dem Steinkrug Limettenwasser in zwei bunt gefärbte Gläser, dann griff sie zu einem Pinsel und begann, die Stuhlbeine in sorgfältigen Bahnen zu streichen.

»Ich muss bis morgen zwei Stühle fertig haben, ich restauriere alte Bauernmöbel für ein Antiquariat in Santanyí. Stört dich das?«

»Nein, natürlich nicht«, antwortete Aimée, nahm ihr Glas in die Hand und blickte über die Terrasse hinweg auf die verknöcherten Olivenbäume, die wie eine Armee stummer Diener ihre Arme in den Himmel hoben.

»Wir ernten die Oliven selbst«, sagte Vera nicht ohne Stolz. »In Dortmund hatten wir auf unserem Balkon noch nicht mal Geranien.«

»Mateo hat mir erzählt, du bist viel gereist?«, wollte Aimée wissen.

»Wer will schon im Ruhrgebiet seine Jugend verbringen? Nach meiner Bäckerlehre bin ich abgehauen, Rucksack, tschöken und ab nach Thailand.« Vera lächelte versonnen. »Ich war schon von den Farben dort high. Kleider, Blumen, die Früchte. Alles war bunter. Irgendwann konnte ich mir nicht mehr vorstellen, in Deutschland zu leben, und als diese Finca zum Verkauf stand, habe ich einen Businessplan erstellt, mir Geld geliehen und dieses Wohnkonzept auf die Beine gestellt.«

»Und Nima hat hier als feste Mieterin gewohnt?«

Vera vergaß, den Pinsel abzustreichen, und ein großer Klecks Farbe tropfte auf ihre weißen Espadrilles. »Ja sicher, natürlich, du bist ja aus einem bestimmten Grund hier. Ich versuche gerade, jeden Gedanken an Nima zu verdrängen und mich mit positiver Energie zu schützen. Aber das geht natürlich nicht.« Sie legte den Pinsel beiseite und begann, den Fleck abzukratzen.

»Nima lebte hier seit zwei Jahren.«

»Was war sie denn für ein Typ? Hatte sie viele Freunde?«

»Oh, Freunde, ja, sie hatte viele Freunde und Freundinnen. Sie war unheimlich beliebt. Es gab Zeiten, da haben wir alle zusammen dort drüben an dem großen Tisch mit zwanzig Leuten zu Abend gegessen und bis in die Puppen Cava getrunken.« Vera schaute auf einen am Ende der Terrasse stehenden Holztisch, der so lang war wie eine Startrampe.

»Und in letzter Zeit haben Sie nicht mehr ... habt Ihr nicht mehr so oft zusammen die Abende verbracht?«

»Schon seit über einem Jahr nicht mehr. Nima hatte sich sehr in der Umweltbewegung engagiert. Aktionen geplant, Demos gegen den Massentourismus organisiert. Sie konnte sich über die Verschandelung der Insel wahnsinnig aufregen.«

»Da ist sie nicht die Einzige ...«, erklärte Aimée.

»Nein, sicher nicht. Die Clique um sie herum war sehr kompromisslos. Ich habe mich irgendwann rausgehalten. Schließlich lebe ich nicht nur von festen Mietern, sondern auch vom Saisongeschäft.« Vera strich die Farbe mit einem kräftigen Pinselstrich über das Holz.

»Gab es Streit?«

»Streit? Sagen wir mal unterschiedliche Ansätze, Probleme anzugehen.«

Aimée beobachtete beeindruckt, wie sich der abgenutzte grau-braune Holzstuhl in ein sommerliches Shabby-Chic-Möbelteil verwandelte.

»Verheiratet war Nima ja nicht. Hatte sie einen festen Freund? Familie?« In den Medien war eine Familie nicht erwähnt worden.

»Ihre Mutter lebt in Australien, über den Vater weiß ich nichts. Aber Nima und heiraten? Das passt auch nicht wirklich. In den letzten Monaten war Juan häufiger hier. Aber ob das wirklich etwas Ernstes war? Mit ihm hatte sie auch ihre Differenzen.«

»Juan und weiter?«, hakte Aimée nach, zückte ihr Handy und machte sich eine Notiz.

Vera zuckte mit den Schultern. »Wir stellen uns hier nicht mit Nachnamen vor. Aber ich meine, ihm gehört eine Orangenplantage in Sóller.« Auch wenn Aimée am liebsten sofort die Informationen ins Internet eingegeben hätte, hielt sie sich zurück. Sie würde später über ihn recherchieren. Immerhin hatte sie den Namen eines potenziellen Liebhabers. Das war doch schon mal etwas.

»Er hat sich einmal mit Klars über die Herstellung von Kräuteressenzen unterhalten. Ich glaube, er produziert Bio-Seifen und Lotionen aus Orangen. Als festen Freund hat sie ihn mir nie vorgestellt.«

»War sie in letzter Zeit irgendwie verändert? Hat sie irgendetwas Besonderes erwähnt?«, bohrte Aimée weiter.

»Nima war eine strahlende Frau, aber sie hatte immer auch ihre Tiefpunkte. Dann hat sie sich hier in ihr Apartment zurückgezogen und wollte niemanden sehen. Das kam zwar selten vor, aber sie brauchte diese Pausen, um sich von ihren ständigen Retreats und Yoga-Workshops zu erholen, von ihrem Dasein als Yoga-Star.«

»Ich dachte, Yoga-Lehrerinnen sind ausgeglichene Persönlichkeiten?«

Vera zog eine Augenbraue hoch. »Das war ihr Job, stimmt. Die Leute möchten jedoch Dinge so sehen, wie sie sich die Dinge auch vorstellen. Eine nicht in sich ruhende Yoga-Lehrerin wäre ja ein Widerspruch in sich. Deshalb war ihr diese Finca auch fast ein heiliger Ort. Hier lebte sie sich aus. Und ich habe ihr ganz bestimmt keine moralischen Vorschriften gemacht.«

Veras Handy begann, die ersten Takte von *Good Day Sunshine* zu spielen, und Aimée überlegte, was Vera damit meinte.

»Entschuldige bitte, mein Buchungsklingelton.« Vera zückte ihr Handy, das an einer bunten Kordel auf ihrer Hüfte lag, und ließ sich die Daten für eine Buchung durchgeben.

»Könnte ich vielleicht Nimas Zimmer sehen?«, bat Aimée, nachdem Vera das Gespräch beendet hatte, und stellte ihr leeres Glas Limonade ab.

»Die Polizei hat es gestern abgesperrt, aber du kannst einen Blick hineinwerfen, wenn dir das reicht?«, bot Vera ihr an und führte sie in die obere Etage des Gebäudes.

Man sah Nimas Zimmer ihre Asientrips an. Zwischen balinesischen Möbeln standen die typisch indonesischen hölzernen Theaterpuppen, die mit ihren ausdrucksstarken bunt bemalten Gesichtern in ihrer Ahnungslosigkeit gespenstisch lebendig wirkten. Ihr Bett war nicht gemacht, und auf einem ebenfalls asiatischen Sekretär türmten sich Briefe und Stapel von Papieren. Ein BH hing über den Stuhl, ihr Nachthemd lag auf dem Boden. Ein Ordnungsfan schien Nima nicht gewesen zu sein. Hätte sie aufgeräumt, wenn sie gewusst hätte, dass sie stirbt?

Als ob Vera ihre Gedanken gelesen hätte, bemerkte sie, dass Nima sich nichts daraus gemacht habe, was andere von ihr denken. Aimée nickte. Gute Eigenschaft.

»Und wohin führt diese Tür?«, fragte Aimée.

»Eigentlich gehören … gehörten Nima zwei Zimmer, im Nebenzimmer hat sie gerne Aktivisten wohnen lassen oder freiwillige Helfer aus dem Ausland, die sich für *NatureNow* einsetzen oder an Demos teilnehmen wollten. Gerade wohnt eine Praktikantin dort.«

»Kann ich mit ihr sprechen?«

»Sicher, ich glaube, Pia ist bei den Pferden.«

Beim Hinuntergehen blieb Aimée vor einem Schwarz-Weiß-Foto stehen, das eine lachende Nima zeigte. Sie stand am Rand einer Klippe und war im Begriff zu springen. Vor ihr tat sich eine Steilküste auf, gegen die das Meer tobte.

Nach Veras Worten schien sich Nima in letzter Zeit verändert zu haben. Das würde dafürsprechen, dass sie ihren Mörder gekannt hatte. War sie bedroht worden? Wohl kaum von engagierten Umweltschützern. Womöglich von einem verschmähten Liebhaber?

Aimées Bauchgefühl sagte ihr, dass etwas anderes hinter diesem kaltblütigen Mord steckte als Öko-Debatten oder ein gebrochenes Herz. »Ziemlich mutig, sich so nah an einen Abgrund zu legen«, bemerkte Aimée.

»So war sie eben. Ein bisschen verrückt und leichtsinnig.« Vera lächelte versonnen, doch im nächsten Moment schien ihr bewusst zu werden, dass diese Eigenschaften Nima vielleicht das Leben gekostet haben könnten. Ihr Lächeln verschwand.

Vor der Finca kam ihnen Josephine entgegen. Stroh hing an ihrer Jacke und in den blonden Locken.

»Wo warst du denn?«, fragte Aimée und zupfte ihr das trockene Gras aus den Haaren.

»Ich habe mit Pia den Finca-Rappen gestriegelt. Sie ist jetzt mit ihm ausgeritten. Aber wir wollen uns heute Abend in der Stadt treffen.«

»Das ging aber schnell«, wunderte sich Aimée über die Kontaktfreudigkeit ihrer Tochter. Sonst war sie eher schüchtern in Bezug auf Fremde. Aber diesmal schien Josephines

Besuch auf Mallorca einige Überraschungen mit sich zu bringen.

»Wenn du um 22 Uhr zu Hause bist, kein Problem.«

El Sueño Familia & Niños, Cala Santanyí

Das jauchzende Kreischen der Kinder drang von der Poolanlage bis in das abgedunkelte Privatzimmer von Anna Bentin, die seit gestern Nachmittag mit Magenkrämpfen und Schweißausbrüchen im Bett lag. Ein jovialer Hotelmanager mit perfektem Haarschnitt, beigen Chinos und rosa Hemd hatte Aimée ins Zimmer der Teamleiterin geführt und ihr von der Kompetenz der Kindergärtnerin vorgeschwärmt.

»Frau Bentin ist natürlich nicht über das Schreiben in Kenntnis gesetzt worden. Wir wollten sie nicht unnötig aufregen. Eigentlich bin ich der Einzige, natürlich neben Herrn Dengler, der davon weiß«, hatte er eifrig betont, kurz bevor sie das Zimmer betreten hatten.

»In Ordnung.« Aimée schloss die Zimmertür hinter ihnen und lehnte sich gegen einen Tisch. Der Hotelmanager blieb auf Abstand im Türrahmen stehen.

»Mein Name ist Aimée Sander. Wie geht es Ihnen, Frau Bentin?«

»Anna. Sie können Anna zu mir ... sagen«, würgte die Frau auf dem Bett und hielt sich einen Waschlappen vor den Mund.

»Ich möchte gerne herausfinden, wie es zu ihren Beschwerden gekommen ist, Anna.« Die nassen Handtücher und der obligatorische Eimer neben dem Bett zeugten von einer harten Nacht. Aimée hasste Übelkeit und Erbrechen. In Mali hatte sie sich einen Magen-Darm-Infekt eingefangen und gefürchtet, sie würde sich nie wieder davon erholen.

»Ich verstehe es nicht. Ich habe nur gegessen, was die anderen auch hatten«, stöhnte sie. Das schweißnasse dunkle Haar klebte ihr an den Schläfen.

»Sie nähen?«, fragte Aimée mit Blick auf die überall verstreuten bunten Stoffteile. Ein helles Lächeln glitt über Anna Bentins Gesicht. »Ich heirate im September. Die Patchworkdecke ist ein Geschenk für meinen Mann. Die schönsten Erlebnisse unserer Beziehung in Bildern aus Samt und Seide, sozusagen.«

Erschöpft ließ sie ihren Kopf wieder in die Kissen sacken. Aimée nickte betont beeindruckt. Sie hatte mittlerweile jeden Idealismus verloren, was monogame Beziehungen betraf. Doch immerhin hatte sie die Erfahrung gemacht, dass aus Ex-Männern und Ex-Geliebten Freunde werden konnten – wie das Verhältnis zu ihrem Mann Peer und sogar auch zu Diego zeigte. Dass sie Peer wegen Diego verlassen hatte, einem Mann, der davon geträumt hatte, dass sie sonntags für ihn Mandelkuchen backen und die Kinderschar stilgerecht einkleiden würde, erschien ihr heute völlig abwegig. Letztlich war ihr allerdings klar, dass er nur ein Ventil gewesen war für Dinge, die sie in ihrem Leben hatte ändern müssen.

Ihre gemeinsame Tochter Josephine war damals bei Peer geblieben, in dem idyllischen Einfamilienhaus mit dem Charme eines antiseptischen Labors im Hamburger Edelviertel Nienstedten, in dem Aimée mehr und mehr das Gefühl überfallen hatte, langsam, aber sicher in Gewohnheiten, gesellschaftlichen Erwartungen und einer gnadenlosen Vorhersehbarkeit ihres weiteren Lebens zu ersticken. Der Schichtdienst einer Polizistin ließ sowieso kaum Platz für ihre Tochter, auch wenn sie wusste, dass es nicht auf die Quantität, sondern auf die Qualität der mit einem Kind verbrachten Zeit ankam – so oder so ähnlich hatte sie es jedenfalls in einem Ratgeber für berufstätige Mütter in Vollzeitpositionen gelesen, womit sie zumindest zeitweise ihr Gewissen beruhigen konnte. Peer als freischaffender Fotograf lebte den Luxus, seine Arbeitszeit selbst bestimmen zu können. Für ein Grundschulkind, dessen Mutter sich gerade aus dem Familienidyll davongeschlichen hatte, ein Geschenk.

»Haben sie gestern das Hotelgelände verlassen? Ein Eis im Ort? Oder ein Getränk in einer Bar?«, kehrte Aimée in die Gegenwart zurück.

Anna Bentin schüttelte den Kopf, soweit ihr das möglich war. Aimée sah sich in dem Zimmer um.

»Darf ich einen Blick in den Papierkorb werfen?«

Der Hotelmanager, der immer noch an der Seite stand, nickte, und Aimée angelte neben einer Kinderzeichnung und gebrauchten Abschminktüchern auch einige Schokoladenpapiere aus dem Bambuskorb.

»Darin waren unsere hauseigenen Schokobohnen. Sie sind eingeschweißt«, erklärte der Manager.

»Darf ich sie trotzdem mitnehmen?«, fragte Aimée.

»Tun Sie sich keinen Zwang an. Ich habe in der Lobby auch noch gefüllte Päckchen davon.«

»Die esse ich jeden Tag nach dem Mittagessen«, sagte Anna Bentin. »Das ist so ein Tick von mir. Auch wenn ich natürlich für die Kinder ein Vorbild sein soll und es besser wäre, keine Süßigkeiten zu essen.« Die Erzieherin klang schuldbewusst.

»Vielen Dank, Anna. Sie haben mir sehr geholfen. Gute Besserung.« Anna bedankte sich mit einem schwachen Lächeln, und Aimée fühlte sich miserabel. Konnte es wirklich sein, dass jemand Anna bewusst vergiften wollte? Ausgerechnet eine Umweltschutzgruppe? Aimée fand das nicht sehr glaubwürdig, aber der Drohbrief existierte nun einmal.

»Haben die El-Sueño-Hotels eigentlich ein Nachhaltigkeitskonzept?«, fragte Aimée den Hotelmanager, als sie in dem gläsernen Aufzug hinunterglitten, der den Blick auf die Tropengarten-ähnliche Hotellobby freigab.

»Selbstverständlich.«

»Könnte ich vielleicht einen Blick darauf werfen?«

»Also, die grundsätzliche Überarbeitung der Maßnahmen steht noch an. Aber der Gast entscheidet, wie oft die Handtücher gewechselt werden sollen, wir servieren Butter und Marmelade in Waffeln ...

»... und Schokoladenbohnen in Plastikfolie. Okay. Ich habe auf Ihrer Internetseite vergeblich etwas zu dem Thema gesucht. Ist das nicht ziemlich old fashioned, sich so gar nicht um Nachhaltigkeit zu kümmern?«

»Señora Sander, die Umstellung kostet Geld, außerdem haben wir Vorräte, unser halber Keller ist voll mit Shampoos und Badelotionen im Miniformat. Sollen wir das etwa alles wegschmeißen?«

Sie zuckte mit den Schultern und reichte ihm ihre Karte. »Vielen Dank, Señor Santos. Melden Sie sich bitte, wenn Ihnen etwas auffällt.«

Aimée verabschiedete sich und sah sich in der Lobby nach Josephine um. Ihre Tochter wollte im WLAN-Bereich mit ihren Freundinnen facetimen. Aimée bezweifelte, ob das eine so gute Idee war. Der Tratsch um einen untreuen Freund konnte schmerzhaft sein, und Aimée hatte keine Ahnung, wie sie ihre Tochter trösten konnte. Alle Bemerkungen erschienen ihr abgedroschen und banal: Die Zeit heilt alle Wunden, es gibt noch viele Fische im Meer, er ist es nicht wert. Schrecklich. Das konnte sie ihrer Tochter nicht antun.

»Hey.« Aimée ging auf ihre Tochter zu, die mit starrem Blick vor dem Hoteleingang an einem Brunnen saß und auf das Meer hinaussah, als ob sie dort eine Antwort finden könnte, warum die Welt so ungerecht war.

Aimée sah auf die Uhr. Um 16 Uhr hatte sie eine Verabredung mit dem schwedischen Kunstsammler Steven Stivans, um sich mit ihm über den Schätzwert von Andy-Warhol-Siebdrucken zu unterhalten. Eigentlich wollte sie heute Abend noch nach Sóller. Sie hatte über Juan Alverez einige interessante Informationen im Netz gefunden. Bei dem etwas unverbindlichen Lebenswandel Nimas, so wie ihn Vera ihr beschrieben hat, war Aimée gespannt darauf, was Juan für ein Typ Mann war.

Doch Josephine aufzumuntern war ihr im Moment genauso wichtig, wie den Mörder von Nima zu finden – falls Josie ihrer neuen Freundin absagte, würde sie Sóller auf morgen verschieben, und sie konnten zusammen Abend essen.

Wortlos reichte Aimée ihrer Tochter die Hand, wischte ihr eine Träne von der Wange und zog sie hoch.

»Sobald ich meine ersten Ermittlungsergebnisse habe, gehen wir in einer Bucht deiner Wahl Stand-up paddeln, versprochen.«

»Na klar, Mama, hast du das letzte Mal auch gesagt.«

»Das war etwas anderes, Josie. Ich musste den Mann zwei Tage observieren, sonst hätte ich seiner Frau keine Beweise liefern können, dass er nicht fremdgeht.«

»Stimmt, er war zu blöd, ihr zu verheimlichen, dass er einen Kunstkurs machte, um ein Porträt von ihr zu malen. Ziemlich dilettantisch.« Josephine stülpte sich den Helm auf.

Schweigend stiegen sie auf das Motorrad, und auf der Strecke nach Manacor gab Aimée ordentlich Gas. Wenigstens die Freude konnte sie Josephine machen. Und bei Tempo 100 spürte sie, wie Josephine den Kopf an ihren Rücken legte.

Villa Stockholm, Son Carrió, Manacor

Um zu der Villa von Steven Stivans zu gelangen, hatte Aimée die Strecke am Meer gewählt, die sie durch Calonge und S'Horta führte. Zu ihrer Linken passierten sie die immergrünen Steineichenwälder, die sich an der Serra de Llevant hinaufschoben. Zu ihrer Rechten reihte sich eine Cala an die nächste, von der Cala D'Or bis zur Cala Murada; dazwischen ruhte der kleine Hafenort Porto Colom. Pinienwäldchen und türkis aufblitzende Buchten präsentierten mallorquinische Postkartenidylle. Es war unmöglich, den Wunsch nach einem kühlen Bad auszublenden. Einmal mehr bedauerte Aimée ihre innerhalb von 24 Stunden hochgeschnellte Auftragslage, doch Josephine blieb schließlich die ganze Woche.

Während Aimée die Triumph in die Kurve legte, wanderten ihre Gedanken zurück zu Juan Alverez. Neben dem Internetauftritt seiner Beauty-Firma »Luz de Sóller« war er auch als Vorstand der Umweltgruppe *NatureNow* aufgeploppt.

Doch ehe sie weiter den Aktivitäten hiesiger Umweltverbände nachspürte, musste sie sich erst einmal nach den Verkaufsmöglichkeiten von Warhol-Originalen erkundigen. Der Kunstsammler Steven Stivans war Stammgast bei ihrem Vater. Der Mittsechziger lebte schon seit Jahren auf Mallorca. Als Besitzer einer renommierten Stockholmer Galerie hatte er in den Neunzigerjahren einige Kunstwerke aufgekauft, die heute unbezahlbar waren. Jetzt schrieb er Bücher und Essays für Kunstzeitschriften. Über Geld musste er sich keine Sorgen mehr machen.

Aimée kannte Stivans als kauzigen Typen, der am Tisch kleine Blöcke mit Notizen vollschrieb und sich eigentlich ausschließlich über Kunst unterhielt. Die Ereignisse des realen Lebens waren in seinen Augen nebensächlich. Trotzdem war Aimée nicht darauf vorbereitet, was sie dort am Berghang mit Blick auf die Ostküste Mallorca erwartete.

»Das passt ja wohl überhaupt nicht zusammen«, sagte Josephine, nachdem sie abgestiegen war und das Haus mit kritischen Augen taxiert hatte. Das Gebäude war tatsächlich ein Zwitter aus zwei Gebäuden: einer restaurierten Finca aus hellgrauem Stein und einem modernen gläsernen Rundbau mit weiten Fensterfronten. Obwohl der erste Eindruck irritierte, konnte man die Villa nicht als geschmacklos bezeichnen. Aber ungewöhnlich war sie, da musste Aimée ihrer Tochter recht geben. In unterschiedlich großen Blechbuchstaben stand oberhalb des Türbogens der Name: *Villa Stockholm.*

Aimée kippte die Triumph auf dem Kiesweg in die Parkposition. Seite an Seite gingen sie auf die »Villa« zu.

Langgliedrige Skulpturen auf staksigen Beinen und mit drahtigen Armen standen wie ein greisenhaftes Begrüßungskomitee zwischen hellblauen Lavendelbüschen. Ein Brunnen aus alten, hoch aufeinander getürmten Waschbecken, über deren Ränder Wasser stufenartig plätscherte, dominierte den Platz vor der Eingangstür.

Eine Klingel war nicht zu finden. Josephine entdeckte jedoch ein langes Tau und zog spontan daran, worauf aus der Innenseite des Hauses ein metallenes Scheppern zu vernehmen war.

»Wo schleppst du mich hier hin, Mama? Das ist ja schlimmer als Hogwarts. Womöglich werden wir gleich noch mit irgendetwas übergossen.«

Aimée legte die Hand an die Stirn und warf suchend einen Blick durch die Glastür.

»¡Hola!« Ihr Gastgeber war aus einer Gartentür getreten und hatte sich den beiden Frauen von hinten genähert. Aimée drehte sich ruckartig um, als sie die knarzige tiefe Stimme hinter sich hörte. Josephine war vor Schreck zusammengezuckt. Als sie sah, dass der Kunstsammler sich wohl einen Scherz mit ihnen erlaubt hatte, rollte Josephine mit den Augen.

»Unglaublich, ihr seht euch ja verdammt ähnlich«, rief der Kunstsammler mit Blick auf Josephine, öffnete ihnen die Tür und ließ sie eintreten.

»Nicht so oft, dass sich das weibliche Geschlecht hierher verirrt.« Er grinste gutmütig, während er Josephine beäugte, als ob er sie in seine Kunstsammlung aufnehmen wollte. »Entschuldigt meine unmoderne Klingelinstallation. Es gibt

Tage, da versuche ich, Kunstwerke meiner Lieblingskünstler nachzubauen. Selbst ein bisschen Jean Tinguely zu sein. Den Alltag als Kunst zu sehen gibt mir einen neuen Sinn, die Banalität des Alltäglichen wird dadurch aufgehoben ...«

Aimée räusperte sich. Josephine sah sie entgeistert an. Was war das denn für einer?

»Nehmt doch Platz.« Er wies auf ein breites Sofa mit bunten orientalischen Kissen. Der Tisch davor bestand aus einer Glasplatte, die auf einer Art Schrotthaufen aus verschweißten Blechrohren und altem Werkzeug lag.

Josephine wählte wie zum Trotz nicht das Sofa, sondern einen unverfänglichen schwarzen Lederpuff, der einsam und schlicht neben dem Tisch stand. Auf der Glasplatte lag ein in Packpapier eingewickeltes Paket in Buchgröße, das Josephines Neugier weckte, wie Stivans wohl sofort bemerkt hatte.

»Eine Aufmerksamkeit von Christo«, sagte der Kunstsammler nicht ohne Stolz und reichte ihr das schmale Päckchen.

»Ein echter Christo?« Jetzt schien Josephine aufzutauen.

»Den hatte wir gerade in Kunst. Wow.« Ehrfürchtig hielt sie das kleine Paket in den Händen.

»Steven, kannst du uns etwas über die aktuelle Marktlage von einem Andy-Warhol-Siebdruck sagen? Wo würden sich Abnehmer finden? Sind die Käufer gegenüber Pop Art nicht alle extrem skeptisch?«

»Auf jeden Fall, Aimée. Neu entdeckte Keith-Haring-Bilder zum Beispiel werden erst gar nicht mehr authentifiziert, weil sich so viele Fälschungen im Umlauf befinden, dass eine Schätzung auf Echtheit eigentlich kaum mehr möglich ist.« Stivans blickte auf.

Ein schlanker Mittfünfziger mit blond gesträhnten Haaren à la Bon Jovi in jung war barfuß die Treppe heruntergekommen, die aus dem Glasturm führte, und machte sich in der offenen Küche zu schaffen.

»Wie unaufmerksam von mir. Was möchtet ihr trinken?«

»Ich nehme eine Cola«, sagte Josephine prompt.

Aimée entschied sich für ein Wasser. Der attraktive Mann in löchrigen Jeans und ausgewaschenem T-Shirt stellte die Getränke auf ein Tablett.

Stivans fuhr fort. »Also, ein Siebdruck von Warhol lässt sich immer noch ohne Problem zwischen 30.000 und 70.000 Dollar verkaufen. Viele Leute haben sehr viel Geld und lieben es, anderen Menschen zu imponieren.«

»Danke, Will«, sagte Stivans und warf seinem Freund einen verliebten Blick zu. Aimée und Josephine bedienten sich von dem Tablett, und Stivans griff nach einem Glas mit einer grünen Flüssigkeit. Der schöne Will gab dem verschrobenen Kunstsammler einen Kuss auf die Wange und flüsterte etwas von »Can't wait to fly with you to Paris«. Auch Aimée und Josephine bedankten sich, und er schenkte ihnen im feinstem Britisch ein gnädiges »The pleasure was all mine«. Kurz darauf verließ er den Raum genauso lässig, wie er ihn betreten hatte, um im Studio zu arbeiten, wie er knapp mitteilte. Interessantes Paar! Für einen Moment dachte Aimée, Stivans würde sie bitten, den Besuch zu beenden, um möglichst schnell wieder mit seinem Lebensgefährten allein sein zu können, aber Stivans redete bereits weiter.

»Also, Ihr Kunde vermisst Andys *Flowers*?«

Aimée nickte. Es folgte eine Einführung in die Kindheit und Studentenjahre von Andy Warhol. Stivans sprach über die berühmte Campbell-Dose, und erklärte, dass in den Dreißigerjahren Konserven nur für die reicheren Amerikaner bezahlbar waren, und wie sich Realität und Fiktion in den Anekdoten über Warhol immer wieder vermischt haben. Aimée staunte, wie aufmerksam Josephine zuhörte. Zu sehen, wie sich Josephine für etwas interessierte, ohne dass sie selbst darauf Einfluss gehabt hätte, war ein überraschend neues Gefühl. Oder hatte der ein oder andere Ausstellungsbesuch in Hamburg, den sie zu dritt als Familie unternommen hatten, doch seine Spuren hinterlassen?

»Ist Ihnen etwas über ein aktuelles Angebot bekannt – wenn so ein Bild auf dem Markt ist, spricht sich das doch sicher schnell herum?«, kehrte Aimée in das Gespräch zurück.

»Da muss ich Sie leider enttäuschen. Wenn es so wäre, hätte ich uns eine Flasche Champagner aufgemacht. Natürlich nur, wenn ich es mit einem Zertifikat angeboten bekommen hätte.« Stivans trommelte etwas ungeduldig mit den Fingern auf seinem Glas entlang. Nach der cremigen Substanz zu schließen, war es wohl ein Gemüse-Smoothie.

»Und gibt es auf der Insel Leute, denen Sie zutrauen, sich auf dem Schwarzmarkt *ohne* Zertifizierung ein Bild mit diesem Marktwert zu kaufen?« Aimée schüttelte sich innerlich, womöglich Grünkohl. Das war doch das Hip-Getränk der Schönen und Reichen.

»Aber natürlich. Die Insel ist voll davon. Die ganze Welt ist voll davon.« Stivans leckte sich mit der Zunge den grünen Rand von den Lippen. »Wie ich schon sagte. Nicht nur Autos, Jachten und Villen sind Prestige-Objekte. In gewissen Kreisen steht Kunst ganz oben auf der Liste. Es gibt den Leuten den intellektuellen Touch, den sie meist nicht haben.«

Josephine konnte sich ein Grinsen nicht verkneifen und trank hastig ihr Wasser, um nicht loszulachen.

»Schade, dann werde ich wohl jede Galerie einzeln abklappern müssen«, schloss Aimée, sah ihre Tochter auffordernd an und erhob sich.

»Hat dein Kunde denn einen Verdacht, wer das Bild gestohlen haben könnte?«, fragte Stivans.

»Dann wäre ich nicht hier«, antwortete Aimée. »Wir tappen noch im Dunkeln. Die Angestellten wurden bereits überprüft.«

»Tja, dann werde ich euch wohl nicht weiterhelfen können. Aber wenn ihr noch Fragen habt, ich bin ab Donnerstag wieder auf der Insel«, sagte Stivans und schlürfte den letzten grünen Tropfen aus dem Glas.

»Worüber hast du gelacht? Über den stinkenden Smoothie?«, fragte Aimée, nachdem sie sich von Stivens an der Tür verabschiedet hatten und über den weißen Kiesweg gingen.

»Nein. Über das, was er gesagt hat. Den gleichen Satz habe ich heute schon mal gehört. In genau den gleichen Worten.«

Aimée sah sie überrascht an.

»Allerdings in einem anderen Zusammenhang. Pia meinte, viele Gäste würden sich auf der Finca nur einmieten, um sich diesen *intellektuellen Touch* zu geben, damit man sie für alternative umweltbewusste Gutmenschen hält.«

Aimée zwirbelte ihre Haare zusammen und steckte sie unter den Helm. »Und das findest du witzig? Ich finde das eher bedenklich.«

»Maman, sei doch nicht so ernst. Du weißt doch, nur der Schein ist wirklich rein. Und jetzt komm nicht auf die Idee, mir zu verbieten, heute Abend mit Pia auszugehen.«

Aimée wunderte sich trotzdem. War sie in dem Alter auch schon so abgeklärt gewesen? Auf der Fahrt zurück nach Palma begleitete sie der Embat, der vom Meer ins Landesinnere ziehende Seewind, und Aimée blieben vierzig Minuten Zeit, darüber nachzudenken.

Casa Limón, Sóller

Aimée wusste nicht, ob es eine gute Idee war, nach Sóller zu fahren, ohne die Gewissheit zu haben, Juan Alverez überhaupt anzutreffen. Doch sie wollte den Überraschungseffekt durch ein Telefonat nicht verspielen. Aus einem kurzen ungeplanten Gespräch zog Aimée oft mehr für ihre Recherchen als aus einer einstündigen Verabredung. Die Leute hatten im Vorfeld keine Zeit, sich Dinge zurechtzulegen oder Ausflüchte zu überlegen. Von ihrem Mienenspiel ganz zu schweigen.

Außerdem musste sie den Abend nutzen, nachdem Josephine es vorzog, mit ihrer neuen Freundin durch die Altstadt zu bummeln, anstatt mit ihr zu Abend zu essen. Ihre Tochter gab ihr gerade Rätsel auf. Immerhin war Ablenkung von ihrem Liebeskummer nicht verkehrt.

Der Adresse nach musste das Haus von Juan Alverez unmittelbar an der Orangenplantage zwischen Sóller und Biniaraix liegen. Aimée versuchte, den Stadtkern zu umfahren, und entdeckte nach zwei Kilometern ein Tor mit eingestanzten Orangen, wie sie es auf der Webseite von »Luz de Sóller« bereits gesehen hatte. Bildete sie sich den Duft nur ein oder roch die ganze Einfahrt nach Orangen? Aimée holte tief Luft. Es gab einige Sorten, die auch im Mai geerntet wurden – wenn sie Alverez nicht antraf, würde sie vor der Església de Sant Bartomeu einen frischen Orangensaft trinken.

Mit knappen zehn Stundenkilometern fuhr Aimée auf den Vorplatz der Casa Limón, und bremste abrupt ab, als ihr ein kleiner weißer Hund entgegenlief, der für seine Größe erstaunlich kräftig kläffte.

»Pepita, aquí!«

Eine sportlich wirkende Frau in Jeans und schwarzer Hemdbluse trat hinter ihrem Hund aus dem Haus. Sie trug einen knappen, übers Kinn reichenden Bob, eine Strähne hing ihr jungenhaft ins Gesicht. Aimée dachte an Huckleberry Finn.

»¡Holá! Bin ich hier richtig? Ich suche Juan Alverez«, fragte Aimée, nachdem sie von ihrer Triumph gestiegen war. Der Hund rührte sich nicht vom Fleck und bellte sie immer noch an. Aimée bückte sich und begrüßte das aufgeregte Tier.

»Malteser sind Fremden gegenüber misstrauisch«, sagte die Frau streng.

»Das ist ihr Job.« Aimée kraulte das weiße Wollknäuel hinter seinem kleinen Schlappohr.

»Wir haben heute Abend keinen Besuch mehr erwartet. Was wollen Sie von meinem Bruder?«

Aimée hatte im Internet eine Sofia Alverez entdeckt, Trainerin für Extremsportarten, die Kurse für Gruppen und Einzelpersonen gab; außerdem arbeitete sie als Lehrerin in einer Tauchschule in Alcudia. Von Felsen springen und Freeclimbing waren sicher nicht Aimées Lieblingsbeschäftigungen, aber trotzdem war sie von diesen waghalsigen Freizeitbeschäftigungen fasziniert. War sie Juan Alverez' Schwester? Auf den Bildern ihrer Website hatte sie entweder eine Taucherbrille an oder hing in schwindelerregenden Höhen am Seil.

Jedenfalls würden diese Jobs zu ihrer direkten Art passen. Damit hatte Aimée kein Problem. Das ersparte ihr den Small Talk.

»Vera Manowski hat mir erzählt, dass Ihr Bruder mit Nima Roth ein Verhältnis hatte.« Aimée richtete sich wieder auf und sah, wie der Frau für einen Moment die Gesichtszüge entglitten.

»Das geht Sie überhaupt nichts an.«

Eine Plauderstunde würde das nicht werden. Immerhin hatte Pepita aufgehört zu bellen. Aimée änderte ihre Strategie.

»Entschuldigen Sie den Überfall, Señora Alverez, ich hätte anrufen sollen.« Aimée wandte sich zum Gehen. Der Sand unter ihren Stiefeln knirschte, als sie kehrtmachte.

»Warten Sie.«

Aimée blieb stehen und drehte sich um. Die frühe Abendsonne ließ Sofia Alverez gegen die tief liegenden Strahlen anblinzeln. Wie sie vor dem Hintergrund des verschachtelten großen Steinhauses stand, das sicher über hundert Jahre alt war, wirkte die schlanke Mallorquinerin irgendwie fehl am Platz. Aimée wusste nicht, was ihr diesen Eindruck vermittelte. Es war ein Bauchgefühl.

»Sofia Alverez«, sagte sie und versuchte ein Lächeln.

»Aimée, Aimée Sander«, erwiderte Aimée und ergriff Sofias Hand. Juans Alverez' Schwester hatte dunkle Ränder unter ihren Augen. Noch jemand, der wegen der toten Nima Roth schlecht geschlafen hatte.

»Das ist eine ziemlich große Plantage«, bemerkte Aimée. Von hier aus sah man nichts als Orangenbäume. Die kleinen runden Früchte hingen zwischen den hellgrünen Blättern und blitzten im diffusen Spätnachmittagslicht verführerisch auf. Aimée dachte an die Apfelbäume im Alten Land südlich von Hamburg. Gegen das sinnlich leuchtende Orange dieser Früchte wirkten die gelb-grünen Äpfel Norddeutschlands geradezu brav.

»Vor allem ist es viel Arbeit und wenig lukrativ«, bemerkte Sofia trocken. »Manchmal will ich den ganzen Laden einfach nur noch dichtmachen.« Sie zog einen kleinen schwarzen Ball aus der Hosentasche und warf ihn mit voller Wucht in den Obsthain. Sofort schoss Pepita wie aufgezogen hinterher, um ihn seinem Frauchen zurückzubringen.

»Sie standen sich sehr nah?«, fragte Aimée.

Sofia Alverez nickte. »Seit Nimas Tod sind mein Bruder und ich ziemlich fertig. Und dann dieses Gefasel von dem Comisario. Nima und Selbstmord. Niemals!« Sofia drehte ihre bunt gefärbten Lederbändchen am Handgelenk hin und her. Die Haut war von dieser Bewegung schon gerötet.

»Wie haben Sie von ihrem Tod erfahren?«

»Die Lokalnachrichten im Fernsehen gestern Abend. Ein Albtraum.«

»Wann haben Sie Nima Roth denn das letzte Mal gesehen?« Sofia schien für einen Moment in eine weite Leere zu blicken, dann sah sie Aimée stirnrunzelnd an. »Sind Sie auch von der Polizei? Wir haben Ihren Kollegen doch heute Nachmittag schon alles gesagt.«

»Nein.«

»Aber Sie spionieren meinem Bruder hinterher?« Ihr Blick wurde wieder feindselig. Der kurze Moment des Vertrauens war vorbei.

Aimée musste die Karten auf den Tisch legen. Von Sofia würde sie kein Wort mehr erfahren, wenn diese nicht wusste, wer vor ihr stand. Aimée zögerte es meist so weit wie möglich hinaus, den wahren Grund für ihren Besuch zu nennen. Manchmal plauderten die Leute unbekümmert Dinge aus, aber diese Bereitschaft hielt sich bei Sofia offenbar in Grenzen.

»Ich versuche herauszufinden, wer für Nima Roths Tod verantwortlich ist«, erklärte Aimée. »Ich bin private Ermittlerin.«

»Ich dachte, so etwas gibt es nur im Fernsehen.« Sofia wirkte verblüfft und schüttelte ungläubig den Kopf.

Aimée lächelte. Da war Sofia nicht die Einzige. »Nein, es ist tatsächlich ein Job.« Ein Job, den sie liebte. Und das lag nicht nur daran, dass sie ihre eigene Chefin war. Sie sah gern hinter die Fassaden. Den Dingen, denen sie nachspürte, konnte sie nur auf den Grund gehen, wenn sie die glatte, oft mit viel Aufwand polierte Oberfläche Stück für Stück wie ein lästiges Preisschild abzog. Es war das, was sie reizte. Zu sehen, was von den Menschen hinter dem Preisschild übrig blieb. Manchmal war es ein trauriges Nichts, manchmal ein verschütteter Traum, der eine Kraft auslöste, Gesetze zu ignorieren, Menschen zu verletzten oder sogar über Leichen zu gehen …

»Und wer ist Ihr Auftraggeber?«, fragte Sofia und nahm den Ball entgegen, den ihr der kleine Malteser wieder zurückbrachte. Sein kleiner weißer Schwanz schlug wie ein Taktgeber vor Freude hin und her.

»Das kann ich Ihnen leider nicht sagen.«

»Wissen Sie was? Es wäre doch besser gewesen, Sie hätten angerufen. Dann hätten wir uns dieses absurde Gespräch hier sparen können.«

»Ich mache nur meinen Job. Wollen Sie etwa nicht wissen, wer Nima Roth ermordet hat?«

»Natürlich. Aber dafür müssen Sie nicht bei uns herumschnüffeln. Nima war eine sehr gute Freundin von Juan und mir.«

»Und für Ihren Bruder war sie nicht mehr?«

»Ich verstehe Ihre Frage nicht.« War Sofia Alverez schwer von Begriff oder stellte sie sich absichtlich dumm?

»Waren die beiden ein Paar?«, fragte Aimée geduldig.

»Sie waren zusammen, ja«, antwortete Sofia. »Aber was hat das mit Nimas Tod zu tun? Sie sind hier auf der falschen Fährte. Mein Bruder und ich haben ein Alibi. Und jetzt gehen Sie, bitte.« Sofia Alverez gab Pepita ein kleines undefinierbares Etwas zur Belohnung und streichelte ihr dabei kurz das Ohr.

»Eine Frage habe ich noch. Sind Sie auch Mitglied bei *NatureNow?«*

»Ich zahle meinen Beitrag. Aber ich bin kein aktives Mitglied. Adiós, Señora Sander!«

Sofia Alverez blieb stehen und für einen Moment schien in ihr die Gutsherrin durchzuschimmern, die im Notfall ihre Flinte holte, um einen Eindringling von ihrem Grundstück zu jagen.

Warum war sie so gereizt? War sie über den Tod der Freundin ihres Bruders so erschüttert? Oder wollte sie ihren Bruder schützen? Vielleicht hat Diego sie heute Nachmittag auch nicht mit Samthandschuhen angefasst?

Nachdem Aimée ihren Ex-Freund gestern in den Fernsehnachrichten gesehen hatte, war ihr klar, dass er an diesem Fall dranhing. Aimée wusste nur zu gut, wie bestechend charmant er sein konnte, aber er konnte auch ungenießbar sein, besonders, wenn die Dinge nicht so liefen, wie er es sich wünschte – wenn Sofia heute Nachmittag so einsilbig gewesen war wie eben zu ihr, konnte es gut sein, dass Diego vielleicht etwas ruppig geworden war.

Als sie wieder vor ihrem Motorrad stand, warf Aimée einen Blick zurück. Sofia Alverez verschwand mit ihrem Malteser in den Zwischengängen der Plantage. Die Äste reckten sich ihr entgegen, aber sie schien die verlockenden Früchte gar nicht wahrzunehmen.

Irgendetwas an Sofia Alverez stimmte nicht. Sie wusste nur nicht, was. Aimée sah in den rosa gefärbten Abendhimmel. Die Sonne hing über dem Tramuntana-Gebirge wie eine Kugel aus rotem Gold.

Als Aimée versuchte, Diego auf seinem Handy zu erreichen, und sie seine tiefe Stimme auf der Mailbox vernahm, wurde aus der Sonne Mallorcas der glühende Feuerball, der in Mali unbarmherzig auf ihre Helme brannte. Ihr Einsatz in dem afrikanischen Land war kein Spaziergang gewesen. Sicher, sie hatte gewusst, was auf sie zukam, doch die härtesten Tage waren ihr durch Diegos Gegenwart erträglicher geworden. Nach der Explosion hatte sie drei Wochen auf einer UN-Krankenstation verbracht. Und ohne ihn wäre sie jetzt ... Aimée fasste sich instinktiv an ihr Ohr, das wie immer bei einem Wechsel ihrer Gefühlslage auf eine höhere Frequenz schaltete. Was sie allerdings nicht daran hinderte, ihm mit ruhiger Stimme eine Nachricht aufs Band zu sprechen, in der sie fragte, ob er ihr etwas über die Todesumstände der toten Yoga-Lehrerin aus dem El-Sueño-Hotel sagen könnte. Schließlich hatte sie sich nicht umsonst über Jahre antrainiert, ihre Gedanken an gewisse Erlebnisse so zu manipulieren, dass sie die Ruhe bewahrte.

Aimée schob ihr Handy in ihre karamellfarbene Lederjacke und schwang sich auf ihre Triumph. Im nächsten Moment überlagerte das raue Motorengeräusch das sirrende Pfeifen in ihrem Kopf. Dankbar gab sie Gas.

»Was hast du mit dem Fall Nima Roth zu tun, Aimée?«

Sie schob sich den Kopfhörer richtig ins Ohr, während sie auf der Plaça de sa Constitució suchend nach einen freien Tisch Ausschau hielt. Das frühabendliche Aperitif-Getümmel gehörte zu den Gewohnheiten der Spanier, die Aimée besonders schätzte. Gespräche, die wirkten, als ob sie nie ein Ende finden; Kinder, die ausgelassen auf der Plaça spielten, ihre Namen riefen und sich gegenseitig an ihren hübschen Kleidern zogen. Menschen, die den Teil des Tages nutzten, um zusammen zu sein. Leben pur, das in Aimée ein stärkeres Kribbeln auslöste als ein gekühlter Cava.

»Diego, ich versteh dich nicht.« Aimée schob sich an einem Tisch vorbei. »¡Perdón!«, entschuldigte sie sich bei einem Kellner, der mit einem vollen Tablett Rosado-Gläsern auf einer Hand durch die Stuhlreihen balancierte. »Der Empfang ist miserabel. Ich bin in Sóller. Wir treffen uns morgen. Um zehn bei Papá.«

»Nein, Aimée, ich will jetzt ...« Doch da hatte sie ihn bereits weggedrückt. Schon am Klang seiner Stimme hatte sie erkannt, dass sie auf die Art Unterhaltung heute Abend keine Lust mehr hatte. Sie würde die Blue Hour nutzen, um ihre Faktenlage durchzugehen. Auf keinen Fall wollte sie sich von Diego wie ein kleines Kind behandeln lassen. Morgen früh würde sie ihm alles erklären. Warum hatte sie ihm überhaupt aufs Band gesprochen? Ihr Instinkt sagte ihr, dass sie mit Nimas Freund einmal gesehen haben musste, bevor sie mit Diego zum ersten Mal über den Fall sprach. Und davon war sie im Moment noch ziemlich entfernt.

Da es draußen an einem Sonntagabend keine freien Plätze mehr gab, wählte Aimée einen Hocker an der Bar und orderte einen frisch gepressten Orangensaft. Von hier übersah sie die Plaça, hinter der sich das eindrucksvoll symmetrische

Portal der Església de Sant Bartomeu wie eine in die Welt gestülpte Tropfsteinhöhle erhob.

»Señor, un zumo de naranja natural«.

Obwohl viele Gäste ihren alkoholischen Aperitif bestellten, duftete die Bar nach Orangen, die in großen Schalen auf dem Tresen leuchteten. Das Fruchtfleisch der gepressten Orangen sammelte sich in einer hohen Glaskaraffe, und die Orangenpresse ratterte pflichtbewusst.

Als der Barmann sich seine Hände an einer schwarzen Schürze abwischte, auf der das Emblem des Cafés – rote Orangen – mittig prangte, hielt Aimée bereits ihr Glas in der Hand, und der süße Saft benetzte ihre Lippen.

Sie trank einen Schluck, rollte verzückt die Augen und spielte ganz die begeisterte Touristin. »Aus Sóller?«

»Wir verwenden nur hiesige Orangen für unsere Säfte«, erwiderte der Barmann. »Bevorzugt Canoneta. Unsere Orangenbauern haben die alten Sorten wieder entdeckt«, berichtete er nicht ohne Stolz.

»Ich habe gehört, hier werden aus Orangen sogar Kosmetikprodukte hergestellt«, bemerkte Aimée interessiert.

»Bio-Kosmetikprodukte, Señora. Bio. Juan hat mit ›Luz de Sóller‹ eine echte Marktlücke entdeckt.« Der Barmann sprach genauso schnell, wie er Dutzende von Orangen aufschnitt, und schwärmte von seinem Orangenlieferanten Juan Alverez. Nicht nur von seinem Einsatz für die Wiederbelebung alter Orangensorten, sondern auch für sein Engagement als Umweltschützer.

»Solche Menschen braucht Mallorca. Aber wahrscheinlich hat Juan diese Leidenschaft einfach im Blut. Schon sein Urgroßvater hat in den 1920er-Jahren Früchte nach Frankreich verkauft und Mallorca zu viel Ansehen verholfen. Orangensegler wurden sie früher genannt.« Routiniert nahm er einem heraneilenden Kellner das Tablett ab, auf dem sich ineinander gestapelte leere Gläser türmten.

»Bio-Bauer und Umweltschützer, da bleibt wohl nicht viel Zeit für anderes?«, fragte Aimée.

»Na, doch, das Segeln. Wenn er sich nicht akribisch um seine Plantage kümmert oder für ein ›Mallorca verde‹ Demos organisiert, ist er auf seinem Boot«, erklärte der Barmann, während er die Orangenhälften auf einer großen Keramikplatte arrangierte.

Aimée wurde hellhörig. »Und wo liegt sein Boot? Unten in Port de Sóller?«

»Ja, natürlich, wo sonst?« Er lächelte sie mitleidig an, als ob sie wirklich eine Touristin wäre, die von rein gar nichts eine Ahnung hatte. Ein letzter Schluck, und sie legte das passende Kleingeld auf den Tresen. Ihr sollte es egal sein, was der Barmann von ihr dachte. Sie wusste nun, wo sie Juan Alverez finden würde.

Hotel El Sueño Spa & Relax, Fitnessraum

Hans Thalberg hörte nur das leise Quietschen seiner Gummisohlen auf dem Linoleumparkett, als er das leere Sportstudio des El Sueño Spa & Relax betrat. Bis der letzte Gast im Fitnessbereich gegangen war, hatte er in der Sporting-Lounge auf minimalem Tempo auf dem Laufband trainiert. Hier roch es nicht nach Schweiß und ungelüfteten Umkleidekabinen wie in seinem heimischen Fitnessstudio. Stattdessen strömte ihm ein Duft von Pampelmuse und irgendetwas anderem entgegen, das er nicht definieren konnte. Tee?

Ab 23 Uhr wurde das Licht gedimmt. Aber er kannte sich aus, denn er hatte sich tagsüber die Standorte der verschiedenen Sportgeräte genau eingeprägt, um in dem weitläufigen Studio nicht die Orientierung zu verlieren.

Maulschlüssel und Zange hatte er extra rechts und links in den Taschen seiner Sportshorts verstaut, damit sie nicht aneinanderschlugen und klapperten. In seinem Alibi-Handtuch hatte er ein Metallseil versteckt. Die einzelnen Punkte seines Planes im Kopf abhakend, steuerte er das Turbo-Byke an. So stand es jedenfalls auf dem Display, auf dem Kalorien, Kilometer und Herzfrequenz gemessen wurden. Sein Brustkorb wurde ihm eng, unangenehm, aber bei dem Gedanken, den Ruf des Hotels zu sabotieren, lief ihm ein wohliger Schauer über den Rücken – Vorfreude auf seine Rache. Er atmete tief ein. Besser. Rasch kniete er sich rechts neben das Fahrrad auf den Boden und brachte die Pedale in eine waagerechte Position. Dann schraubte er mit dem Maulschlüssel gegen den Uhrzeigersinn. Seine Hand zitterte leicht. Nur noch wenige Drehungen, und die Pedale lockerten sich. Natürlich durfte er nicht zu weit drehen, sonst würden sie schon beim ersten Draufsteigen abfallen. Er wollte, dass der Gast erst auf Turbogeschwindigkeit kommen sollte, um dann mit dem Fuß abzurutschen. Schweißperlen bildeten sich über seinen Augenbrauen. Jemand musste die Klimaanlage ausgeschaltet haben, oder geschah das automatisch? Egal, er wischte sich mit seinem T-Shirt über die Stirn.

Fertig! Jetzt noch das Rückenzuggerät. Eine echte Foltermaschine, wie er selbst heute Morgen ausprobiert hatte. Offiziell konnte so ein Seil bis zu 100 Kilogramm standhalten. Er hatte ein Seil mitgebracht, das nur 60 Kilogramm aushielt. Sollte jemand das Rückenzuggerät mit einem höheren Gewicht beschweren, würde das Seil reißen.

Er rechnete mit einer Platzwunde, im besten Fall mit einer Gehirnerschütterung. Es gab so einige Ehrgeizlinge, die an den Rand ihrer Grenzen und darüber hinaus gingen und sich über 60 Kilogramm auf die Stange packten.

Einem athletischen Schönling dieser Art war er heute Morgen begegnet. Pure Muskelmasse, alles am richtigen Platz. Pseudo-Arni hatte für ihn nur ein müdes Lächeln übriggehabt. Hatte er ihn überhaupt wahrgenommen? Schon in der Schule waren ihm die Sportskanonen in der Klasse ein Gräuel gewesen. Gefühlt hatten sie jeden Wunsch erfüllt bekommen. Lehrer drückten in den übrigen Fächern ein Auge zu, Mädchen standen Schlange, und durch die naturgegebene Selbstverliebtheit dieser Jungen hatte er sich selbst auf erschütternde Weise noch kleiner gefühlt, als er sowieso schon war.

Mit einem kräftigen Surren zog er das Seil aus dem Gewinde. Als er gerade sein mitgebrachtes Seil durch die Befestigungsöse schob, hörte er plötzlich den Aufzug.

Blitzschnell drehte er die Schraubenmutter zu, packte das alte Seil und rollte es in seinem Handtuch zusammen. Er hörte die Aufzugtüren zuschnappen. Kurz darauf näherten sich Schritte. Um eine Erklärung dafür zu haben, was er um diese Uhrzeit noch hier machte, setzte er sich schleunigst auf den Sitz der Beinpresse. Im Notfall würde er sagen, dass er nicht schlafen konnte. Er hielt inne und wagte kaum zu atmen, bis die Schritte durch das Linoleum des Fitnessbodens einen anderen Klang annahmen: tap, tap, tap. Von hier aus konnte er die Person nicht erkennen. Eine Spiegelsäule verdeckte den Blick auf den Eingang und den gleich neben der Tür stehenden Tresen. Anscheinend hatte jemand etwas dort vergessen? Schweißtropfen rannen an seinem Gesicht hinunter und fielen lautlos auf seinen Oberschenkel. Geräuschvoll atmete er aus, nachdem sich die Schritte wieder entfernt hatten und er das souveräne Pling der sich öffnenden Aufzugtüren vernahm. Das war knapp gewesen.

Port de Sóller, Hafenmole

Der abnehmende Mond am mallorquinischen Nachthimmel befand sich in einer Schieflage. Aimée ging es ähnlich. Wann lief schon mal etwas rund?

Zwei Stunden harrte sie bereits an der Hafenmauer aus in der Hoffnung, Juan Alverez beim Anlegen seines Segelbootes überraschen zu können. Aber nichts regte sich am Horizont.

Zunächst hatte sie den Mann an der Hafenaufsicht nach Juans Boot gefragt. Der hatte ihr mitgeteilt, dass Señor Alverez am späten Nachmittag auf seiner »Luz de Sóller« aufs Meer hinausgefahren war. Manchmal käme er abends wieder, manchmal übernachtete er an Bord. Das wusste man bei ihm nie so genau. Er brauchte eben auch mal Ruhe bei dem Pensum, das der Naturschützer für Mallorca absolvierte.

Aimée bedankte sich und hoffte auf Ersteres; also hatte sie sich ein Sandwich und eine Flasche Wasser im Supermarkt gekauft und sprach sich, während sie ihr Abendessen allein auf der Hafenmauer vertilgte, einige Notizen auf ihr Handy.

Viel Neues hatte sie nicht erfahren, aber eines wusste sie nun: Die Aktivitäten von Juan Alverez für den Umweltschutz wurden hier sehr geschätzt. Sóller war immer schon anders als die übrigen Touristenorte, und darauf waren die Ortsbewohner stolz.

Schließlich hatte Josephine sie angerufen, als sie von ihrem Abendbummel mit ihrer Freundin Pia nach Hause gekommen war.

»Maman, ich geh schlafen. Ich habe letzte Nacht kein Auge zugemacht und muss morgen früh raus.«

»Du kannst doch ausschlafen, chéri.«

»Ich bin mit Pia verabredet. Wir fahren zusammen zum Strand, Müll sammeln. Morgen ist wieder eine Trashtag-Challenge in der Nähe an der Cala Ratjada. Wir fahren schon früh los. Du brauchst mich also nicht zu wecken, wenn du später kommst.«

»Aber wie kommt ihr …?«

»Mit dem Bus, natürlich … hab dich lieb«, kam Josephine ihr zuvor und beendete das Gespräch.

Aimée hatte ihr Handy angestarrt. Der Spagat zwischen Arbeit und Josephine würde wohl doch nicht so groß werden, wenn sich ihre Tochter jetzt völlig unabhängig von ihr auf der Insel bewegte. Sie sollte sich freuen. Kinder wurden größer. Das war nun mal so. Warum fühlte sie sich dann trotzdem etwas elend?

Gerade als sie versuchte, sich an ihre eigene Jugend zu erinnern, ging ihr Handy. De Miravelles. Sie wischte über das Display, um das Gespräch anzunehmen.

»Guten Abend, Señor de Miravelles«, ging Aimée in freundlichem Ton in die Offensive. Instinktiv machte sie sich auf Vorwürfe gefasst. Doch Garcia de Miravelles war, warum wunderte es sie überhaupt noch, auch an diesem Abend für eine Überraschung gut.

Während sie mit ihm sprach, ging sie auf der Promenade des Jachthafens auf und ab. In den Restaurants, die sich in Puerto de Sóller aneinanderreihten, wurden bereits die Tische für den nächsten Tag gedeckt. Vereinzelt saßen noch Pärchen bei einem Digestif, oder man lehnte auf einen letzten Drink an der Bar.

»Wäre es möglich, dass wir uns morgen Abend treffen. Meine Maschine aus Bordeaux landet morgen gegen 20.00 Uhr.«

Aimée fragte nicht nach. Es ging sie schließlich nichts an, wo Garcia de Miravelles am Wochenende sein Jetset-Leben verbrachte. Sie überlegte vielmehr, was es zwischen ihnen zu besprechen gab, solange sie nichts über Lélia oder den Warhol herausbekommen hatte.

»Ich bin auf einer Weinverkostung im Lalande de Pomerol – der 2015er ist ein außergewöhnlicher Jahrgang. Die Order liegt mir sehr am Herzen.«

»Habe ich etwas gesagt?«

»Nein, aber gedacht.«

Aimée biss sich auf die Lippe. Dieser Mann konnte sie durch das Handy und auf mehrere Hundert Kilometer Distanz auf die Palme bringen.

»Solange ich keine Neuigkeiten habe, sind Telefonate ausreichend, denke ich«, erwiderte Aimée kühl.

»Aimée, ich weiß, Sie sind ein Profi. Aber ich muss Ihnen etwas beichten, und das geht nicht am Telefon. Ich habe nachgedacht. Über Lélia. Über mich.«

»Sie haben sich an etwas erinnert, was Ihnen vor einem Jahr entfallen war?« Ganz ohne Zynismus ging es nun doch nicht. Während sie seine Antwort abwartete, taxierte Aimée weiter den Horizont und meinte, ein Segelboot zu erkennen. Doch von dem Boot drang verhangenes Gelächter über die Bucht. Das war sicher nicht das Segelboot von Juan Alverez.

»Tout de suite. J'arrive. Entschuldigen Sie bitte, Aimée. Einige Sommeliers wollen sich von mir verabschieden.« Als ob sie das interessierte.

»Wäre 21.00 Uhr im Abaco für Sie in Ordnung?«

»Nein, natürlich nicht. Ich habe morgen überhaupt ...«

»Ich reserviere uns einen Tisch für zwei Personen. Wir sehen uns morgen Abend.«

»Nein ...« Doch de Miravelles hatte das Gespräch bereits beendet. Verdammt. Dieser Mann brachte sie um den Verstand. Ein Treffen am Abend ausgerechnet im Abaco? Die Dekoration in dieser außergewöhnlichen Bar mitten im Palmas Altstadt würde jedem Filmausstatter mit einer Vorliebe für Visconti-Filme die Tränen in die Augen treiben. Überladener konnte man eine Bar nicht einrichten. Aber sie war schön. Für ein frisch verliebtes Paar. Was wollte de Miravelles ihr ausgerechnet dort beichten? Sie würde abwarten müssen. Und das passte ihr gar nicht, erst recht, weil sie bisher noch nichts in der Hand hatte, was sie bei diesem Auftrag weiterbrachte.

Süßlicher Marihuana-Geruch zog zu Aimée herüber. Einige Meter von ihr entfernt, hatten sich zwei Jugendliche auf die Mauer gesetzt und rauchten einen Stick. Sie baumelten mit den Beinen und reichten einander abwechselnd den schmal gedrehten Joint. Allmählich verschwanden der Junge und das Mädchen in dem betäubenden Nebel. Was für ein Gestank! Aimée musste sich zwingen, den beiden Teenagern keine vorwurfsvollen Blicke zuzuwerfen. Wann hatte sie eigentlich das letzte Mal mit Peer über Josephine gesprochen? Er hätte sie doch informiert, wenn es Probleme gäbe, oder?

Sie ging die Mole ein Stück hinunter und setzte sich mit dem Rücken an die Mauer auf den Strand. Wollte sie wirklich die ganze Nacht hier auf Juan warten?

Sollte es ihr zu kalt werden, könnte sie immer noch fahren. Sie zog sich den Reißverschluss ihrer Lederjacke zu und suchte in ihrer Tasche nach einem Schal. Dabei fiel ihr das kleine Schokoladenpapier in die Hände, das sie aus dem Papierkorb der Kinderbetreuerin des El Sueño Niños & Familia mitgenommen hatte. Im Schein der Laterne, unter der sie lehnte, betrachtete sie das Papier etwas genauer. Obwohl es schien, dass Anna Bentin die Schokoladenbohne akkurat aus der Öffnung herausgedrückt hatte, fühlte sie mit dem Daumen eine Unebenheit in der Verpackung. Sie würde das Papier Diego geben, wenn sie ihn sah, damit er es an die Spurensicherung weiterleiten konnte. Wenn die Verfasser der Drohbriefe es ernst meinten, wäre eine gezielte Vergiftung nicht abwegig.

Sie packte das Papier wieder in die Tüte und schob ihre Handtasche als Kissen zwischen sich und die Mauer. Dann legte sie den Kopf nach hinten und sah in den Sternenhimmel. Sicher, sie wurde dafür bezahlt, sich die Nächte um die Ohren zu schlagen. Aber die Erinnerung an das unbeschwerte Lachen Nimas auf dem Schwarz-Weiß-Foto in der Finca Fonoll Marí ließ sie nicht los. Nie wieder würde die beliebte Yoga-Trainerin so lachen. Nie wieder würde sie ins Meer springen, das Wasser an ihrem Körper fühlen oder sich auf ihrem Bett schlafen legen. Aimée stieß frustriert die Luft aus und schlug mit der flachen Hand auf den steinernen Boden. *Ich finde deinen Mörder, schöne Nima. Ich finde ihn.*

KAPITEL 3

Montag, 22. Mai 2017
Marina, Puerto de Sóller

»Sie wissen, wie ich mich fühle? Die Frau, die ich liebe, liegt tot auf der Hotelterrasse, während ich unten im Hotel-Foyer meine Produkte in irgendein beschissenes Regal einräume. Dann setze ich mich völlig ahnungslos in mein Auto, fahre ins nächste Hotel und lasse meine tote Freundin, der ich einen Antrag machen wollte, in der Sonne liegen? Ich glaube nicht, dass Sie sich vorstellen können, wie ich mich fühle!«

Juan Alverez explodierte förmlich vor Aimées Augen. In seinem Blick funkelten Wut und Abscheu. Die Wörter zischten aus ihm heraus wie ein Ascheregen. Aimée hat mit allem gerechnet, aber nicht mit einem Vulkan. Mit kraftvollen Bewegungen zurrte er das Segel fest und legte die Seile eng um den Baum, als wollte er jemanden fesseln.

Statt einer Dusche war Aimée im Meer schwimmen gegangen. Als sie sich auf den wärmenden Sand setzte, hatte sie sein Boot in den Hafen einfahren sehen. Schnell hatte sie sich Jeans und T-Shirt über ihre nasse Unterwäsche gezogen und sich an einem Kiosk einen Espresso und eine Ensaimada gekauft.

Juan Alverez' Begrüßung stand der seiner Schwester in nichts nach. Doch dieses Mal redete sie nicht um den heißen Brei herum. Aimée stellte sich vor und kam gleich zur Sache.

»Es tut mir leid, was mit Ihrer Freundin geschehen ist. Ich kann mir vorstellen, wie sie sich fühlen.«

Daraufhin war Juan Alverez in die Luft gegangen und hätte sie allem Anschein nach am liebsten erdrosselt. Doch so leicht ließ sich Aimée nicht beirren. Sie blieb abwartend stehen, während Alverez von der Bootskante auf den Anleger sprang und das Boot am Steg vertäute. Schließlich drehte er sich um und musterte Aimée feindselig.

»Ich habe der Polizei gestern schon alles gesagt. Ich habe mit meiner Schwester vorgestern Morgen Kaffee getrunken und anschließend die drei Hotels abgeklappert.« Er fuhr sich mit der Hand durch sein kräftiges, völlig zerzaustes schwarzes Haar. Aimée spürte, unter welchem Druck der Mann vor ihr stand. Mit abgehackten Bewegungen stopfte er seine Sachen in einen Rucksack und zog die Kordel ruckartig zu.

»Beliefern Sie die El-Sueño-Hotelkette mit ihren Pflegeprodukten immer am Samstagmorgen?«

»Nein.«

»Nein? Sondern wann?«

»Dafür habe ich meine Mitarbeiter. Sie werden von den Hotels angerufen und liefern. Das geschieht eigentlich immer in der Woche.«

»Doch diesmal war es anders?«, vermutete Aimée fragend.

»Marcos hatte eine Lieferanfrage verschlampt. Daher waren die Vorräte aufgebraucht, auf die das Hotelpersonal sonst zurückgreifen kann.«

»Also sind Sie völlig außer der Reihe im El Sueño Spa & Relax in Portals Nous gewesen? Kam Ihnen da nicht die Idee, nach Ihrer Freundin zu fragen. Schließlich beginnen die ersten Yoga-Kurse schon um sieben Uhr morgens.«

»Genau, daher weiß ich auch, dass sie davor beschäftigt ist. Nima meditiert, bevor sie unterrichtet.« Er hielt inne und räusperte sich. » ... sie meditierte.« Er schwang seinen Rucksack über die Schulter und kramte seinen Autoschlüssel aus seiner Jeans. »Außerdem musste ich noch ins Al Mar und ins Niños. Ich wollte in Santanyí sein, bevor es mit den Staus losgeht. So und jetzt ist Schluss mit der Fragerei.«

Mit kantigem Schritt ging er in Richtung Parkplatz. Aimée folgte ihm.

»Was kostet eigentlich eine Mitgliedschaft bei *NatureNow*?«, fragte Aimée. »Sie können doch sicher ein engagiertes neues Mitglied gebrauchen.«

Während er auf sein Auto zuging, sah Alverez sie von der Seite abschätzend an.

»Finden Sie das nicht etwas sehr durchsichtig, Señora ... Sander?« Er zog eine seiner dichten Augenbrauen hoch, sodass sich seine Stirn in Falten legte.

»Nein, ich meine das völlig ernst.« Aimée beließ ihr Privatleben dort, wo es hingehörte, doch langsam begann sie sich für die ökologischen Maßnahmen auf der Insel zu interessieren.

»Ich bin ab zwölf in meinem Büro. Da können Sie sich die Anmeldeformulare abholen.« Damit öffnete er die Tür zu seinem alten Seat. »Und die Mitgliedschaft kostet nichts. Wir nehmen Spenden.«

»Wann haben Sie Nima Roth eigentlich das letzte Mal gesehen?« Ohne eine der wichtigsten Standardfragen ließ Aimée Alverez nicht von der Angel.

»Am Freitagnachmittag in meinem Büro in Palma. Gegen 16.00 Uhr. Ein paar ehrenamtliche Mitarbeiter von *NatureNow* werden Ihnen das gerne bezeugen.«

Seine Antwort kam ziemlich prompt. Fast schon einstudiert. Er trauerte um seine Freundin, das konnte sie verstehen. Aber woher kam diese Wut?

Aimée hob ihre Hand zum Abschied auf halbe Höhe. Er nickte nur im Ansatz zurück und pfefferte die Autotür hinter sich zu.

Sie blickte auf die Uhr, halb acht – früh genug, um Josephine vielleicht noch in ihrem Apartment anzutreffen. Sie bezweifelte nach wie vor, dass ihre Tochter wirklich freiwillig zu einer Zeit aufgestanden war, zu der man es sonst in den Ferien nicht gewagt hätte, auch nur ihre Tür zu öffnen. Selbst Peer hielt es für den herausforderndsten Teil seiner täglichen Erziehungsarbeit, Josephine morgens aus dem Bett zu bekommen.

Seit vorgestern Morgen schienen die Uhren jedoch anders zu ticken. Sie blickte zurück auf die Bucht von Sóller. Der Kiwi-Bummelzug, der Sóller mit seinem Hafen verband, trudelte wie aus Stummfilmzeiten an seinem Zielort ein und entließ einige wenige Frühaufsteher aus seinen nostalgischen Waggons. Aimée erinnerte sich an Josephines Jauchzen, als sie zum ersten Mal mit diesem Minizug gefahren waren. Mitten durch Gärten, in denen Kiwis so dicht am Zugfenster hingen, dass man sie während der Fahrt pflücken konnte. Das Sonnenhütchen quer über den dunklen Locken, hatte Josephine den Eimer mit dem Strandspielzeug geschwenkt und war stolz von den Stufen geklettert. Sie hatten einen perfekten Familien-Strandtag verbracht. Peer, Josephine und sie. Was würde sie tun, wenn Josephine etwas zustieß? Oder wenn sie so wie Lélia einfach verschwand? Wenn sie nicht wusste, wo sich ihr Kind aufhielt, oder im schlimmsten Fall, ob es überhaupt noch lebte?

Aimée schüttelte ihre dunklen Gedanken ab. Sobald Peer sein Schweigeseminar beendet hatte, mussten sie reden. Sie hörte schon seine ungläubige Frage: Seit wann machst du dir Sorgen?

Pressebüro NatureNow, Carrer de Josep Martinez, Palma

Mit fahrigen Händen suchte Juan in seinen Unterlagen nach den Überweisungen, die er Nima vor zwei Wochen unter die Nase gehalten hatte. Sein Vorwurf, sie habe ein falsches Verständnis von Spendenaufteilung, entsprach nur der halben Wahrheit.

Er hatte in den Überweisungen auch entdeckt, dass Nima Geld auf ihr eigenes Konto überwiesen hatte. Aber er hatte es nicht über sich gebracht, sie mit seiner Erkenntnis zu konfrontieren, und so hatten sie nur über ihren Transfer nach Kolumbien gestritten. Natürlich wusste er, dass die Aktivisten dort Geld brauchten; er wusste auch, dass Nimas alter Freund Carlos ein kompromissloser Umweltschützer war. Doch die Spenden, die er für *NatureNow* auf Mallorca verwaltete, mussten auch für Umweltprojekte auf der Insel eingesetzt werden. Er betrog doch nicht seine eigenen Leute.

Auch im zweiten Ordner fand er die verdammten Auszüge nicht – dabei war er sicher, sie in einem der Ordner abgelegt zu haben.

Wenn die Polizei oder auch die Privatdetektivin die Kontoauszüge bei ihm fand, wäre Nimas Andenken ruiniert. Bei all ihren Fehlern wollte er sie als die Frau in Erinnerung behalten, in die er sich verliebt hatte: unkonventionell, leidenschaftlich, voller Ideale und etwas verrückt. Sie hatte keinen Wert auf Geld gelegt, also sollte es jetzt nach ihrem Tod nicht so aussehen, als ob sie habgierig oder materialistisch gewesen wäre – das widersprach all ihren Werten. Er würde sie schützen, über ihren Tod hinaus. Sollte Aimée Sander bei ihm herumschnüffeln, so würde sie nichts finden. Es war ihm ohnehin ein Rätsel, wer die Privatdetektivin beauftragt haben könnte.

Juan wischte sich mit den Unterarmen den Schweiß von der Stirn. Ihm war schlecht. Seit gestern Morgen hatte er nichts mehr gegessen. Er holte sich einen Kaffee aus der Büroküche und kippte sich zwei Löffel Zucker hinein. Aus einem angebrochenen Paket lugten zwei Biskuits. Das musste erst einmal reichen.

Er trank einige Schlucke und stellte den Becher geistesabwesend auf ein Sideboard, um seine Suchaktion fortzusetzen. Was wäre geschehen, wenn er an diesem Samstag nicht ins El Sueño hätte fahren müssen? Diese Frage spulte sich immer wieder wie von selbst in seinem Kopf ab. Dann wäre er jetzt nicht in dieser schrecklichen Situation. Er zwang sich, ruhig zu bleiben; er musste mit den Dingen zurechtkommen, so wie sie jetzt lagen. Er wusste, was er zu tun hatte. Er wusste, alles, was er jetzt tat, machte er für Nima. Nur das zählte.

Tapas Bar & Café Josie, Plaça Llorenç Bisbal, Palma

Als Aimée die Tür zu ihrem Apartment aufgeschlossen hatte, war Josephine schon weg gewesen. Auf dem Küchentisch hatten nur eine einsame Schale mit Müsliresten und eine leere Milchtüte gestanden. Aimée konnte sich nur noch wundern. Im Leben ihrer Tochter musste sich wirklich etwas verändert haben, wenn sie bereit war, ihren Ferienschlaf zu opfern.

Nachdem Aimée in nasser Unterwäsche auf dem Motorrad von Sóller bis Palma gefahren war, wollte sie nur noch unter die Dusche. Danach hatte sie sich in ein Badetuch gewickelt, auf der Terrasse ihre E-Mails gecheckt und sich dabei mit einer Bio-Lotion von »Luz de Sóller« eingecremt, die sie am Abend vorher in einer kleinen Boutique in der Carrer de la Luna gekauft hatte. Sie roch wie eine frisch gepresste Orange.

Der intensive fruchtig-ätherische Duft verflog auch nicht, als sie sich in Jeans und schwarzem Shirt, ihre Wildlederjacke unter den Arm geklemmt, auf den Weg zu Raouf machte. Es war kurz vor zehn, sie würde pünktlich sein.

Das Licht der späten Maisonne fiel schräg in die kopfsteingepflasterte Carrer de Sant Agusti. Die Morgenluft war in den engen Straßen von Palma noch kühl. Aus den Bäckereien drang der süße Duft von frischgebackenem Brot.

Auf dem kleinen Platz vor der Tapas Bar & Café »Josie« standen unter einer Platane verteilt sechs Tische. Zwei waren bereits belegt; drei ältere Einheimische, die in der Nachbarschaft wohnten und Aimée freundlich grüßten, nahmen ihren café solo. Zwei Touristinnen in weißen Shorts und pinkfarbenen Tops machten sich über ihre bocadillos de jamón her und steckten sich gegenseitig Oliven in den Mund. Raouf legte die Oliven selbst ein. Sie schmeckten köstlich, und man aß instinktiv eine nach der anderen.

Bereits von draußen hörte Aimée die tiefe Stimme Diegos. Unfassbar, dass sie immer noch so auf ihn reagierte – aber diese Vibrationen jagten ihr nun mal eine Gänsehaut über den Rücken. Kein Wunder, Diego war ein talentierter Basstenor, der in der Capella Mallorquina ebenso gesungen hatte wie schon als Kind im Kirchenchor. Er stammte aus einer streng katholischen Familie in Pollença, und seine Eltern verzweifelten darüber, dass ihr einziger Sohn immer noch nicht die Frau fürs Leben gefunden hatte und auch die Beziehung zu Aimée gescheitert war. Nach ihrer leidenschaftlichen Liaison war Diego wieder zum Dauer-Single mit wechselnden Affären geworden. Letztlich war vielleicht auch er einfach nicht für die Ehe gemacht.

Aimée betrat den Laden. Als sie sah, wie Diego über den Tresen gebeugt sich lautstark mit ihrem Vater unterhielt, fühlte sie einen Stich. Mit seinen 1,90 Metern sah er nicht nur aus wie ein spanischer Gerard Depardieu, hinter seiner rohen Fassade verbarg sich ein weicher Kern, aber er vertrat eben auch viele Vorstellungen, die Aimée nicht teilte. Josephine mochte ihn nicht, für sie war er damals der Grund gewesen, warum ihre Eltern sich getrennt hatten. Dabei war Diego sehr bemüht um sie gewesen, hatte sie mit zum Chor genommen und ihr sogar die Pferdestaffel der mallorquinischen Polizei gezeigt. Ihr Verhältnis blieb trotzdem unterkühlt. Aber welcher Teenager schüttelte schon dem Nachfolger des heiß geliebten Papas gerne die Hand?

»Haben Sie den Fall schon gelöst, Comisario Fuentes?«, fragte Aimée, und wunderte sich über ihren leicht verschnupften Ton. Gönnte sie ihm das gut gelaunte Gespräch mit Raouf nicht, oder war es Josephines plötzlicher Drang nach Unabhängigkeit, der ihre Stimmung ins Wanken gebracht hatte?

Aimée begrüßte die beiden Männer mit Küsschen rechts und Küsschen links.

»So gut wie«, erwiderte Diego prompt. Sein Handy klingelte, und er gab ihr mit einem Kopfnicken zu verstehen, dass er sich schon mal nach draußen setzte.

»Bonjour, mon coeur«, begrüßte ihr Ziehvater sie liebevoll.

»Bonjour papá, ich verzehre mich nach deinem Toast spéciale.« Aimée lugte über den Tresen, ob es dort etwas gab, was sie sich kurzerhand in den Mund stecken konnte.

»Ist schon im Grill. Ich werde ihn heute Abend für Josephine mit besonders viel Käse machen – genau wie für dich.«

Aimée sah ihn überrascht an und klaubte sich ein Stück Weißbrot aus einem Korb.

»Josephine hat mich gestern Abend angerufen und mir alles erzählt, unter anderem von diesem Mistkerl, der vor ihren Augen mit einer anderen ... gut für diesen Lucas, dass er nicht auf Mallorca ist, noch nicht grün hinter den Ohren und schon jungen Mädchen das Herz brechen! *Meiner* Josephine!« Seine Stimme wurde laut, er fuchtelte mit den Händen in der Luft, als wollte er einem Huhn den Hals umdrehen.

Wenn Raouf wütend war, konnte man wirklich Angst vor ihm bekommen. Aber so schnell sein Zorn entflammte, so schnell wurde ihr Stiefpapa auch wieder sanftmütig. Er hatte in Algier als Schüler Theater gespielt. Jetzt war der Platz hinter dem Tresen seine Bühne. »Sie kommt heute Abend zum Essen.«

Aimée hob die überrascht die Augenbrauen. Und Josephine hatte nicht mal gefragt, ob sie mit dazukommen möchte.

»Sie klang aufgeräumter als du nach deinem Waterloo mit – wie hieß er noch gleich ...?« Raouf überlegte angestrengt, während er die Espressomaschine anstellte, aus der kurz darauf laut zischend Aimées Kaffee tröpfelte.

»Ist lange her, Raouf.« Ihr stand nicht der Sinn danach, jetzt über ihren ersten Liebeskummer zu reden. »Lass mich raten? Josephine kommt mit ihrer neuen Freundin Pia zu dir?« Sie nahm Raouf den Café solo ab und streute etwas Zucker hinein.

»Vielleicht. Josie klang sehr stolz, dass sie mit einer Umweltschützerin befreundet ist. Einer echten, wohlgemerkt, die schon was erlebt hat, im Ausland und so. Unsere Kleine war richtig aufgedreht.« Raouf holte die Toasts aus dem Salamander und legte sie auf einen Teller neben eine Salatbeilage aus Rucola und gelben Tomaten. »Hauptsache, sie kettet sich nicht an Öltanker.« Mit den Worten reichte er ihr das knusprig gebackene Weißbrot, aus dem der geschmolzene Käse wie goldene Lava floss.

»Auch das könnten wir wohl nicht verhindern, papá. Merci. Es sieht einfach köstlich aus.« Sie wollte schon gehen, aber ihre Neugier ließ sie noch einen Moment innehalten.

»Worüber hast du dich denn mit Diego so angeregt unterhalten?«

»Ich soll es eigentlich nicht weitersagen.« Er zögerte. »Diego will wieder singen. Er braucht wohl einen Ausgleich für den Stress in seinem Job. Außerdem hat mein Rezept für eine echte Tarte aux pommes wohl gestern Abend seine neue Flamme sehr beeindruckt.«

»Wie schön für ihn.« Aimée wusste nicht, wie viele Freundinnen er seit dem Ende ihrer Verbindung vor über einem Jahr schon gehabt hatte. Jetzt versuchte er es sogar schon mit Kuchen, dachte Aimée, während sie mit Teller und Kaffeetasse nach draußen ging.

»Also, wer hat dich beauftragt, Aimée?«, wollte Diego wissen, kaum dass sie an dem Tischchen mit den bunt eingelegten Mosaiken Platz genommen hatte. Er musterte sie kritisch.

»Hast du keine Vermutung?« Aimée schnitt eine Toasthälfte in mundgerechte Stücke. Sie nahm sich ein Stück mit den Fingern und warf einen dankbaren Blick Richtung Himmel. Nirgends schmeckten die Toasts so gut wie bei Raouf.

»Lass die Spielchen, Aimée, dafür ist die Sache zu ernst.«

»Du hast recht.« Sie leckte ein Stück geschmolzenen Käse von ihrem Finger. »Freiwillig scheint Nima ja nicht über die Balustrade der Terrasse gesprungen zu sein. Das konntest du doch am Samstag schon ausschließen. Wieso eigentlich?«

»Wir haben unsere Indizien. Du musst nicht alles wissen. Nima Roth wurde hinuntergestoßen«, stellte er lakonisch fest. »Letaler Genickbruch.«

»Und du hast schon eine Spur? Oder warum hast du an einem Montagmorgen so gute Laune?« Aimée schnitt die zweite Toasthälfte auf.

»Ich muss noch die Ergebnisse der Gerichtsmedizin abwarten. Aber ich gehe von einer Beziehungstat aus. Sie war sehr hübsch, sie war sehr beliebt.«

»Und wen verdächtigst du, ihren Freund?«

»Nicht ausgeschlossen. Ich hatte schon mal mit Juan Alverez zu tun. Er ist damals mit einer Geldstrafe davongekommen. Er hatte mir so unverfroren ins Gesicht gelogen, dass selbst ich ihm geglaubt habe.«

Aimée sah ihren Ex ungläubig an. Diego war der Skeptiker schlechthin. Er hielt erst einmal alle für schuldig. Dass Alverez ihm etwas vormachen konnte, gab ihr zu denken.

Diego schien ihre Zweifel zu spüren, biss aber lieber in sein Sandwich, als sich aus der Ruhe bringen zu lassen.

Aimée wusste nicht, warum sie für Juan innerlich Partei ergriff. Er hatte sich schließlich alles andere als handzahm gezeigt.

»Um was ging es denn genau?«, wollte Aimée wissen.

»Unbefugtes Betreten und Sachbeschädigung. Den Einbruch konnte man ihm nicht nachweisen.«

»Wie bitte? Wo ist er denn eingedrungen?«

Diego räusperte sich. »Du kennst doch die nicht fertiggestellten Ferienhäuser in der Cala melancholicá?«

»Du meinst die Bauruinen bei Picanfort, die seit Jahren vor sich hinrotten?«

»Genau. Alverez hat sie in Deutschland als Traumhäuser angeboten. Und tatsächlich hat er ein Musterhaus in Stand gesetzt – natürlich illegal.«

»Aber warum?«

»Das Ganze war eine Umweltschutzkampagne und sollte auf die leer stehende Geistersiedlung aufmerksam machen – perfekte Pressearbeit. Ein kurzer medialer Aufschrei. Und Alverez behauptete, nichts damit zu tun zu haben. Ich glaubte ihm. Doch ein Tourist hatte seine ›Umbauarbeiten‹ gefilmt. Und wir konnten ihn zu einer saftigen Geldstrafe verdonnern.«

Aimée gefiel der Begriff saftig in diesem Zusammenhang nicht – der Orangenbauer kämpfte anscheinend gegen Windmühlen.

»Aber nur weil man für eine Umweltschutzaktion lügt, ist man noch lange kein Mörder«, konterte Aimée.

»Da hast du recht. Aber er ist ein Lügner. Und unbeherrscht. Stolz. Unberechenbar. Er war außer sich, dabei habe ich ihm nur ein paar ganz normale Fragen gestellt ...«, erklärte Diego und strich sich mit der Serviette die Krümel von den Lippen.

»Wie würdest du dich verhalten, wenn deine Freundin auf so grausame Weise ums Leben kommt?«, fragte Aimée.

Diego zuckte mit den Schultern. »Letztlich zählen die Beweise. Es gibt keine Kampfspuren, das könnte darauf hindeuten, dass sie den Täter kannte.«

»Sie hat sich nicht gewehrt? Das ist sonderbar.«

»Nein, das heißt, sie hat ihrem Gegenüber vertraut. Wenn der Täter kräftig genug war, braucht es nur wenige Sekunden, um eine Frau wie Nima Roth mit ihren vielleicht 52 Kilo hochzuheben. Den Rest machst du mit Schwung.«

»Okay, den Rest mach ich mit Schwung. Sehr anschaulich, deine Beschreibung des Tathergangs.« Aimée trank von ihrem Kaffee. Die aufgeschnittenen Stücke ihrer zweiten Toasthälfte lagen noch unberührt auf dem Teller.

»Hat irgendein Hotelgast Schreie gehört?«, hakte sie nach.

»Nein, wahrscheinlich hat der Schock eine Aphonie ausgelöst. Manchen Menschen verschlägt der Schock im wahrsten Sinne des Wortes die Sprache. Sie wollen schreien, aber es kommt kein Ton.«

»Wie in einem Albtraum.«

»Genau.« Diego besaß Takt. Er kommentierte ihre Bemerkung nicht weiter. Oft genug hatte er sie nach ihrem Mali-Einsatz aus dem Schlaf rütteln müssen, weil sie schlecht geträumt und sich hin und her gewälzt hatte. Wie oft hatte sie versucht, im Schlaf zu schreien, und es nicht geschafft.

»Wie warten ab, was die Obduktion ergibt. Vielleicht haben wir heute Abend die Ergebnisse.«

»Gibst du mir Bescheid?«

»Nein, Aimée, ich bin sicher, dass es in diesem Fall besser ist, wenn die mallorquinische Polizei den Mörder findet und keine deutsche Privatdetektivin. Das könnte unserem Ruf schaden. Du verstehst, was ich meine?« Diego steckte sich das letzte Stück Toast in den Mund und sah sie selbstzufrieden an. »Glaub mir, es war Mord aus Leidenschaft. Nima Roth war sehr freiheitsliebend. Die Reisen im Winter in die exotischsten Resorts der Welt, immer neue Menschen – ich glaube nicht, dass sie eine Frau ist, die immer nur Augen für einen Mann hatte. Meine Vermutung.«

»Hm.« Aimée erinnerte sich an Juans Worte. *Und lasse meine tote Freundin, der ich einen Antrag machen wollte, in der Sonne liegen.* »Er wollte sie heiraten.«

»Wie bitte? Umso besser. Das verstärkt sein Motiv nur noch.« Diego begann, in seinem Handy seine E-Mails aufzurufen, was Aimée verabscheute.

»Also, du glaubst an Eifersucht als Motiv? Aber auf wen?«

»Das Feld überlasse ich gerne dir. Ich suche keine Nebenbuhler, sondern Täter.« Für Diego schien der Fall offensichtlich schon so gut wie geklärt.

»Du machst es dir einfach.« Aimée kramte in ihrer Tasche nach dem kleinen Tütchen mit dem Schokoladenpapier. »Kannst du das von der Spurensicherung untersuchen lassen? Fingerabdrücke, auffällige Substanzen.«

Diego nahm das Papier in die Hand und zog die Augenbrauen hoch. »Ein Schokoladenpapier aus dem El Sueño? Was hat das mit dem Fall Nima Roth zu tun?«

»Komm schon. Tu mir den Gefallen.«

Widerwillig steckte Diego das Tütchen in seinen dunkelgrünen Blouson.

»Ich kann nichts versprechen«, grummelte er.

Obwohl er ihr entgegenkam, fühlte sich Aimée danach, Diego die gute Laune zu verderben. Aber wenn sie ihm berichtete, dass Dengler überzeugt war, von einer Umweltgruppe bedroht zu werden, hätte er endgültig seine Bestätigung und würde sofort mit schwerem Geschütz auffahren. Und wenn sie eines nicht wollte, dann waren es Diegos Kollegen im Büro einer hiesigen Umweltorganisation. Allerdings, wenn es der Aufklärung diente?

Aimée musste aufpassen, dass sie Alverez nicht wie Diego auf den Leim ging. Trotzdem blieb sie mehr als skeptisch, was Diegos Vorverurteilung betraf. War es ihr Bauchgefühl oder Josephines plötzliches Engagement für ambitionierten Umweltschutz, was sie wünschen ließ, die Weltretter mögen nichts mit Nimas Tod zu tun haben? Sie wusste es nicht. Wenn die Umweltaktivisten allerdings wirklich eine Hotelkette bedrohten und Menschen dabei zu Schaden kamen, hatte Aimée dafür kein Verständnis. Zu oft hatte sie erlebt, was für ein Leid entstand, nur weil sich Menschen *Der Zweck heiligt die Mittel* auf die Fahnen schrieben.

»Ich ermittle halt in mehrere Richtungen. Das bin ich meinem Kunden schuldig«, erklärte Aimée mit größter Selbstverständlichkeit und zog den Reißverschluss ihrer Tasche zu.

»Ich kann eins und eins zusammenzählen. Von Verwandten, die so sehr an der Aufklärung ihres Todes interessiert wären, dass sie eine Privatdetektivin engagieren würden, ist mir nichts bekannt.« Er sah sie an.

»Wer hat dich beauftragt?«

Aimée hob eine Schulter und sah einem Pärchen nach, das Arm in Arm über die Plaça schlenderte. »Wann wurde unsere Yoga-Queen eigentlich zum letzten Mal lebendig gesehen? Haben deine Leute etwas darüber herausgefunden?«, lenkte sie ungerührt vom Thema ab.

»Ach, Aimée, ich liebe dich – du weißt dein Talent, die Eisgöttin zu spielen, immer zum günstigsten Zeitpunkt einzusetzen.« Er zerdrückte seine Serviette zu einem Knäuel und warf sie auf seinen leeren Teller.

»Die erste Yoga-Stunde findet am Wochenende um acht statt, und nicht wie in der Woche schon um sieben. Das heißt, es hätte gereicht, wenn Nima Roth um kurz vor acht das Hotel betreten hätte. Die Auszubildende am Empfang hat sie von den Hotelangestellten als Letzte lebendig gesehen. Allerdings bereits um 6.30 Uhr.«

»Weil sie vor ihren frühen Yoga-Stunden eine Stunde meditierte.«

»Genau. Da hast du doch schon einige Informationen ...«, bemerkte Diego gönnerhaft.

»Behandle mich nicht wie eine Anfängerin«, sagte Aimée und schob verärgert den Teller mit den letzten Toaststücken beiseite.

»Die Rezeptionistin hat auch Juan Alverez gesehen, wie er seine Produkte in das Regal der Hotelboutique eingeräumt hat. Tja, was den Morgen betrifft, sind das bisher unsere einzigen Aussagen.«

»Das war genau um wie viel Uhr?«, fragte Aimée.

»Um zwanzig vor sieben. Das deckt sich mit der Aussage der Schwester. Sofia Alverez hat ausgesagt, ihr Bruder sei um sechs losgefahren.«

Wenn die Rezeptionistin bestätigte, dass Juan sich die ganze Zeit im Foyer aufgehalten und nicht den Aufzug oder die Treppen nach oben genommen hat, hätte er ein sicheres Alibi. Jetzt war sie dran, Diego einige Krümel zuzuwerfen.

»Er wollte sie nicht beim Meditieren stören, hat er mir versichert«, erklärte Aimée.

Diego hob beide Augenbrauen. »Interessante Ausrede.« Typisch Diego, seine Bedürfnisbefriedigung stand natürlich immer an erster Stelle. Dass ein Mann die Wünsche einer Frau respektierte, stand auf seiner Verhaltensagenda nicht an erster Stelle. Es war keine Bosheit, sondern einfach Gedankenlosigkeit. Aber wollte sie jetzt mit ihm darüber diskutieren?

»Leider kann die Rezeptionista das nicht für seinen gesamten Aufenthalt an diesem Morgen bestätigen; sie war zwischendurch im Büro und auf der Toilette«, fuhr Diego fort.

»Sie hat also nicht gesehen, um wie viel Uhr genau Juan Alverez abgefahren ist?«

»Nein, und somit ist sein Alibi hinüber. Der Todeszeitpunkt muss zwischen 6.00 und 7.30 Uhr gewesen sein. Er ist es. Sollen wir wetten?« Mit Blick auf seine goldene Armbanduhr stand Diego entschlossen auf.

»Wenn ich unrecht habe und Juan Alverez Nima Roth nicht im Affekt den Balkon hinuntergestoßen hat, helfe ich dir, für Raoufs Geburtstag am Samstag die Tapas-Platten zusammenzustellen.«

Aimée schaute ihn mitleidig an. »Sollen sich die Gäste etwa den Magen verderben?«

»Nein, wirklich, ich kümmere mich um das Essen und lege selbst Hand an.«

Diego musste sich seiner Sache wirklich sehr sicher sein. Er hasste es, in der Küche zu stehen.

»Du bestellst keinen Caterer?«

»Nein.«

»Und du lässt nicht deine Mutter für dich schuften?«

»Wo denkst du hin? No. Aber sie wird mir ihre besten Rezepte verraten.«

Aimée schluckte. Die Tapas-Rezepte von Señora Fuentes gehörten zu den bestgehüteten Geheimnissen Mallorcas.

»Und wenn Alverez schuldig ist?«

»Dann kochst du für mich – es muss auch keine Paella sein.«

Aimée schüttelte den Kopf. Wollte Diego ihre Beziehung wieder aufleben lassen, wo sie sich gerade eine einigermaßen stabile platonische Freundschaft erarbeitet hatten?

»Kommt nicht infrage. Da bin ich raus.«

»Dann ein Cocktailabend im Abaco?«

Aimée hätte beinahe laut aufgelacht. Vielleicht sollte sie ein Dinner zu dritt vorschlagen, sie mit Garcia und Diego.

»Nein, Diego. Lassen wir das.« Aimée stand ebenfalls auf und nahm die beiden Teller vom Tisch.

»Ich habe um zwölf Uhr eine Pressekonferenz.« Jetzt machte Diego einen etwas beleidigten Eindruck. »Die kannst du dir im Fernsehen ansehen, aber mehr als ich dir jetzt schon gesagt habe, ist nicht drin.«

»Ich übernehme die Rechnung, das nächste Mal bist du wieder dran«, erklärte Aimée.

»Sicher. Ich kenn doch deinen Gerechtigkeitssinn«, sagte Diego und lächelte wieder. Er war ein guter Verlierer, das wusste Aimée zu schätzen.

Pressebüro NatureNow, Carrer de Josep Martinez

Die Strecke von Raoufs Bar bis zu dem Pressebüro von *NatureNow* legte Aimée mit dem EMT Bus zurück. Sie stieg an der Haltestelle »Alexandre Rosselló àrea d'intercanvi Sindicat« ein und fand einen Platz auf der letzten Bank der Número 7. Im Gegensatz zu Hamburg, wo sich die Namen von Bus- und Bahnhaltestellen auf Straßennamen reduzierten, klangen die Bezeichnungen in Palma wie Filmtitel. Aimée blickte auf den Verkehr, der sich durch die Carrer de Manacor schob – eine der wenigen Hauptstraßen, die sternförmig aus der Altstadt heraus in Palmas Vororte führte.

Aimée nutzte die Zeit, um sich bei Josephine zu melden. Sie hatte die Idee, sie mit einer Kletter- oder Tauchstunde zu überraschen, die sie bei Sofia Alverez buchen wollte. Doch Josephine ging nicht an ihr Handy. Aimée schickte ihr eine Sprachnachricht und teilte ihr mit, dass Mateo nach ihr gefragt hatte. Er könnte ihre Hilfe jetzt gut gebrauchen. Sie leitete ihm seine Handynummer weiter. Sollten Mateo und Josephine einen Termin unter sich ausmachen, beschloss Aimée.

Als sie an der Haltestelle Tomas Rullan Manacor ausstieg, meldete sich ihr Handy; allerdings war es nicht ihre Tochter, sondern Dengler. Es war ein kurzes Gespräch, in dem er sie bat, so bald wie möglich ins El Sueño al Mar zu kommen. Eigentlich war Aimée mit ihrer Informationslage noch nicht zufrieden, aber da er darauf bestand, dass sie ihm Bericht erstattete, blieb ihr nichts anderes übrig, als dem Treffen zuzustimmen.

Bisher war alles nur Spekulation. Von einem Bericht mit Hinweisen auf den möglichen Täter fühlte sie sich noch weit entfernt – im Gegensatz zu Diego. Dass er Juan Alverez als Täter abstempelte, hielt sie nach wie vor für fragwürdig. Allerdings wusste sie auch, dass er bei dem kleinsten Hinweis seine Meinung ändern würde. Frühestens am Abend würde Diego ihr etwas über die Besonderheiten des Schokoladenpapiers sagen können. Die Spurensicherung hatte genug mit der Tatorterkennung zu tun. Vielleicht ließ Diego ja doch das ein oder andere Detail zu den Obduktionsergebnissen durchsickern.

Nach Denglers Blitzanruf schob sie ihr Handy wieder in ihre Jeans und schaute nach der Hausnummer. Das Büro von *NatureNow* lag im ersten Stock eines zweistöckigen hellgelben Gebäudes. An den Fenstern klebten Plakate mit dem regenbogenfarbenen Namen der Umweltorganisation, im Hintergrund war ein Sandstrand voller Plastikflaschen zu sehen.

Aimée stieg den dunklen Flur hinauf und hörte eine Frauenstimme aus dem Büro. Hinter der nur angelehnten Glastür verabschiedete sie sich von Alverez und bot ihre Hilfe an – jederzeit.

Sie ließ die Frau in Jeans und Blazer, die es plötzlich ziemlich eilig hatte, an der Tür passieren und betrat das vollgestellte Büro. Die Frau war ihr bekannt vorgekommen.

»Señora Sander, Sie sind hartnäckig«, sagte Alverez statt einer Begrüßung.

»Hatten Sie etwas anderes von mir erwartet?«, erwiderte Aimée und blickte kurz durch den Raum. Ein riesiger Schreibtisch dominierte das Büro, Regale waren mit Büchern und Kartons vollgestellt. Auf dem Fußboden stapelten sich weitere Kartons mit Flyern, Werbebroschüren und Plakaten, die zum Teil aufgerollt auf Menschen warteten, die sie mehr oder weniger legal auf öffentlichen Plätzen an Wände und Mauern klebten.

Juan Alverez zuckte mit den Schultern. »Wie soll ich eine Frau einschätzen, die mir im Morgengrauen am Hafen auflauert? Ehrlich gesagt, habe ich nicht mit Ihnen gerechnet. Sie können sich das Anmeldeformular auch im Netz downloaden.«

»Ich steh nicht so auf Runterladen, ich nehme die Dinge lieber in die Hand«, bekannte sie und hob einen großen Glasstein hoch, in dem eine kleine Qualle eingesperrt war. Ein etwas makabrer Briefbeschwerer für einen Umweltschützer, fand Aimée. Sie blickte sich in dem ganzen Durcheinander um und las die Einladungen zu Demonstrationen, die an großen Pinnwänden klemmten. Auch einige sperrige Pappschilder lehnten an der Wand. Aimée las in großen Lettern »No otro hotel – Nicht noch ein Hotel!«, »Detener la locura del coche – Stoppt den Autowahn!« oder gemalte Bilder, auf denen es aus Wasserhähnen nur noch traurig tropfte.

»Ich habe Ihnen bereits gesagt, dass ich mich zum Tod meiner Freundin nicht weiter von Ihnen ausquetschen lasse.« Aus einem der Ablagekörbe auf seinem überfüllten Schreibtisch nahm er zwei Formulare. »Aber wenn Sie Spendenmitglied bei *NatureNow* werden möchten, hier ist die Anmeldung. Die können Sie auch gerne per Hand ausfüllen.«

Kommentarlos nahm Aimée die beiden Papiere entgegen.

»Und wie fühlen Sie sich damit, dass die Polizei Sie als Tatverdächtigen im Visier hat?« Sie musste pokern, und es war noch nicht mal ein Bluff.

»Die Spekulationen von Comisario Fuentes interessieren mich nicht. Wir haben Gesetze. Es gibt keine Beweise gegen mich, weil es keine Beweise gegen mich geben kann.« Seine Stimme klang scharf. Es war überzeugend, das musste Aimée zugeben. »Und jetzt entschuldigen Sie mich bitte.« Mit den Worten setzte er sich auf seinen Bürostuhl und drehte sich zu seinem Computer um. Bevor Aimée nachsetzen konnte, plingte eine Nachricht auf ihrem Handy auf:

Tolle Idee, maman, vielleicht Ende der Woche. Arbeite noch den Nachmittag mit Pia am Strand. Wir sehen uns im Vogelnest.

Als Aimée den Blick hob, sah sie auf einer Pinnwand die Daten und Uhrzeiten für die Trashday-Aktionen. Sie begannen morgens um 7 Uhr und gingen bis mittags um 12 Uhr, so stand es auf dem Flyer. Log Josephine sie etwa an?

Aimée konzentrierte sich wieder auf Alverez. »Obwohl ihre Freundin ermordet wurde, öffnen Sie das Büro und arbeiten?« Sie würde noch ein paar Information aus ihm herauslocken, vor allem die, wann die heutige Müllsammelaktion endete.

»Nima war nicht der Mensch, der von mir erwartet hätte, mich in Isolation zu begeben. Jeder trauert auf seine Art.« Er schob einige Papiere übereinander.

»Sie haben mir heute Morgen gesagt, dass Sie Nima Roth einen Antrag machen wollten. Mit Verlobungsring und allem Drum und Dran?«, versuchte Aimée, ihn erneut aus der Reserve zu locken. »Soweit ich informiert bin, hielten Sie Ihre Beziehung geheim. Hatte das einen besonderen Grund?«

»Als Yoga-Lehrerin in einem großen Hotel wollte Nima ihr Privatleben gerne für sich behalten. Außerdem arbeiteten wir hier zusammen bei *NatureNow* – sie hielt es für besser, praktischer, sicherer.«

Aimée nickte. »Gemeinsam zu arbeiten kann manchmal zu Interessenkonflikten führen, das kann ich verstehen …«

»Was wollen Sie damit sagen?«, erwiderte Juan Alverez gereizt und wischte sich über die Stirn, auf der sich ein feuchter Schweißfilm gebildet hatte. Aimée wurde klar, dass sie einen wunden Punkt berührt hatte. Fühlte er sich etwa ertappt?

»Nimas Vermieterin hat mir von Differenzen berichtet.« Aimée setzte sich halb auf eine Tischkante.

»Sehen Sie, genau deshalb behielt Nima ihre Privatleben gern für sich«, erklärte Alverez laut. Aimée ließ sich von seinem Zorn nicht einschüchtern. Sie fragte sich nur, welche Einzelheiten ihres Privatlebens Nima nicht publik machen wollte.

»Also kein Streit?«, fragte Aimée leichthin.

»Wir haben alles wieder geklärt. Nima hatte manchmal ihre eigene Vorstellung, was den Umgang mit Spenden betraf. Wir haben das Problem gelöst. Hören Sie, ich habe meine Freundin nicht wegen einer falschen Spendenüberweisung von der Terrasse gestoßen.« Er lachte bitter auf.

»Sondern aus einem anderen Grund?«

Juan Alverez schlug mit den flachen Handflächen auf die Tischplatte, dass sämtliche Stifte und Papiere in die Luft flogen. Er erhob sich von seinem Bürostuhl und baute sich vor ihr auf.

»Es reicht. Ich habe Nima nicht umgebracht.«

Aimée sah ihn an. In seinen grünen Augen erkannte Aimée neben Wut noch etwas anderes, eine tief liegende Abgeklärtheit. »Ich glaube Ihnen«, versuchte Aimée, ihn zu beruhigen. »Ich will nur wissen, ob die Umweltbewegung etwas mit Nimas Tod zu tun hat. Es soll Kritik gegeben haben, dass die El-Sueño-Hotels kein umfassendes Nachhaltigkeitskonzept vorweisen können – Nima als Vorzeige-Yoga-Trainerin dieser Hotels *und* Aktivistin für *NatureNow* … vielleicht führte das zu einem Interessenkonflikt. Außerdem habe ich von Drohungen gehört.« Juan Alverez sah sie entsetzt an und fiel zurück auf seinen Stuhl.

»Drohungen? Gegen wen? Gegen die El-Sueño-Hotels? Bestimmt nicht von einer mallorquinischen Gruppe!« Alverez ging sofort auf Verteidigungsposition. Aimée fragte sich, warum der Standort einer Umweltgruppe für ihn von Bedeutung war. So als ob er ebenfalls in Erwägung zog, dass sich Nima mit jemandem angelegt hatte. Vielleicht wirklich mit Umweltschützern – aber vielleicht keinen mallorquinischen?

Womöglich lag Aimée damit auch völlig falsch, denn plötzlich kramte Alverez wieder wie abwesend in seinen Papieren.

»R. w. a. C.: *Rebels with a Cause,* schon mal gehört?«, fragte Aimée. Ihm von dem Drohschreiben zu erzählen, das Dengler ihr vorgelegt hatte, dafür war es noch zu früh.

Juan Alverez schüttelte den Kopf. »In Anlehnung an den James Dean-Film *Denn sie wissen nicht, was sie tun?* Sehr originell. Ich kenne keine Umweltorganisation mit diesem Namen.«

»Vielleicht ganz neu mit dabei?« Aimée blieb hartnäckig.

Er zuckte mit den Schultern. »Möglich. Wissen Sie, wir stehen erst am Anfang. Ich bin sicher, es wird bald internationale Gruppen geben, die so groß sind, dass kein Politiker mehr daran vorbeikommt. So geht es nicht weiter. Mallorca erstickt. Elf Millionen Touristen im Jahr auf 900.000 Einwohner, die Insel wird ausgepresst wie eine Zitrone«, schimpfte er. »Von den reichen Ausländern, die die Immobilienpreise versauen und uns den Wohnraum nehmen, ganz zu schweigen. Von dem Hype auf Ferienwohnungen hätten die Mallorquiner wenigstens etwas, das wäre ein demokratischer Prozess, wenn *wir* vermieten. Aber das wird jetzt auch erschwert, weil die Menschen ihre Wohnungen verkaufen. Was bleibt, sind ganze Wohnhäuser, in denen nur noch Urlauber wohnen.« Der aufgebrachte Ton in seiner Stimme machte deutlich, dass er genau wusste, wovon er sprach. Wieder schlug er auf den Tisch.

»Dieses verdammte WLAN.« Diesmal war der Grund anscheinend eine E-Mail, die im Postfach hängen geblieben war.

»Wissen Sie denn von Umweltgruppen, die in anderen Ländern Hotels bedrohen?« Aimée musste später dazu im Netz recherchieren, vielleicht gab es irgendwelche Überschneidungen.

»Ich engagiere mich für den mallorquinischen Umweltschutz, nicht für den internationalen.« Ungeduldig schob er seine Maus hin und her, um die E-Mail erneut zu senden. Wie dieser Mann eine Umweltgruppe leiten konnte, war ihr bei dieser Unordnung ein Rätsel. Nur das Genie überblickt das Chaos, fiel ihr dazu ein.

»Ich dachte, weil Ihre Freundin viel im Ausland gearbeitet hat. Yoga-Resorts boomen, vielleicht passt das nicht jedem«, stichelte Aimée.

»Ich weiß nur, wie hilfreich es ist, wenn Hotels sich um die Berge von Plastikabfall kümmern, die sie täglich anhäufen. Es gibt mittlerweile Standards, die eingehalten werden sollten. Ist das zu viel verlangt?«

»Und wissen Sie, ob diese Standards in den El-Sueño-Hotels eingehalten werden?« Dengler selbst war überzeugt, nachhaltig zu handeln. Aber es konnte nicht schaden, sich eine zweite Meinung einzuholen. Nachhaltigkeit kostete – wie alles, was verändert wurde. Und erst einmal mussten die Bestände aufgebraucht werden, wie der Manager des El Sueño Familia & Niños in Santanyí sie informiert hatte.

»Ich weiß, dass *meine* Produkte aus Papier und Glas sind. Und Familie Dengler ist bemüht«, erklärte er sachlich.

Bemüht, dachte Aimée, das klingt nicht gerade nach vorbildlich. Auf einem der Kulis, die auf dem Schreibtisch lagen, erkannte sie eine Werbeaufschrift. Sie angelte sich den Stift.

»El Sueño Hotels & Spa – Wir erfüllen Ihre Träume.«

»Hat den Marie Dengler hier eben vergessen?«, fragte Aimée. Sie hatte die ganze Zeit überlegt, woher sie die elegant gekleidete Frau kannte. Auch wenn sie selten Klatschmagazine las, war es fast unmöglich das prominente Paar nicht zu kennen. Und das fein geschnittene Gesicht von Denglers Frau Marie war Aimée in Erinnerung geblieben. Sie war sich ziemlich sicher, dass sie die Frau gewesen war, die vorhin so eilig das Büro verlassen hatte.

Alverez zuckte mit den Schultern.

»Kann sein.«

»In welcher Beziehung stehen sie denn zu der Hotelbesitzerin?«, fragte Aimée.

»In einem geschäftlichen«, erwiderte Alverez. »Ich beliefere das Hotel mit meinen Pflegeprodukten. Marie Dengler benachrichtigt mich, wenn ihr Produkte besonders gefallen, oder eben auch nicht.«

»Und die Bestellung gibt sie persönlich in Ihrem Büro ab?«, fragte Aimée und wies auf das Chaos hier.

»Warum nicht? Sie war gerade in der Nähe«, erklärte er fast schon desinteressiert.

Aimée hielt das für unwahrscheinlich. Spielte er ihr etwas vor? Seit sie das Wort Drohungen in den Mund genommen hatte, verhielt sich Alverez eigenartig.

Plötzlich sah Alverez sie durchdringend auf. »Wer hat Sie eigentlich auf den Fall angesetzt? Patrick Dengler?«

»Ich kann Ihnen meinen Auftraggeber nicht nennen.« Aimée glaubte zu sehen, wie der Umweltaktivist innerlich explodierte. Seine Kiefermuskeln bewegten sich ruckartig hoch und runter. Marie Dengler schien ihm nicht gesagt zu haben, dass ihr Mann eine Privatdetektivin beauftragt hat, und Aimée fragte sich, was ihn plötzlich so triggerte.

»Was wäre so schlimm daran? Nima war eine seiner besten Angestellten.«

»Natürlich«, sagte er schließlich. »Patrick Dengler handelt immer im Interesse seiner Angestellten. Das wäre nur verständlich«, lenkte er ein.

Aimée faltete die beiden Anmeldeformulare zusammen und steckte sie in ihren Rucksack; aus der kleinen Vordertasche zog sie eine Visitenkarte.

»Wenn Ihnen irgendetwas einfällt, rufen Sie mich an, Señor Alverez.«

Alverez nahm die Karte an sich und legte sie neben seinen Rechner. Sie war zum Versinken in seiner Zettelwirtschaft bestimmt. Er brummte ein grantiges *pues claro.*

Aimée hielt schon die Klinke in der Hand, als sie stehen blieb und auf die Pinnwand tippte, die neben der Tür hing.

»Die Trashtag-Challenge ist ein großer Erfolg für Ihre Gruppe, hab ich recht?«

Er drehte sich zu ihr um und für einen Moment verschwand das traurig-wütende Glimmen in seinen Augen. Alverez nickte. »Wir hätten nie gedacht, dass sich so viele Freiwillige melden. Die Menschen wollen wirklich helfen.« Er hielt einen Augenblick inne. »Es war Nimas Idee, diese Challenge regelmäßig zu organisieren – sie konnte sich sehr leidenschaftlich in Dinge hineinstürzen ...«

»Und wo wird der von den Freiwilligen gesammelte Müll entsorgt? Da kommen ja bestimmt ziemliche Mengen zusammen, wenn so viele Menschen jeden Tag Plastikflaschen sammeln.«

»Nur Montag und Freitag vormittags. Sie glauben nicht, was wir alles finden; vom Duschvorhang bis zur Barbiepuppe ist alles dabei. Der Müll wird zwar umweltgerecht verbrannt, aber es gibt tatsächlich nur eine Betreiberfirma für Müllverbrennung auf Mallorca. Interessiert mitzusammeln, Señora Sander?«

»Vielleicht. Ach, noch eine letzte Frage. Kennen Sie eine junge Aktivistin mit dem Namen Pia? Sie hat neben Nimas Wohnung ein Zimmer gemietet. Hat Nima vielleicht von ihr erzählt?«

»Nein«, erklärte er und blinzelte, sodass seine Augen schmal wurden. Er schien ernsthaft nachzudenken. »Wie gesagt, es gibt mittlerweile sehr viele junge Menschen, die sich engagieren wollen.«

»Dann führen Sie keine Namenslisten, auf denen sich die Müllsammler eintragen müssen.«

»Um Gottes willen nein, warum sollten wir so etwas tun? Die Leute machen das freiwillig, da zocken wir doch nicht ihre Daten ab«, erklärte er.

Aimée nickte. »Ich verstehe. Vielen Dank, Señor Alverez. Wenn Ihnen noch etwas einfällt, Sie wissen ja«, wiederholte Aimée ihr Angebot.

»¡Chau! Finden Sie den Mörder. Für Nima«, bat er, bevor er sich wieder zu seinem Rechner drehte und bemüht seine Schultern straffte.

Auf dem staubigen Gehweg entschied Aimée, sich ins El Sueño al Mar ein Taxi zu bestellen. Sie befand sich sowieso schon auf halber Strecke zum Hotel. Es war nicht sinnvoll, nach Hause zu fahren, um ihre Triumph zu holen. Sie schickte Josephine, nachdem sie das mittlerweile schon übliche »Der Teilnehmer ist vorübergehend nicht erreichbar« abgewürgt hatte, erneut eine Sprachnachricht und orderte über ihr Handy ein Taxi.

Die Mittagssonne schien bereits so kräftig wie sonst erst im Juli. Aimée lehnte sich an eine kühle Hausmauer, die durch einen darüberliegenden, mit Blumentöpfen überfrachteten Balkon im Schatten lag, und versuchte, sich Juan Alverez als skrupellosen Mörder vorzustellen. Das Problem war, dass sie ihm nicht nur glauben wollte, sie hielt ihn auch für unschuldig. Was nicht hieß, dass er ihr über die Aktivitäten seiner Umweltgruppe und seinen Streit mit Nima die Wahrheit gesagt hatte.

Hotel El Sueño al Mar, Playa de Palma

Das El Sueño al Mar leuchtete schon von außen in einem strahlenden Weiß, das dem Gast das Gefühl gab, eine heilere Welt zu betreten. Die Hotellobby war groß, aber geradezu spartanisch eingerichtet. Die längs im Raum stehenden Sofas waren mit weißem Leinen überzogen. Die tief über den Sitzen hängenden petrol- und türkisfarbenen Glaslampen aus ehemaligen Weinballons waren die Eyecatcher der Empfangshalle, die in Igluweiß gehalten war.

Aimées lauter Schritt hallte auf den Steinfliesen. Sie meldete sich am Empfang und wurde wenige Augenblicke später von einer Assistentin in Patrick Denglers Büro geführt.

»Ich sage Ihnen Bescheid, wann Sie losfahren müssen, um die Jugendgruppe vom Flughafen abzuholen, Señor Dengler«, teilte sie ihrem Chef im Hinausgehen mit.

»Gracias, Marta.« Dann wandte Patrick Dengler sich an Aimée.

»Buon días, Aimée. Ich bin Ihnen sehr dankbar, dass Sie es einrichten konnten, so schnell hier zu sein.« Dengler erhob sich von seinem Schreibtisch und bot ihr einen Platz auf einem der großen Sessel an, die um einen Glastisch arrangiert waren. Eine Wasserkaraffe und zwei Gläser standen für sie bereit. Aimée setzte sich. Dengler nahm ihr gegenüber Platz und schlug die Beine übereinander.

»Ich kann Ihnen nur einen vorläufigen Zwischenbericht liefern, Señor Dengler. Ich gehe davon aus, dass Sie keine weiteren Drohungen erhalten haben.«

»Nein, nein. Ich will nur auf dem Laufenden bleiben. Sie haben doch sicher schon eine Vermutung, ein Bauchgefühl, richtig?« Der Hotelbesitzer rieb die Hände fest aneinander, als ob er etwas aus ihnen herauspressen wollte. Eine Allergie? Sie bemerkte an den Handkanten rissige Krusten, an einigen Stellen war die Haut fast roh. Dengler hatte wirklich ein gravierendes Hautproblem.

»Ich muss Sie enttäuschen. Solange mir keine Beweise vorliegen, kann ich Ihnen keine verdächtigen Personen nennen.« Aimée nahm das Glas, das vor ihr auf dem Tisch stand, trank einen Schluck von dem eisgekühlten Sprudel, stellte es zurück und lächelte Dengler an.

»Sie bezahlen mich doch nicht für mein Bauchgefühl?«

Aber er bezahlte sie für eine Zusammenfassung ihrer bisherigen Nachforschungen. Leider war ihr schon auf dem Weg hierher klar geworden, dass sich die Fäden zwischen dem Orangenbauern aus Sóller und seiner Umweltorganisation in Bezug auf die Tote ungünstig miteinander verwoben. Vor Dengler erwähnte sie, dass es einen Unbekannten geben könnte, der seine Interessen durch die eigensinnige Yoga-Lehrerin gefährdet sah. Sie erklärte, Nimas Auslandsaufenthalte überprüfen zu wollen. Vielleicht hatte es in einem der Resorts, in denen sie im Winter ihre Kurse gab, einen Konflikt gegeben.

Dengler blickte sie interessiert an und hatte an einigen Stellen genickt. Er hatte Zwischenfragen gestellt und ihr sogar Wasser nachgeschenkt. Es schien ihm wirklich wichtig, Nima Roths Mörder zu stellen. Natürlich, er musste den Ruf seiner Hotelkette makellos halten. Auch die am Ende der Woche stattfindende Hochzeit seines Sohnes sollte reibungslos verlaufen. Schlagzeilen über die Familie Dengler, gerne. Aber nur die hochglänzenden und keine über schmutzige unaufgeklärte Morde. Doch darüber hinaus schien er auch persönlich an der Aufklärung interessiert. Aimée überlegte, ob sie ihr Bild von dem skrupellosen Hotelmillionär revidieren musste.

»Ich habe mir die Pressekonferenz der mallorquinischen Polizei angesehen. Comisario Fuentes hält sich ebenso wie Sie mit einem Tatverdacht zurück. Allerdings hat er von Ungereimtheiten in der Alibi-Angabe einer Person aus Nima Roths engstem Umfeld gesprochen.« Dengler sprach mit ruhiger Stimme, fast schon verhalten. Auch er schien sich kein Urteil anzumaßen. Ein Windzug strich durch das Büro. Eine Nebentür knallte unvermittelt zu.

»Ich hasse Klimaanlagen. Ist es Ihnen nicht zu warm?«, fragte er.

»Danke, ich sitze auch nicht gerne im Eiskeller«, antwortete sie.

Dengler lächelte. Dann wechselte er wieder zum eigentlichen Thema.

»In einem Telefongespräch mit dem Comisario fiel der Name Juan Alverez. Was halten Sie von ihm?«

»Natürlich ermittelt die Policía wie auch ich in alle denkbaren Richtungen. Wie gesagt, für Verdächtigungen ist es zu früh, und Señor Alverez steht bei mir nicht an erster Stelle auf der Liste der Verdächtigen.«

»Nun gut.« Dengler klopfte zweimal mit den Händen auf seine Oberschenkel, dann stand er auf. »Sie wissen ja, wie wichtig mir eine schnelle Aufklärung ist. Falls das Alibi von Alverez platzt, müssen wir allerdings davon ausgehen, dass es eine Beziehungstat war, sehe ich das richtig?«

»Ich habe dafür keine Hinweise. Juan Alverez und Nima Roth planten zu heiraten.«

»Ach, sicher? Davon hat mir Nima gar nichts erzählt. Ich hatte immer den Eindruck, dass sie, sagen wir, sehr freiheitsliebend ist.« Dengler gab sich überrascht jovial.

»Dann hat ihr Eindruck sie offensichtlich getäuscht. Ihre Mitarbeiterin hat es wohl vorgezogen, ihr Privatleben auch privat zu halten.« Aimée stand ebenfalls auf, als ihr Handy vibrierte. Josephine.

»Entschuldigen Sie mich einen Moment.« Aimée wandte sich zum Fenster mit Blick auf die beiden Palmen, die sich müde bogen.

»Schön, dass du zurückrufst, Josephine. Wir treffen uns um sechs bei Raouf.«

Josephines Lügerei ging Aimée gegen den Strich. Sie wollte in Ruhe mit ihr reden. Und zwar heute noch.

Aimée meinte, ein Okay gehört zu haben, dann war die Verbindung unterbrochen. Sie war alles andere als eine Glucke und wollte ihre Tochter auch nicht auf Schritt und Tritt kontrollieren, wenn sie hier auf Mallorca war. Allerdings kam Josephines Wandel reichlich plötzlich – und dafür musste es einen Grund geben. Oder saß die Enttäuschung über Lukas tiefer, als sie dachte, und Josephine musste sich und der Welt etwas beweisen?

»Ihre Tochter?«, fragte Dengler.

Aimée nickte.

»Ich bin froh, dass mein Sohn sich endlich für eine Frau entschieden hat. Der gute Einfluss des weiblichen Geschlechts ist nicht zu unterschätzen.«

Aimée zuckte mit den Schultern. Dieses Gespräch nahm eine sonderbare Wendung an. »Von einer festen Bindung ist Josephine noch weit entfernt, sie ist erst sechzehn.«

»Ein zauberhaftes, aber auch ein sehr turbulentes Alter.« Er lächelte sie vielsagend an. Was wollte Dengler ihr damit sagen? Hoffentlich gab er ihr keine Erziehungstipps.

»Jedenfalls gut, dass es keine weiteren Drohungen mehr an Sie gab. Ich konnte nichts über die *Rebels with a Cause* finden. Vielleicht handelt es sich auch um einen Trittbrettfahrer. Einen Konkurrenten, der Ihnen schaden möchte und sich dabei der Umweltaktivisten bedient. Haben Sie seit Samstag irgendetwas in die Wege geleitet?«, fragte Aimée vorsichtshalber nach.

»Sie meinen, ob ich die Umweltstandards meiner Hotels von einem auf den anderen Tag erhöht habe? Nein – ich werde mich auch nicht erpressen lassen. Egal, ob eine Umweltorganisation oder sonst wer dahintersteckt.« Denglers Stimme wurde energischer. Jetzt geriet er doch wieder in Wallung. Hatte er sich bisher einfach nur gut unter Kontrolle gehabt?

»Ich habe den Eindruck, Sie nehmen Juan Alverez in Schutz, Señora Sander.« Er begann, die Handballen wieder aneinanderzureiben.

»Nur weil er der Leiter einer hiesigen Umweltgruppe ist, muss er nicht gleich mit einer radikalen international agierenden Aktivistengruppe konspirieren. Ich glaube, da müssen Dinge voneinander getrennt werden. Er führt eine Orangenplantage, produziert Bio-Kosmetik und scheint in Sóller eine Art Umweltheld zu sein.« Sie musste sich zusammenreißen, um neutral zu bleiben.

Stutzig war sie allerdings geworden, dass Alverez Pia nicht kannte, eine Umweltaktivistin, die aus dem Ausland kam und neben Nima wohnte? Warum hatte Nima ihm nichts von Pia erzählt?

»Ja, natürlich, Sie haben recht, Aimée. Alverez ist eine wichtige Person auf Mallorca. Es ist nur ... Ich bin zwischendurch etwas nervös, dass erneut einem meiner Mitarbeiter etwas passieren könnte. Oder sogar meinen Gästen.«

Gut, er hatte sich wieder gefangen. Aimée sah ihn kurz von der Seite an. Spielte er ein Spiel mit ihr, oder bildete sie sich die heiß-kalten Duschen, unter die er sie stellte, nur ein?

»Vielleicht sollten Sie Comisario Fuentes bitten, einige Polizisten in Zivil in Ihre Hotels zu schicken. Es wäre einen Versuch wert.«

»Ich habe schon meinen internen Sicherheitsservice verstärkt. Das wird hoffentlich reichen«, sagte er, als sich die Tür öffnete und Marta ihren Kopf hereinstreckte.

»Es ist Zeit. Die Kinder müssen sonst warten.«

Dengler war schon auf dem Weg zur Tür, um sie Aimée aufzuhalten, als er abrupt stoppte. »Jetzt hätte ich das Wichtigste fast vergessen. Ich möchte Ihnen einen Vorschuss überweisen. Könnten Sie mir Ihre Kontonummer mailen? Oder warten Sie, ich schreibe sie gleich auf.«

Aimée zog die Augenbrauen hoch. »Ich stelle Ihnen eine Rechnung nach Auftragsabschluss, so mache ich es immer.«

»Ich sehe doch, dass Sie eigentlich lieber mit Ihrer Tochter zusammen wären. In Hamburg sind jetzt Schulferien, oder irre ich mich? Ich zahle Sie nur für Ihre privaten Ausfälle. Sehen Sie es als kleine Vorabentschädigung.«

»Sind Sie gegenüber Ihren Angestellten auch so großzügig?«, fragte sie misstrauisch.

»Hier wird jeder anständig bezahlt. Auch Nima hatte ein sehr gutes Gehalt.« Danach hatte Aimée zwar nicht gefragt, aber interessant, dass er gleich darauf ansprang. Dengler ging an seinen Schreibtisch, zog einen Stift aus einer Box und nahm einen Block, auf dem das Hotellogo oben rechts in der Ecke golden glänzte.

Glaubte er wirklich, sie wäre so unprofessionell und würde zwischen Tür und Angel eine Extrasumme kassieren?

»Herr Dengler, ich schreibe Ihnen eine Rechnung. Das ist mir lieber«, sagte Aimée mit fester Stimme.

Dengler fing an zu lachen. »Entschuldigen Sie.« Er schlug sich mit der Hand vor die Stirn. »Wie sieht das auch aus? Ich möchte Ihnen auf keinen Fall das Gefühl geben, ich würde Sie bestechen wollen.«

»Wunderbar. Da bin ich ja erleichtert.«

Sie verabschiedeten sich, nachdem der Hotelbus draußen schon hupte, und Dengler eilte aus dem Büro.

»Das müssen ja sehr wichtige junge Gäste sein«, stellte Aimée gegenüber der Assistentin fest.

»Der Direktor will eigentlich möglichst wenig Aufhebens davon machen«, erklärte Marta. Ihr streng zu einem Chinon zurückgekämmtes Haar glänzte. »Es ist sein Herzensprojekt. Schon seit fast zehn Jahren lässt er sozial schwache Kinder und Jugendliche aus Deutschland in einer seiner Ferienanlagen Urlaub machen. Für die Kinder ist das ein Geschenk – und er will jedes Kind persönlich kennenlernen.«

Aimée hörte die Begeisterung, ja sogar Bewunderung für ihren Chef aus Martas Worten. Dengler hatte eine soziale Ader, schön. Aber er konnte Menschen auch manipulieren. Die Art, wie er ihre gemeinsame Zusammenarbeit betonte, hatte ihr zu sehr nach persönlichem Gefallen geschmeckt. Doch sie würde sich nicht von ihm einwickeln lassen.

Aimée verließ das Hotel durch die klimatisierte Hotelhalle und trat in die wärmende seidige Mittagsluft. Sie sah auf ihr Handy. Bis zu ihrem Treffen um sechs mit Josephine könnte sie es noch schaffen, nach Alcudià zu fahren, und Sofia Alverez einen Besuch abstatten. Eine Runde auf ihrer Triumph war genau das, was sie nach diesem männerlastigen Tag brauchte, um ihren Kopf freizubekommen. Dann könnte sie gleich für Josephine und sich Kletterstunden buchen. Warum hatte Josie nur geschrieben, dass sie nachmittags noch am Strand arbeiten wollte, wenn die Sammelaktion doch schon um 12 Uhr beendet war? Aimée hoffte auf ein Missverständnis. Vielleicht gab es ja noch andere Aufgaben am Strand zu erledigen. Außerdem, sonst machte sie sich schließlich auch keine Sorgen um ihre Tochter. Dazu hatte es bisher auch nie einen Anlass gegeben, musste Aimée sich eingestehen. Vielleicht regelte Peer die Dinge in Hamburg auch lieber ohne sie. Sie hatten Josephine damals entscheiden lassen, ob sie mit nach Mallorca oder lieber bei ihrem Vater bleiben wollte. Josephine war in Hamburg geblieben.

Eine klare Entscheidung, die Aimée nie infrage gestellt hatte. Doch in zwei verschiedenen Ländern zu leben war eine Sache, aber Josephine auf der Insel zu haben und sich ihr ferner zu fühlen, als wenn sie in Hamburg durch die Schanze bummelte, eine ganz andere.

Alcudia, Water, Rocks & Diving, Cap del Pinar

Aimée wusste nicht, wie genau sie auf die Idee gekommen war, sich noch kurz vor der üblichen Mittagspause in der spanischen *banco credito balear* als Yoga-Lehrerin auszugeben, die einen Kredit benötigte. Aber der Hinweis von Alverez, dass Nima es mit den Spendengeldern nicht so genau nahm, hatte sie aufhorchen lassen.

Aimée hatte in der Bank einfach ins Blaue geredet; überzeugt vom endlosen Yoga-Boom hatte sie ihre lukrativ klingende Idee für ein eigenes kleines Resort vorgestellt. Die Reaktion war niederschmetternd. Keine guten Erfahrungen, Saison-Geschäft und Verletzungsgefahr wurden als Absagegründe genannt.

Dann zog sie hoffnungsvoll ihren Joker: Sie habe immerhin gemeinsam mit Nima Roth, der Queen der mallorquinischen Yoga-Community, ihre Ausbildung gemacht – und erhielt eine überraschende Antwort. Bei Señora Roth hätten sie tatsächlich eine Ausnahme gemacht. Allerdings habe Nima Roth ihre Raten nicht mehr zahlen können, deshalb mussten sie ihr letzte Woche bereits die dritte Mahnung schicken. Und jetzt war sie tot. Der Bankangestellte blickte mittlerweile ungeduldig auf die goldglänzende Uhr, die an seinem Armgelenk prangte.

Wofür hatte sie den Kredit überhaupt verwendet, hatte Aimée noch wissen wollen. Er war nicht befugt, ihr darüber eine Auskunft zu geben, erwiderte er knapp. Aimée sah ein, dass sie nicht mehr erwarten konnte, und bedankte sich für seine Zeit.

Seitdem zermarterte sie sich den Kopf, wofür Nima den Kredit überhaupt aufgenommen hatte. Niemand um sie herum hatte von irgendwelchen Plänen Nimas, sich selbstständig zu machen, berichtet. Oder sie hatte etwas anderes damit vorgehabt.

Vor ihrem Apartment angekommen, hatte Aimée sich schließlich auf ihr Motorrad geschwungen und war aus der Stadt gefahren. Der Fahrtwind versetzte sie in ein Vakuum aus Wärme, Licht und den so eigenen mallorquinischen Düften. Das Gefühl der Schwerelosigkeit machte es ihr nicht leicht, das Tempolimit einzuhalten, und nach zwanzig Minuten auf ihrer Triumph überfiel sie ein Schwebezustand, in dem Geschwindigkeit relativ war. Nur das tiefdunkle Motorengeräusch und die Kraft, die sie aufbringen musste, um die Maschine im Griff zu halten, erdeten sie.

Plötzlich riss die Vollbremsung eines Mietwagens der kleinsten Kategorie direkt vor ihr Aimée aus den Grübeleien über Nima Roths Geldprobleme. Reflexartig trat sie das Bremspedal durch. Die Ampel an der Kreuzung, die rechts nach Sa Pobla und links nach Campanet führte, stand auf Grün.

»Dann fahr doch du!« Ein stämmiger Mann um die vierzig stieg wutentbrannt aus dem Wagen und knallte die Fahrertür hinter sich zu. »Ich geh zu Fuß. Alles besser, als mit dir in einem Auto zu sitzen.« Jetzt öffnete sich die Beifahrertür, und eine vollschlanke Brünette in weißen Lackschläppchen und einem tief ausgeschnittenen weißen Sommerkleid stieg aus.

»Du hast gesagt, du mietest einen offenen Wagen, ein Coupé«, fauchte sie. »Und jetzt kutschieren wir in dieser Obstkiste über die Insel!« Sie wedelte mit ihrem Handtäschchen, das an einer langen Goldkette an ihrem Armgelenk baumelte, während bereits ein schwarzer BMW aus der Schlange ausscherte und an ihnen vorbeirauschte.

»Das nächste Mal buchst du – so eine scheiß Angeberkiste kostet mal locker das Dreifache«, wetterte der Mann zurück. Aimée musste der Frau recht geben, das Auto war kein Highlight. Mittlerweile hupten einige Autos hinter ihnen. Der Fahrer des Polos schien wirklich den Rest der Strecke zu Fuß gehen zu wollen. Er drehte sich nicht mal mehr um und ließ seine Frau in der Sonne stehen.

»Warum lügst du mich an? Du hättest mir sagen können, dass unsere Urlaubskasse so gut wie leer ist«, rief sie ihm hinterher. Ihre aufgedrehten braunen Locken schwangen auf ihren bebenden Schultern hin und her. Sie trat mit einem Fuß gegen die Fahrertür, setzte sich schließlich hinters Steuer, allerdings ohne den Motor zu starten. Das Hupen wurde immer lauter. Immer mehr Fahrzeuge machten es dem schwarzen BMW nach, und auch Aimée wurde klar, dass es noch dauern konnte, bis die Frau sich dazu durchrang weiterzufahren. Aimée setzte den Blinker.

Sie hatte mehr als einen Fall auf ihrem Schreibtisch gehabt, in dem Geld der Grund für ein sich immer weiter hochschaukelndes Desaster war. Dabei überlagerten Geldprobleme nicht selten ein Kommunikationsproblem. Man stritt sich über Geld, aber eigentlich ging es um ganz etwas anderes. Aimée passierte den frustrierten Ehemann, der energisch auf dem Seitenstreifen entlangstapfte. Auf seinem sandfarbenen T-Shirt hatte sich bereits ein dunkler Schweißfleck von der Größe Asiens ausgebreitet. Aimée war sicher, dass die beiden sich in der nächsten Bar wieder versöhnten. Er würde wahrscheinlich sein Konto überziehen, um sie zufriedenzustellen.

Aimée hatte es mit Menschen zu tun gehabt, die sich verschuldeten, nur um einem Freund zu imponieren. Mein Haus, mein Boot, meine Pferde ... Doch irgendwo musste das Geld herkommen. Manche fingen an zu zocken, manche versetzten den Familienschmuck oder verspekulierten sich. Oder sie wurden von dubiosen Verleihern unter Druck gesetzt. Es war ein Karussell, von dem man nur schwer wieder abspringen konnte. Zu bunt leuchteten die Lichter, zu viele Leute hatten einem zugesehen, wie man sich glücklich drehte. Wer wollte was, wann und warum besitzen? Wen wollte man übertrumpfen? Das Selbstbewusstsein wurde aufgedonnert. Geld funktionierte als Barometer für alles Mögliche: Ansehen, Sicherheit, Macht, Unabhängigkeit.

Hatte Nima vielleicht nicht nur von der Bank einen Kredit bekommen? Wen hatte sie noch angepumpt? Wofür hatte sie überhaupt das Geld gebraucht? Und wusste Juan davon?

Diese Fragen geisterten in ihrem Kopf herum, als sie auf der letzten geraden Strecke vor Alcúdia die erlaubten hundert Stundenkilometer ausreizte. Kurz darauf lag die größte Bucht Mallorcas vor Aimée wie ein riesiger helltürkisfarbener Seidenteppich. Sie war zwar noch mindestens zehn Kilometer vom Meer entfernt, doch an dieser Stelle bot die Autostraße Ma 13 dem Besucher bereits eine Kostprobe von dem, was ihn erwartete: Feinster Sandstrand, Hotels mit beliebig vielen Sternen, glasklares Wasser und das Gefühl, dem Sommer mitten auf dem Schoß zu sitzen.

Nach wenigen Hundert Metern bog Aimée rechts zum Port d'Alcúdia ab und drosselte vor dem Ortseingang das

Tempo. Sie schlängelte sich durch die wenig befahrenen Straßen um die Fußgängerzone der Altstadt. Nur Touristen hatten um diese Uhrzeit Dinge zu erledigen.

Aimée hatte im Netz recherchiert, wo Sofia Alverez arbeitete, und parkte direkt am Hafen. Die Wassersportschule »Water, Rocks & Diving« lag genau gegenüber der breiten sandgestrahlten Kaimauer.

Die durchtrainierte Extremsportlerin stand vor dem Laden und entwirrte Seile, die sie über ihrem Ellbogen aufwickelte. Sie trug verwaschene Jeansshorts und ein weißes ärmelloses Top, das ihre muskulösen Oberarme betonte. Sie sah aus wie das weibliche Pendant zu dem heißen Cola-Flaschenträger, der in einem überhitzen Büro den Durst der weiblichen Angestellten löschen sollte. Als sie Aimée auf sich zukommen sah, hob sie kurz die Augenbrauen, ohne ihre Arbeit zu unterbrechen.

»Mein Bruder hat mich schon gewarnt.« Aimée bemerkte, dass Sofias Gesichtszüge entspannt wirkten, aber vielleicht schmeichelte es ihr auch, dass sie ihre dunklen glatten Haare heute offen trug.

»Dann wusste er schon vor mir von meinen Plänen.« Aimée warf einen Blick auf die Tafeln mit den Angeboten, die an der Häuserwand lehnten. Es gab Kurse und Workshops für alle möglichen Wassersportarten. Tauchkurse, Wasserski, ebenso wie für Höhlenkletterei.

»Möchten Sie eine Climbing-Tour buchen? Oder wollen Sie sich für einen Tauchkurs anmelden? Die Unterwasserwelt Mallorcas hat viel zu bieten. Große Fische können beeindruckend sein«, erklärte Sofia herausfordernd.

»Mir sind die kleinen bunten lieber.«

»Das sagen sie alle, aber wer sich mal in der Nähe eines Hais aufgehalten hat, wird dieses Erlebnis nie vergessen. Es ist aufregend, sich so nah zwischen Leben und Tod zu bewegen. Die Gefahr unter Wasser fühlt sich anders an als die über Wasser.«

»Hat das Nima auch so gesehen?«

Sofia dreht den Kopf zur Seite und kümmerte sich wieder um ihre Seile. »Tauchen war nicht ihre Sache. Sie kam mit den Pressluftflaschen nicht zurecht. Sie holte zu schnell Luft. Verrückt, wenn man bedenkt, dass Yoga auf perfekt kontrollierter Atmung beruht.«

»Vielleicht lag es am Wasser. Ich fühle mich auch an Land wohler.«

»Wer weiß.« Sofia wuchtete die Seile in einen dafür vorgesehenen Korb und begann damit, Sicherungsösen zu kontrollieren und zu reinigen.

»Ich möchte meine Tochter gerne mit einem Ausflug überraschen. Haben Sie einen heißen Tipp?«, wechselte Aimée das Thema.

Sofia schien in ihrem Element und blickte sie aus ihren braunen Augen an. »Welches Alter?«

»Sechzehn, gerade geworden. Sie ist sportlich.«

»Tauchen fällt flach, da müssten Sie schon mehrmals kommen. Ist sie schon mal geklettert?«, fragte Sofia.

»Bisher nur in einer Kletterhalle in Hamburg.« Damals hatte sie sich mit Peer gestritten. Er war dagegen gewesen, Josephine schon mit zwölf Jahren die schwierigste Kletterroute an der Wand zu erlauben. Doch Josephine war nicht davon abzubringen; außerdem war es nicht verboten, und natürlich beaufsichtigte ein Betreuer ihren Aufstieg.

»Also, worauf die Jugendlichen stehen, und das machen auch schon Kinder, nennt sich Deep Water Soloing. Macht Spaß, ist ungefährlich, aber sieht ziemlich nach was aus. Wann hat sie Zeit?«

»Sie ist nur für diese Woche auf Mallorca.«

Sofia nahm ihren Kalender, gab jedoch keinen Kommentar ab. Entweder es interessierte sie nicht, warum ihre Tochter nicht bei ihr auf Mallorca wohnte, oder es war ihr schlicht egal.

»Könnte knapp werden. Diese Woche sind wir schon voll. Nein, aber hier habe ich noch etwas. Sonntagmorgen, neun Uhr, drei Stunden. Passt das?«

Aimée nickte. Sie hatte Josephine auf den letzten Flieger am Sonntagabend gebucht.

»Wir treffen uns hier am Hafen und fahren mit dem Boot in einer kleinen Gruppe zu Küste«, erklärte Sofia. »Bikini und Handtuch nicht vergessen.«

»Alles klar.«

Sofia reichte ihr einen Flyer mit weiteren Informationen und der Preisliste. 140 Euro für sie beide. Schon etwas teurer als ein Spaghettieis.

»Sie zahlen am Sonntag.«

»Okay, wenn Sie meinen. Apropos Geld. Hatte Nima eigentlich finanzielle Sorgen?«

Sofia überlegte kurz und schüttelte dann den Kopf. »Sie verdiente gut im El Sueño. Manchmal gab sie auch private Einzelstunden und besuchte die Kunden in ihren Fincas. Nein, ich weiß nichts von Geldproblemen.« Sie zuckte mit den Schultern. »Wir sehen uns Sonntag, Señora Sander«, verabschiedete sie sich und verschwand mit ihrer Kiste frisch geputzter Ösen im Laden.

Die Glocken der Eglésia de Sant Jaume kündigten das Ende der Siesta an, vier helle klangvolle Schläge hallten von der Altstadt bis zum Hafen hinunter. Für einen Cappuccino in einem der Straßencafés wurde es etwas knapp. Aimée wollte noch in ihr Büro, bevor sie sich mit Josephine bei Raouf traf. Sie hatte noch einigen Papierkram zu erledigen, außerdem kamen ihr oft die besten Ideen, wenn sie ihre Fälle zu Papier brachte. Trotzdem entschied sie sich am Tresen der kleinen Bar, die gegenüber von »Water, Rocks & Diving« lag, einen Espresso zu bestellen. Ein Coffee to go war für Aimée ein Widerspruch in sich. Entweder Kaffee trinken oder gehen. Beides gleichzeitig? Da rebellierte ihre europäische Seele.

Sie nahm gerade den zweiten Schluck aus der kleinen dickwandigen Tasse, als ein alter Minitransporter vor Sofias Laden stoppte. Auf seiner Ladefläche standen Palmen und Oleander in großen Töpfen sowie einige Wassereimer, aus denen große bunte Blumensträuße ragten. Eine Art fahrbarer Blumenladen. Ein echtes Postkartenmotiv. Der Fahrer, ein junger Kerl, stieg aus. Aus einem der Eimer auf der Heckfläche griff er einen in farbiges Seidenpapier gewickelten Strauß und brachte ihn in den Laden. Aimée legte die Stirn in Falten. Ob Sofia die Blumen bestellt hatte?

Aimée kratzte den letzten Tropfen Espresso aus ihrer Tasse. Als sie sah, wie Sofia mit dem Blumenstrauß im Arm den Laden abschloss, legte sie einen Euro auf den Tresen. Für wen hatte sie Blumen gekauft? Für sich selbst?

Sofia ging auf den kleinen Parkplatz an der Mole, öffnete die hintere Tür eines roten Seats und platzierte die Blumen auf der Rückbank so aufmerksam, als ob sie ein kleines Kind absetzte.

Aimée wartete einen Moment, ehe sie die Bar verließ, und ging dann ebenfalls zum Parkplatz. Sie setzte den Helm auf, startete ihr Motorrad und fuhr langsam hinter Sofia Alverez her.

Sofia verließ die Stadt. Doch als sie nicht wie erwartet die Ma 13 Richtung Sóller nahm, sondern rechts abbog, zögerte Aimée keine Sekunde und folgte ihr weiter in nötigem Abstand. Sie hatte schon lange niemanden mehr verfolgt und fühlte ein pulsierendes Kribbeln in ihrem Körper.

Ein Stück blieben sie auf der Hauptstraße Richtung Pollença, dann bog Sofia rechts ab – dieser Weg führte nach Cap del Pinar. Gut, dass einige Touristen die gleiche Idee hatten und auf dieser abgelegenen Landzunge ihren Nachmittag verbringen wollten. So verlangsamte Aimée in regelmäßigen Abständen ihr Tempo und konnte hinter den anderen Wagen in Deckung bleiben.

Doch nach wenigen Kilometern verstreuten sich die Touristen auf den kleinen Aussichtspunkten und Rastplätzen, parkten am Straßenrand und suchten die einsamen Buchten zu Fuß auf. Es war unmöglich, weiter hinter Sofia herzufahren, ohne dass diese die Verfolgung bemerkte. Aimée blieb nichts anderes übrig, als ihre Triumph ebenfalls in einer Parktasche abzustellen. Gerade als sie befürchtete, Sofia aus den Augen zu verlieren, blieb das rote Auto in Sichtweite ebenfalls stehen.

Sofia stieg aus dem Wagen, nahm den Blumenstrauß an sich und schlug einen schmalen Weg ein, der durch die Macchia führte. Aimée folgte ihr in entsprechendem Abstand. Der Duft der aufgeheizten, dicht bewachsenen grünen Hänge erinnerte Aimée an die Mixturen von Klas, dem Kräuterspezialisten aus Veras Villa. Was wollte Sofia mit den Blumen in einer Bucht, fragte sich Aimée, als sie die asphaltierte Straße entlangging. Eine Geburtstagsfeier am Strand? Doch wie sie schon bald feststellte, führte der Weg nicht hinunter zum Meer, sondern erstreckte sich auf gleicher Höhe und wurde zu einem Pfad, der sich dicht an den Felsen entlangschlängelte.

Nach einigen Minuten, die sie Sofia gefolgt war, eröffnete sich vor ihnen die Bucht von Pollença. Durch die matt grünen Nadel- und Laubbäume auf das fast schon phosphoreszierend blau leuchtende Meer zu blicken war ein erschütternd schöner Anblick. Ein Geheimplatz, keine Frage. Aimée blieb hinter einem Felsvorsprung stehen und beobachtete, wie Sofia das Seidenpapier von den Blumen wickelte. Es waren mindestens zehn weiße Lilien, und Sofia begann, eine nach der anderen ins Meer zu werfen. Aimée sah die Wellen vor sich, die unter ihnen an die Felsen der Landzunge schlugen und mit den stolzen Todesblumen spielten.

Jeder trauerte auf seine Art, und für Sofia schien Nima so wichtig gewesen zu sein, dass sie allein diesen ausgewählten Platz aufsuchte, um ihr auf diese besondere Weise zu gedenken. Aimée schluckte. Was hat die beiden miteinander verbunden? Anscheinend hatte Sofia ihrer zukünftigen Schwägerin, wenn diese denn der Heirat zugestimmt hätte, sehr nah gestanden. Ein Schwesternersatz?

Aimée zog sich zurück, sie hatte genug gesehen. Auf der Fahrt zurück nach Palma ging ihr das Bild von Sofia nicht mehr aus dem Kopf. Vor fünf Jahren hatte auch sie in Erinnerung an einen Toten Blumen ins Wasser gestreut. Nachdem Jonte, ein junger Kollege, von einem Dealer erstochen worden war, hatte sich das ganz PK frühmorgens an einem eisigen wolkenverhangenen Wintertag an der Strandperle getroffen. Die komplette Belegschaft hatte sich auf den riesigen felsigen Wellenbrechern verteilt, und jeder hatte zum Gedenken an ihn eine weiße Rose in die Elbe geworfen. Ein halbes Jahr vorher hatte Jonte am Elbstrand seinen 25. Geburtstag gefeiert, selten war am Elbstrand so ausgelassen getanzt worden. An jenem Morgen stakten nur ein paar Möwen über den Sand. Aimée hatte sich gewünscht, ebenso laut kreischen zu können wie die unerschrockenen Seevögel, aus Wut über diese himmelschreiende Ungerechtigkeit. Doch sie war stumm geblieben.

Dafür hatte sie den Dealer eine Woche später am Hamburger Berg auf St. Pauli verhaftet. Er war im Begriff gewesen, minderjährigen Teenagern, die mit ihren Muttizetteln vor den Clubs Schlange standen, mit Glas gestrecktes Gras zu verkaufen. Aimée hatte den Tipp von einem Türsteher bekommen, den sie noch aus Schulzeiten kannte. Der Drogenhändler hatte sich gewehrt, und Aimée musste all ihre Kampfsportkenntnisse einsetzen, um ihn zu überwältigen. Dabei hatte sie wohl etwas übertrieben. Der Mann musste ins Krankenhaus.

Und Aimée hatte eine Verwarnung erhalten. Es war nicht das erste Mal gewesen, dass sie im Einsatz zu emotional geworden war. Dabei hatte sie sich schon als Ausbilderin für Mali beworben; es war ihr großer Traum, den afrikanischen

Polizisten zu helfen. Noch ein Vorfall und sie hätte ihren Auslandseinsatz vergessen können, obwohl sie ihre Zusatzausbildungen mit Bestnoten abgeschlossen hatte, den schwarzen Gürtel besaß und fließend Französisch sprach. Ein Bonus, der letztendlich den Ausschlag gab, eine etwas zu impulsive Polizistin doch nach Mali zu schicken und über ihre »Fehltritte« hinwegzusehen.

Sie hatte einen Anti-Aggressionskurs absolviert und lernte bei einem Privatcoach, ihre Emotionen zu kontrollieren. Sie hatte alles im Griff. Doch als Aimée jetzt an den sonnengelben Feldern Manacors vorbeiraste, gab sie dem Gefühl nach, für einige Minuten die Kontrolle abzugeben. Die Nadel des Tachos schlug über der roten Markierung aus. Aimée liebte den harten Druck des Fahrtwinds auf ihrem Brustkorb. Ihre Lungen weiteten sich. Sie fühlte sich lebendig – und genoss, wie das Freiheitsgefühl durch jede ihrer Poren strömte. Das war sie den Menschen schuldig, die sie in ihrem Leben bereits verloren hatte.

Fitnessstudio, El Sueño Relax & Spa

»Die Geräte in meinen Hotels werden regelmäßig gewartet. Es kann sich nicht um einen Materialschaden handeln. Unmöglich, Comisario.« Nachdem sein Sporttrainer ihn über einen Unfall im Fitnessstudio informiert hatte, hatte Dengler sofort Fuentes angerufen, der auch innerhalb einer halben Stunde gekommen war.

»Wann war die letzte Wartung?«, fragte Fuentes, der jetzt breitbeinig vor ihm stand.

»Vor zwei Wochen. Ich sage Ihnen doch, das ist kein Zufall.« Langsam wurde er ungeduldig.

Die Rettungssanitäter, die die junge Frau bereits notärztlich versorgt hatten, hoben sie auf eine Trage und schoben sie langsam zum Aufzug. Dengler raufte sich die Haare.

Der Sporttrainer, der am frühen Abend plötzlich laute Schmerzensschreie hörte, war zunächst davon ausgegangen, dass sich Jennifer Matt hoffnungslos überschätzt hatte und das Gewicht aufgrund ihrer mangelnde Kraft auf sie zurückgefallen war. Doch wie der Trainer Dengler berichtete, war sie es gewohnt, 60 Kilogramm zu stemmen.

Der Aufprall der Eisenscheibe auf einen schmalen, wenn auch muskulösen Frauenrücken hatte einen tellergroßen rot glühenden Fleck verursacht, der von Sekunde zu Sekunde stärker angeschwollen war. Dengler hoffte, dass es bei einem Hämatom bleiben würde.

Jennifer Matt hatte sich nicht überschätzt. Nein, das Seil der Rückenzugmaschine war durch das Gewicht gerissen.

»Das habe ich kurz nach unserem Telefonat vor meiner Bürotür gefunden. Jemand muss es unter der Tür durchgeschoben haben«, sagte Dengler drängend und reichte dem Polizisten ein zusammengefaltetes Schreiben. »Sie müssen etwas unternehmen.« Aufgeregt ging Dengler vor dem Sporttresen hin und her, während er zusah, wie Jennifer Matt auf der Trage in den Aufzug geschoben wurde.

»Es ist doch wohl eindeutig, wer dahintersteckt.«

Der Comisario zog sich einen dünnen Handschuh über und schob den Brief in eine Klarsichthülle. »Unsere Spurensicherung wird sich das Papier anschauen.« Er las das Schreiben laut vor:

We only repeat once: No more investment on the island
50 000 for NatureNow
Rebels with a Cause (R. w. a. C.)

Eine junge Hotelangestellte im türkisfarbenen Hoteloutfit, auf deren T-Shirt sich das goldene Hotellogo wie ein sich sonnender Salamander oberhalb ihres rechten Busens rekelte, servierte ihnen Getränke. Wasser mit Minzblättern und frischen Himbeeren. Fuentes griff zu.

»Gracias, Clara.« Dengler lächelte die Spanierin freundlich an, nahm ihr ebenfalls ein Glas ab und trank es in einem Zug aus. Dann wandte er sich wieder mit ernster Miene an den Ermittler. »Es ist bereits der zweite Brief, den ich erhalten habe.« Er zeigte dem Comisario auf seinem Handy das erste Schreiben. Fuentes kniff die Augen zusammen.

»Und das zeigen Sie mir erst jetzt?«

»Ich habe es nicht ernst genommen. Herrje. *Rebels with a Cause.* Spielen die James Dean, oder was? Ich verstehe überhaupt nicht, was die von mir wollen. Ich bin bereits im Begriff, meine Hotels nachhaltig zu managen, aber das geht nicht von heute auf morgen. Jetzt soll ich 50 000 Euro für den mallorquinischen Umweltschutz spenden – die sind doch durchgeknallt!« Seine Hände brannten – er hatte mal wieder einen allergischen Schub. Er versuchte, den Juckreiz zu unterdrücken, in dem er seine Handinnenflächen an seinen Hüften abrieb.

»Haben Sie weitere Instruktionen erhalten, wo und wann Sie das Geld überbringen sollen?«, fragte Fuentes und schwenkte sein Glas.

»Das ist ja das Sonderbare. Es gibt keine weiteren Anweisungen. Was soll ich denn jetzt machen?«

Der Comisario sah sich das Papier an und fasste seine Eindrücke zusammen.

»Beide Schreiben wirken betont verstellt. Hier versucht jemand, möglichst gleichförmige Druckbuchstaben hinzubekommen, die so jeder hätte schreiben können. Etwas altmodisch, aber auch riskant. Der Täter musste damit rechnen, gesehen worden zu sein, wenn er Ihnen das Papier unter der Tür durchschiebt. Es sei denn, niemand würde sich wundern, wenn er sich in der Nähe Ihres Büros aufhielte. Also ein Insider? Ein Hotelangestellter oder jemand aus Ihrem privaten Umfeld ...«

»Das glauben Sie doch wohl selbst nicht.« Jetzt wurde schon sein eigenes Personal verdächtigt.

»War vielleicht ein Bote in der letzten Stunde hier?«, fragte Fuentes und nahm einen Schluck von dem Minzwasser.

»Marta hat niemanden gesehen, hat sie mir versichert.«

»Kann ich mir das Sportgerät einmal ansehen, Señor Dengler?« Fuentes nahm einen Schluck Wasser und hustete.

»Sicher, hier entlang.«

Dengler führte den Comisario durch einen hochwertigen Parcours modernster Fitness-Technik. Das Besondere hier war, dass es sich nicht um einen geschlossenen fensterlosen Raum handelte wie in anderen Hotels, die ihren Fitnessbereich gerne in die Kellerräume verbannten, nein, das El Sueño Spa & Relax bot seinen Studiogästen eine breite Fensterfront mit Blick auf das Meer. Die ganze Etage, die unterhalb der Yoga-Terrasse lag, war nach Westen ausgerichtet, und die weißen Markisen sorgten nicht nur für Schatten, sondern auch für das ewige Sommergefühl.

Der Wartungsarbeiter kniete neben der Rückenzugmaschine. Er hatte seinen Werkzeugkoffer geöffnet und verglich in der Bedienungsanleitung des Geräteherstellers die entsprechenden Längen, Stärken und Größen der Seilvorrichtung. Schließlich schaute er die beiden Männer an und zog seine Augenbrauen hoch.

»Es handelt sich nicht um einen Materialschaden.« Er ließ die Zange geräuschvoll in seinen Werkzeugkoffer fallen. »Das hätte mich auch gewundert«, fügte er hinzu.

»Sondern? Wurde das Seil manipuliert?« Dengler konnte die Antwort kaum abwarten.

»Nein, der Täter ist raffinierter vorgegangen. Er hat ganz einfach das komplette Seil ausgetauscht. Dieses Seil ...« Der Techniker hob das ausgefranste Seil in die Höhe, »... sieht zwar auf den ersten Blick dem Originalseil sehr ähnlich. Aber es ist anders geflochten, schlanker und definitiv nicht für ein Gewicht über 30 Kilogramm gedacht.«

»Also Sabotage.«, stellte Dengler schockiert fest. »Wer machte so etwas?«

»Kein Zweifel. Hier hat sich jemand richtig Mühe gemacht und vor allem die schwere Verletzung einer Sportlerin miteinkalkuliert.« Der Wartungsdienst legte sein Werkzeug zusammen und reichte dem Polizisten das Seil. »Wahrscheinlich können Ihre Leute feststellen, wo es gekauft wurde. Solche Seile gibt es nicht an jeder Ecke. Aber im Internet kann man natürlich mittlerweile alles Mögliche bestellen.«

»Erst Mord, jetzt schwere Körperverletzung. Das Hotel erstattet Anzeige gegen Unbekannt. Comisario?« Jetzt hatte er endlich die Bestätigung.

»Davon müssen wir ausgehen. Sicher. Aber ob es sich bei den Fällen um den gleichen Täter handelt, muss sich erst noch herausstellen. Ich erwarte heute Abend die Ergebnisse der Spurensicherung des Tatorts. Sollte es übereinstimmende Fingerabdrücke geben, haben wir ein Problem. Dann befinden sich nicht nur Ihr Personal und womöglich Sie und Ihre Familie in Gefahr, sondern auch die Hotelgäste – inwieweit wir für Ihre Sicherung garantieren können, ist dann fraglich.«

Dengler starrte den Comisario an, der den letzten Schluck Wasser aus seinem Glas trank und anschließend noch die Himbeere nachkippte.

»Sie denken doch nicht etwa daran, dass ich die Hotels schließen muss.«

Diego Fuentes stellte das leere Glas am Tresen ab und zuckte mit den Schultern. Dann tippte er eine Nachricht in sein Handy. »Wir wollen keine Panik verursachen. Wie gesagt. Wir warten die Ergebnisse ab. Bis dahin werden jeweils zwei Polizisten in Zivil in ihren Hotels eingesetzt – zusätzlich zu Ihrem Sicherheitspersonal.«

Dengler biss sich auf die Unterlippe. Unter seiner Mai-Bräune war er blass geworden. »Ich weiß, wer dafür verantwortlich ist.«

»Champagner?« Garcia de Miravelles sah sie erwartungsvoll an. »Sie wissen, dass man zu Champagner nicht nein sagt.« Ein zufriedenes Lächeln umspielte seine Mundwinkel. Seine dunkelbraunen Augen glänzten, sein Blick war direkt auf sie gerichtet. Aimée fühlte sich wie die Fliege, die sich auf einen fein gewebten Faden in einem Spinnennetz setzte, als sie gegenüber Garcia in der prächtigen Eingangshalle des alten Patrizierhauses Platz nahm.

Der zu einer Cocktailbar umgestaltete historische Adelspalast lockte seit den frühen Achtzigerjahren Gäste aus aller Welt an, damals noch Geheimtipp, heute ein Muss für jeden volljährigen Palma-Besucher. Wie lange sich die Barbetreiber des Abaco die Miete noch leisten konnten, wusste niemand. Negative Kritiken im Internet dämpften zeitweise sogar den Umsatz. Auch kursierten Gerüchte, dass mehrere ausländische Investoren um das Sahnestück in Palmas Altstadt stritten und wie Haie ihre bereits blutende Beute umkreisten. Ein Luxus-Boutique-Hotel in diesem Palast und an diesem Ort wäre ein weiterer fetter Happen im Raubfischbecken hemmungsloser Spekulanten. Kein Normalsterblicher könnte es sich dann noch leisten, einen Fuß in diesen verzauberten Ort zu setzen. Welcher Urlauber zahlte schon 400 Euro für eine Junior-Suite? 16 Euro für einen Cocktail klangen zwar für eimersaufende Arenal-Touristen nicht verlockend, aber der nicht auf ein Delirium tremens spekulierende Mallorca-Gast buchte das Geld unter unvergessliche Erlebnisse ab.

»Ich nehme ein Glas Rosé. Ich kann sehr wohl zu Champagner Nein sagen.« Aimée vermied es, Garcia de Miravelles mit Vornamen anzusprechen. Der Abend würde ein Desaster werden, sie spürte es jetzt schon. Ihr Ohr sauste. Das Geigenkonzert von Mozart im Hintergrund tat ein Übriges. Sie musste sich zusammenreißen, um wenigstens etwas Brauchbares für ihren Fall von diesem Abend mitnehmen zu können.

Trotzdem konnte Aimée nicht anders, als Garcia de Miravelles zu taxieren. Der Weinkenner trug sein dunkles Haar an diesem Abend zurückgekämmt, sein Hemd leuchtete weiß, am Kragen waren seine Initialen mit schwarzem Garn aufgestickt. Darüber trug er ein schwarzes Jackett, die Tascheneinsätze mit schmalen Samtbändern paspeliert.

Aimée konnte sich niemanden vorstellen, der besser in das opulente Setting des Abaco passte als Miravelles. Dutzende von antiken Kerzenständern, Früchtelandschaften und riesige Blumensträuße in kunstvoll bemalten Vasen, die jedem holländischen Stillleben-Maler alle Ehre gemacht hätten, waren auf dem alten Steinboden und vor stuckverzierten Alkoven wie für ein römisches Gelage arrangiert. Dekadent, überladen, sinnlich. Und als Krönung der mitten im Patio sprudelnde Springbrunnen, umgeben von Palmen, kleinen Sitzgelegenheiten aus Korb und Marmor. Für manche war dieser Renaissance-Luxus purer Kitsch, für andere ein venezianisches Märchen. Aimée schwankte zwischen beidem.

»Sie wundern sich bestimmt, warum ich mich ausgerechnet hier mit Ihnen treffen wollte«, bemerkte Garcia, nachdem er kommentarlos eine Flasche Cava Rosé bestellt hatte. Er wählte also den Kompromiss, kein Champagner, aber auch nicht den von ihr gewünschten Rosé. Nun denn, damit konnte sie leben. Garcias Stimme klang dunkel und erinnerte sie an brombeerfarbenen Rotwein, den man nur zu ganz besonderen Gelegenheiten trank. Warum überkamen sie bei diesem Mann solche Gedanken? Sie war Privatdetektivin und keine Autorin von Liebesromanen.

»Etwas. Ich bin heute auch nicht in der Stimmung, mich über Dekorationen zu unterhalten.« Aimée blickte auf den Kamin neben ihnen, aus dem sich eine Wagenladung Orangen und Zitronen ergoss.

Garcia sah sie skeptisch an. »Ärger mit einem Klienten?«

»Nein.«

Nachdem Raouf vergeblich versucht hatte, sie zu beruhigen, was die Sprunghaftigkeit Josephines betraf, wusste sie nicht, ob sie sich auf ein kompliziertes Gespräch mit Garcia heute Abend überhaupt konzentrieren konnte. Ein Nein musste reichen. Außerdem waren sie hierhergekommen, damit er von sich erzählte, und nicht umgekehrt.

»Ich weiß, Sie sind eine sehr gefragte Ermittlerin, aber heute Abend hier zu sein mit Ihnen bedeutet mir sehr viel.«

Wann würde er endlich zur Sache kommen? Während er mit Small Talk begann, schweiften Aimées Gedanken erneut zu Josephine. Ihre Tochter war nicht zum Abendessen erschienen. Immerhin hatte sie ihrem Stiefopa abgesagt. Dass sie Aimée versetzte, war allerdings ein Novum. Meist war es umgekehrt gewesen. Ärger stieg in Aimée auf. Vor allem über sich selbst. Sie fühlte sich hilflos. Aufgrund ihrer Polizeiarbeit hatte sie mehr als eine Weihnachtsfeier ihrer Tochter verpasst, war selten pünktlich zu Geburtstagen erschienen, manchmal sogar überhaupt nicht. All die kleinen und großen Enttäuschungen waren für Josephine irgendwann kein Grund mehr gewesen zu weinen. Also, was erwartete sie von ihrer Tochter? Aimée rückte ungeduldig auf ihrem Stuhl hin und her.

Glücklicherweise servierte der junge Kellner schnell und aufmerksam die Getränke, stellte ihnen eine Flasche Rosé-Sekt, eine Karaffe Wasser und vier Gläser auf den Tisch. Mit einer jovialen Geste gab Garcia dem Jungen zu verstehen, dass er sich selbst um das Ausschenken kümmern würde.

»Also, um was geht es hier heute Abend? Was möchten Sie mir sagen, was ich noch nicht weiß?« Aimée nahm einen Schluck von dem eiskalten Cava, den Garcia ihr mit einer Hingabe eingeschenkt hatte, als würde es sich um einen Mouton Rothschild von 1890 handeln.

»Ich weiß nicht, wie ich anfangen soll. Es fällt mir nicht leicht, darüber zu sprechen.« Er schwenkte sein Glas und sah dabei hinein, als ob der Sekt sein letzter Verbündeter auf dieser Erde wäre.

In Aimée begann es zu brodeln. Wie lange wollte er sie noch zappeln lassen? Ihr Nervenkostüm war bereits überstrapaziert, wenigstens ihr Telefonat mit Mateo war normal verlaufen. Ihr langjähriger Freund hatte so geklungen wie immer. Er würde sich bei Josephine melden, Aimée müsse sich keine Gedanken machen. Josie wäre nun mal jetzt eine Große. Aimée hatte frustriert genickt. Eine Große außerhalb ihres Einflussbereiches.

Aimée holte Luft und setzte ein Lächeln auf, das ihr Gegenüber unmöglich für aufrichtig halten konnte.

»Ich bin eine gute Zuhörerin.«

Garcia nickte dankbar. Allmählich wurde Aimée dieses fast schon devote Verhalten unheimlich. Was würde er ihr beichten?

»Ich kann es selbst manchmal nicht begreifen. Es kam so plötzlich. Ich war völlig unvorbereitet«, begann er fast schon stockend.

Aimée sah ihn fragend an.

»Entschuldigen Sie, Aimée, ich will von Anfang an erzählen.«

Aimée musste sich verkneifen, die Uhrzeit auf ihrem Handy zu checken. Garcia de Miravelles wollte ihr doch hoffentlich nicht seine Lebensgeschichte erzählen.

»Die Bar wurde 1981 eröffnet. Die Idee, eine Cocktailbar in einem mallorquinischen Palast zu eröffnen, kam gut an. Alicia war meine erste Freundin, und sie wollte unbedingt einen Abend hier verbringen.«

Aimée erstarrte. Nicht nur seine Lebensgeschichte, er wollte ihr auch von seiner ersten Liebe erzählen.

»Wir haben uns von älteren Freunden Personalausweise geliehen und uns entsprechend angezogen. Es hat alles perfekt funktioniert. Wir haben unseren Campari Orange getrunken, und ich dachte, sie wäre glücklich.« Garcia nahm sein Glas und trank einen langsamen Schluck, bevor er fortfuhr. »Ich hatte nicht an ihre verrückten Ideen gedacht. Sie wollte im Abaco übernachten – heimlich.«

»Das hat was.« Aimée dachte an sich selbst. Sie hatte auch gerne ihre Grenzen ausgetestet.

»Mir gefiel die Idee ziemlich gut. Es bedeutete, wir würden unsere erste gemeinsame Nacht in einem Palazzo verbringen. Ich war unglaublich aufgeregt. Ihre Eltern waren für ein Wochenende verreist. Mein Vater schmiss eine Party, es würde nicht auffallen, wenn ich erst am Morgen wieder in meinem Bett lag.«

»Was ist passiert? Hat die Polizei Sie beide erwischt?«, fragte Aimée ungeduldig. Sie wollte keine romantischen Details.

»Das wäre ein gutes Ende gewesen. Nein, nachdem wir uns in einem der alten Schränke im 1. Stock versteckt hatten, zeigte sie mir eine Schachtel mit kleinen runden Blättchen, auf denen sonderbare Muster gedruckt waren. Wir hatten bisher nur ein paarmal einen Joint geraucht, abends am Strand. Sie war anscheinend schon weiter. Trips waren für mich absolutes Neuland.«

»Und Alicia wollte, dass Sie zusammen mit ihr einen Trip schmeißen«, stellte Aimée mehr fest, als dass sie fragte.

Garcia nickte und zog an seinen weißen Armaufschlägen herum, die aus seiner schwarzen Jacke ragten. »Obwohl ich ihr gesagt habe, dass das nichts für mich ist. Was hätten Sie in dieser Situation gemacht?«

Aimée sah ihn an und zuckte mit den Schultern. »Ausprobieren, wenn man Lust auf etwas hat, ist eine Sache, aber mit einem schlechten Bauchgefühl? Ich hätte Nein gesagt.«

»Tja, schlaues Mädchen. Das passt zu Ihnen.«

»Was ist passiert?«

»Mein Paper hat nicht besonders stark gewirkt, ich fühlte mich etwas high, der Palazzo wirkte noch größer. Die Früchte fingen in meiner Vorstellung von alleine an, über den Boden zu rollen, die Blumen krochen die Wände hoch und wurden zu bunten Insekten. Es war nicht schlimm.« Das sah Aimée anders.

»Und bei ihr?«

»Ich weiß nicht, ob Alicia zwei von den Dingern genommen hatte, sie war bester Laune, etwas überdreht, aber wir konnten reden. Wir tanzten, küssten uns, als ob es kein Morgen gäbe – es war magisch. Ich hatte ein rotes Samtsofa im 1. Stock entdeckt ...« De Miravelles hob sein Glas, doch er trank nicht davon. Aimée hoffte innigst, dass er nicht noch beschrieb, wie es zwischen ihm und seiner Freundin auf dem Sofa weiterging, aber so weit war es wohl nie gekommen. »... doch dann begann ihre Stimmung zu kippen«, fuhr er mit einer Stimme fort, als ob er Schmirgelpapier geschluckt hätte. »Die Blumenbouquets wurden in ihren Augen zu giftigen Vögeln, sie schrie und schimpfte und plötzlich hielt sie mich für den Teufel. Es war mittlerweile vier Uhr morgens. Ich habe versucht, die Tür zu öffnen, um Hilfe zu holen. Aber es war alles abgeschlossen. Wir saßen regelrecht fest in unserem Liebespalast. Irgendwann musste ich sie festhalten, weil sie die Kerzenständer von den Tischen schleuderte; an einer umgefallenen Porzellanvase hat sie sich die Hand verletzt.« Die letzten Worte sprach er immer schneller. Es schien, als wollte er die Wörter loswerden, genauso wie er die Erinnerung an dieses Erlebnis loswerden wollte.

»Um sechs Uhr morgens wurden wieder neue Früchte und frische Blumen geliefert. Alicia lag in meinen Armen und starrte nur noch auf einen der Kronleuchter. Nach dem Schüttelfrost waren die Schweißausbrüche gekommen. Sie hatte einen Kreislaufzusammenbruch erlitten. Der Obsthändler rief den Notarzt, er hatte einen Schlüssel zu dem Büro hinter dem Tresen.«

Aimée befürchtete, dass dies noch nicht das Ende der Geschichte war.

»Natürlich kam nicht nur der Notarztwagen, sondern auch die Polizei. Mein Vater wurde in Deià angerufen, um bei der Vernehmung dabei zu sein.«

Der normale Vorgang, wenn sich Jugendliche strafbar machten. Aimée ließ ihm Zeit, weiterzusprechen. Mitleid wäre fehl am Platz gewesen. Schließlich fand er seine Stimme wieder.

»Ich wurde dann in ein Internat nach Madrid geschickt. Die Sommerferien waren für mich vorbei.«

»Und Alicia?« Aimée war klar, dass die Beziehung mit jener Nacht beendet war.

Garcia räusperte sich und drehte sein Glas zwischen seinen Fingern hin und her.

»Ihr Aufenthalt in der Psychiatrie zog sich über Monate hin. Die Eltern gaben mir die Schuld an allem. Sie sind dann von Mallorca aufs Festland gezogen. Alicia hat sich nie wieder richtig erholt.«

Plötzlich wirkten die Blumenmassen um sie herum auf Aimée wie Grabschmuck. Garcia schwieg.

»Für mich klingt es so, als ob der Trip etwas in ihr ausgelöst hat, was schon vorher ein Problem war. Vielleicht hatte sie eine Disposition, die durch …«

»Ich weiß, es gibt viele Entschuldigungen, die mich entlasten könnten«, unterbrach er sie. »Trotzdem frage ich mich bis heute, warum ich nicht nein gesagt habe. Was mich dazu veranlasst hat, gegen meinen Willen zu handeln, um ihr zu gefallen.«

»Garcia, Sie waren verliebt.«

»Ja, ich war verliebt.« Er sah durch den riesigen Raum, ließ seinen Blick über die Säulen zum Springbrunnen wandern, als ob er durch all die Grandezza hindurchblickte. »Und trotzdem habe ich sie in der Klinik nicht ein einziges Mal besucht.«

Sein Gesicht wirkte trotz des Kerzenlichtes grau, die Zeitreise in seine Jugend hatte ihn sichtlich mitgenommen.

Wenn man jahrzehntelang so ein Schuldgefühl mit sich herumschleppte, war eine Beichte kein Spaziergang. Gerade weil die Dinge nicht mehr zu ändern waren. Das musste man aushalten, und im besten Fall verzieh man sich selbst.

»Sie haben das Abaco seitdem nie wieder betreten?«, mutmaßte Aimée betont sachlich.

»Si.«

»Womit wir wieder in der Gegenwart angekommen wären, Señor de Miravelles.« Am liebsten hätte Aimée kräftig in die Hände geklatscht, um die nostalgischen Dämonen zu vertreiben, die an ihrem Tisch Platz genommen hatten. Doch ihre klare laute Stimme hatte wohl schon gereicht. Garcia zog die Schulten hoch und strich sich die Haare zurück.

»Warum erzählen Sie mir das alles? Was hat diese Geschichte mit Lélia zu tun?« Aimée war nicht herzlos, aber er hatte sie nicht als Therapeutin engagiert.

»Lélia hatte sich wenige Wochen vor ihrem Verschwinden verändert«, sagte er tonlos.

»Sie haben behauptet, es wäre alles in Ordnung gewesen.« Garcia nickte reumütig. Seine sonst so weltgewandte Aura erhielt dadurch etwas Jungenhaftes. Auch wenn dieser Ausdruck sie rührte, spürte sie, wie sie allmählich die Geduld verlor. »Warum haben Sie ... uns damals nichts davon erzählt?«, fragte sie vorwurfsvoll.

»Weil ich es nicht wahrhaben wollte!«, brauste er auf. »Für jede von Lélias Veränderungen fand ich sofort eine plausible Erklärung.«

»Sie wollten die Situation nicht dramatisieren. Das klingt vernünftig zu einem Zeitpunkt, als Lélia noch da war. Aber nach Lélias Verschwinden? Haben Sie da keinen Zusammenhang gesehen?« Aimée musste sich beherrschen, Garcia nicht am Hemdkragen zu packen und durchzuschütteln.

»Nein. Ich war wie verblendet. Ich konnte mir nicht vorstellen, dass sie sich so von mir entfernt hatte.« Er schenkte sich und Aimée nach. Die Falten um seine Mundwinkel wirkten trotz des Kerzenlichts härter.

»Man kann nicht in die Zukunft schauen. Wir wissen nicht, wie sich ein junger Mensch entwickelt.« Ihre eigenen Worte hallten fremd in ihren Ohren nach, als sich am Nachbartisch ein deutscher Gast laut über die Höhe der Rechnung beschwerte.

»Tres Bloody Marys, non quattro, verstehen Sie das! Und tres Wodka Lemon. Tres.« Er hielt demonstrativ drei Finger hoch. Auf seinem weißen T-Shirt stand ein Trink-Spruch »Blau wie das Meer«. Sein Saufkumpel verhielt sich still. Sein glasiger Blick verriet, dass dies nicht die erste Bar war, in die sie heute eingekehrt waren.

Garcia hatte sie damals angelogen. Jetzt, wo der Warhol gestohlen worden war, konnte er über die Probleme mit seiner Tochter reden. Wie hatte er so lange warten können? Oder ahnte er bereits seit Längerem, dass Lélia von zu Hause ausgerissen war? Aimée versuchte, eine Antwort zu finden, doch der Disput am Nebentisch wurde immer lauter. Der junge Kellner blickte verunsichert zum Tresen. Doch von dort kam nur ein Zeichen, dass er das Problem selbst regen sollte. Also zeigte er dem Gast geduldig auf seinem Mini-Rechner die Anzahl der Getränke, die an dem Tisch getrunken worden waren. Aber der Gast bestand auf seiner Zählung und begann, den Kellner zu beschimpfen. Aimée konnte dem Wortwechsel nicht länger zuhören.

»Entschuldigen Sie mich für einen Moment.« Abrupt stand Aimée auf und tippte dem mittlerweile verzweifelten jungen Spanier auf die Schulter.

»Señor, ich übernehme die Differenz. Machen Sie dem *tonto* die Rechnung.« Dann setzte Aimée sich wieder auf ihren verschnörkelten Korbstuhl. Ein erleichtertes »Gracias« folgte ihr.

Schnaufend verließen die beiden angetrunkenen Männer die Bar, wobei der Stillere gefährlich schwankte. Das große Holzportal fiel laut hinter ihnen zu.

»Nicht schlecht.« Garcia lächelte für einen kurzen Augenblick beeindruckt. »Nur wird er das Spiel in der nächsten Bar erneut versuchen. Aber Sie haben einem jungen Kellner den Abend gerettet.«

Aimée zuckte mit der Schulter. »Ging nicht anders. Also, wie genau hat sich Lélia verändert?«

»Es gab häufiger Streit.«

»Worüber haben Sie sich mit Ihrer Tochter gestritten?

»Kleinigkeiten zunächst. Über alles. Sie hatte zu allem eine andere Meinung.«

»Und sonst? Das war doch nicht alles?«

»Sie wurde immer unzuverlässiger. Fand Ausreden für ihr Zuspätkommen. Sie schimpfte auf meinen SUV. Log mich an.« Wie bitte? Aimée war davon ausgegangen, dass er sie mit Drogen erwischt hatte.

Er stützte die Ellbogen auf den Tisch und beugte sich zu ihr nach vorne. »Wissen Sie, was das Schlimmste ist?«, fragte er fast schon beschwörend.

Aimée zog die Augenbrauen hoch.

»Dass ich meine Tochter nicht ernst genommen habe. Sie konnte mir nicht mehr vertrauen, weil ich mich über alles, was sie sagte, lustig gemacht habe.« Er griff nach seinem Glas und trank es in einem Zug aus. Aimée fühlte ein dumpfes Gefühl in sich aufsteigen. War sie etwa auch dabei, Josephines Bedürfnisse zu ignorieren?

»Ich verstehe, dass Sie Ihr Verhalten gegenüber Ihrer Tochter bereuen. Aber ich bin wirklich fassungslos, wie Sie so fahrlässig sein konnten, der Polizei und mir nichts davon zu erzählen. Wir hätten doch in ganz andere Richtungen ermittelt. Wir hätten Lélia finden können.« Er sackte in sich zusammen. Sein Stolz und sein Ego waren getroffen. Weil Garcia de Miravelles sich nicht die Blöße geben konnte, ein schlechter Vater zu sein – wovon er anscheinend mittlerweile überzeugt war –, hatte er einen ganzen Stab Polizisten an der Nase herumgeführt, sie selbst mit eingeschlossen. Diego würde die Wände hochgehen.

»Ich habe nur an Lélia denken können, wie sie vorher gewesen war, um der Wahrheit nicht ins Auge blicken zu müssen. Doch als der Warhol plötzlich weg war, konnte ich die Gedanken an unsere Streitgespräche nicht mehr verdrängen ...«

So kann man es auch ausdrücken, dachte Aimée.

»... Und als ich mich an meine Jugendzeit erinnerte – und dazu hatte ich letztes Jahr viel Zeit –, habe ich auch Lélia nicht mehr als das kleine Mädchen gesehen, sondern als einen Teenager, der Dinge tut, die ihm vielleicht irgendwann leidtun.« Garcia griff in seine Jacke, holte ein Kästchen heraus und schob es Aimée über den Tisch. Das goldene Fußkettchen glitzerte im Kerzenlicht, die kleinen Anhänger zeigten Lélias Vorlieben. Ein Peace-Zeichen, ein Herz, ein Delfin.

»Es ist der Beweis, dass alles anders ist als gedacht.«

Aimée nahm das Kettchen in die Hand. Ein magentafarbenes Bändchen hatte sich in den Ösen verhakt, so als ob es noch mit anderen Fußkettchen zusammen getragen worden war. Sie versuchte abzuschätzen, was Garcias Beichte bedeutete. Wenn Lélia noch lebte und Geld brauchte, war die Frage, wofür? Das ließ sich nur beantworten, wenn sie herausbekäme, wo sich das Mädchen das ganze letzte Jahr über aufgehalten hatte. Ob der bunte Faden darüber Aufschluss geben konnte?

Aimées Kopf dröhnte. Die Nacht auf dem harten Sand an der Kaimauer machte sich bemerkbar.

»Also, ich fasse zusammen. Sie sind mittlerweile überzeugt, dass Lélia den Warhol aus Ihrer Villa, sagen wir, entwendet hat.«

Sie blieb nach außen ruhig, aber lange hielt sie es hier nicht mehr aus.

»Ich wollte mit meiner Geschichte erklären, wozu man in dem Alter fähig ist. Ich bin sicher, dass Lélia in der Klemme steckt. Sie braucht Geld ... weiß der Himmel wofür.«

»Garcia, wir müssen die Polizei informieren. Ich recherchiere für Sie weiter ...«

Aimées Handy vibrierte in ihrer Jeansjacke. Sie war fast dankbar für die Ablenkung. Garcia musste eine Entscheidung treffen. Im Zweifelsfall würde sie Diego auch ohne seine Einwilligung informieren. Es ging schließlich um eine verschollene Minderjährige.

Wenn man vom Teufel spricht! Es war Diego Fuentes. Sie wischte über das Display und hoffte auf Neuigkeiten zu Nimas Obduktion. Doch was er ihr zu sagen hatte, ließ sie blass werden. Seine Worte klangen hohl und wie aus weiter Ferne.

»Wie bitte?« Aimées Ohrgeräusch schaltete auf eine ihr bisher unbekannte Frequenz. Die Worte wollten sich nicht zu einem sinnvollen Ganzen zusammenfügen.

»Ich komme sofort.« Aimées starrte ihr Handy an. Ihr Herz raste in doppeltem Tempo.

Polizeistation Manacor

Aimée stand in einer neonbeleuchteten Wache der policía local. Der Polizist in Springerstiefeln und schwarzem Kampfoutfit glich eher dem Mitglied einer Antiterroreinheit als einem lokalen Polizisten. Er hatte Aimée über das Geschehene informiert. Ein Anwohner in einer benachbarten Villa hatte das Licht einer Taschenlampe im Haus von Steven Stivans bemerkt und sofort die Polizei gerufen. Zwei Beamte waren durch eine nur angelehnte Haustür in das Anwesen gedrungen und machten zwei im Dunkeln herumstolpernde Personen aus. Als die beiden sie bemerkten, konnte eine Person, von der sie ausgingen, dass sie ebenfalls weiblich war, durch den Keller fliehen.

»Ihre Tochter war wohl zu überrascht und ist einfach stehen geblieben, als wir sie dazu aufforderten. Wir mussten keine Waffen einsetzen, um sie festzunehmen«, hatte der breitgebaute Polizist ihr erklärt, während Aimée flau im Magen geworden war. Sie war wirklich andere Sachen gewohnt, doch noch nie hatte sie sich so verletzbar gefühlt wie in diesem Moment. Die Vorstellung, dass ein Polizist die Waffe auf ihre Tochter hätte richten müssen, verwandelte ihren Brustkorb zu einem Panzer aus Blei.

Josephines dunkle Haare hingen in Strähnen aus ihrem hochgebundenen Pferdeschwanz. Sie hatte überhaupt kein Schuldgefühl gezeigt. Warum sie mit ihrer Freundin Pia in das Anwesen des Kunsthändlers eingebrochen war, wollte sie allerdings auch nicht erzählen. Dank Diegos Einfluss konnte Aimée ihre Tochter nach einigen Formalitäten mitnehmen. Sie müsse sich morgen noch mal auf der Polizei-Hauptwache in Palma melden.

Noch von der Polizeistation aus hatte Aimée den Kunstsammler telefonisch erreicht. Wie sie schon am Sonntagnachmittag durch die Bemerkung seines Lebenspartners erfahren hatten, befand sich Stivans noch in Paris.

»Deine Tochter hat was?« Stivans saß in der Bar des Ritz, als ihr Anruf ihn erreichte. »Und sie hat mit ihrer Freundin etwas gestohlen?« Das wiederum konnte Aimée ihm noch nicht beantworten, da Josephine nicht verriet, ob Pia auf der Flucht etwas hatte mitgehen lassen. Aus strategischen Gründen verneinte sie die Frage. »Josephine hat nichts gestohlen, über den Verbleib ihrer Freundin wissen wir noch nichts.«

»Ich werde deine Tochter nicht anzeigen. Für die Freundin behalte ich mir eine Anzeige offen. Aber tu mir den Gefallen und bring das wieder in Ordnung, Aimée.« Aimée hörte im Hintergrund lachendes Stimmengewirr und Gläserklirren, jemand rief nach Stivans. Er und Will schienen sich zu amüsieren. Umso besser.

Sie waren schweigend auf das Motorrad gestiegen. Auch als sie die Triumph parkte, blockte Josephine jegliche Nachfragen ab.

»Ich geh schlafen, maman«, erklärte ihre Tochter erschöpft, als sie das Apartment betraten.

»Josephine, ich möchte gerne wissen, was genau heute Abend passiert ist!«

»Morgen, maman, ich bin total müde.«

Aimée war wütend über die Verstocktheit ihrer Tochter, aber sie würde sie heute Abend nicht mehr zu einem Gespräch zwingen können.

Nachdem sie Garcia im Abaco mitgeteilt hatte, sie müsse ihre Tochter von einer Polizeistation abholen, hatte er sie noch bis zu ihrem Apartment begleitet. Sie erwähnte kurz Josephines neue Freundin – seit meine Tochter Pia kennt, macht sie Dinge, die überhaupt nicht zu ihr passen, hatte sie geklagt. So ist das mit dem Einfluss von Freunden, sie sind manchmal stärker als Familienbande, war Garcias Antwort. Zum Abschied hatte de Miravelles sie kurz in den Arm genommen. Es wird sich alles klären, hatte er ihr mit auf den Weg gegeben.

Vielleicht hatte er recht. Letztlich konnte sie froh sein, dass sie ihre Tochter unversehrt mit nach Hause hatte nehmen können. Und als sie in Josephines Zimmer nachsah, ob sie wirklich schon schlief, empfand sie beim Anblick ihres rosig leuchtenden Gesichts und ihrer regelmäßigen Atmung nichts als Erleichterung.

KAPITEL 4

Dienstag, 23. Mai 2017
Carrer de la Corderia, Palma

Aimée sah von ihrer Dachterrasse auf das aquamarinblaue Meer am Horizont und atmete die Morgenluft tief ein. Der Tag lag unschuldig und wie sauber geputzt vor ihr. Die Sonne klebte am Himmel wie eine goldene Brosche. Dann wanderte ihr Blick hinunter auf die Straße. Alles nahm seinen Lauf. In den noch nassen Gassen blockierten knatternde Lieferwagen den Weg. Ein bebrillter Vater bemühte sich, seinen kleinen Jungen, dem offensichtlich nach Trödeln war, pünktlich im Kindergarten abzuliefern. Zwei ältere Damen in großblumigen Sommerkleidern und mit geflochtenen Einkaufskörben im Arm plauderten gestikulierend vor der Panadería.

Nichts in dem sonnigen Straßenbild wies auf die schlaflose Nacht hin, durch die sich Aimée gekämpft hatte wie eine Schwimmerin, die in der Dunkelheit auf offenem Meer krault. Treibgut hatte ihr die Sicht genommen, harte Wellen, die über ihrem Kopf zusammenschlugen, die Luft. Immer wieder hatte sie im halb wachen Dämmerzustand Josephine auf dem Stuhl sitzen sehen, ein Häufchen Elend, den Mund trotzig verschlossen.

Die Sonne strahlte bereits übertrieben warm. Aimée hielt ihre Tasse fest in den Händen, der Kaffee war kalt geworden. Sie riss sich von dem frühmorgendlichen Treiben los, das in der unter ihr liegenden Straße so vertraut dahinplätscherte, sah kurz über die Dächer hinweg auf den Hafen, als sie Josephine in der Küche hörte. Noch einmal nahm Aimée den Meerblick in sich auf wie einen Schluck Medizin und stieß sich von der Terrassenmauer ab.

»Guten Morgen, Josie. Hast du gut geschlafen?«

Josephine sah nicht so aus, als ob sie sich darauf freute, ihrer Mutter zu erzählen, warum sie nachts in ein Haus eingebrochen war. »Es geht«, murmelte sie. Was das Frühstück betraf, waren sie sich ähnlich. Ohne etwas zu essen im Bauch lief auch bei Josephine nicht viel. Sie nahm sich eine Schale, kippte ihr Müsli hinein und schüttete Orangensaft darüber. Dann setzte sie sich auf einen der Barhocker am Küchentresen. Entschlossen nahm Aimée ihr gegenüber Platz und stützte die Ellbogen auf die helle Holzplatte.

»Was ist passiert?«, fragte Aimée schlicht.

Josephine rührte mit dem Löffel in ihrem Müsli herum, bis sich alle Haferflocken mit dem Saft vollgesogen hatten. Dann begann sie mit Appetit zu essen. Während sie kaute, sprudelten bruchstückhafte Erklärungen aus ihr heraus.

»Es ist alles nicht so, wie du denkst, maman«, begann sie und sah Aimée mit ihren großen blauen Augen an, die sie eindeutig von Peer geerbt hatte.

»Dann erklär es mir …« Wie du nachts als Einbrecherin auf einer Polizeiwache landen konntest, dachte Aimée ihren Satz vorwurfsvoll zu Ende und stützte ihr Kinn hundertprozentige Aufmerksamkeit signalisierend in die Hand.

»Du wirst gleich ziemlich sauer werden. Aber dann wirst du dich auch freuen.« Josephine kaute so lange auf ihren Haferflocken, als wären sie aus Kaugummi. Wahrscheinlich nur, damit sie jedes Wort noch weiter hinauszögern konnte. Langsam wurde Aimée ungeduldig.

»Okay, wie wäre es, wenn du einfach mal damit anfängst, was deine Freundin Pia sonst noch so treibt, also wenn sie nicht in Häuser einbricht?«

»Maman, Pia hat nichts Falsches gemacht. Sie arbeitet für eine internationale Non-Profit-Organisation. Sie hat das letzte Jahr in Südamerika verbracht und hilft einheimischen Umweltaktivisten. Weißt du, sie befindet sich mitten im Kampf gegen die Abholzung des Regenwaldes, dafür brennt sie.«

»Keine ungefährliche Sache für so eine junge Frau. Wie alt ist sie noch mal?« Aimée blieb skeptisch. Natürlich war sie ebenso schockiert wie viele Europäer, was die rücksichtslose Brandrodung tropischer Regenwälder betraf – leider fühlte sie sich auch genauso hilflos. Sie wusste um die Wirtschaftsinteressen der Regierungen. Es war Davids Kampf gegen Goliath.

»Siebzehn. Sie wird bald achtzehn.« Stolz schwang in Josephines Stimme mit.

»Und was macht Pia auf Mallorca? Ist sie hier aufgewachsen?«

»Sie braucht Geld.«

Als hätte Aimée es nicht geahnt. Wer von den Menschen, die sie zurzeit umgaben, brauchte eigentlich kein Geld? Endlich stellte Josephine ihre Müslischale weg.

»Okay, chérie. Und wofür? Will sie die brasilianische Regierung bestechen?«

»Nicht die brasilianische.«

»Josephine, bitte, meine Geduld ist am Ende. Ich habe die Nacht kaum geschlafen. Erzähl mir endlich, warum ihr bei Stivans eingebrochen seid. Dir muss doch klar sein, dass ihr euch damit strafbar gemacht habt. So naiv bist du doch nicht mehr!« Aimée war aufgestanden und ging in der Küche hin und her.

»Sie braucht das Geld für ihren Freund. Er wurde verschleppt. Pia glaubt, dass kolumbianische Regierungsvertreter dahinterstecken. Die Rebellen machen zu großen Druck, das passt denen nicht. Und jetzt muss Pia ihn freikaufen.«

Aimée traute ihren Ohren nicht. Sie spürte regelrecht, wie sich in ihre Stirn tiefe Falten gruben. Ihre Tochter wollte einen entführten Umweltrebellen aus den Händen von korrupten Regierungsvertretern befreien? Politik hatte Josephine bisher nie interessiert.

»Pia geht es echt nicht gut, sie macht sich voll krasse Sorgen um Carlos. Er wird bestimmt gefoltert«, fuhr Josephine fort. Ihre Stimme bebte, so als ob Carlos *ihr* Freund wäre. Um sich zu beruhigen, nahm Aimée eine Ananas aus der Obstschale und zog ein Messer aus der Schublade, mit dem sie die borstige Frucht aufschnitt.

»Und als Lösung klaut ihr Kunst?« Sie wedelte mit dem Messer durch die Luft. »Das ergibt für mich keinen Sinn. Wie wäre es, wenn Pia sich an die Botschaft wendet. Ist er auch Spanier?«

»Carlos ist wie Pia auf Mallorca geboren. Bei der Botschaft war sie schon, das bringt nichts. Die haben doch gar nicht die Mittel, ihr zu helfen. Nein, die Entführer wollen Geld.«

Josephine nahm ihr Handy aus ihrer lila Jutetasche und klickte auf eine Nachrichtenseite. »Maman, 200 Umweltschützer sind im letzten Jahr weltweit ermordet worden. Allein 50 in Brasilien, 37 in Kolumbien.« Sie hielt ihr die Grafik vor die Nase, und Aimée sah eine Weltkarte, auf der die betroffenen Länder bunt hervorgehoben wurden.

»Das ist schlimm. Aber was hast du damit zu tun?« Aimée zog das große Fruchtmesser längs durch die Ananas. Sie wollte nicht, dass sich Josephine in Gefahr begab. Und erst recht wollte sie verhindern, dass sie mit einer Vorstrafe zurück nach Hamburg flog.

»Pia hat mich um Hilfe gebeten, und ich habe ja gesagt. Du hättest das Gleiche getan an meiner Stelle. Es geht schließlich um Carlos' Leben«, ereiferte sich Josephine aufgebracht.

»Ich sehe das alles etwas anders. Dass Pia dich zu einem Einbruch animiert, ist kein Freundschaftsdienst – ob sie nun einen verschleppten Freund hat oder nicht.«

»Maman, glaubst du mir etwa nicht?« Josephine nahm sich ein Stück von der Ananas und kaute energisch darauf herum.

»Ich verstehe nicht, was das eine mit dem anderen zu tun haben soll. Zum letzten Mal, was wolltet ihr in Stivans' Villa?« Aimée musste sich zusammenreißen, dass sie nicht laut wurde.

»Jetzt kommt der Teil, der dir nicht gefällt«, antwortete Josephine kleinlaut.

Aimée legte das Messer beiseite. »Ich höre.«

»Als wir am Sonntag in dieser coolen Finca waren, mit dem kaputten alten Auto davor, und du dann mit der Besitzerin hineingegangen bist …« Josephine stockte und nahm sich einen Pfirsich aus dem Korb, bevor sie weitersprach. »… da habe ich bei den Pferden Pia getroffen. Sie war gerade mit dem braunen Araber ausgeritten und wollte ihn zum Stall bringen.« Josephine streichelte die samtig pinkfarbene Haut des Pfirsichs. »Sie hat mir von den Pferden in Südamerika erzählt, von ihrer Arbeit für die Umweltbewegung. Ich war total beeindruckt. Maman, sie macht wirklich was, sie redet nicht nur – wie wir hier alle.«

Aimée straffte sich, sie wollte das jetzt nicht kommentieren.

»In Deutschland sehen wir die Bilder nur im Fernsehen. Aber Pia hat mir von den riesigen Rauchwolken erzählt, die über dem Regenwald schweben, so groß und schwarz, als ob ganze Städte brennen. Das Kohlenmonoxid, das dabei entsteht, bringt alles Grüne, Farbige und Wachsende um.« Josephines Stimme bebte.

Aimée spürte, wie wichtig ihrer Tochter das Thema war, und es tat ihr in der Seele weh zu sehen, wie verzweifelt sie war. Auch sie hatte in dem Alter mit ihrer Mutter über Umweltschutz diskutiert – nur glaubte ihnen zu der Zeit niemand. Grüne Spinner hatte man sie und ihre Freundinnen damals genannt.

»Sie ist einfach toll. Und mit ihrem rosé-blonden Bob sieht sie aus wie Katy Perry«, schwärmte Josephine weiter. Der Pirsich in ihren Händen bekam allmählich dunkle Stellen. »Ich kam mir so langweilig vor, in Hamburg zur Schule gehen klang so nach gar nichts, und dann habe ich …«

»Und dann hast du was?«, fragte Aimée angespannt.

»Ich habe erzählt, dass du Privatdetektivin bist.«

»Das ist kein Geheimnis – ich bin ja keine Spionin.«

»Ich weiß, aber ich habe ihr von deinen aktuellen Fällen erzählt. Über Nimas Tod wusste sie ja Bescheid. Aber ich habe ihr auch erzählt, dass du einen gestohlenen Andy Warhol suchst. Das fand sie krass spannend. Sie kennt sich nämlich auch mit Kunst aus.«

»Und dann hast du zufällig am Sonntagabend unseren Besuch bei Stivans erwähnt?« In Aimée begann es zu brodeln. »Josephine, wir hatten eine Verabredung. Du kannst doch nicht mit wildfremden Leuten über meine Aufträge reden. Wenn das publik wird, kann ich meine Detektei dicht machen. Mein Job basiert auf Vertrauen und Loyalität.« Aimée hatte ihre Tochter für reifer gehalten.

Die Vormittagssonne schob sich in ihre Küche und tauchte die Küchenzeile in ein leuchtendes Gelb. Aimée wünschte sich einen grauen Hamburger Regentag, als sie ihrer Tochter weiter zuhörte.

»Ja, ich habe ihr von Stivans' Villa erzählt, von der schrägen Architektur und den schrillen Kunstwerken in dem Haus«, gestand sie trotzig und warf den Pfirsich zurück in den Korb. »Und von Will und der Parisreise.«

Aimée sah ihre Tochter an. Nie hätte sie es für möglich gehalten, dass Josephine sich in so etwas hineinziehen lassen würde.

»Sie sagte, es wäre kein Problem. Kurz hinein und dann wieder weg. Aber dass sie allein auf der Vespa abhaut, konnte ich ja nicht ahnen.« Allmählich verlor Josephine ihren Mut.

Pia hatte das Wissen ihrer Tochter ausgenutzt, um wertvolle Kunst zu stehlen, die sie dann verkaufen wollte. Für Aimée klang das ziemlich abgebrüht. Und es war keine schöne Lektion für Josephine, die gerade glaubte, eine neue Freundin gefunden zu haben. Nun musste sie den Karren aus dem Dreck fahren, und sie wusste auch schon wie.

»Wo ist deine Pia denn jetzt? Welches Bild hat sie mitgenommen? Ich muss Stivans heute etwas auf den Tisch legen, sonst erstattet er Anzeige, womöglich auch noch gegen dich. Verstehst du nicht, was das bedeutet? Du kommst hier in Palma vor Gericht!« Jetzt wurde Aimée doch laut.

Josephine zuckte zusammen. So schien sie sich das Ende ihre Heldentat nicht vorgestellt zu haben. Sie drehte an ihrem rechten Ohrstecker, wie sie es immer tat, wenn sie nicht weiterwusste.

»Josephine, wir könnten es so aussehen lassen, als ob ihr in einem abgefahrenen Haus einfach nur Party machen wolltet, ein aus dem Ruder gelaufener Streich – und kein vorsätzlicher Einbruch! Dafür muss ich aber mit Pia sprechen.«

Erschöpft sah Josephine sie an. »Ich weiß nicht, wo sie jetzt ist. Ich weiß auch nicht, ob sie etwas mitgenommen hat. Sie war in einem anderen Raum, als die Polizisten uns überraschten. Sie hat etwas gesucht.«

Aimées Handy vibrierte auf dem Küchentresen. Eine unbekannte Nummer. Aimée meldete sich.

»Señora Sander? Hier spricht Juan Alverez, Sie müssen mir helfen.« Er atmete stoßweise. »Ich wurde festgenommen. Sie sind mein Anruf. Ich habe Nima nicht umgebracht, das müssen Sie mir glauben.«

»Señor Alverez, beruhigen Sie sich. Solange es keine Beweise gibt ... Sie müssen nicht Ihre Unschuld beweisen, sondern die Staatsanwaltschaft Ihre Schuld, also ...«

»Aimée, es gibt Beweise. Sie sprechen alle gegen mich – aber *sie sind falsch*!« Seine Stimme überschlug sich. Dann hörte Aimée nur noch ein Piepen. Alverez hatte aufgelegt. Oder die Leitung war unterbrochen worden.

Aimées Gedanken rotierten. Warum rief Alverez ausgerechnet sie an?

»Maman, was ist los? Geht es um deinen anderen Fall?« Josephine klang besorgt. Ob wegen Aimées konsterniertem Gesichtsausdruck oder weil ihr selbst vielleicht endlich bewusst wurde, in was sie da hineingeraten war, konnte Aimée nicht sagen.

Sie griff nach ihrem Rucksack. »Ich muss jetzt los. Und du bleibst hier, bis wir heute Nachmittag zusammen zur Policía gehen.«

»Maman, ich helfe Mateo heute in der Pastelería. Ich bleibe doch nicht den ganzen Tag hier sitzen oder bin ich jetzt eine Gefahr für die Allgemeinheit, nur weil ich meiner Freundin geholfen habe, einen Menschen zu retten?«

Aimée holte tief Luft und rasterte den zeitlichen Ablauf im Kopf durch.

»Ich bringe dich zu Mateo und hole dich auch wieder ab.«

»Maman, du spinnst ja. Ich bin doch keine Schwerverbrecherin.«

»Nein, aber komplett unzuverlässig und verdammt beeinflussbar.«

Josephine zog sich murrend an und ließ sich von Aimée zu Mateo fahren. Aimée hatte ihm nur das Nötigste erzählt. Er befand sich bereits in schweißtreibender Akkordarbeit für die Hochzeitsfeier von Denglers Sohn und begrüßte Josephine gestresst, aber dankbar.

Ebenso dankbar ließ Aimée ihre Tochter in der aufwendig restaurierten Pastelería zurück. In dem großen kühlen

Arbeitsraum unter den Verkaufsräumen, in dem Torten, Schokoladen und feinste Confiserie hergestellt wurden, war Josephine sicher. Sie wollte gerade ihre Triumph starten, um zur Station Policía zu fahren und Diego zur Rede zu stellen, als sich ihr Handy in ihrer Tasche meldete. Sie sah auf das Display. Dengler!

»Señora Sander, wie geht es Ihnen? Ich habe gute und schlechte Nachrichten für Sie. Welche möchten Sie zuerst hören.«

Aimée reagierte nicht auf die Frage. Ihr war nicht nach Small Talk. Ihr Motorrad stand im Halteverbot, und der Mittagsverkehr schob sich laut und chaotisch durch die Avinguda del Comte de Sallent.

»Was gibt es?«

»Nun gut, dann zuerst die schlechte Nachricht. Ich benötige Ihre Unterstützung nicht mehr, Ihre Arbeit für mich ist leider schon beendet. Was ich aufrichtig bedaure. Und die gute Nachricht können Sie sich dann sicher denken. Ihr Freund Fuentes hat Juan Alverez als potenziellen Hauptverdächtigen in U-Haft genommen.«

Aimée war sprachlos über das Tempo, das Diego vorgelegt hatte. Doch sie ließ sich von dem Hotelmillionär nicht aus der Ruhe bringen. Es wäre nicht schlecht, zunächst seine Version der Dinge zu hören. Diego könnte sie anschließend auseinandernehmen.

»Señor Dengler? In welchem Hotel sind Sie? Im Al Mar?«

»Woher wissen Sie ...«

»Ich bin in zehn Minuten bei Ihnen«, fiel Aimée ihm ins Wort. »Ich beende keinen Auftrag ohne einen persönlichen Abschlussbericht.«

»Erstens. Juan Alverez wurde an dem Tatmorgen zusammen mit Nima gesehen. Es soll zu einem lauten Wortwechsel gekommen sein. Zweitens. Die Obduktion hat ergeben, dass sie ein Schlafmittel verabreicht bekommen hat. Die angebrochene Packung des gleichen Medikaments hat Comisario Fuentes im Büro von Juan Alverez gefunden. Drittens. Auf unserem hoteleigenen Schokoladenpapier wurden eindeutig seine Fingerabdrücke identifiziert, es wurde sogar eine Einstichstelle entdeckt. Wahrscheinlich hat er Ipecacuanha, ein südamerikanisches Brechmittel, in die Schokolade injiziert. Haben Sie das Papier nicht sogar persönlich im Hotel in Santanyí ausfindig gemacht?«

Seit Aimée auf der Dachterrasse des Al Mar saß, ratterte Patrick Dengler die Beweise herunter, die zu Juan Alverez' Verhaftung geführt hatten. Warum hatte Nima Schlafmittel im Blut gehabt? Sie ärgerte sich über Diego, diese Information hätte sie auch gern gehabt.

Während sich für Dengler ein Puzzleteil an das nächste reihte, überlegte Aimée, welche Frage sie vergessen hatte, sich zu stellen. Juan als Mörder ergab in ihren Augen keinen Sinn. Oder hatte Nima ihm wirklich einen Tag, bevor er ihr einen Antrag machen wollte, den Laufpass gegeben. Aber auch deshalb wird man nicht gleich zum Mörder.

»Comisario Fuentes vermutet eine Beziehungstat, vielleicht hatte Nima eine Affäre, das ist nicht abwegig«, erklärte Dengler. »Außerdem scheint Alverez verantwortlich zu sein für die Drohbriefe gegen meine Hotels. Davon geht der Comisario mittlerweile ebenfalls aus«, gab Dengler preis. So, wie er den letzten Satz betonte, wirkte es, als ob er und Diego mittlerweile die dicksten Freunde wären. Aimée blickte durch die hüfthohen Glasfronten, die der Dachterrasse etwas Schwebendes verliehen und für den schwindelerregenden Rundum-Panaroma-Blick sorgten. Eine Affäre. Aber mit wem könnte die Yoga-Lehrerin Juan betrogen haben?

Aimées Blick fiel auf die aktuelle Diario de Mallorca, die auf dem gläsernen Loungetisch lag. Auf der ersten Seite prangte unten rechts ein Foto von Mateos Pastelería, daneben ein kleines Foto von ihm selbst. Der Bericht verknüpfte das Thema Hochzeitstorten mit der Glamourhochzeit von Hendrik Dengler und seiner Braut, wobei die Neueröffnung seines zweiten Geschäfts ebenfalls Erwähnung fand. Mateo grinste selig.

»Aber das wissen Sie ja sicher bereits alles von Comisario Fuentes. Sie sind doch sogar mal ein Paar gewesen?«, schob sich Dengler in ihre Überlegungen. Wie hatte sie nur so blind sein können? Es musste kein Mann gewesen sein, mit dem Nima ihn betrogen hatte …

»Ja, das waren wir. Zwischen meiner und seiner Arbeit gibt es Überschneidungen, aber wir teilen nicht jede Information miteinander«, spulte sie ihren Kommentar zu dem Thema »Der Kommissar und seine Ex-Freundin, die Privatdetektivin« ab.

Sie sah Sofia vor ihrem inneren Auge am Meer stehen, wie sie die Lilien in die Wellen warf. Hatte sie sich in die Freundin ihres Bruders verliebt? Natürlich würde Aimée ihren Namen vor Dengler nicht erwähnen. Aber hätte Juan Alverez dann nicht eher seiner Schwester etwas antun müssen? Oder glaubte er, Nima habe Sofia verführt? Und um davon abzulenken, hatte er ihr von seinen Verlobungsplänen erzählt? Aimée musste mit ihm reden. Dengler pochte mit seinem silbernen Kugelschreiber staccatoartig auf den Tisch. Sein Geltungsdrang war wirklich ausgeprägt. Plötzlich fühlte Aimée sich auf dem kalten Ledersofa, als ob sie auf einem heißen Ofen säße.

»Nun gut, wie auch immer, wir werden morgen, spätestens Donnerstag, damit an die Presse gehen. Dann ist das

Thema noch vor der Hochzeit meines Sohnes vom Tisch. Und damit auch die Drohungen.«

»Drohungen? Es gab ein zweites Schreiben? Warum haben Sie mir nicht davon erzählt?«, fragte Aimée.

»Señora Sander, ich musste die Polizei einschalten. Es gab eine Verletzte im Fitnessbereich. Es handelt sich um ein echtes Attentat auf meine Hotelgäste. Ich habe Comisario Fuentes den Drohbrief übergeben«, erklärte er.

Aimée stellte sich Diego vor, wie er freudig das Zepter übernahm. »Und er hat alles Weitere in die Wege geleitet. Mit großem Erfolg.« Zufrieden schob Dengler sich auf seinem rollenden Bürostuhl vom Schreibtisch ab und stand auf. Auch wenn Aimée in Dengler die letzten Tage empathische Züge bemerkt zu haben glaubte – seine Gutsherrenmentalität war alles andere als sympathisch. Ein unbestimmter Aufruhr meldete sich in ihr. Sie fühlte sich übergangen.

»Und wie geht es der Frau? Wurde sie schwer verletzt?«, fragte Aimée. Wenn die Umweltbewegung um Juan Alverez wirklich zu derartigen Mitteln griff, um auf sich aufmerksam zu machen, hatte sie *NatureNow* eindeutig unterschätzt. Einbrüche, Drohbriefe, Anschläge. Was wollte die Gruppe damit bezwecken?

»Sie hatte Glück. Sie konnte heute Morgen schon wieder entlassen werden. Kein Bruch, nur eine Prellung. Ihr Auftrag ist damit beendet«, teilte Dengler ihr mit. Er lächelte sie an. »Ich kann mich nur bei Ihnen bedanken. Schreiben Sie mir die Rechnung. So schnell habe ich nicht mit einem Ergebnis gerechnet!« Er stand vor ihr und streckte ihr seine Hand entgegen, die Aimée kurz schüttelte. Sie spürte die rauen Handinnenflächen.

»Nein, das hat wohl niemand«, stimmte Aimée ihm trocken zu. Das Gefühl, ihr Auftrag sei noch lange nicht beendet, ließ sie trotzdem nicht los. Dabei sollte sie eigentlich froh sein. Sich um Josephine und den verschollenen Warhol zu kümmern war für die kommenden Tage Arbeit genug.

Auch weil sie mittlerweile selbst davon überzeugt war, dass sich Garcias Tochter auf Mallorca befand.

Trotzdem, wenn sie an Juan Alverez und seine Schwester dachte, hatte sie fast ein schlechtes Gewissen. Was natürlich kompletter Unsinn war. Die beiden waren alles andere als zugänglich gewesen.

»Ich wünsche Ihnen alles Gute, Señora Sander, und ich bedanke mich auch im Namen all meiner Angestellten. Für die El-Sueño-Hotels ist es eine unglaubliche Erleichterung, dass jetzt endlich wieder Ruhe einkehrt. Ich werde mich auch in Zukunft gerne vertrauensvoll an Sie wenden.« Er lächelte breit.

»Auf Wiedersehen, Señor Dengler.« Aimée sparte sich einen Kommentar. Für sie wirkten diese Beweise etwas zu stimmig. Dengler schien in ihren Augen ziemlich kurzsichtig. Was, wenn Juan weder den Mord begangen hatte noch hinter den Angriffen auf die Hotelkette steckte? Juan als Mörder von Nima *und* als Drahtzieher für die Drohungen gegen Denglers Hotel festzunehmen, klang in ihren Augen absurd. Warum sollte Alverez dieses Risiko auf sich nehmen?

Aimée verließ das Hotel. Vor den gläsernen Ausgangstüren lief ihr eine Hotelangestellte in die Arme, die hektisch die Treppen heraufgehastet war. Aimée erkannte in ihr die Rezeptionistin, die am Morgen von Nimas Tod Dienst gehabt hatte. Ob sie ihrer Aussage noch etwas hinzugefügt hatte? Aimée holte tief Luft. Der Fall war erledigt. Auch wenn sie alles andere als zufrieden war, der Auftrag war für sie beendet. Sie wurde für keinen weiteren Schritt mehr bezahlt.

Eine Windböe wehte eine Plastiktüte über den Parkplatz, die sich in dem Lenker ihrer Triumph verfing. Wie ein Segel blähte sich die Tüte auf und schlug aufgeregt hin und her. Aimée zog sie mit einem Ruck vom Lenkrad und stopfte sie in ihre Tasche.

Tapas Bar & Café Josie, Plaça Llorenç Bisbal, Palma

Aimée saß am Tresen des »Josie«, streute sich eine Portion Zucker in ihren Café solo und verrührte ihn in der kleinen Tasse, wobei der Löffel klappernd gegen den Tassenrand schlug. Ihre Ensaimada lag halb angebissen auf dem kleinen schwarzen Teller. Ihr Appetit hielt sich in Grenzen; sie aß nur, weil sie musste. Seit gestern Nacht hatte sich ihr Ohrgeräusch auf einer gleichbleibend unerfreulichen Tonlage festgezurrt, während sie im Kopf die Punkte abhakte, die sie heute zu erledigen hatte. Einen Schritt nach dem anderen.

»Du siehst aus, als ob Josephine die nächsten Jahre in Alcatraz eingesperrt wird. Ich verstehe auch nicht, was sich unser Herzblatt dabei gedacht hat, aber Diego wird das wieder geradebiegen. Außerdem hat sie noch nicht mal etwas gestohlen«, verteidigte Raouf ihre Tochter, während er zwei Tische abwischte. Das Geschirr stapelte sich am Tresen. Eine Familie mit drei Kindern hatte gerade zu Ende gefrühstückt und einen Berg aus Krümeln und Pfützen von verschüttetem Kakao hinterlassen.

»Schön, worüber ich mich so freuen soll. Hört alle her, ich bin so froh, dass bei meiner Tochter kein Diebesgut gefunden wurde, nachdem sie in einer Villa eingebrochen ist. Ich bin so stolz auf sie.« Immer noch lief ihr bei dem Gedanken eine Gänsehaut über den Rücken. Wütend ließ sie den Kaffeelöffel weiter in ihrer Tasse kreisen.

»Und sonst läuft auch nicht alles, wie du es dir vorstellst, habe ich recht?« Raouf stand vor ihr, wischte sich die Hände an seiner bodenlangen schwarzen Schürze ab, lehnte sich dann an den Tresen und sah sie mit fragendem Blick an. Aimée schloss die Augen. Wieso bemerkte Raouf immer mehr, als sie von sich preisgeben wollte? Er hatte diesen Röntgenblick, dem nichts entging. Wäre er ihr leiblicher Vater gewesen, die Schwingungen, die sie miteinander verbanden, hätten nicht enger sein können.

»Geht es um den Fall mit der toten Yoga-Lehrerin? Diego hat mir heute Morgen erzählt, dass ein Orangenbauer aus Sóller festgenommen wurde.«

Aimée schlug mit der flachen Hand auf den lackierten Holztresen. »Ich fasse es nicht. Ich glaube, ich sollte den Beruf wechseln. Was weißt du noch?«

»Aimée, entspann dich. Ich glaube, es gibt Dinge, die weder du noch Diego auf dem Schirm haben.«

Aimée blickte ihren Ziehvater verständnislos an. Raouf zog an den Spitzen seines stets akkurat gepflegten Bärtchens und lehnte sich kurz an den Tresen.

»Vor 25 Jahren gab es eine Hochzeit, die genauso wie die Vermählung zwischen Hendrik Dengler und seiner Braut als *die Hochzeit des Jahres* angekündigt worden war. Ich war gerade erst ein paar Monate auf Mallorca. Die Trennung von deiner Mutter steckte mir noch in den Knochen. Ich hatte gerade einen Job als Koch in einer Tapas-Bar angenommen und bis spät nachts gearbeitet, konnte danach oft nicht schlafen. Um mein Spanisch zu verbessern, habe ich mir dann immer die Lokalsender angesehen, alles, was so lief.«

»Gute Idee«, bemerkte Aimée und biss in ihre Ensaimada. »Wer hat geheiratet?«, fragte sie und wischte sich den Puderzucker von den Lippen.

»Dengler. Patrick Dengler.«

»Okay, und?«

»Der Lokalsender hatte einen Transporter vor der Kirche positioniert, um einschlägige Bilder von dem Paar zu ergattern. Kurz bevor es so weit war, kam eine Art Laster mit Ladefläche in die Straße gebogen und blieb vor dem Portal stehen.« Raouf räusperte sich.

»Justament, als das Paar aus der Kirche trat, kippte der Lastwagen eine Wagenladung voll vergorener Orangen auf der Straße ab. Tausende von Früchten rollten über die Straße. Inklusive Fruchtfliegen. Das Team von Mallorca-TV filmte natürlich. Das Paar musste aufpassen, dass es nicht auf dem matschigen Obst ausrutschte.«

»Kein sehr romantischer Anblick, nehme ich an.« Aimée versuchte, sich das Desaster bildlich vorzustellen. Da war jemand wohl nicht mit der Hochzeit einverstanden gewesen.

»Romantisch nicht, aber unvergesslich. Der Kipplader machte sich aus dem Staub. Braut und Bräutigam nutzten einen anderen Weg, auf dem sie sich strahlend in Szene setzten. Sie ignorierten den Vorfall einfach.«

Aimée sah Raouf nachdenklich an. »Wurde bekannt, wer den beiden ein Bett aus vergammelten Orangen machen wollte?«

»In dem Fernsehbeitrag wurde sein Name nicht erwähnt. Er war auch nicht gut zu erkennen. Das Ganze ging ziemlich schnell.« Raouf ging um den Tresen herum und nahm das Tablett mit frisch gespülten Gläsern und Tassen aus der Küche entgegen; im Tausch dafür stellte er das schmutzige Geschirr auf die Küchenabseite.

»Nummernschild, Fotos, irgendwas?«

»Handys gab es noch keine, die das Spektakel hätten filmen können. Dann hättest du ihn heranzoomen können – aber wie gesagt, es handelt sich noch um die gute alte Zeit vor Internet, Social-Media-Schlachten und Selfie-Wahn.« Er nahm ein schneeweißes Küchentuch und begann, die Gläser zu polieren. Während Aimée überlegte, welche Person sich hinter der Aktion verbarg, betrat der Gemüsehändler, der ihren Stiefvater wöchentlich belieferte, mit einer großen Kiste Tomaten das Lokal. Raouf warf einen prüfenden Blick darauf, schnappte sich eine Tomate und biss hinein.

»Womit gießt du deine Tomaten, die sind fast so aromatisch wie in Algerien.«

Der Lieferant lachte. »Geheimrezeptur.«

Raouf unterschrieb die Rechnung und reichte sie ihm. »Morgen bitte zusätzlich die doppelte Portion Pimientos de

Padrón. Die Gäste bestellen meist noch eine zweite nach. Muss an dem neuen Salz liegen, das ich verwende.«

Der Gemüselieferant grinste. »Oder an den besten Pimientos der Insel.«

Er notierte die Bestellung und schob seine Sackkarre durch die holzverzierte Ladentür. Raouf steckte sich das letzte Stück Tomate in den Mund.

»Déliciceux.«

»Also, papá. Kommt da noch etwas? Das war doch sicher nicht alles, was du mir erzählen wolltest?«, drängelte Aimée. Es war nicht das erste Mal, dass Raouf sie mit völlig verrückten Hintergrundinformationen versorgte, die er sich in den letzten zweieinhalb Jahrzehnten als Gastronom auf der Baleareninsel erworben hatte – es wurde viel geredet, tagsüber beim Café ebenso wie nachts bei einem tiefroten Navarró.

»Natürlich war die *Orangen-Hochzeit* am nächsten Tag Thema in dem Restaurant, in dem ich arbeitete. Mein Chef kam aus Sóller, seine Mutter hatte für die Familie Dengler schon seit Jahren ihre Ferienvilla in Ordnung gehalten.«

»Und weiter?«

»Da die Denglers mit ihrem Sohn Patrick in den Schulferien immer nach Sóller kamen, hatte der Junge sich bald mit Kindern aus dem Ort angefreundet. Die Familie war sehr gastfreundlich, Kinder gingen ein und aus. Die Haushälterin hatte alle Hände voll zu tun. Später wurden wilde Partys geschmissen. Den Rest kannst du dir denken.«

»Warum erzählst du mir das erst jetzt?« Aimée schätzte das Alter von Dengler und Alverez auf Mitte vierzig. Das könnte hinhauen. Sie könnten Freunde gewesen sein. Aber wenn Dengler und Juan Alverez sich wirklich von früher kannten, warum versuchte der Hotelbesitzer nicht, den Ökobauern zu entlasten?

»Du warst beschäftigt, du Katastrophe«, schimpfte Raouf liebevoll.

Wenn sie jemandem keine Vorwürfe machen konnte, dann war es Raouf. Sie musste sich an die eigene Nasenspitze fassen. Sie hatte keine Zeit gefunden, mit ihm über ihre neuen Fälle zu reden. Sie wollte mal wieder alles alleine regeln. Schließlich war das auch ihr Job. »Danke, Papá.« Aimée gab ihm ein Küsschen rechts und links. Sein Dreitagebart kratzte.

»Kein Problem. Sag Josephine, sie bekommt bei mir immer noch ihren Lieblingstoast – auch wenn sie jetzt bei den Bösen ist.« Aimée nickte nur und winkte ab. Raouf hatte in Algerien aufgrund der politischen Situation in den Fünfziger- und Sechzigerjahren Erfahrungen gesammelt, die ihm eine besondere Sicht auf die Welt verliehen; schwarzer Humor war ein Teil davon. Obwohl sie gleich der gemeinsame Gang mit Josephine zur Polizeistation erwartete, musste sie kurz auflachen. Genau, ihre Tochter war jetzt bei den Bösen.

El Sueño Hotel Relax & Spa, Portals Nous

Hans Thalberg hatte seine Frau auf die weich gepolsterte Sonnenliege gehoben, den Rollstuhl beiseitegestellt und sich neben sie auf eine Liege gelegt. Eigentlich sahen sie jetzt aus wie ein ganz normales gesundes Paar.

Er hatte seiner Frau zugelächelt, obwohl ihn ein Gefühl so bitter wie Galle überfiel, als er die Urlauberin mit dem roten Zopf, die sich gestern im Fitnessstudio verletzt hatte, am Pool entlanggehen sah. Warum lag sie nicht im Krankenhaus? Sie trug einen grasgrünen Badeanzug, der die Prellung am Rücken verdeckte. Aber dass sie sich so schnell erholt hatte?

Als der Notarztwagen gestern vorgefahren war, hatte ihn ein unbändiges Gefühl der Genugtuung erfasst. Natürlich hatten neugierige Hotelgäste gefragt, was am Montagnachmittag passiert war. Doch alle Fragen wurden mit der falschen Begründung erklärt, die Sportlerin hatte sich zu viele Gewichte auf einmal aufgebürdet, so machte es die Runde.

Eigentlich überfiel ihn das Gefühl der Bitterkeit bei jeder Frau, die er sah. Andere konnten gehen, ihren Sport ausüben, sich frei bewegen und waren nicht auf Hilfe anderer angewiesen – so wie seine Elsa. Sie beide hatten viele Pläne gehabt. Wandern, Segeln, Tennis – sie hatten keine Kinder bekommen können, sich schließlich damit abgefunden und beschlossen, sich es auf der Welt gut gehen zu lassen.

Exotische Fernreisen, Kurztrips, Bergtouren – damit hätten sie die nächsten zwanzig Jahre ihre Zeit verbringen wollen. Jetzt musste er Hotels danach aussuchen, ob sie behindertengerecht ausgebaut waren. Das Angebot hatte zugenommen. Die Auswahl war größer geworden. Aber in die Berge mit einem Rollstuhl?

Doch Hans Thalberg hatte sich eine neue Beschäftigung überlegt, in die er sich zunächst von Monat zu Monat, jetzt bereits von Tag zu Tag mehr hineinsteigerte. Und die gab ihm ein sonderbares Gefühl der Befriedigung. Er malte sich aus, dass auch andere Menschen litten. Menschen, denen es vorher gut gegangen war. Irgendwann hatte er gespürt, dass es ihm nicht mehr ausreichte, sich ihren Sturz, ihre Verletzung nur vorzustellen. Er wollte selbst dazu beitragen, er selbst wollte für ausgleichende Gerechtigkeit sorgen – denn wenn er es nicht tat, wer dann?

Ihm war in diesem letzten Jahr klar geworden, dass es keine Gerechtigkeit gab. In ihrem aufgeräumten Leben war es bisher nicht dazu gekommen, dass er sich die Frage nach Schuld und Sühne hätte stellen müssen. Deshalb hatte er seine Frau gedrängt, diesen Urlaub wieder auf Mallorca zu verbringen, in dem Hotel, in dem alles seinen Anfang genommen hatte. Mit einem gebrochenen Wirbel in einer Yoga-Stunde. Welcher Ort war besser dafür geeignet, seinen Rachefeldzug zu starten, als das El Sueño Spa & Relax? Noch dazu, da Hoteldirektor Patrick Dengler ihnen nach der verlorenen Gerichtsverhandlung gönnerhaft angeboten hatte, einmal im Jahr in einem seiner Hotels kostenfrei für eine Woche Urlaub zu machen. Ein generöses Angebot, zu dem Patrick Dengler nicht gezwungen worden war.

Elsa hatte die Klage von Anfang an für ausweglos gehalten, aber da sie das Krankenhaus nicht verklagen konnten, hatte Hans Thalberg seinen Hass auf das Hotel gerichtet – auf Yoga im Allgemeinen und auf diese Trainerin im Besonderen. Elsa selbst hatte ihm wieder erklärt, dass es nicht die Schuld der Lehrerin war – aber davon wollte er nichts hören. Sie hätte einer Anfängerin, auch wenn sie sportlich war, diese Übungen nicht zumuten dürfen. Punkt.

Die Frage war nur, wann wäre er zufrieden? Wie viele Menschen mussten zu Schaden kommen? Warum reichte es ihm nicht, dass die Yoga-Lehrerin tot war?

Hans Thalberg spürte Elsas schmale Hand, die sie auf seinen Unterarm legte.

»Es war eine gute Idee von dir, noch einmal hierherzukommen. Dann können wir besser damit abschließen. Findest du nicht auch?« Ihre Stimme klang so sanft. Warum ausgerechnet seine Frau? Ausgerechnet sie? Sein Magen wurde zu einem harten Klumpen. Als der Lärm eines Jetski-Fahrers ihn störte, der viel zu nah an der Bucht auf dem Wasser abhob und sich wieder krachend senkte, kam ihm eine Idee, womit er seinen Schmerz erneut betäuben konnte.

Àrea de seguretat Ciutadana policía local, Palma

Das dreistöckige weiße Gebäude an der Carrer de son Dameto wirkte eher wie eine Grundschule und nicht wie eine der größten Polizeistationen Palmas. Aimée hatte ihre Triumph auf dem Parkplatz abgestellt. Im Vergleich zu der matten Lackierung ihres naked bikes funkelten die Benzintanks anderer Motorräder im Sonnenlicht wie frisch polierte Pokale.

Eine halbe Stunde zuvor hatte Aimée vor Mateos Pastelería auf Josephine gewartet und versucht, Pia unter der Telefonnummer zu erreichen, die Josephine ihr gegeben hatte. Leider war bei dem Mädchen noch nicht einmal eine Mailbox eingerichtet. Aimées Anrufe liefen ins Leere. Sie schrieb ihr eine Textnachricht und hoffte inständig, dass sich die Freundin ihrer Tochter endlich meldete. Ein Lebenszeichen von sich zu geben wäre das Mindeste nach ihrem treulosen Abgang. Sicherheitshalber hatte Aimée sich auch bei Vera in der Finca Fonoll Marí nach Pia erkundigt. Doch auch die umtriebige Dortmunderin hatte die junge Aktivistin seit Montagmorgen nicht mehr gesehen.

»Vielleicht hat sie bei einem Freund oder einer Freundin übernachtet«, hatte Vera versucht, eine Erklärung zu finden. »Manchmal bleiben die jungen Leute auch in Palma, wenn ihnen der Weg zur Finca nachts zu weit ist.«

Aimée erzählte kurz, was passiert war, und die Vermieterin verstand. »Klingt nicht nach einem ausgeuferten Clubbesuch.«

»Nein. Leider nicht. Ist dir an Pia vielleicht irgendetwas aufgefallen? Hatte sie Besuch, seit sie in Nimas Zimmer wohnte?«, fragte Aimée.

»Wenn Pia nicht bei den Pferden war, war sie unterwegs. Von Besuchen habe ich nichts mitbekommen. Aber Pia ist ja auch eher die Mieterin von Nima gewesen, daher habe ich mich um die Kleine auch nicht extra gekümmert«, erklärte Vera entschuldigend. »Ehrlich gesagt, weiß ich noch nicht mal, wie sie mit Nachnamen heißt.«

Aimée bereitete sie darauf vor, dass im Laufe des Tages sicher ein paar Beamte von der policía locale vorbeischauen würden, um sich Pias Zimmer anzusehen. Vera hatte sich für den Hinweis bedankt.

»Aimée? Ich weiß nicht, ob dir diese Info weiterhilft, aber bei uns im Hausflur steht ein Festnetztelefon. Eigentlich wird es so gut wie nicht mehr benutzt. Alle telefonieren nur noch von ihrem Handy. Deshalb hatte ich mich über die letztgewählte Nummer gewundert«, hatte Vera drauflosgeplappert. »Wenn ich mit meiner alten Freundin in Deutschland telefoniere, setze ich mich in den alten Sessel, der neben dem Telefon steht, und wir quasseln stundenlang. Ich fühle mich dann wie als Teenager.«

»Vera, ich habe leider wenig Zeit«, hatte Aimée etwas gedrängelt.

»Wie gesagt, normalerweise benutze nur ich dieses Telefon. Jetzt war bei der Wahlwiederholung nicht meine Freundin am Apparat, sondern der Anrufbeantworter einer Kunstgalerie in Palma, Pop & Puro oder so ähnlich – ist das eine Info, die dir weiterhilft? Außer Nima, Pia und Klas war Freitag niemand in der Finca.«

»Kannst du das Datum und die Uhrzeit ablesen, wann der Anruf gemacht wurde?«

»Freitag, 19.5., 16.00 Uhr.«

Wenn Vera vor ihr gestanden hätte, hätte Aimée sie umarmt – Nima oder Pia hatten eine Galerie in Palma angerufen? Warum? Allmählich schienen sich ihre Fälle wie Fäden zweier Wollknäuel ineinander zu verheddern. Sie hatte sich bei Vera bedankt und angeboten, dass sie beide mal zusammen ausgehen sollten.

Gerade wollte Aimée schon nachsehen, wo ihre Tochter blieb, da kam Josephine in aller Seelenruhe mit einer großen Tüte Macarons aus der Pastelería.

»Damit bestechen wir Diego und die anderen Bullen«, erklärte sie mit vollem Mund. Sie verstaute die Tüte in Aimées Rucksacktasche, zog sich den schwarzen Helm auf, den Aimée ihr gereicht hatte, und stieg zu ihr auf das Motorrad. Der frühe Nachmittagsverkehr stockte noch nicht, und dank einer grünen Welle erreichten sie pünktlich das Ajuntamento de policía.

Jetzt saßen sie zwei Polizisten gegenüber, zwischen ihnen ein breiter heller Schreibtisch. Diego lehnte mit verschränkten Armen an der Fensterbank. Der jüngere von beiden stellte das Diktafon bereit. Die Macarons wurden nicht angerührt. Das Verhör begann, und Aimée fluchte innerlich, dass sich Pia nicht mehr gemeldet hatte.

»Señorina Sander, können Sie uns erzählen, was Sie in der Villa von Stiven Stevens gesucht haben und vor allem wie sie hineingekommen sind?«, fragte der ältere Ermittler und sah Aimée dabei abschätzend an. Natürlich gab er ihr die Schuld an dem kriminellen Verhalten Josephines. Wie er schnell an den unterschiedlichen Adressen von Mutter und Tochter ablesen konnte, vernachlässigte sie in seinen Augen ihre Pflichten. Sollte er denken, was er wollte.

Josephine verpackte ihre Antwort so, wie sie es auf dem Parkplatz der Polizeistation besprochen hatten. Pia und sie hätten keinen Plan gehabt, sie seien auch nicht mit der Absicht in das Haus eingedrungen, etwas zu stehlen. Eigentlich habe sie das auffällige Haus einfach nur ihrer Freundin zeigen wollen. Aimée hatte ihre Tochter davon überzeugen können, dass alle anderen Aussagen eine Vorstrafe mit sich brachten. Wahrscheinlich war auch Mateo nicht unbeteiligt an Josephines Meinungswechsel. Sie wollte schließlich auch in Hamburg einige Praktika in Eppendorfs Luxus-Konditoreien absolvieren – und wer nahm schon eine wegen Einbruch vorbestrafte Schülerin?

»Und wie haben Sie die Alarmanlage ausgestellt?«, wollte der Jüngere wissen. Er schien aufrichtig interessiert.

»Die mussten wir nicht ausstellen. Sie war gar nicht an«, erklärte Josephine. »Wir sind über den Bambuszaun geklettert und haben ein offenes Kellerfenster entdeckt.«

»Sie haben es eingedrückt, ziemlich professionell sogar.« Der Ältere sah zwischen Aimée und Josephine hin und her.

Er schien die Theorie nicht schlucken zu wollen, dass es sich nur um die leichtsinnige Mutprobe zweier Teenager handelte. Aimée vermied es derweil, mit Diego Blickkontakt aufzunehmen.

Josephine zuckte mit den Schultern.

»Es war ganz einfach gewesen. Ich war auch überrascht. Es tut mir alles auch unglaublich leid. Ich mache so etwas auch nie wieder.« Josephine sah den älteren Polizisten freundlich an. Aimée wusste gar nicht, wie reumütig ihre Tochter klingen konnte.

»Ich glaube, das ist eine wichtige Aussage«, schob sich Diego dazwischen. »Eingestellt werden kann das Verfahren allerdings noch nicht. Vor allem nicht, solange wir deine Freundin nicht verhört haben.«

Josephine sank ein Stück in sich zusammen und drehte an ihrem Ohrstecker. Dann drückte sie wieder die Schultern nach hinten.

»Sie wird sich freiwillig stellen. Da bin ich ganz sicher.«

»Das wäre wünschenswert. Damit ist das Gespräch beendet – vorerst«, sagte Diego und sah Josephine aufmunternd an. Wollte er bei ihr Punkte sammeln? Der ältere Polizist brummte allerdings nur etwas, das wie ein zynisches *wer's glaubt* klang.

»Legst du mir den Bericht nachher in Kopie auf meinen Schreibtisch, Jermal?«, richtete sich Diego an seinen jungen Kollegen, der beflissen nickte. »Und ihr beide kommt bitte noch einmal in mein Büro!« Sein Kommandoton weckte in Aimée unangenehme Erinnerungen, aber sie wollte jetzt keinen Aufstand machen und verabschiedete sich von den Beamten.

Aus Diegos sonnendurchflutetem Eckbüro sah man über das Gesundheitszentrum Centre de Salut de son Písa und über Son Dameto, ein Wohnviertel, in dem viele neu gebaute Luxuswohnungen an zahlungskräftige Ausländer verkauft wurden. Einige Fotos von Chorauftritten hingen an der

Wand, vor dem Eiffelturm, an einem See und vor einer klassizistischen Musikhalle. Ansonsten erzählte nur noch ein Kalender über spanische Musiker von Diegos Privatleben.

»So, ihr beiden. Wir haben ein Problem. Du hast dich gut geschlagen, Josie, aber Federico ist ein alter Hase – ich hatte den Eindruck, er steht deiner Aussage eher skeptisch gegenüber.« Er rieb sich die Hände, und Aimée wunderte sich darüber, warum Diego so zufrieden wirkte. Lag es an der Festnahme von Juan Alverez? Aimée biss sich auf die Unterlippe. Jetzt war nicht der richtige Zeitpunkt, um ihn auf ihre Zweifel aufmerksam zu machen. Er bemühte sich um Josephine, da konnte sie schlecht in Angriffsposition gehen. Sie saß in einer verfluchten Zwickmühle.

»Daher hat es jetzt für uns oberste Priorität, deine Freundin zu finden«, fuhr Diego fort. »Wir brauchen ihre Aussage, um das Ganze wasserdicht zu machen. Kannst du mir ein Foto von Pia geben? Dann gebe ich eine Fahndung raus.«

»Ich habe kein Foto von ihr. Gestern am Strand wollte ich eins von ihr machen, mit dem riesigen Sack Plastikflaschen, die sie gesammelt hatte. Aber sie wollte nicht, dass ich sie fotografiere. Schlecht fürs Karma, meinte sie.«

»Wie ärgerlich. Kein Foto, keine Fahndung. Pias Nachname?«, fragte Diego geschäftsmäßig.

Josephine schüttelte den Kopf.

»Sie ist doch hier groß geworden. Hat sie vielleicht erzählt, wo ihre Eltern wohnen, wo sie zur Schule gegangen ist oder in welchen Club sie abends geht«, versuchte Aimée, ihr eine brauchbare Information zu entlocken.

»Nein, wir haben viel über Umweltprobleme geredet, über Politik und so. Und natürlich über ihre Arbeit in Südamerika. Und über Carlos. Dass sie ihm helfen muss. Und dass sie Geld braucht.« Allmählich verlor Josephine die Nerven. Aimée sah, wie ihr Tränen in die Augen stiegen.

Diego brachte Josephine eine Naranjada. Er aß von ihren Macarons, lobte das Mandelgebäck in den Himmel und war sichtlich bemüht, sie zu beruhigen. Dann wollte er alles über Carlos wissen, und Josephine berichtete, was Pia ihr erzählt hatte. Von dem Treffen mit kolumbianischen Regierungsvertretern und dem Lösegeld, das Pia für ihn auftreiben wollte.

»Kennst du diesen Carlos etwa, Diego?«, fragte Aimée. Wenn das der einzige Weg war, um an Pia ranzukommen, einen in Südamerika festsitzenden Aktivisten zu identifizieren, saßen sie wirklich in der Klemme. Diese Pia trieb ein Spiel mit ihnen. Warum wollte sie um keinen Preis erkannt werden? Was hatte sie zu verbergen?

»Es ist nur eine Vermutung.« Diego gab ein Passwort in seinen Rechner ein, dann hackte er noch weiter auf seine Tastatur ein, bis sich die Fahndungsseite von *Europol* öffnete. Schließlich tippte er einen Namen ein: Carlos Gonzales. Der Bildschirm blieb für eine Sekunde schwarz, dann ploppte eine Seite auf. Er drehte den Bildschirm so, dass auch Aimée alles sehen konnte. Ein Foto des spanischen Erkennungsdienstes, Geburtsdaten und weitere Fotos. Carlos Gonzales wurde in mehreren europäischen Ländern gesucht. Wegen Diebstahl, Sachbeschädigung und Hausfriedensbruch. Er ist das letzte Mal im Dezember 2016 auf Bali gesehen worden. Nun, das war eindeutig nicht Südamerika.

»Dieser Carlos muss nicht Pias Freund sein«, bemerkte Aimée.

»Von Bali hat Pia nichts erzählt, nur von ihrer Arbeit in Südamerika«, wiederholte Josephine und drehte hektisch an ihrem Ohrring.

Aimée klickte auf einen Bericht zum Thema Sachbeschädigung auf La Gomera.

»Dort sollte ein Hotelkomplex gebaut werden. Es gab große Proteste. Demonstrationen. Eine Wagenladung Ytong-Steine wurde unbrauchbar gemacht. Mit einer ätzenden Flüssigkeit aus schwarzem Tee und selbst hergestellter Schwefelsäure. Das Baumaterial im Wert von 20.000 Euro konnte nicht mehr für den Bau benutzt werden«, fasste Aimée zusammen.

»Darüber wird der Bauherr nicht erfreut gewesen sein. Carlos wurde auf einem Überwachungsvideo erkannt. Aber man hat ihn nicht gefasst«, las Diego weiter. »Frage mich, wie er von der Insel gekommen ist?«

»Ein radikaler Umweltschützer – so fernab scheint mir dieser Carlos von Pias Freund nicht zu sein.« Aimée klickte auf die anderen Fotos. Ein rebellischer Aktivist mit einem kompakten Strafregister? Ein Mädchen aus Mallorca, das unerkannt bleiben will und Geld braucht ... Aimée versuchte, den Gedanken zu Ende zu führen, der sich wie eine immer größer werdende Welle vor ihr aufbaute. Sie fühlte regelrecht, wie das Wasser im nächsten Moment drohte, über ihrem Kopf zusammenzuschlagen. Konnte das sein? Josephine sagte, Pia wäre achtzehn. Lélia musste siebzehn sein. Das Alter ließ sich ändern. Papiere ebenfalls. Genauso wie eine Haarfarbe.

»Maman, da ist sie, da auf dem Foto, das ist Pia. Hinter dem Mann mit der roten Jacke.« Begeistert zeigte Josephine auf den Bildschirm.

Zu sehen waren einige Aktivisten mitten in einer verschneiten Berglandschaft. Die Sonne am blauen Himmel funkelte Diamanten in den Schnee. In einer dicken Daunenjacke hielten Carlos und ungefähr zehn Demonstranten ein breites Protestplakat wie ein Banner vor sich. »Hände weg vom Gletscher!« Mehrere Personen befanden sich in zweiter Reihe. Josephine zeigte auf ein weibliches Gesicht mit blauen Haaren unter einer neongelben Skimütze, das siegessicher strahlte.

Diego schnitt das Bild aus und vergrößerte es.

»Ja, das ist sie«, rief Josephine. »Die Haare sind ja so cool. Passend zum Eis.«

Das Foto stammte vom November 2016, pünktlich zu Beginn der Skisaison in den Tiroler Alpen. Lélia war im Juni

2016 verschwunden. Zeitlich könnte es passen. Aimée holte ihr Handy aus ihrer Tasche und klickte ihre Foto-App an, ging auf Jahreszahl, dann auf den Monat, bis sie die Fotoreihe vor sich hatte, die Garcia ihr damals geschickt hatte. Es waren die aktuellen Fotos von Lélia gewesen. Ein nicht lächelnder Teenager mit dicken dunkelbraunen Locken. Die Kleidung klassisch, dunkelblau und creme. Ihr Blick verschlossen, fast düster.

Aimée konnte nicht mit absoluter Sicherheit bestätigen, dass es sich bei Pia um Garcia de Miravelles' Tochter handelte. Der Unterschied zwischen den beiden Fotos war groß. Die Haare, das Lächeln, die Ausstrahlung. Die Verwandlung. Nur in den Augen blitzte eine Ähnlichkeit zu Garcias dunklem Blick auf, eine Mischung aus Neugier und Wissen. Aimée versuchte, gleichmäßig zu atmen.

»Das Foto können wir schlecht zur Fahndung rausgeben. Man erkennt das Gesicht leider kaum.« Diego wirkte enttäuscht.

»Ich finde das Foto toll«, jubelte Josephine. Pia – oder wie immer das Mädchen hieß – hatte in ihrer Tochter einen echten Fan gefunden. Aimée fotografierte das Bild vom Bildschirm ab.

»Entschuldigt mich einen Moment«, sagte Aimée und verließ das Büro. Im Flur wählte sie Garcias Nummer.

»Aimée, wie geht es Ihrer Tochter?« fragte er interessiert. »Haben sich die Wogen geglättet?«

»Danke, Garcia, ihr geht es gut. Die Dinge sind allerdings komplizierter als gedacht.«

»Hm«, raunte er nur.

»Aber Sie können mir helfen. Ich habe ein Foto von einer Umweltaktivistin vor mir. Josephine hat sie als ihre Freundin Pia erkannt.«

»Und wie könnte meine Hilfe aussehen?«

»Sie sollen mir sagen, ob das Mädchen auf dem Foto, das ich Ihnen gleich schicke, Ihre Tochter Lélia sein könnte. Es ist nur eine Vermutung …«, setzte sie hinzu. »… und wenn es wirklich Lélia ist, hat sie sich sehr verändert. Wären Sie dazu bereit?«

Obwohl Garcia de Miravelles für einen Moment schwieg, meinte Aimée, seinen lauten Herzschlag hören zu können, was natürlich Unsinn war.

»Schicken Sie mir das Foto«, sagte er mit fester Stimme. Aimée drückte auf das Senden-Symbol, und mit einem rauschenden Zischen schickte sie das Bild des Mädchens mit den blauen Haaren auf die Reise nach Deià.

Galería Pop y Puro, Palma Altstadt

Die Nachmittagssonne fiel in die schattigen Gassen von Palma. Ein leichter Wind streunte durch die Altstadt wie ein verlorener Geist, sah sich um, drehte sich und verschwand wieder hinter der nächsten Ecke bunt gekachelter Jugendstilhäuser. Beim Anblick der verschnörkelten Prachtgebäude, der verspielt geschwungenen Fenster und Türen fühlte sich Aimée wie in einem Buch von Carlos Ruiz Záfon. Die kostbar dekorierten Fassaden erinnerten sie an geheime Welten voller Rätsel, an Menschen, die unglücklich liebten, und die ewige Suche nach dem Sinn von Leben und Tod.

Bevor sie die Galería Pop & Pura aufsuchte, hatte sich Aimée zum ersten Mal seit Jahren in einem Café eine Zigarette geschnorrt und sich an einer kleinen Piazza auf eine Mauer gesetzt. Natürlich schmeckte die Zigarette nicht. Aimée wurde nur von einem leichten Schwindel überfallen, der sie an ihre ersten Züge als 15-Jährige erinnerte. Eine Zeitreise, die nach Tabak, Rauch, Dreck und Holz schmeckte.

»Das Mädchen auf dem Foto ist Lélia«, hatte Garcia ihr wenige Momente nach Erhalt des Fotos geschrieben und sie kurz darauf angerufen. Er wirkte gefasst, kontrolliert. In welchem Zusammenhang das Foto entstanden sei, wollte er wissen, und Aimée hatte ihm von Josephines Verhör und von Carlos Gonzales' Strafregister berichtet – auch darüber, dass es sich dabei um Lélias Freund handelt, der in Kolumbien festgehalten wurde.

»Lélia ist auf Mallorca«, stellte er tonlos fest. Die Freude über die Nachricht verschmolz im Kummer darüber, dass sie es nicht für nötig hielt, sich bei ihrem Vater zu melden.

»Ja, mit großer Wahrscheinlichkeit ist sie immer noch auf der Insel«, bestätigte ihm Aimée.

»Nur damit ich nichts falsch verstehe: Lélia wohnt auf einer Finca in der Nähe von Llucmajor und hat sich mit Ihrer Tochter angefreundet. Und sie ist gestern gemeinsam mit Ihrer Tochter in die Villa dieses Kunstsammlers eingebrochen? Richtig?«

»Ja, so sieht es aus. Aber wir wissen immer noch nicht, ob überhaupt etwas gestohlen wurde. Stivans hat noch keine Anzeige erstattet. Er ist noch in Paris und landet erst morgen früh wieder in Palma. Vielleicht meldet sich Lélia ja doch noch bei Ihnen.« Ihre trostspendenden Worte klangen selbst in ihren Ohren etwas lahm.

»Wir werden sehen.« Damit hatte er das Gespräch beendet. Aimée hatte überlegt, ob sie ihm sagen sollte, dass Lélias Zimmernachbarin am Samstagmorgen tot auf einer Hotelterrasse aufgefunden worden war. Aber wozu? Es würde weder ihr noch de Miravelles helfen, wenn er sich noch schlechter fühlte, als er es ohnehin schon tat. Seiner Tochter ging es sicher nicht anders – ein verschleppter Freund, eine tote Bekannte. Sie mussten Lélia finden, ehe sie noch mehr Dummheiten anstellte, und bis dahin würde sie Josephine nicht aus den Augen lassen.

Aimée führte die Zigarette an ihre Lippen, sog den Rauch ein und spürte, wie es in ihrem Hals kratzte. Ein betäubendes Kribbeln zog ihr durch den Körper. Das Nikotin wirkte gleichzeitig anregend und beruhigend. Sie stellte sich die gleichen Fragen, die sicher auch Garcia umtrieben. Warum ging Lélia nicht zu ihrem Vater und bat ihn um Geld, um ihrem Freund zu helfen? Und was sollte dieser Einbruch?

Dass es sich bei Josephines Freundin um Lélia handelte, das Mädchen, nach dem sie und alle Beteiligten vor einem Jahr so verzweifelt gesucht hatten, weckte in Aimée eindeutig gemischte Gefühle. Josephine hingegen sah in Lélia eine Heldin, die die Welt rettete.

Deshalb war ihre Tochter auch ziemlich geknickt mit Raouf, der sich den Nachmittag freigenommen hatte, an den Strand gefahren. Josephine fühlte sich nutzlos, da sie im Moment noch nicht mal den kleinsten Hinweis über Lélias Verbleib geben konnte.

Aimée drückte die Zigarette auf dem Boden aus und warf die Kippe in einen Mülleimer. Wenn Lélia neben Nima gewohnt hatte, dann müsste sich der Warhol doch noch in der Finca Fonoll Marí befinden. Hatte sie von dort aus versucht, das Bild über die Galerie zu verkaufen? Oder hatte Lélia es an einen ganz anderen Ort gebracht?

Sie konnte nur hoffen, durch ein Gespräch mit der Galeristin eine Auskunft über das Anliegen des Anrufers oder der Anruferin von letztem Freitag zu bekommen.

Es gab eine Verbindung zwischen dem verschwundenen Warhol und Nima – da war Aimée mittlerweile sicher. Sie wusste nur noch nicht, wie sich die losen Enden zusammenfügten.

Nima kannte den Umweltrebellen Carlos Gonzales, sie war ebenfalls auf einem der Fotos zu sehen gewesen – es ging um eine Protestaktion gegen den Flughafenausbau auf den Malediven. Wahrscheinlich war Carlos der Kontakt gewesen, der Nima dazu veranlasst hatte, Lélia bei sich wohnen zu lassen. Hatte Lélia sich Carlos' Freundin anvertraut? Wollten sie gemeinsam das Geld für seine Freilassung auftreiben? Sie mussten Lélia finden, womöglich wusste sie etwas über die letzten Stunden in Nimas Leben …

Aimée ging nicht davon aus, dass Garcia de Miravelles Diegos Vorschlag beherzigte und sich über die sozialen Medien geschweige denn über eine Radio- oder Fernsehdurchsage bei Lélia melden würde. Auch wenn Diegos Idee nicht schlecht war.

Doch so konstruktiv und hilfsbereit ihr Ex-Freund in diesem Fall war, so wenig ließ er mit sich reden, was ihre Zweifel an der Verhaftung von Juan Alverez betraf. Er versteifte sich auf die Beweise, die er in der Hand hielt. Aimée konnte nicht fassen, wie man so borniert sein konnte. Und was sollte diese verrückte Geschichte mit dem Schlafmittel? Welcher Mörder gibt seinem Opfer ein Betäubungsmittel, bevor er es über den Balkon hinunterwirft? Warum waren sich Diego und Dengler ihrer Sache so sicher? Oder war *sie* auf dem Holzweg? Verstellten Alverez' Engagement, seine Bio-Orangenplantage und sein Unschuldsbekenntnis ihren Blick?

Auf dem Weg von der kleinen Plaça zur Galería kam ihr eine Schar Kinder in grau-blauen Schuluniformen entgegen, die sich brav in Zweiergruppen an den Händen hielten. Eine adrett gekleidet Lehrerin mit einer kompliziert aussehenden Hochsteckfrisur ging am Ende und behielt ihre schnatternden Schülerinnen und Schüler im Blick. Aimée hatte sich an einen Treppenabsatz gestellt und ließ die Kinder an sich vorbeigehen, bis sich ihr zwitscherndes Plaudern in der nächsten Calle verlor.

Aimée war keine Polizistin mehr, die von oben die Order erhielt, Ermittlungen einzustellen oder eben nicht. Sie musste auch keinen Täter fassen, der womöglich mit einem teuren Anwalt an seiner Seite freigesprochen wurde. Seit einem Jahr arbeitete sie auf eigene Faust – unbezahlte Überstunden waren nicht mehr ihr Ding.

Diego war dabei, Josephine zu helfen. Sollte sie zum Dank gegen ihn arbeiten? Auch wenn sich dieses Dilemma miserabel anfühlte, würde sie die Hände vom Fall Nima Roth lassen. Das Einzige, was sie tun konnte, wäre, Juan Alverez einen guten Anwalt zu vermitteln. Denn den brauchte er, wenn er eine Chance haben wollte.

Um den staubigen Geruch der gerauchten Zigarette loszuwerden, ging Aimée in ein Café und wusch sich Hände und Gesicht. Statt Rauch umgab sie ein süßer Seifenduft, als sie sich kurz darauf vor dem Schaufenster der Galería Pop y Puro wiederfand. Ein schwarz lackierter Stier stand als imposante Skulptur direkt vor dem Eingang. Aimée war zu einem unpassenden Zeitpunkt gekommen, denn im hinteren Teil der Galerie tummelten sich ungefähr zwei Dutzend Besucher mit Sektgläsern und Cocktails in den Händen. Aimée hatte auf der Internetseite nichts von einer Vernissage gelesen. Ein privater Empfang?

Bevor sie die Galerie betrat, packte sie den Stier für einen kurzen Moment an seinen glatten Hörnern und raunte ihm flüsternd ein »I got you« zu. Die junge Serviererin, die am Eingang stand, grinste und hielt ihr ein Tablett mit Drinks entgegen. Aimée lächelte verschwörerisch zurück, entschied sich für ein Glas Campari Soda, in dem sich einsam eine Orangenscheibe drehte, und mischte sich unter die Gäste.

Langsam schritt Aimée an den großformatigen Bildern vorbei, auf denen Legenden des 20. Jahrhunderts auf Großstadtcollagen in schrillen Farben leuchteten: Brigitte Bardot, Steve McQueen, James Dean, Romy Schneider, unvergänglich und über alles erhaben, gigantische Marken ihres Jahrhunderts.

»Gefällt dir, was du siehst?« Ein Mann in verwaschener Jeans und einer bunt bestickten Weste war neben sie getreten, gerade als Aimée vor einem Bild mit Steve McQueen stehen geblieben war. Unter der Weste trug der Fremde nichts, nur muskulöse goldbraune Sommerhaut. Blonde Surferlocken hingen ihm etwas durcheinander bis auf die Schultern. Das vertraute Du kam etwas unvermittelt, aber natürlich – in Künstlerkreisen siezte man sich natürlich nicht.

»Ich weiß nicht, etwas unruhig ...« Sie würde ihm bestimmt nicht sagen, dass sie als Teenager für Steve McQueen geschwärmt hatte.

»Unruhe belebt! Auf mich wirken diese Bilder wie weißer Tequila, aufputschend und effektiv.«

Aimée musste lächeln. Weißer Tequila. Himmel, wie lange hatte sie keinen Tequila mehr getrunken?

»Und man hat auch am nächsten Tag etwas davon – soweit ich mich erinnere«, ergänzte sie.

»Das Zaubermittel ist eine ganze Zitrone, nicht nur eine halbe Scheibe.« Er schnappte sich von dem kleinen Buffet, das hinter ihnen aufgebaut stand, eine Limone, die als Dekoration zwischen Ananas und Mangos drapiert lag, schnitt sie mit einem Brotmesser auf und spritzte sich die beiden Hälften wie ein Verdurstender in den Mund. Er verzog keine Miene und sah Aimée stolz an, bis er schließlich prustend loslachte. Unmöglich, in dieses Lachen nicht miteinzustimmen. Aimée hatte keine Ahnung, ob dieser Verrückte high war oder ob er einfach nur anders als üblich Konversation betrieb.

Jedenfalls musste sie sich beeilen, um dem Funken, der gerade zwischen ihnen aufglimmte, möglichst schnell den Sauerstoff zu nehmen. Sie war zum Arbeiten hier.

»Lass mich raten. Was bist du, eine steinreiche Kunstsammlerin? Eine Kuratorin?« Der Beau wirkte aufrichtig interessiert. Er sah an ihr herunter, um sein heiteres Beruferaten an ihrem Aussehen festzumachen. Wildlederstiefel, Jeans und T-Shirt taugten eigentlich nicht für eine schnelle Brancheneinordnung.

»Auf keinen Fall Kunstkritikerin. Obwohl, dieser skeptisch-böse Augenaufschlag könnte in einem Künstler wie mir wahrscheinlich für mehrere Tage eine Blockade auslösen – wenn ich es zuließe.« Er sah sie herausfordernd an.

»Nein, ich bin keine Kunstkritikerin.« Sie würde ihm die Wahrheit sagen, das würde ihn abkühlen.

»Señora Sander ist private Ermittlerin.«

Aimée glaubte, sich verhört zu haben. Die resolute Stimme hinter ihr gehörte niemand anderem als Patrick Dengler.

»Und zwar die beste auf ganz Mallorca. Ihr bleibt kein Geheimnis verborgen. Also gib auf dich acht, Micha«, wandte er sich an ihre sandblonde Bekanntschaft.

»¡Holla! Señor Dengler«, begrüßte Aimée ihn schlicht. Seine grenzüberschreitende Vorstellung ihrer Person erinnerte sie daran, dass Dengler ein Narziss wie aus dem Bilderbuch war. Doch ihr Gegenüber ließ sich nicht manipulieren und ging in die Offensive.

»Ich würde ihr sofort all meine Geheimnisse anvertrauen – freiwillig.«

Dengler lachte laut. »Das glaub ich dir sogar.« Und an Aimée gewandt. »Was führt Sie hierher? Ich hoffe nicht, dass Sie wegen mir hier sind. Ihre Rechnung habe ich gleich heute Mittag überwiesen.«

»Nein, Herr Dengler, ich habe noch andere Klienten.«

»Da bin ich aber erleichtert«, posaunte er. »Das ist zwar eine private Veranstaltung hier, aber Sie kennen *mich* ja – ah, da ist ja unsere bezaubernde Gastgeberin. Emilia, darf ich vorstellen: Aimée Sander, private Ermittlerin. Sie ist im Auftrag eines Kunden hier. Für wen dürfen Sie natürlich nicht verraten, habe ich recht?«

Aimée wusste nicht, ob Patrick Dengler bereits zu viel getrunken hatte oder ob es an ihr lag, dass er so aufdrehte. Es folgte eine erneute Vorstellung, gespickt mit seichtem Small Talk. Aimée überlegte, wie sie ein Gespräch unter vier Augen mit der Galeristin führen konnte, und sah ihre Chance gekommen, als Emilia sich entschuldigte und in Richtung Waschräume verschwand. Aimée stellte ihren Campari auf einem der Stehtische ab und folgte ihr.

Die Galerie verfügte über Designer-Toiletten mit Wänden aus Waschbeton. Ein Spiegel in Leinwandgröße hing über einer Art Pferdetränke aus Holz, die auf einem rostigen Metallpodest befestigt war.

»Hätten Sie einen Moment Zeit für mich, Emilia?«, fragte Aimée, sobald die Tür hinter ihnen zufiel. Aimée reichte der Galeristin in ihrem beigen Etuikleid die Hand, die sie kurz schüttelte.

»Sander, Aimée Sander. Ich hätte mich Ihnen gerne selbst vorgestellt, aber mir ist jemand zuvorgekommen«, versuchte sie, professionell die etwas angespannte Stimmung aufzulockern.

Emilia sah sie skeptisch an.

»Um was geht es denn?«, fragte sie knapp. »Sie sehen ja, dass es gerade nicht besonders gut passt.«

»Sie wurden letzten Freitag von einer Frau angerufen. Können Sie sich an das Gespräch erinnern?«

»Hören Sie, hier klingelt nicht nur einmal am Tag das Telefon. Und gerade am Freitagsnachmittag haben wir ziemlich viel Laufkundschaft. Um wie viel Uhr soll das denn gewesen sein?«

Beim Händewaschen wippten die Spitzen ihres exakt geschnittenen und perfekt geglätteten Longbobs hin und her.

»Gegen 16.00 Uhr – es ist möglicherweise um ein Bild von Andy Warhol gegangen«, erklärte Aimée.

»Natürlich, an diese Anruferin erinnere ich mich. Sie erkundigte sich nach dem Preis für Andys Siebdrucke – ich sagte ihr, dass wir nur zertifizierte Kunst ankaufen. Der Markt wird mit Fälschungen geradezu überflutet. Und dann wollte sie mir noch nicht mal ihren Namen sagen.«

»Wie klang ihre Stimme? Eher älter oder jünger?«, unterbrach Aimée sie.

»Ich weiß nicht. Ihr Alter? Schwer zu sagen. Ich erinnere mich nur, dass ihre Stimme melodisch war, irgendwie angenehm. Aber die Verbindung war auch nicht perfekt.« Sie steckte die Hände in den Turbotrockner.

»Sie würden also sagen, dass die Stimme keinem Teenager gehört?«

»Kommt auf den Teenager an. Sie klang selbstbewusst, wenn Ihnen das weiterhilft. Was ist denn mir der Frau?« Emilia zog die Hände aus dem Trockner, zückte ihren Lippenstift aus ihrer Mini-Handtasche und zog ihn über ihre schmalen Lippen.

»Aus der Villa von Garcia de Miravelles wurde ein Original-Siebdruck entwendet.« Aimée entschied, die Karten auf den Tisch zu legen. Garcia de Miravelles hatte nichts zu verlieren. Es konnte nur von Vorteil sein, wenn Emilia wusste, worum es ging. »Es handelt sich um Andy Warhols *Flowers*, ein Quartett aus der roten Serie. Wir haben Grund zu der Annahme, dass versucht wird, das Bild hier auf Mallorca zu Geld zu machen.«

»Dann hat sie also nicht gelogen ...« Mit einem leisen Klacken setzte Emilia die Verschlusskappe auf den Lippenstift.

»Und Sie gehen jetzt davon aus, dass die Diebin des Warhols *mich* am Freitag angerufen hat?«, fragte sie und warf einen prüfenden Blick in den Spiegel.

»Ich halte das für naheliegend. Wie haben Sie denn auf ihre Anfrage reagiert?«, fragte Aimée.

»Was ich ihr zahlen kann. 60.000 Euro, vorausgesetzt, dass sie mir die Papiere bringt. Damit war das Gespräch eigentlich beendet.« Sie riss sich von ihrem Spiegelbild los. »Entschuldigen Sie, ich muss mich jetzt wieder um meine Gäste kümmern.«

»Und sonst hat sie nichts gesagt?«, hakte Aimée noch einmal nach.

»Nein, nur, dass sie sich wieder melden würde. Aber ich habe seitdem nichts mehr von ihr gehört.«

Eine der Einzeltoiletten öffnete sich, und eine elegante gekleidete Frau in einem maßgeschneiderten azurblauen Kostüm trat heraus. Ihre beigefarbene Hermès-Tasche über ihren Unterarm geschoben, schüttelte sie ein breites Goldarmband an ihrem Handgelenk hoch, um sich die Hände zu waschen.

»Amanda, ich konnte noch gar nicht mit dir sprechen«, flötete Emilia übertrieben entschuldigend. »Wegen deines neuen Rauschenbergs sprechen wir unbedingt gleich in Ruhe. Meinem Angebot kannst du nicht widerstehen.«

»Danke, Emilia, gerne«, erwiderte die Frau freundlich. Irgendwie kam sie Aimée bekannt vor. Sie war auffällig geschminkt, fast wie für einen Fernsehauftritt.

Als Aimée wieder in der Galerie stand, sah sie sich um und entdeckte Mr. Sunny Boy am Buffet, er war bereits in ein neues Gespräch vertieft. Gestikulierend stand er vor einer langbeinigen Schönheit mit brünetter Mähne. Seine neue Eroberung bog sich vor Lachen, worauf Micha gleich zu einer weiteren Story ansetzte. Aimée grinste innerlich, klar, man amüsierte sich und wechselte seine Gesprächspartner im Minutentakt – wahrscheinlich nicht nur die. Was für ein Clown!

Dengler war in ein Gespräch mit der Dame in Azurblau vertieft. Sie hörte ihm interessiert zu. Es wirkte, als ob er sie von etwas überzeugen wollte.

Ohne sich zu verabschieden, verließ Aimée die Galerie. Sie wollte sowieso endlich in ihr Büro, um Dinge zu sortieren – auf ihrem Schreibtisch ebenso wie in ihrem Kopf. Dort wurde sie von nichts abgelenkt. Und sie konnte sich in Ruhe überlegen, wie sie die Aussage der Galeristin deuten konnte – der Beschreibung nach würde Aimée nicht auf Lélia als Anruferin tippen, sondern auf Nima. Hatte Garcias Tochter ihre Mentorin, ihre Vermieterin oder was immer Nima für Lélia gewesen war, vorgeschoben, vielleicht damit diese ihre Kontakte spielen ließ? Aber wenn Lélia den Warhol noch in ihrem Besitz hatte, warum brach sie dann bei Stivans ein? Bei den anderen Galerien hatte Aimée bereits am Samstag angerufen; niemand bestätigte einen Anruf, in dem es um einen Warhol ging. So einen Anruf merkte man sich. Hatte sich Lélia nach dem Tod Nimas nicht getraut, irgendwo anders anzurufen?

Aimée ging an dem schwarz lackierten Stier vorbei in Richtung Paseo del Born. Sie fragte sich, wer ihr auf all diese Fragen eine Antwort geben konnte, als ihr Handy vibrierte.

Rückblick, 20. August 1990 Sóller

Sofia drehte sich vor dem Spiegel einmal um sich selbst. Seit sie den seidigen Stoff ihres neuen Kleides auf ihrer Haut spürte, war ihr Puls in die Höhe geschossen. Jetzt, als ihr bewusst wurde, wie gut ihr das Kleid stand, beruhigte er sich überhaupt nicht mehr.

Endlich würde der beste Freund ihres Bruders sie mit anderen Augen sehen. In dem schmal geschnittenen schwarzen Kleid mit dem silbernen Gürtel *musste* sie ihm heute Abend einfach auffallen. Endlich würde er in ihr nicht mehr nur die kleine Schwester Juans sehen, sondern ein eigenständiges Wesen, ein weibliches Wesen. Schließlich wurde sie in diesem Herbst sechszehn. Das kam ihr so unglaublich erwachsen vor.

Patrick konnte nicht ahnen, dass sie in ihn verliebt war, seit sie denken konnte. Aber natürlich wurde sie von der Clique um ihren Bruder nicht ernst genommen. Auch die unerreichbare Marie sah in ihr nur die niedliche Schwester – Marie war so sehr mit sich selbst beschäftigt, an manchen Tagen vergaß sie sogar, ihr Hallo zu sagen, wenn sie Juan besuchte, obwohl sie gleich neben ihm stand.

Doch mit ihrer Unsichtbarkeit war jetzt Schluss. Sie war in Palma beim Friseur gewesen und hatte sich extra für diesen Abend einen Stufenhaarschnitt schneiden lassen. Ihr langweiliger Pferdeschwanz war Geschichte.

Die Sommerpartys im Hause der Denglers waren legendär. Juan war schon mit Marie vorgegangen. Egal, Sofia wollte sowieso ihren eigenen Auftritt.

Als sie vor der Villa oberhalb der Bucht von Port de Sóller mit ihrem Fahrrad ankam, war sie vor Aufregung ganz zittrig. In der pompösen Eingangshalle tummelten sich bereits viele Jugendliche, die meisten waren älter als sie. Die Mädchen trugen schulterfreie Sommerkleider, die Jungs aufgeknöpfte Hemden und Chinos.

Als sie Patrick entdeckte, beschleunigte sich ihr Herzschlag. Seine hellbraunen Haare waren etwas zerzaust. Als perfekter Gastgeber begrüßte er seine Gäste persönlich. Mit einem selbstbewussten Lächeln und immer einem coolen Spruch auf den Lippen sorgte er schon zu Beginn der Party für Stimmung.

Als Sofia vor ihm stand, hatte Patrick sie gemustert, als ob er sie zum ersten Mal im Leben sehen würde. Er drückte ihr einen Kuss auf die Wange. »Atemberaubend« hatte er ihr ins Ohr geflüstert, und ihr Ohrläppchen kribbelte noch den ganzen Abend.

Aber es blieb bei der hoffnungsvollen Begrüßung. Auf den Gedanken, sie um einen Tanz zu bitten, kam er nicht. Enttäuscht ließ sie die anderen Jungs, die sie aufforderten, abblitzen. Erst nach dem dritten Glas Sangria, die Patricks Mutter mit extra wenig Alkohol in einem riesigen Glasballon auf dem üppigen Buffet platziert hatte, wollte sie nicht mehr allein herumstehen.

Sie tanzte den Rest des Abends, trotzdem blickte sie sich mit jeder Drehung auf der Terrasse der Luxusvilla suchend nach Patrick um. Er plauderte mit seinen Gästen, ließ sich von einigen älteren Mädchen mit auf die Tanzfläche ziehen und blieb ansonsten meist an der Seite von Marie und Juan. Patrick hatte sie kaum noch angesehen – bis Marie im Begriff war, mit Juan die Party zu verlassen.

Er ließ die beiden ziehen und kam auf sie zu. Für Sofia war es der magischste Augenblick ihres Lebens. Dass sich Maries Miene im Hinausgehen verfinsterte, als sie ihn auf Sofia zugehen sah, entging ihr komplett. Sonst wäre sie vielleicht vorgewarnt gewesen. So trieb sie wie eine frisch gefallene Orangenblüte auf einen Wasserfall zu. Sie sah nur noch Patrick, sie hörte nur noch seine Stimme.

»Sofia, mein Engel! Du siehst bezaubernd aus.« Seine blauen Augen glänzten. Er machte ihr Komplimente, und sie glaubte ihm jedes Wort.

»Großartige Party«, erwiderte Sofia. Etwas Besseres war ihr nicht eingefallen.

»Du hast doch letztes Jahr auch schon mit uns gefeiert, oder warst du noch zu jung?«

»Nein, ich konnte nicht. Ich war mit Mama auf dem Festland.« Natürlich hatte ihre Mutter es ihr letztes Jahr noch verboten. Patrick nickte lächelnd.

»Amüsierst du dich? Möchtest du vielleicht etwas trinken?«, fragte er und sah sie interessiert an.

»Eigentlich habe ich schon genug. Ich muss auch bald los.«

»Dann müssen wir die letzte halbe Stunde gemeinsam nutzen«, raunte er, schob seinen Arm um ihre Taille und zog sie sachte an sich heran. Sofia blieb die Luft weg, und als er sie ansah, konnte sie ihm nicht in die Augen sehen. Sie wäre sonst wohl einfach umgefallen. Doch Patrick hätte sie festgehalten. So wie er es jetzt tat, während sie auf Sinéad O'Connors *Nothing Compares 2 U* tanzten. Natürlich schmolz sie in seinen Armen. Die Sommernacht gehörte nur ihnen. Sofia fühlte jede Berührung. Sie konnte nicht denken, wünschte nur, dass dieser Moment nie enden sollte. Als die Musik wechselte, sah er sie fragend an.

Sie musste etwas sagen. Irgendetwas. Die Lichter in der Bucht von Sóller glitzerten, das Meer lag nachtblau unten ihnen.

»Der Blick ist wunderschön«, hauchte sie verlegen.

»Das ist noch gar nichts. Komm, ich muss dir etwas zeigen«, erwiderte er, nahm ihre Hand und zog sie ins Haus.

Als sie das weiß gemauerte Treppenhaus hochgingen, blieb er stehen und lehnte sie an die Wand, dann nahm er ihr Gesicht in beide Hände und küsste sie so sanft, dass ihr die Beine wegsackten.

»Die Aussicht von meinem Zimmer ist noch viel beeindruckender. Wenn du willst ...«, sagte er und drückte ihre Hand.

Sofia vergaß zu atmen und nickte nur. Die letzten Stufen rannten sie, und in seinem Zimmer angekommen, stieß er mit dem Fuß die Tür hinter sich zu, ohne sie loszulassen. Er zog sie ohne Umwege auf sein Bett.

Für die nächsten Minuten befand sich Sofia nicht auf dieser Welt. Sie musste auf einem anderen Planeten sein und wollte nie wieder auf der Erde landen. In ihren Fantasien hatte sie sich seine Küsse genauso vorgestellt, zärtlich, intensiv, liebevoll – bis er plötzlich immer drängender wurde. Fordernder. Aggressiver. Seine Hände überall waren. Sie spannte sich an, bat ihn aufzuhören, versuchte sich wegzudrehen. Warum lockerte er nur nicht seinen Griff? Doch auch als sie ihn anbettelte, nicht weiterzugehen, ignorierte er sie, hörte ihre Worte nicht. Stattdessen presste er seine Hand auf ihren Mund, schob ihr hastig den Rock hoch und drängte sich mit geübten energischen Bewegungen zwischen ihre Beine. Er war trainiert, ein Basketballer und Segler, und sie hatte seiner Kraft nichts entgegenzusetzen. Zuerst wehrte sie sich noch mit ihrem ganzen Körper. Doch als sie spürte, dass es sinnlos war, dass sie wie eine Puppe in seinen Händen war, liefen ihr nur noch heiße Tränen die Wangen hinunter. Der Junge, von dem sie seit Jahren träumte, den sie anhimmelte wie einen Popstar, war nur mit sich selbst beschäftigt, wollte seine Geilheit befriedigen und brabbelte schreckliche Gemeinheiten.

Wie rostige Nägel bohrten sich seine Worte in ihr Herz, sie waren so abfällig, abwertend und beleidigend. Warum tat er ihr das nur an? Nach fünf Minuten war es vorbei. Er drehte sich schwer atmend auf den Rücken und zog sich im Liegen seine Hose wieder hoch, die er noch nicht mal ganz ausgezogen hatte. Sofia hatte den Kopf zur Seite gedreht, damit er ihre Tränen nicht sah. Doch die Mühe hätte sie sich nicht machen müssen. Patricks Interesse galt den Steinchen, die an sein riesiges Fenster prallten. Er stand auf und schob die Terrassentür auf. Sofia hörte eine Mädchenstimme laut nach ihm rufen.

»Ich komme runter! Mir hat jemand Sangria aufs Hemd gekippt, muss mir nur schnell was anderes anziehen.« Mit dieser Lüge auf den Lippen, die sie vor diesem scheußlichen Sex noch so liebevoll geküsst hatten, kam er wieder ins Zimmer zurück.

»Ich habe nebenan ein Bad. Da kannst du dich frisch machen«, sagte er, als ob sie gerade eine Stunde Tennis miteinander gespielt hätten. Dabei riss er sich sein Hemd vom Körper, schmiss es auf den Boden und zog ein frisches aus dem Schrank.

Sofia hatte sich mittlerweile aufgesetzt und hielt verkrampft das Bettlaken in ihren Fäusten. Ihr Körper brannte.

»Hat es dir Spaß gemacht?«, fragte Patrick wie nebenbei, doch als er ihren Gesichtsausdruck sah, wurde er sauer. »Mach jetzt bloß keinen auf Katzenjammer. Du wolltest es doch.« Er beugte sich zu ihr und gab ihr einen Kuss auf die Stirn.

»Komm gut nach Hause, *mein Engel.*« Damit rauschte er aus dem Zimmer. Die Tür fiel hinter ihm zu wie ein Fallbeil. Sofia wischte sich mit der Hand den feuchten Abdruck von der Stirn. Wie versteinert blieb sie auf dem Bett sitzen. Sie stürzte einen endlosen Wasserfall hinunter. Aus dem seichten, friedlich dahintreibenden Gewässer war sie in einen berstenden Strudel geraten, der sie nicht mehr loslassen wollte.

Sofia ahnte, dass sich nach dieser letzten Stunde ihr ganzes Leben verändert hatte. Nie wieder in ihrem Leben würde ein Mann so etwas mit ihr machen. Nie wieder. Kein Mann würde sie je wieder so verletzen.

Langsam war sie die Treppen hinuntergegangen. Niemand achtete darauf, dass sie sich nicht verabschiedete, und im nächsten Moment stand sie alleine in der Nacht. All ihrer Mädchenträume beraubt. Wie naiv war sie nur gewesen? Selbst die Zikaden schienen sich mit ihrem schrägen Zirpen über sie lustig zu machen – wie sollte sie in ihrem Schmerz auch erkennen, dass sie Sofia mit ihren Lockrufen nur trösten wollten?

Casa Límon, Sóller

Aimée schob die schwere Eichentür auf, die am rückseitig angebauten Trakt des Hauses zwischen Bougainvilleas und altem rostigem Gartengerät halb offen stand. Sofia hatte sie am Telefon gebeten, direkt in den Keller hinunterzukommen. Durch den Wechsel aus der hellen Maisonne in den halbdunklen Keller musste Aimée die Augen zusammenkneifen, um überhaupt etwas erkennen zu können.

Der Raum, in den die Treppe führte, glich eher einem unterirdischen Saal als einem Keller. Vor den weiß getünchten Wänden standen Holzfässer, angefüllt mit Blütenblättern, daneben zwei Metallbottiche, in denen in Glyzerin eingelegte Orangen- und Zitronenschalen ruhten. Wie eine Wand begegnete Aimée der intensive süße Duft und kitzelte in ihrer Nase. Sie musste niesen.

»¡Salud!«, wünschte ihr Sofia, die gerade mit einer Kelle aus einem Trog flüssige Seife in das letzte Förmchen auf einem eigens dafür zurechtgestanzten Blech goss. Für die bereits getrockneten Seifen lagen mit Orangen verzierte Papierbögen bereit.

»Sie können die Seifen einpacken.« Sofia trug eine weiße Schürze über ihren Jeans und einem blauen Hemd, einige Haarsträhnen hingen ihr lose aus dem Zopf.

Aimée schaute auf den Stapel und nickte. »Klar, warum nicht. Wenn Sie es mir einmal vormachen.«

Sofia schob das Blech mit den Seifen in einen Ständer, dann trat sie an den breiten Holztisch und faltete das Papier geschickt um die gelbe Seife.

»Sehen Sie, so und zum Schluss der Papieraufkleber.« Sofia drückte den Aufkleber in Form einer gemalten Orange auf die Papierspitzen und verschloss somit das kleine Paket.

Aimée beobachtete Sofias eingeübte Handbewegungen und nahm sich einen Bogen vom Stapel. Dann legte sie das ovale Seifenstück in die Mitte.

»Danke, dass Sie so schnell gekommen sind«, begann Sofia das Gespräch. »Sie haben doch sicher viel zu tun.«

»Der Fall Nima Roth ist für mich offiziell beendet. Mein Auftraggeber wünscht keine weiteren Untersuchungen mehr. Doch ich arbeite noch an einem anderen Fall.«

»Aber der hat nichts mit Juan zu tun?«, fragte Sofia und zog die Augenbrauen zusammen.

»Nein, aber mit Nima.« Aimée sah, wie Sofia innehielt und ihre Mundwinkel zuckten. »Kann es sein, dass Sie mir etwas sagen möchten. Zum Beispiel in welchem Verhältnis Sie zu Nima standen?« Aimée nahm die Seife in die Hand und roch daran. »Ein faszinierender Duft, allerdings nicht so intensiv wie weiße Lilien.«

»Hören Sie auf, was wissen Sie denn schon«, presste Sofia mühsam hervor und ließ sich auf die Bretterbank sinken, die neben dem Arbeitstisch stand.

»Sagen Sie es mir, Sofia. Sie haben mich vorhin angerufen und mich um Hilfe gebeten.« Aimée reichte es, sie musste ihr Ass ausspielen. Sie hatte keine Lust mehr, um den heißen

Brei herumzureden. »Sie behaupten, ihr Bruder sei unschuldig, und gleichzeitig finde ich heraus, dass Sie mit der Frau, die er heiraten will, eine Affäre hatten. Wenn ich überhaupt irgendetwas tun kann, dann müssen Sie mir die Wahrheit sagen.«

»Wir hatten keine Affäre«, sagte Sofia aufgebracht und klemmte sich ihre störenden Strähnen in das Zopfband.

»Sie waren also nicht in Nima Roth verliebt?«, fragte Aimée und wickelte geschickt das Papier um das glatte Seifenstück.

»Es war mehr als eine Affäre – viel mehr.« Sofia stand wieder auf, stützte sich mit durchgestreckten Ellbogen auf der Tischbank ab und blickte zur Decke. Langsam holte sie tief Luft, und Aimée bemerkte, wie ihre Lippen zitterten.

»Ja, ich war in sie verliebt«, erklärte Sofia. »Sie schneite bei uns herein, nachdem Juan mehrmals mit ihr auf Demos gegangen war. Sie erzählte die verrücktesten Geschichten, ihre Hände waren dabei ständig in Bewegung. Als sie mich zum ersten Mal ansah, dachte ich, sie leuchtet mir mit ihren hellblauen Augen direkt in die Seele. Ich habe mir nichts anmerken lassen – doch dann sind wir uns zufällig in Palma über den Weg gelaufen.«

»Da waren Juan und Nima schon ein Paar?«, mutmaßte Aimée und legte das nächste Stück Seife auf einen Bogen Papier.

Sofia nickte schuldbewusst. »Wir sind nur einen Kaffee trinken gegangen. Sie hat mir erzählt, wie sie in Indien in einem traditionellen Ashram ihre Hatha-Yoga-Ausbildung gemacht hat. Wie Yoga ihr Leben veränderte, wie sie ihre Depressionen überwunden hat – wie sie weg von Alkohol und Drogen und raus aus einer toxischen Beziehung gekommen ist.« Sofia drehte sich um und hob die Hände in die Luft. »Wahnsinn. Nima und depressiv? Das konnte ich überhaupt nicht glauben.«

»Sie haben sich also angefreundet. Und dann?«, fragte Aimée und hörte auf, das Papier zu falten.

»Sie gab mir private Yoga-Stunden.«

»Wo, in der Finca Fonoll Marí?«

»Nein, Nima hat mich meistens in Acudiá abgeholt, und wir sind ans Meer gefahren. Es gibt dort eine Bucht.«

»Ich nehme an, es blieb nicht beim Yoga?« Aimée sah Sofia kurz an, bevor sie die Orange auf die verpackte Seife klebte.

»Es war unglaublich. Wir hatten Sex am Strand. Ich war noch nie in meinem Leben so glücklich. Es war neu und gleichzeitig vertraut und aufregend. Als ob sie mich schon ihr ganzes Leben kennen würde.« Sie verschränkte die Arme vor der Brust, auf ihren Unterarmen hatte sie eine Gänsehaut.

»Und Juan – hat er nichts geahnt?«

»Nein, er war ja mindestens genauso verliebt wie ich. Ich konnte ihm nicht die Wahrheit sagen. Ich hatte mich ja so gefreut, dass er überhaupt mal eine feste Freundin hatte.«

Aimée sah, dass Sofia versuchte, ihre aufsteigenden Tränen zu unterdrücken. Im nächsten Moment hatte sie sich wieder gefasst.

»Und jetzt sitzt Ihr Bruder im Gefängnis. Ihnen ist klar, dass ihn Ihr Geständnis noch mehr belastet.«

»Deshalb habe ich ja auch der Polizei nichts davon erzählt – aber Sie müssen mir glauben, dass Juan unschuldig ist.«

»Ich glaube Ihnen, dass Sie in Nima verliebt waren – aber es verstärkt das Motiv Ihres Bruders enorm. Oder haben Sie einen anderen Verdacht? Mit wem hatte Nima Streit?« Aimée zog sich den Reißverschluss ihrer Lederjacke hoch. Es war wirklich verdammt kühl hier unten.

»Kommen Sie, wir gehen nach oben«, schlug Sofia vor, und Aimée folgte ihr nur zu gerne ins Sonnenlicht.

Auf der Steinterrasse mit Blick auf die Orangenbäume bot Sofia ihr einen der Korbstühle an. Sie selbst lehnte sich mit dem Rücken gegen das Geländer. Aimée wartete, dass Sofia weitererzählte, und nahm sich von den Oliven, die Sofia auf den Tisch gestellt hatte.

»Ich weiß nicht, wie ich anfangen soll«, sagte Sofia und drehte ihre bunt geflochtenen Stoffarmbänder hin und her.

»Schönes Armband. Haben Sie das auf Mallorca gekauft?«, fragte Aimée und hoffte, Sofia etwas von ihrer Anspannung zu nehmen.

»Nein, Nima hat sie aus Südamerika mitgebracht – sie sind aus den ähnlichen Fäden wie die Sorgenpüppchen. Nima hat sie Hoffnungsbänder genannt.«

Aimée dachte an Lélias Fußkettchen. Es waren die gleichen grellen Farben, die sich an ihrem Fußkettchen verheddert hatten, Baligrün und Mexican Pink. Wahrscheinlich hatte Nima auch Lélia so ein Band geschenkt, oder Lélia hatte es sich in Südamerika selbst gekauft. Sie lehnte sich zurück in den Korbstuhl.

»Worauf hat Nima denn gehofft?«

»Gute Frage. Ich habe es manchmal selbst nicht verstanden. Sie hatte alles. Aber sie war immer rastloser geworden in letzter Zeit.«

»Wie meinen Sie das?«

»An manchen Tagen war sie wie eine Kerze, die an zwei Enden brennt. Machte doppelte Verabredungen, sprach davon, dass ihr Mallorca zu eng wurde. Oder sie sagte kurzfristig ab. Ich habe das nicht ernst genommen. Außerdem hatte ich auch ein schlechtes Gewissen, weil ich sie mit meiner Eifersucht nervte«, fügte sie seufzend hinzu und knickte einen abgestorbenen Zweig Lavendel aus dem Terrakottatopf ab, der am Terrassengeländer hing.

»Sie waren auf Ihren Bruder eifersüchtig?«

»Nein. Nicht auf Juan.« Sofia schüttelte den Kopf. Sie hielt einen Moment inne. »Nima hatte auch noch andere Bekanntschaften.«

Aimée fielen Veras Worte über Nima wieder ein. Sie schien es mit Treue nicht sehr genau zu nehmen.

»Affären. Deshalb sagten Sie, bei Ihnen wäre es anders.«

»Cielos, sí, ja, sie hatte Affären, One-Night-Stands. Nima wollte sich nicht festlegen, war immer offen für Neues ...« Sofia wedelte mit den Händen in der Luft.

Aimée schwieg.

»Aber es gab eine Frau, die war ihr auch sehr wichtig ...« fuhr Sofia fort und quetschte ihre Hände in die Taschen ihrer Jeans, als ob sie damit ihren Bewegungsdrang bändigen wollte. Ihre Stimme wurde dunkel. »... sie trafen sich regelmäßig. Sie hat mir von ihr erzählt. Um mich zu beruhigen, erklärte sie, und dass nur ich all ihre Geheimnisse kennen würde.« Sofia lachte kurz auf.

»Und wer war *sie?«*

»Ich hatte Nima versprochen, niemals darüber zu reden. Aber jetzt, wo sie tot ist ...«

»... und Ihrem Bruder eine Freiheitsstrafe wegen Mordes droht, sollten Sie Ihre Loyalität überdenken, wenn Sie auf einen Rat von mir hören wollen.« Warum zögerte Sofia so lange? Es würde schon niemand aus dem spanischen Königshaus sein, dachte Aimée.

Sofia straffte die Schultern. »Sie ist eine Person des öffentlichen Lebens hier auf Mallorca. Sie arbeitet im Baudezernat und ist auch politisch aktiv. Vielleicht haben Sie Amanda Amandez schon mal im Fernsehen gesehen. Sie ist häufig in Talk Shows zu Gast.« Sofias Tonfall war einige Oktaven tiefer gesackt.

»Ich sehe nicht viel fern«, erwiderte Aimée und zog die Augenbrauen hoch. Sie überlegte einen Moment, der Nachname Amandez kam ihr nicht bekannt vor – aber der Vorname. War sie Amanda Amandez womöglich vorhin in den Waschräumen der Galerie Pop y Puro begegnet?

»Eine Frau wie aus dem Modemagazin entstiegen? Stark geschminkt und attraktiv?«, fragte Aimée nach. Gut, die Beschreibung traf auf ziemlich viele Frauen zu. Allerdings war Amanda nicht gerade ein Allerweltsname.

»Attraktiv? So viel Make-up – da erwartet einen dann die Überraschung, wenn man morgens das echte Gesicht sieht«, erklärte Sofia abfällig.

»Ich habe heute eine Amanda in der Galerie Pop y Puro getroffen. Sie unterhielt sich sehr angeregt mit Patrick Dengler.« Sofias abschätzende Wertung kommentierte Aimée nicht.

»Na, dann wissen Sie auch ohne mich Bescheid«, erklärte Sofia trocken.

»Nein. Warum? Wie meinen Sie das?« Aimée schüttelte irritiert den Kopf.

»Wenn Sie eine Einladung zu der monatlichen Privat-Vernissage im Pop & Puro bekommen haben, gehören Sie doch selbst zum Kreis«, stellte Sofia lakonisch fest, während sie ein paar vertrocknete Blüten aus einem Oleandertopf zupfte.

»Ich war nicht eingeladen. Ich war zufällig dort«, erklärte Aimée.

Sofia nickte. »Und was wollten Sie dort?«

»Ich gehe im Moment davon aus, dass Nima im Auftrag ihrer Mitbewohnerin Lélia de Miravelles versucht hat, einen gestohlenen Andy Warhol an die Galerie zu verkaufen. Ich wollte die Galeristin zu dem Bild befragen.«

»Wie bitte?«, fragte Sofia und warf die alten Blüten in einen leeren Tontopf. »Was hat Nima mit einem Diebstahl zu tun?«

»Das frage ich Sie, Sofia. Und welchen Kreis meinen Sie?« Endlich nahm Sofia ihr gegenüber Platz.

»Sofia, Sie müssen mir sagen, was Sie wissen, sonst ergibt dieses Gespräch keinen Sinn. Ich bin keine Polizistin mehr – und Comisario Fuentes ist ein kompetenter Kommissar.« Warum versuchte sie, Sofia in falscher Sicherheit zu wiegen? Glaubte sie mittlerweile selbst nicht mehr an die Unschuld von Alverez? Diego war kein Dilettant – wenn er Beweise für stichhaltig hielt, dann waren sie nicht aus der Luft gegriffen. Aimée atmete lange aus und wäre am liebsten aufgestanden, als Sofia endlich anfing zu erzählen.

»Wie ich schon sagte, Nima hat ab und zu bei Amanda Amandez übernachtet«, begann Sofia und legte ihre Hände auf die Oberschenkel, wo sie endlich zur Ruhe kamen. »Eigentlich ging es nur um Sex«, erklärte sie tapfer. »Aber die Dezernentin hatte wohl auch Redebedarf und vertraute Nima Informationen an.«

»Was für Informationen?«

»Abmachungen über Bauprojekte. Umweltauflagen, die aus Kostengründen umgangen wurden. Aufkäufe von alten Hotels und Grundstücken – dafür braucht man Gutachten. Und diese Gutachten stellte Señora Amandez aus. Nima meinte, sie hätte wohl ein schlechtes Gewissen gehabt und musste sich diese Dinge von der Seele reden.«

»Und für wen hat sie die Gutachten erstellt?« Aimée dachte an das Gespräch zwischen Amandez und Dengler. Konnte es sein, dass Dengler die Baudezernentin für passgenaue Gutachten bezahlte?

»Das weiß ich nicht. Aber Nima meinte, auf diese Privatfeiern gehen Leute, um dort ihre Probleme zu lösen. Amanda hat Nima sogar einmal mitgenommen.«

Aimée steckte sich eine Olive in den Mund, und während sie auf die salzige kleine Frucht biss, überlegte sie, was Sofias Worte bedeuteten. Eine Art Gentlemen's Club, inklusive Ladys? Ein Zirkel für Mallorcas Elite, wo die Dinge zurechtgebogen wurden, so wie es für den eigenen Lebensstil und die geschäftlichen Umstände am besten passte?

»Und Sie sind sicher, dass sie keine Namen genannt hat? Das wäre sehr wichtig. Auch für Ihren Bruder. Könnte Dengler mit im Spiel gewesen sein?«

Sofia schwieg und starrte geradeaus in die Orangenplantage. »Ich weiß es nicht. Seitdem Nima mit Amanda auf so einer Pop-Vernissage war, sprach sie von Geld, das sie bald hätte. Ich fragte sie, woher und wofür sie es überhaupt benötigte. Aber sie meinte dann nur, es sei eine Überraschung.« Sie hob eine Schulter und drehte an ihren ausgefransten Bändern am Handgelenk. »Ich habe dann nicht weiter nachgefragt.«

»Könnte es etwas mit Nimas Job zu tun haben?«, fragte Aimée.

»Es gab wohl Probleme im El Sueño. Sie hat über Dengler geschimpft. Seine Art nervte sie. Sie hat sogar überlegt zu kündigen. Ich hab das nicht verstanden, er zahlte ihr doch ein super Gehalt.«

»Davon habe ich bereits gehört.«

»Könnte Nimas Tod nicht etwas mit ihrem Besuch in der Galerie zu tun haben?« Sofias Stimme klang kratzig.

Vielleicht hatte Nima wirklich etwas aufgeschnappt, was nicht für ihre Ohren bestimmt war, und wollte Kapital aus ihrem Wissen schlagen, überlegte Aimée weiter.

»Es ist auf jeden Fall eine Spur. Aber bisher reine Spekulation«, erwiderte sie. Auch wenn es auffällig war, dass eine zeitliche Parallele zwischen Nimas Besuch bei Pop y Puro und ihren finanziellen Höhenflügen bestand.

»Señora Sander, selbst wenn Juan herausbekommen hätte, dass ich und Sofia ... dass wir uns getroffen haben ... Juan ist kein Mörder. Jemand will ihm diesen Mord anhängen. Das Ganze ist ein Komplott gegen meinen Bruder«, sagte sie mit fester Stimme, stand auf und verschränkte ihre Arme vor der Brust.

Aimée hatte Respekt vor Sofias Selbstsicherheit. Nimas Tod hatte Sofia zugesetzt, ihre Augenringe waren noch etwas dunkler geworden. Auch zu wissen, dass ein nahestehender Mensch unschuldig und vorverurteilt im Gefängnis saß, war schwer auszuhalten.

»Kommen Sie denn mit dem Ganzen hier alleine klar?«, fragte Aimée und zeigte auf die Orangenplantage. Der Vertrieb der »Luz de Sóller«-Produkte und Sofias Job im »Water, Rocks & Diving« waren auf Dauer nicht für einen zu bewältigen – auch nicht für eine starke Frau wie Sofia.

»Ich muss die Arbeit, die hier anliegt, auf den Abend verschieben. Wir haben zwei Angestellte, und manchmal schickt Juan auch Praktikanten von *NatureNow* zum Aushelfen. Aber ich bin überzeugt, dass mein Bruder bald wieder hier sein wird.« Sofia ging in die Küche. Dann kam sie mit einer kleinen hölzernen Seifenbox zurück und reichte sie Aimée.

»Danke, Aimée, fürs Zuhören.«

»Das könnte man jetzt als Bestechung bezeichnen«, meinte Aimée und lächelte.

»Nein, es ist nur Werbung«, erklärte Sofia und lächelte zum ersten Mal zurück. Sie verabschiedeten sich. Aimée machte Sofia keine Versprechungen.

»Sie kennen Patrick Dengler schon seit ihrer Kindheit, nicht wahr?« Aimée folgte Sofia auf dem Weg nach draußen, als sie an Raoufs Erzählung über Denglers Kindheit in Sóller dachte.

Sofia senkte kurz den Kopf, drehte sich dann zu Aimée um und hielt ihr die Tür auf.

»Alle in Sóller kennen die Familie Dengler«, erwiderte Sofia mit Blick auf ihre Uhr.

»Aber waren Sie oder Ihr Bruder mit Patrick befreundet?«

»Ich glaube, Juan ist eine Zeit lang mit ihm schwimmen gegangen.«

»Und Sie?«

»Nein, mit den Freunden meines Bruders hatte ich nichts zu tun, sie waren ja viel älter.«

»Ich verstehe. Also, Sofia – wir sehen uns. ¡Buenas tardes!
«

Auf dem Weg zurück durch den Tunnel nach Palma, schwirrten Aimée die Bilder aus der Galerie durch den Kopf – es passte nicht zu Sofias Erzählung, dass Dengler auf der Vernissage so freundlich zu ihr war. Aimée hatte nicht den

Eindruck gehabt, dass sie ihm zu nahe gekommen war in seinem »Pop«-Zirkel. Wenn es denn überhaupt einer war, musste sie sich eingestehen, während die Tunnellichter in orangefarbenen Blitzen an ihr vorbeizuckten.

Sie musste mit Amanda Amandez persönlich sprechen. Wenn Nima wirklich Insider-Kenntnisse über Denglers Geschäftsgebaren hatte, zum Beispiel, weil er seine Bauvorhaben ohne lästige Umweltauflagen verwirklichen wollte, würde sie das nur von ihr erfahren. Und wenn Nima ihren Chef damit erpresst hat, dass sie über alles Bescheid wusste, dann wäre Dengler selbst der Einzige, der ihr das bestätigen konnte – was er höchst wahrscheinlich nie tun würde. Und währenddessen konnte Aimée sich einreden, auf der Spur nach dem Warhol zu sein und nicht auf der Suche nach einem Mörder.

Carrer de la Corderia, Palma

Aimée war nach ihrem Besuch in Sóller ins Büro gefahren und hatte an ihrem Schreibtisch alle Details zu Nima, Lélia und dem verschwundenen Warhol notiert, die sie im Moment greifen konnte. Hatte Sofia ihr wirklich alles gesagt, was sie wusste? Aimée wurde das Gefühl nicht los, dass Sofia sie nur häppchenweise mit Informationen versorgte.

Immerhin hatte Aimée unter falschem Namen einen Termin mit der Sekretärin von Amanda Amandez ausgemacht. Sie wolle in größerem Stil auf Mallorca investieren, hatte sie gelogen – trotzdem wurde Aimée auf Donnerstag vertröstet. Es habe jemand abgesagt, und auch der Termin war ihr nur unter Vorbehalt gegeben worden. Falls Señora Amandez nicht noch nach Barcelona reisen musste. Eigentlich habe sie in den nächsten Wochen überhaupt keine Zeit.

Aimée musste sich damit zufriedengeben oder die Baudezernentin mit einem Besuch überraschen. Um Amanda

Amandez aus der Reserve zu locken, konnte das womöglich reichen.

Trotz dieser neuen Entwicklungen war Aimées Laune im Keller. Von Lélia de Miravelles alias Pia gab es natürlich noch immer kein Lebenszeichen. Sie hatte sich mal wieder in Luft aufgelöst.

Jetzt machte Aimée es sich auf ihrer Dachterrasse mit einem Eistee auf dem Daybed bequem, ging ihre Berichte durch und wartete auf die Rückkehr von Josephine. Es war schon nach 21 Uhr und Aimée vermutete, dass Raouf sie noch in der Tapas-Bar mit Essen versorgte, als ihr Handy vibrierte.

»Papá – du kannst Josephine gerne etwas zu essen für mich mitgeben«, scherzte sie, nachdem sie den Anruf angenommen hatte.

Auf der anderen Seite wurde kurz geschwiegen.

»Ähm – Josephine ist nicht mehr bei mir. Ich wollte eigentlich nur fragen, ob sie gut nach Hause gekommen ist.«

Aimée blickte auf das Display und holte tief Luft, ganz ruhig.

»Du solltest Josephine nicht aus den Augen lassen. Was meinst du damit, dass sie nicht bei dir ist?«

»Wir hatten einen schönen Nachmittag am Strand. Wir haben viel geredet, meine kleine Katastrophe und ich. Sie ist Weltmeisterin im Churros essen, wusstest du das?«

Wollte er Zeit schinden?

»Papá, wo ist Josephine?«

»Aimée, sie ist kein Kind mehr. Sie kommt bald in die Oberstufe, hatte einen Freund, sie hat Pläne und Vorstellungen. Ich habe ihr erlaubt, noch ein wenig auszugehen ...«

»Du hast was gemacht?«

»Beruhige dich, Aimée. Sie wollte sich mit ihren Freunden treffen. Sie hat mir versprochen, um neun Uhr bei dir zu sein. Sie wollte nur am Hafen etwas trinken gehen. Ich konnte ihr den Wunsch nicht abschlagen.«

»Wann ist sie dorthin?«

»Um 18.30 Uhr ungefähr.«

»Danke, du hast mir wirklich einen großen Gefallen getan, Papá.« Wütend presste sie mit dem Zeigefinger auf das rote Symbol, um das Gespräch grußlos zu beenden, und drückte dann sofort Josephines Nummer.

»Hello, maman. Ich bin um 23.00 Uhr zu Hause. Mach jetzt keinen Stress«, hörte Aimée zu ihrer Erleichterung Josephines Stimme.

»Mit wem bist du zusammen und wo?«, fragte sie angespannt.

»Was soll das, maman? Kannst du dich nicht wieder normal verhalten. Ich verstehe dich nicht!«, klagte ihre Tochter pampig.

»Josephine, ich verstehe *dich* nicht – wir hatten eine Verabredung. Seit wann hältst du dich nicht mehr an Dinge, die man miteinander absprichtn? Du kommst jetzt nach Hause, oder noch besser, ich hole dich ab. Wo bist du?«

»Mir geht es gut, das sollte dir doch das Wichtigste sein. Ich bin um elf zu Hause.«

»Nein, Josephine, ich will, dass du *jetzt* nach Hause kommst.«

»Du spinnst doch.« Damit legte ihre Tochter auf.

Aimée starrte auf das Display, als ob im nächsten Moment ein Alien herauskriechen würde. Sie verfluchte Peer. Warum war er auf einem beschissenen Schweigeseminar? Vielleicht weil er von ähnlichen Diskussionen eine Pause brauchte? Sie atmete langsam aus. War sie im Unrecht? Wie ein verschüttetes Glas Wasser breitete sich das schlechte Gewissen in Aimée aus. Warum hatte sie die Telefonate mit Peer in letzter Zeit so knapp gehalten? Sie hatten nur das Nötigste miteinander besprochen. Freundlich, aber anscheinend nicht gerade ehrlich – wie Aimée klar wurde.

Sie versuchte, ruhig zu bleiben. Vielleicht war es das Beste, ihr zu vertrauen. War es nicht das, was sie sonst Peer immer riet. Josephine das Gefühl zu geben, dass sie Verantwortung übernimmt? Und loszulassen?

Ihre Tochter ging es gut, sie hatte gerade mit ihr gesprochen. Vielleicht wurde es auch für sie Zeit, loszulassen. Aimée ging sie ins Wohnzimmer und schaltete eine Lampe an. Was hatte sie in dem Alter alles angestellt? Immer pünktlich zu Hause zu sein hatte definitiv nicht dazugehört. Nachdem sie sich ihre Lieblingsplaylist ausgesucht hatte, setzte sie sich in ihren Sessel am Fenster. Und während sich ihr Atem beruhigte, fielen ihr langsam die Augen zu. Im Traum liefen sprechende Plastikflaschen durch die Straßen, sie wollten zurück in die Geschäfte. Aimée folgte ihnen und landete in einem Keller mit neonfarbenen Bildern an den Wänden, an der Decke hingen kopfüber rote Blumen. Sie selbst trug Schwarz und verwandelte sich plötzlich in einen Teenager, der wild in einer Menge tanzte. Prince stöhnte lustvoll quietschend *You don't have to be beautiful to be my girl,* und im nächsten Moment stand Nima lächelnd vor ihr. Die Yoga-Queen trug ein Kleid aus dem gleichen Papier, in das Aimée nachmittags die Seifen von »Luz de Sóller« eingewickelt hatte. Sie winkte ihr mitzukommen, doch Aimées Füße wurden seltsam schwer, und als sie auf den Boden blickte, sah sie auch, warum. Sie steckten in dicker tiefdunkler Schokoladensoße, die über den Boden floss. Zäh watete Aimée durch die braune Masse, eine schrille Klingel schob sich aufdringlich zwischen das Gitarrensolo. Aimée konnte nicht orten, woher das penetrante Geräusch kam – bis sie schließlich die Augen aufschlug. Der Podcast war längst zu Ende. Das kalte Licht der Morgendämmerung stand in hartem Kontrast zu dem warmen Licht, das die Lampe neben ihr spendete. Aimées Blick fiel sofort auf die offene Tür von Josephines Zimmer. Das Bett war leer.

Hastig sah sie auf die Uhr auf ihrem Handy, 5:30 Uhr, als es erneut an ihrer Tür klingelte. Aimée setzte ein Stoßgebet ab. Bitte, lass es Josephine sein ...

KAPITEL 5

Mittwoch, 24.05.2017
Pastelería Mateo, Plaça el azúcar

»Es war nicht Josephine. Es war ein betrunkener Urlauber aus der Ferienwohnung unter mir, der die Klingeln vertauscht hatte«, schnaubte Aimée und schwenkte den Zuckerlöffel in der Luft.

»Und Josephine ist die ganze Nacht nicht nach Hause gekommen?« Mateo pfiff durch die Zähne.

»Nein. Nachdem ich den Italiener eine Etage tiefer zu seiner Wohnung gehievt hatte, habe ich sie sofort angerufen. Und weißt du was? Sie war bester Laune.« Aimée war sprachlos gewesen, als Josephine ihr erzählte, dass sie mit einigen Umweltschützern, die sie am Montag beim Plastiksammeln kennengelernt hatte, am Strand übernachtet hatte und sie gleich an Bord eines Segelboots gehen würde.

»Maman, mir geht es gut. Unter freiem Himmel zu schlafen, ist einfach der Wahnsinn. Lass mir doch den Spaß. Du kannst mich heute Nachmittag abholen. Wir legen um 18.00 Uhr in Portocolom an.«

Aimée hatte zunächst lospoltern wollen, sich aber dann eines Besseren besonnen, und Josephines Vorschlag angenommen, sie am frühen Abend abzuholen. Mit einer Kaffeetasse in der Hand hatte sie auf ihrer Dachterrasse der Sonne dabei zugesehen, wie sie sich rot glühend über den Horizont schob und nachgedacht. Über ihre eigene Abenteuerlust als Teenager, über Josephine, die anscheinend auch von der

Sehnsucht nach Unabhängigkeit gepackt worden war. Selbst wenn der Fall Nima sich auf vertrackte Weise mit dem Verschwinden von Lélia verband und dadurch auch ihre Tochter mithineinzog, durfte sie ihre unbelastete Beziehung zu Josephine nicht aufs Spiel setzen. Das durfte nie geschehen, schwor Aimée sich und stellte ihre Kaffeetasse ab. Was jetzt anstand, war ein Besuch bei Mateo. Sie musste mit jemandem reden. Abgesehen davon, dass er Josephine seit ihrer Geburt kannte, war sie ihm sowieso noch einige Erklärungen schuldig.

Als Aimée um sieben Uhr morgens an die Ladentür seiner Jugendstil-Pastelería klopfte, hatte er ihr überrascht geöffnet. Er war gerade dabei gewesen, einige aufwendig dekorierte Torten zu verpacken. Sein Konditorgeselle schob Gebäckrollen mit gelben Cremefüllungen und Puderzucker bestäubt in die Glasvitrinen. Auf Mateos dunklen Locken hing schief seine Konditorenmütze. Er sah übernächtigt aus, aber als er sie sah, lächelte er.

»Buenos días, mío ángel!«, begrüßte er sie. »Du hast Glück, ich wollte mir gerade eine Kaffeepause gönnen.« Er wischte seine Hände an der Schürze ab und gab ihr ein Küsschen rechts und links auf die Wange.

Seit Neuestem konnte man bei Mateo auch Cappuccino trinken. Man muss schließlich dem ewigen Coffee to go etwas entgegensetzen, meinte er. Jetzt saß Aimée auf einem der Barhocker, die um zwei Stehtische herum am Fenster standen. Mateo stellte einen Teller mit Ensaimadas und kleinen Tartelettes vor sie und griff selbst nach einem Stück. Trotz der widrigen Umstände hatte Aimée sich auf ihren engen Freund gefreut. Mateo war immer für Josie da gewesen, brachte ihr Geschenke mit, wenn er in Hamburg zu Besuch war, und hatte nicht nur Josi schon als kleines Kind zum Lachen gebracht, sondern sein Humor hatte auch Aimée aus manchem Tief gerettet.

»Beklag dich nicht. Ihr sprecht miteinander, was willst du mehr? Du musst wirklich etwas bescheidener werden«, erklärte Mateo frech und stupste sie mit der Schulter an.

»Haha. Natürlich bin ich froh, dass es ihr gut geht – ich muss mir nur wieder abgewöhnen, überall Gespenster, Mord und Totschlag zu wittern.« Aimée klopfte den Puderzucker von ihrer Ensaimadas ab und biss in den süßen Teig.

»Kein Wunder, der Fall um die verschwundene Lélia hatte dir damals ziemlich zu schaffen gemacht«, erinnerte Mateo sich.

»Sie ist wieder aufgetaucht und hat sich mit Josephine angefreundet!«, erklärte Aimée kauend.

Mateo hätte sich beinahe an dem Puderzucker verschluckt, konnte sich aber mit einem Schluck Espresso retten.

»Wer? Lélia de Miravelles? Sie lebt?«, fragte er und seine braunen Augen wurden noch größer, als sie sowieso schon waren.

»Ja. Sie ist allem Anschein nach ein Jahr als Umweltaktivistin durch die Welt gereist, gemeinsam mit einem polizeilich gesuchten Öko-Rebellen. Josephine und Lélia haben sich am Sonntag in der Finca kennengelernt, in der Nima Roth lebte.«

»Die ermordete Yoga-Lehrerin?«

»Genau. Lélia hat sich als Pia ausgegeben und Josephine zur Teilnahme am Trashday animiert – leider nicht nur dazu, wie du weißt. Wir haben nur durch Zufall herausgefunden, dass Lélia und Pia ein und dieselbe Person sind.«

»Von der Schulbank in die Aktivistenszene, ein ganz schöner Sprung. Wie ist sie denn ohne gültige Papiere gereist? Ihre Daten waren doch sicher international vermerkt.«

»Gefälschte Pässe. Außerdem hat sie ihr Äußeres entsprechend verändert – von langen dunklen Locken zu bunt gefärbten Kurzhaarschnitten.«

Mateo rollte mit den Augen. »Einfallsreich. Ihr Vater kann sein Glück wahrscheinlich nicht fassen, oder?«

Aimée setzte ihre Espressotasse ab. »Das ist im Moment unser Problem. Wir wissen um ihre falsche Identität, wir wissen, dass sie auf Mallorca ist – aber sie ist nach dem Einbruch bei Steven Stivans erneut untergetaucht.«

»Stimmt, du hast erwähnt, dass es die letzten Nächte bei euch etwas turbulent war. Josephine hat mir nur erzählt, dass das mit dem Einbruch ein riesiges Missverständnis sei«, erklärte Mateo.

»Das sieht die Polizei anders. Aber solange Stivans keine Anzeige stellt und nichts gestohlen wurde, bleibt es bei Hausfriedensbruch. Josephine hat sich reumütig entschuldigt, mit etwas Glück geht das Ganze als Jugendstreich durch.«

»Und wer hat nun die schöne Yoga-Queen umgebracht? Ich habe im Radio von einer Festnahme gehört.« Mateo krempelte sich die Ärmel seiner Konditorenjacke hoch.

»Für Dengler ist der Fall klar – ebenso wie anscheinend auch für Diego. Sie halten Alverez für den Täter,« erwiderte Aimée mürrisch und malte in den Puderzucker auf ihrem Teller mit dem Zeigefinger kleine Spiralen.

»Und du siehst das anders?« Fragend zog Mateo seine Augenbrauen hoch.

Aimée zuckte mit den Schultern. »Ich weiß es nicht. Allerdings hat Dengler sein Ziel erreicht, der Fall ist noch vor der Hochzeit am Freitag aus den Schlagzeilen.«

»Ja, die Hochzeit ist für die Denglers das Highlight schlechthin. Ich habe schon einige Hochzeiten hinter mir, aber die Skala der Extra-Wünsche für diese Hochzeit ist gewaltig. Mir ist das allerdings nur recht, und wenn ich die El-Sueño-Hotels tatsächlich mit meinen Torten beliefern kann, wie Dengler mir bereits in Aussicht gestellt hat – kann ich meine Ratenzahlung für den Kredit gewaltig aufstocken.« Mateo rieb freudig die Fingerspitzen aneinander.

»Herzlichen Glückwunsch! Das klingt gut.« Aimée sah, wie Mateos übermüdete Augen strahlten. Sein Gesicht wirkte eingefallen. Er arbeitete zu viel. Von Bestechungsversuchen seitens Dengler würde sie von Mateo wohl nichts zu hören bekommen, aber fragen musste sie ihn trotzdem.

»Hast du mal etwas von den Vernissagen in der Galerie Pop y Puro gehört? Du hattest doch mal ein Bild dort gekauft.«

Mateo blickte sie überrascht an. »Das ist ewig her. Und auf einer Vernissage lustig Sekt zu schlürfen, dafür habe ich im Moment leider keine Zeit, mío ángel.«

»Nein, klar. Die Schwester des mutmaßlichen Täters hat mir von diesen privaten Feiern dort erzählt, anscheinend treffen sich dort alle möglichen Leute, um sich gegenseitig ... nun denn, sagen wir mal, zu unterstützen?« Aimée setzte ihre Espresso-Tasse ab.

»Was ist dagegen zu sagen? Das nennt man glaube ich Networking.«

»Es geht wohl weit darüber hinaus. Sofia erzählte, dass dort auch Gelder fließen. Ich habe Dengler und Bau-Dezernentin Amanda Amandez dort miteinander plaudern sehen. Sie wirkten sehr vertraut.«

»Aimée, jetzt siehst du wirklich Gespenster!« Er trank den letzten Schluck Kaffee aus seiner Espressotasse.

»Es geht wohl um Gutachten für Bauvorhaben, darum, lästige Umweltgesetze zu umgehen.« Aimée blieb stur.

»Dengler ist einer der integersten Geschäftsleute Mallorcas«, konterte Mateo und stapelte ihr Geschirr zu einem kleinen Turm.

»Ich überlege nur, ob Nima von Gutachten wusste, die Dengler viel Geld einbrachten, und ihn mit ihrem Wissen womöglich erpresst hat«, spekulierte sie und warf ihre Serviette auf Mateos Turm.

»Sag mal, Aimée, hörst du dir eigentlich selber zu?«

Aimée sah ihn nachdenklich an. Sie stocherte im Nebel, das war ihr nur allzu bewusst. Heute Nachmittag landete Stivans aus Paris. Vorher wollte sie im Rathaus vorbeischauen. Vielleicht konnte sie Señora Amandez abpassen.

»Ich finde es nur sonderbar, dass Nima anscheinend Dinge wusste, die Dengler schaden konnten«, wiederholte sie etwas trotzig.

Mateo gab ihr einen Kuss auf die Wange. »Verbrenn dir nicht die Finger«, hauchte er ihr ins Ohr, dann warf er einen Blick auf sein Handy. »Ich muss weiterarbeiten, mío ángel. Sag Josephine, morgen früh beginnt die heiße Phase. Sie kann gerne aushelfen!«

Mateo verschwand zwischen Tortenformen und Regalen voller Plätzchen und Pralinen in seine Backstube. Aimée blieb noch einen Moment sitzen und blickte auf ihr Erdbeertörtchen vor sich, auf das perfekte Arrangement von Mürbeteig, Vanillecreme und roten Früchten. Allmählich fühlte sie sich selbst wie mit Tortenguss überzogen – in welche Richtung sie auch blickte, sie hatte das Gefühl, dass alle um sie herum sich bewegten, nur sie klebte auf der Stelle fest. Wenn sie Juan Alverez wirklich für unschuldig hielt, er weder der Mörder von Nima war noch das Seil im Fitnessstudio manipuliert hat, wer war es dann? Trieb sich in den Hotels von Patrick Dengler jemand herum, der den Hotelgästen und dem Personal schaden sollte?

Aimée fand, dass Diego hoch pokerte. Sollte sich eine weitere Gewalttat ereignen, hätte Comisario Fuentes ein Problem.

Bootshaus, Hotel El Sueño, Portals Nous

Für Hans Thalberg begann der Morgen wie jeder andere, seit seine Frau nach der Wirbel-Operation nicht mehr gehen konnte: In der Hoffnung, dass er nur geträumt hätte, Elsa wäre gelähmt. In der Hoffnung, dass sie gleich allein aus dem Bett sprang, ihre Gymnastik auf dem Balkon machte, sich lachend über ihn beugte, ihm einen Kuss gab, sich zu ihm legte und ihre Beine um ihn schlang.

Stattdessen half er Elsa in den Rollstuhl und schob sie in das behindertengerechte Bad. Die ebene Bodendusche war ein Geschenk – er musste zu Hause ebenfalls das Bad umbauen. Aber jetzt waren erst einmal die Treppen zu ihrer Einfamilienhaushälfte durch eine Rollrampe erweitert worden.

Eine Stunde Ganzkörper-Beauty-Massage hatte er Elsa gebucht – mit Rosenblättern und Yin-Yang-Essenzen. In einen dicken weißen Frotteebademantel gehüllt, blieb sie im Wellnessbereich zurück, während er sich mit seinem dunkelblauen Rucksack auf den Weg ins Bootshaus machte. Manchmal hatte er das Gefühl, Elsa ging es immer besser, während er immer grimmiger wurde.

Neben einem Segelboot, sechs SUP-Boards und ein paar Surfbrettern standen zwei Jetskis wie aus einem James-Bond-Film in Schwarz und Silber angetaut an dem Holzsteg. Vom zuständigen Personal keine Spur. Thalberg wusste, dass es um diese Uhrzeit ein Treffen aller Sportbereichsleiter an der Rezeptionshalle gab. Die Tanks der Jetskis wurde immer nach den Touren neu aufgefüllt. Er musste also nur mit der Absaugpumpe einen Teil des Benzins gegen Süßwasser austauschen und im Starter einen Wackelkontakt auslösen. Es kribbelte ihm jetzt schon in den Fingern, wenn er sich vorstellte, wie der Jetski in der Bucht von Palma zu qualmen anfing.

Die Kabel zu manipulieren war ein Kinderspiel. Den Tankdeckel zu öffnen war ebenfalls kein Problem, auch das Wasser hineinzugießen ging ihm ohne zu zittern von der Hand. Doch ihn wieder zu schließen wurde zu einer Herausforderung. Irgendetwas klemmte, hatte sich verhakt. Schweißperlen rannen ihm an den Schläfen entlang. Es musste alles so aussehen wie immer. Der Wassersporttrainer könnte bei einem offenen Deckel Verdacht schöpfen. Thalberg war nicht entgangen, dass seit gestern vermehrt Wachpersonal durch die Hallen und Flure des Hotels schlenderte und alles beobachtete. Sicher, das Hotel war alarmiert.

Seine Hand schmerzte bereits von den heftigen vergeblichen Drehbewegungen, als er Stimmen hörte, die sich über dem weiß getünchten Steg dem Bootshaus näherten.

Auf keinen Fall wollte er hier gesehen werden. Er durfte Elsa nicht dem Risiko aussetzen, ohne ihn zurechtkommen zu müssen. Sie wäre verloren ohne ihn. Es blieben ihm nur noch wenige Augenblicke. Kraftvoll versetzte er dem Tank einen Tritt. Das störende Hindernis rutschte weg und machte den Weg für die Windung frei. Erleichtert atmete er aus, wischte sich mit seinem Hemd hastig den Schweiß aus dem Gesicht, stopfte die Wasserpumpe zurück in seinen Rucksack und nahm den kürzesten Weg Richtung Strand.

Rathaus, Plaça de Cort, Palma

Aimée räumte ihre Notizzettel auf dem Schreibtisch zusammen, speicherte ihre beiden frisch angelegten Dateien unter Nima und Warhol ab und stellte ihre Kaffeebecher in die kleine Spüle, die zu ihrem Büro gehörte. Bevor sie sich mit de Miravelles zum Lunch traf, wollte sie im Netz die Vita von Steven Stivans durchgehen, der sie heute Nachmittag in seiner Villa erwartete.

Aimée konnte nichts Zweifelhaftes über den erfolgreichen Kunstsammler entdecken. Er kaufte und verkaufte Kunst schon seit Jahrzehnten, besaß eine Wohnung in Monte Carlo und ein Loft in New York, war mit einem dänischen Model verheiratet gewesen und hatte drei Kinder aus dieser Ehe. Seit den Neunzigerjahren lebte er seine Homosexualität offen und pflegte seine Beziehungen über mehrere Jahre. Die

Fotos aus der Boulevardpresse und den einschlägigen Kunstmagazinen zeigten einen unkonventionellen Lebemann mit grauen Schläfen, gekleidet in japanische Designermode mit einem lässigen Lächeln im Gesicht. Aimée hoffte, dass er bei ihrem Treffen heute Nachmittag noch genauso entspannt sein würde wie während ihres Gesprächs unmittelbar nach dem Einbruch in seine Villa.

Aimée warf noch einen Blick in den Spiegel, band ihre Haare zurück und benutzte etwas Parfüm, das ihr Peer letztes Jahr zum Geburtstag geschenkt hatte. Sie wusste nicht, ob sie sich absichtlich beeilt hatte oder ob ihr Unterbewusstsein sie steuerte. Jedenfalls führte sie der Weg ins Restaurant quer über die Plaça de Cort, auf der das im traditionell mallorquinischen Stil erbaute Rathaus aus dem 17. Jahrhundert stolz in der Mittagssonne seine Fahnen hochhielt.

Sollte sie diesen Zufall verstreichen lassen oder Amanda Amandez hier und jetzt einen kleinen Überraschungsbesuch abstatten? Aimée blickte auf die Uhr. Sie würde kaum zu spät kommen und entschied sich für Letzteres. Rasch eilte sie durch das edle Portal und suchte in der Eingangshalle auf einer Tafel nach den einzelnen Bereichsabteilungen. Einige Beamte waren bereits auf dem Weg zum Mittagessen, und Aimée blickte gerade die steinerne Treppe hoch, als sie Amanda Amandez in einem magentafarbenen Kostüm in ihrer raumgreifenden Eleganz auf sich zukommen sah.

»Señora Amandez?«, sprach Aimée sie mit fester Stimme an.

Die Baudezernentin blieb überrascht stehen und zog ihre rund gezupften Augenbrauen in die Höhe.

»Kennen wir uns?«, fragte sie. Während sie sprach, sah sie auf ihr Handy, das sie in ihrer goldberingten Hand hielt.

»Wir sind uns nicht persönlich vorgestellt worden. Eine Freundin von mir hat mich darauf aufmerksam gemacht, dass Sie sich in Schwierigkeiten befinden.«

»Wie bitte, wer sind Sie?« Endlich schien sie das Interesse an ihrem Handy verloren zu haben.

»Wir waren gestern zur gleichen Zeit in den Waschräumen der Galerie Pop & Puro. Anschließend haben Sie sich mit Señor Dengler unterhalten. Hat er Ihnen Geld geboten, damit Sie ihm schonende Gutachten schreiben ...?«

»Sind Sie verrückt geworden?« Die Baudezernentin sah sich irritiert um, so als hoffe sie, dass niemand Aimées Worte gehört hatte. »Sie können doch nicht einfach hier ins Rathaus marschieren und haltlose Beschuldigungen aussprechen.«

»Und wenn diese Beschuldigungen von einer Person kommen, der Sie vertraut haben?«

»Wer soll das sein?«, fragte Amandez eisig. Sie schob ihr Handy in die Tasche und setzte eine unbeteiligte Mine auf, als Aimée ihr Ass ausspielte.

»Nima. Nima Roth.«

Auf dem Gesicht von Amanda Amandez war keinerlei Regung zu erkennen. Man merkte ihr an, dass sie es gewohnt war, ihre Gefühle nicht zu zeigen. Trotzdem meinte Aimée, in ihren Augen einen glänzenden Film wahrzunehmen. Amandez öffnete ihre Handtasche und holte aus einer Seitentasche eine kleine Visitenkarte hervor.

»Und Sie sind?«, fragte sie knapp.

»Aimée Sander, private Ermittlerin.«

»Hören Sie, Señora Sander – das ist wirklich nicht der richtige Ort. Ich weiß mich gegen Verleumdungen zu wehren, auch öffentlich«, drohte sie eine Spur zu laut. Aber ihr Gesichtsausdruck blieb unverändert starr. Lag es an einer Schönheitsoperation, oder hatte diese Frau sich einfach gewaltig gut im Griff. »Rufen sie mich an, heute Abend. Privat! Verstehen Sie?«, fügte Sie heiser hinzu und ließ die Visitenkarte in Aimées Hand gleiten, bevor sie auf ihren roten High Heels davon stöckelte.

Aimée atmete langsam aus. Was für ein Auftritt! Erst als sie das Rathaus verlassen hatte und in die Carrer del Palau Reial eingebogen war, öffnete sie ihre Hand und sah auf die kleine lila Karte. Kein Name. Keine Adresse. Nur eine mobile Telefonnummer.

Wie elektrisiert ging Aimée die Straße hinunter und konnte ein Triumphgefühl kaum unterdrücken. War es wirklich so einfach gewesen, die Baudezernentin aus der Reserve zu locken, dass sie sich gleich mit ihr treffen wollte – unter vier Augen, privat? Was hatte sie damit ausgelöst, nur den Namen Nimas zu erwähnen? Jedenfalls musste sie Sofia recht geben, Amanda Amandez hatte Redebedarf. Und worüber sie reden wollte, würde sie spätestens heute Abend erfahren.

Restaurant San Maradea, Palma

Als Aimée das kleine mallorquinische Restaurant betrat, entdeckte sie gleich Garcia de Miravelles, der an einem Zweiertisch saß. Er orderte bereits die Getränke. Eigentlich verzichtete sie tagsüber auf Wein, doch sie saß keine fünf Minuten am Tisch, als Garcia sie überzeugt hatte, wenigstens einen Schluck zu probieren. Ein Pomerol Jahrgang 1996. Der intensiv nach Brombeeren schmeckende Wein passte perfekt zu dem zarten, in einer Thymiankruste gegrillten Insellamm. Ebenso wie zu den aprikosengroßen Meersalzkartoffeln und der mallorquinischen Aioli.

Aimée merkte schon bald, dass de Miravelles den eigentlichen Grund für ihr Gespräch auf die Zeit nach dem Essen hinausschob. Bis dahin sprach er mit ihr über den Unterschied von spanischem und italienischem Weinanbau und seinen Lieblingsweingütern in Frankreich. Seine Worte perlten an ihr ab; sie musste nichts kommentieren und doch genoss sie es, seine Stimme zu hören. Doch als der Kellner die Crema Catalana servierte, beendete sie Garcias Monolog.

»Mein Bauchgefühl sagt mir, dass Lélia sich noch auf Mallorca aufhält und irgendwo Unterschlupf gefunden hat. Ich gehe davon aus, dass das in der Aktivistenszene kein Problem darstellt«, begann Aimée, bevor sie die vanillegelbe Creme kostete.

Garcia nickte beklommen.

»Haben Sie mit Diego Fuentes über weitere Schritte gesprochen? Sicher könnte er einige Hausdurchsuchungen veranlassen.« Aimée sah ihn fragend an.

Doch Garcia winkte ab. »Nein, nein, das möchte ich auf keinen Fall. Sie lebt. Das ist das Wichtigste.«

Er tupfte sich mit der Stoffserviette den Mund ab und legte beide Hände auf den Tisch.

»Vertrauen Sie Josephine?«, fragte er mit ruhiger Stimme.

Aimée betrachtete ihre Crema Catalana, die nur noch aus einem Halbmond bestand, der am Rand der Porzellanschale kauerte, und sammelte sich.

Sie wollte Garcia nicht auf die Nase binden, dass Josephine die letzte Nacht nicht nach Hause gekommen war.

»Ja, ich vertraue ihr. Auch wenn ich weiß, dass sie gerade ihre Grenzen austestet, und sich die Wahrheit, sagen wir mal, nicht immer mit dem überschneidet, wie ich es vielleicht gerne hätte.«

»Ich verstehe. Aber Sie sind sicher, dass Ihre Tochter nichts über Lélias Aufenthaltsort weiß? Josephine war schließlich die Letzte, die sie am Montagabend gesehen hat«, fragte er und sah sie aufmerksam an.

Aimée verstand, dass er skeptisch war, was die Rolle Josephines betraf. Er zog alle Möglichkeiten in Betracht, – auch dass ihre Tochter sie anlog.

»Tja, leider hat sich Lélia noch nicht mal von Josephine verabschiedet.« Lélia hat Josephine im Stich gelassen, nicht umgekehrt, dachte sie verärgert. »Aber ich hole sie nachher von einem Segeltörn ab und werde noch mal mit ihr reden.«

»Ja, reden Sie mit ihr. Das habe ich mit Lélia viel zu wenig getan«, setzte er fast schon geistesabwesend hinzu und nahm einen letzten Schluck Pomerol.

Aimée räusperte sich und bedeutete dem Kellner, der fragend an den Tisch trat, dass sie mit dem Dessert fertig war.

»Ich gehe übrigens zurzeit davon aus, dass Lélia und Nima Roth gemeinsam versucht haben, den Warhol zu verkaufen«, wechselte Aimée das Thema.

»Wie kommen Sie darauf?«, fragte Garcia.

Aimée erzählte ihr von Veras Anruf und der Rückverfolgung zur Galerie Pop y Puro ebenso wie von dem Gespräch mit der Galeristin.

»Entweder hat Nima am Freitagnachmittag mit der Galeristin telefoniert oder Lélia – die Stimme klang sicher und selbstbewusst.«

»Ich kann Ihnen gar nicht mehr sagen, wie sich Lélias Stimme anhört. Für mich war sie ja noch ein Kind, als sie verschwunden ist«, sagte Garcia.

»Nachdem Nima am Samstagmorgen ermordet wurde, könnte man die Vermutung anstellen, dass der Warhol etwas mit ihrem Tod zu tun haben könnte«, erklärte Aimée. Garcias Augen weiteten sich. Er wusste mittlerweile, wer seiner Tochter ein Zimmer vermietet hatte.

Aimée ahnte, was er dachte. Sollte Nima wegen des Bildes ermordet worden sein und das Bild sich noch in Lélias Besitz befinden, wäre sie in ebenso großer Gefahr. Sie könnte das nächste Opfer sein. Wenn es denn so war und jemand wirklich für ein Kunstwerk über Leichen ging ...

»Auf jeden Fall ist Lélia noch immer in Geldnot – sonst wäre sie nicht mit Josephine bei Steven Stivans eingebrochen«, stellte Aimée klar. »Das kann nur bedeuten, dass sie entweder den Warhol noch hat, aber nicht weiß, wie sie ihn zu Geld machen kann, oder dass sie das Bild – aus welchen Gründen auch immer – nicht mehr verkaufen kann, weil sie keinen Zugriff mehr darauf hat.«

»Sie meinen, dass Nima Roth vorgab, es für sie zu verkaufen, sich dann aber das Geld in die eigene Tasche gesteckt hat … oder stecken wollte?« Er schüttelte ungläubig den Kopf.

»Möglich wäre es. Aber solange wir nicht mit Lélia gesprochen haben, gibt es weder für die eine noch für die andere Version irgendwelche Beweise.«

»Wie hat Josephine diesen verdammten Einbruch noch einmal gerechtfertigt?«

Aimée wiederholte, was Josephine ihr gesagt hatte. Dass Lélia ihr von Carlos erzählt hatte und dass sie für seine Befreiung dringend Geld bräuchte.

»Und wenn Nima das Bild Stivans angeboten hat und sie von ihm das Geld kassierte und Lélia sich das Bild nur wiederholen wollte?«, fragte er mit herausforderndem Blick.

Aimée verstand, dass Garcia alle Möglichkeiten durchspielte, um die Handlungen seiner Tochter einzuordnen und im besten Fall zu rechtfertigen.

»Dann hätte Lélia ihm ja einfach nur die Wahrheit sagen müssen. Steven Stivans ist ein renommierter Kunstsammler. Angesehen. Wohlhabend. Er hat es nicht nötig, jemanden abzuzocken. Natürlich hatte ich auch schon daran gedacht – aber diese Variante ergibt keinen Sinn.«

»Wie all diese ganzen Aktionen keinen Sinn ergeben.« Garcia hob die Hand Richtung Tresen, um zu signalisieren, dass er zahlen wollte.

»Egal, was wir uns aus den Fingern saugen, wir müssen Lélia finden, damit sie aussagen kann. Mit dem Einbruch ist sie straffällig geworden …«, erklärte Aimée.

»Lassen Sie mich mit Stivans reden – er darf Lélia nicht anzeigen. Ich will nicht, dass meine Tochter glaubt, ich hetze ihr die Polizei auf den Hals«, schlug er eindringlich vor.

Aimée holte ihr Portemonnaie aus ihrem Rucksack, während Garcia sich anschickte, die Rechnung zu übernehmen. Aimée setzte sich durch. Der Kellner nahm ihre Kreditkarte.

»Es ist *mein* Klientengespräch – sie bezahlen mich für die Suche nach dem Warhol.«

Garcia gab sich geschlagen.

»All das nur, weil Lélia mich nicht um Geld fragen will.« De Miravelles klang resigniert, als er sich erhob und sie gemeinsam das Restaurant verließen. Während sie de Miravelles hinterhersah, malte Aimée sich aus, wie das Gespräch mit Lélia verlaufen würde, wenn sie endlich vor ihr stand.

Villa Stockholm, Son Carrió, Manacor

Der Kies unter ihren Stiefeln knirschte, und Aimée erinnerte sich an ihren Besuch mit Josephine wenige Tage zuvor. Als sie mit verweinten Augen vor ihr gestanden hatte und über Lucas fluchte. Wie sich die Dinge in so kurzer Zeit verändern konnten. Für Aimée fühlte es sich an, als ob Lucas ziemlich schnell durch die unerschrockene Lélia ersetzt worden war.

Das Chaos, das die beiden Montagnacht veranstaltet hatten, musste sie jetzt ausbaden.

Darüber hinaus hoffte Aimée, dass Stivans ihr irgendeinen Hinweis liefern könnte. Ein Detail, das sie bisher übersehen hatte.

Diesmal musste sie nicht an der Klingel-Installation ziehen. Mit nassen Haaren hielt Will ihr bereits die Tür auf.

»Hi, Will, how are you?«, begrüßte Aimée den Engländer.

»I am fine. Where is your daughter?«

»Äh, she is on a boat. She is really sorry for not coming with me, but ...«

»Aimée, komm herein. Will möchte dich nur ärgern. You take care for our drinks, darling?«

Will trollte sich Richtung Küche. Aimée betrat das riesige Wohnzimmer und sah plötzlich die Wände und all die herumstehenden Skulpturen mit anderen Augen.

»Fehlt etwas? Habt Ihr schon überall nachgesehen?« Die Frage hatte ihr auf der Zunge gebrannt.

»Bisher vermisse ich nur den kleinen Christo«, erklärte Stevens.

Aimée erstarrte. Ernsthaft? Das war das einzige Stück Kunst, das Josephine beeindruckt in den Händen gehalten hatte. Sie hatte doch nicht ...

»Nein, Aimée«, flachste Stivans. »Ich habe alles durchgesehen – es ist alles an seinem Platz. Die beiden wollten sich vielleicht wirklich nur über unseren selbst gebrauten Smoothie hermachen.« Er lachte.

Aimée war überrascht über seine gute Laune. Er schien wenig besorgt, wahrscheinlich war er es nie ernsthaft gewesen.

»Sind Sie so gut gelaunt, weil Lélia den Warhol nicht gefunden hat, den Sie Nima Roth abgekauft haben?« Wenn er Witze machen konnte, konnte sie es auch.

Er verschluckte sich an seinem eigenen Lachen. Seine Stimme ruderte, überschlug sich, bis er sich nicht mehr halten konnte vor Lachen und sich auch noch auf die Schenkel schlug. Herrje, welche Drogen hatte der Kunsthändler aus Paris mitgebracht?

»Der war gut«, beruhigte er sich schließlich. »Nein, meine gute Laune hat nichts mit dem Warhol zu tun. Nach Paris fühle ich mich einfach immer wie im Rausch. Wissen Sie, ich habe als Student dort gelebt, und alles fühlte sich an wie damals. Wie eine Blutwäsche, pure Jugend – auch ohne Botox oder Speed.«

»Das freut mich sehr für Sie – Paris besitzt diese sinnliche Energie, das sehe ich genauso«, erwiderte Aimée nonchalant. Wenn sie das Gespräch auf dem Level hielt, würde sie von ihm wahrscheinlich nichts mehr zu befürchten haben. Trotzdem hatte sein fast schon hysterischer Lachanfall sie etwas irritiert.

»Sie sagten letzten Sonntag, nicht zertifizierte Warhols seien so gut wie wertlos«, tastete sie sich weiter vor.

»Ja, das stimmt.«

»Wenn man aber ein Kunstwerk aus einer sicheren Quelle angeboten bekommt und das Zertifikat einfach fehlt, wäre das eine andere Situation?«, fragte Aimée mit Unschuldsmiene.

»Sie meinen, wenn die Tochter von Garcia de Miravelles sich mir erst persönlich vorgestellt hätte, wäre ich bereit dazu gewesen, eine Ausnahme zu machen? Weil ich natürlich weiß, dass einer der größten Weinhändler Mallorcas einige nette Werke von Interesse besitzt …«

»Zum Beispiel.«

»Das hat sie aber leider nicht. Aber ich kann Sie und Señor de Miravelles beruhigen – es wird keine Anzeige von meiner Seite geben. Will wird unser Sicherheitssystem überprüfen – sollte ich allerdings doch noch etwas vermissen, melde ich mich bei Ihnen. Sollen wir so verbleiben?«

Das scheppernde Klingeln unterbrach ihre Unterhaltung. Ein Paketlieferdienst stand mit einer fast mannshohen Kiste vor der Tür.

»Das ist mein neues Jeff-Koons-Objekt. Frisch aus Paris. Entschuldigen Sie mich bitte, das sind besondere Momente.« Stolz schritt Stivans in Richtung Tür und delegierte dem Paketboten den Weg.

Aimée holte Luft und zog die Augenbrauen hoch. Okay, sie war abgeschrieben.

»Oder wollen Sie mir vielleicht beim Auspacken helfen?«

Aimée warf einen Blick auf ihr Handy. Sie hatte noch Zeit, bis sie Josephine vom Hafen abholen wollte.

»Warum nicht? Wenn Sie mir sagen, was ich tun soll.«

Was nun folgte, erinnerte Aimée an eine Zaubershow. Zunächst hievten die Männer das Paket ein Stockwerk tiefer, wo ein breiter Raum mit einer zwanzig Meter langen Fensterfront vor ihnen lag.

Aimée hatte zunächst nur Augen für die beeindruckende Sicht auf die Ostküste Mallorcas, den Blick auf das Tal und das Meer am Ende des Horizonts. Stivans und Will fingen bereits mit Teppichmessern an, das Kunstobjekt von der Kartonpappe zu befreien, all Aimée nun ihren Blick über die Wände des Zimmers schweifen ließ. Es handelte sich um Kunstwerke, die nur ein Thema hatten: Blumen. Sie fragte sich konsterniert, warum Stivans sie mit heruntergenommen hatte, denn unter den Künstlern waren nicht nur Stillleben, sondern auch abstraktere Bilder von Paul Klee, Miro und Warhol. Drei Bilder aus der Serie *Flowers,* aber eben keine roten, sondern zwei mit neonorangefarbenen und eins mit gelb-rosa Blüten.

»Sehen Sie, ich habe schon meine *Flowers«,* verkündete er stolz wie ein Kind, das seine Geburtstagsgeschenke präsentiert.

»Ich sehe es. Sehr beeindruckend. Sie lieben Blumen, eindeutig.« Aimée fühlte sich wie in einem Treibhaus. Hier gab es neben gemalten Blumen auch echte Pflanzen, Farne und Palmen – zudem hatte die Nachmittagssonne den Raum aufgeheizt.

»Wissen Sie, ich liebe nicht die Schönheit der Blumen. Es ist ihre tiefe Komplexität, die mich in den Werken fasziniert. Blumen sind gefällig, alle lieben sie, sie sind pure Dekoration und hohe Kunst zugleich – damit löst sich der Anspruch von hoher und Alltagskunst in nichts auf«, dozierte er.

Stivans schwelgte selig in seinen kunstphilosophischen Betrachtungen. Es wurde Zeit, dass sie ging. Sie hatte genug gesehen. Dieser Mann war von seiner Kunst besessen, aber war er deshalb bereit, die Grenzen der Legalität zu überschreiten?

Wenige Minuten später saß Aimée auf ihrer Triumph und bog links Richtung Porto Cristo und schließlich Richtung Küste ab, wo sie nach zehn Minuten die Ma-4014 erreichte.

Hier schaltete sie einen Gang höher und beschleunigte die Maschine. Sie dachte noch über Stivans, Kunst und Blumen nach, während ihr der Fahrtwind entgegenschoss. Aimée wusste nicht, ob das Tempo sie so unruhig machte oder ob es die Vorfreude war, gleich Josephine zu sehen. Sie brauchten wirklich Zeit füreinander!

Als sie an der Mole des größten Naturhafen Mallorcas parkte, sah sie bereits ein einfahrendes Segelboot. An die zwanzig Meter lang, mit ungefähr einem Dutzend junger Leute an Bord. Eine unübersehbare Regenbogenfahne flatterte am Mast, den einige Möwen kreischend umflogen. Aimée ging auf die *Freedom* zu – den Namen des Schiffes konnte sie an Backbord lesen –, als der Skipper die Leinen über Bord auf den Poller warf.

Aimée legte die Tauschleife darum und grüßte die johlend aussteigende Horde. Schnell rasterte sie jede Person ab, doch Josephine war nicht unter ihnen. War sie noch unter Deck?

»Wo ist Josephine?«, fragte Aimée den Skipper.

»Das Mädchen mit den dunklen langen Locken? Die Hamburgerin?«, fragte der Mann mit holländischem Akzent.

»Ja, wo ist meine Tochter?« Aimée versuchte, eine sinnvolle Erklärung zu finden, warum Josephine nicht an Bord war.

»Sie ist unterwegs ausgestiegen.«

»Wie bitte?«

»Chosefin hat einen Anruf bekommen, ze wollte sofort an Land.« Der Holländer hob die Schultern.

»Wo habt ihr sie denn rausgelassen? Und wann?« Nur keine Panik aufkommen lassen. Aimée schaltete auf Funktionsmodus, ihr Ohrgeräusch fiepte.

»Wir waren gerade auf der Höhe von Cala Sa Nau. Ze ist dort einfach ins Meer gesprungen.« Er sah auf seine Uhr. »So vor einer Stunde.«

Aimée drehte sich auf dem Absatz um. Wenige Augenblicke später hatte sie ihre Triumph gestartet, beschleunigte viel zu schnell und schoss über die Landstraße Richtung Cala Sa Nau zurück.

Centre Penitenciari de Mallorca, Carretera de Sóller

Als die schwere Tür aus Eisengittern hinter ihr ins Schloss fiel, machte sich ein mulmiges Gefühl in ihrem Magen breit. Seit Marie die Vollzugsanstalt von Palma betreten hatte, zogen vor ihrem inneren Auge Bilder von Juan vorbei. Sie sah ihn als Kind mit seinen kaum zu bändigenden Locken, als Jugendlichen mit schulterlangen Haaren und jetzt als Mann mit gebändigtem dunklem Schopf. Doch Juan war keineswegs gezähmt, seit ihrem letzten Gespräch war ihr das nur allzu klar. Und so wunderte es Marie auch nicht, dass er sie, seit er in U-Haft saß, nicht um Hilfe gebeten hatte. Ihn sich jetzt in einer Zelle vorzustellen verursachte ihr allerdings Übelkeit. Es war ein Schock für sie gewesen, als Patrick sie über seine Festnahme in Kenntnis setzte. Sie nahm ihrem Mann sogar seine Fassungslosigkeit ab. Aber obwohl Marie um Juans Unbeherrschtheit wusste, war sie weit davon entfernt, ihm einen Mord zuzutrauen.

Die Schritte des Gefängnisbeamten hallten wie Ohrfeigen durch den langen Flur in dem Bereich des Centre Penitenciari, in dem die Beschuldigten in Untersuchungshaft saßen.

Bis Juan vor einem Gericht schuldig gesprochen wurde, galt die Unschuldsvermutung. Das war der Strohhalm, an den sich Marie klammerte. Enttäuscht hatte sie am Abend vorher mitbekommen, dass Patrick gegenüber der Privatermittlerin erklärte, dass er den Fall für abgeschlossen hielt und ihr Auftrag somit beendet war. Für Patrick war Juan der Schuldige, das war schon immer so gewesen, fast immer. Wenn an die Öffentlichkeit kam, dass er Marie damals geschlagen hatte, wäre das ein weiterer Punkt, der ihn belasten würde.

Marie und Patrick hatten nie über den Vorfall gesprochen – aber als sie in jener Nacht in Tränen aufgelöst vor Patricks Tür gestanden hatte, musste der Abdruck auf ihrer Wange auch für ihn noch deutlich sichtbar gewesen sein. Ebenso wie die blauen Flecken auf ihren Armen. Patrick hatte kein Wort gesagt und sie in die Arme genommen. Sie hatte bei ihm eine Geborgenheit verspürt, die sie bei Juan nie empfunden hatte, seine Rastlosigkeit ließ dafür keinen Raum.

Seit dem Tag war Juan kein Thema mehr zwischen ihnen. Auch wenn sie selbst Juan seinen gewalttätigen Ausbruch schon lange verziehen hatte. Damals stand sie unter Schock, und diese Ohrfeige hatte ihr die Entscheidung abgenommen, zwischen Juan und Patrick wählen zu müssen. Vielleicht war sie sogar erleichtert gewesen. Eine Zukunft mit Patrick sah zu dem Zeitpunkt wesentlich komfortabler und glamouröser aus als ein Leben mit Juan. Juan, der alles infrage stellte, sich nie mit einer halbherzigen Aussage zufriedengab und gerne das letzte Wort behielt. Doch zu dieser Erkenntnis war sie damals nicht in der Lage gewesen – auch heute konnte sie nur in bestimmten Momenten sich selbst gegenüber so ehrlich sein.

Juan saß in seiner schwarzen Jeans und einem dunkelblau karierten Hemd am Tisch, der einsam in der Mitte des Besucherraums stand. Marie deutete dem Justizbeamten an, es sei in Ordnung, alleine gelassen zu werden.

»Ich habe dir Mandelkuchen mitgebracht«, durchbrach sie die angespannte Stimmung, zog den goldenen Karton aus der weißen Papiertüte und stellte ihn vor Juan auf den Tisch. Er reagierte nicht und sah sie nur abschätzend an.

»Was suchst du hier? Möchtest du dir einen echten Mörder ansehen?«, fragte er zynisch, verschränkte die Finger ineinander und legte seine Hände auf den Tisch wie ein Lehrer, der von seiner Schülerin bitter enttäuscht wurde und ihr nicht mal mehr eine Strafpredigt halten will.

»Ich weiß, dass du unschuldig bist«, versuchte Marie, sich zu verteidigen.

»Bist du sicher?« Juan schnitt eine Fratze und hob die Hände hoch, als ob er sie fressen wollte.

»Hör auf, mir ist nicht nach Scherzen zumute«, erwiderte Marie. Er sah völlig übernächtig aus, in seinen Augenwinkeln kreuzten sich Fältchen, seine Haut wirkte fahl.

»Nein, mir ist schon seit 25 Jahren nicht nach Scherzen zumute.« Sein Blick ein einziger Vorwurf.

»Ich verstehe deinen Schmerz über deinen Verlust«, hauchte Marie und hielt sich an ihrer Yves-Saint-Laurent-Handtasche fest.

»Nichts verstehst du – endlich hatte ich eine Frau gefunden, in deren Armen ich nicht an dich denken musste. Nima war einzigartig. Und jetzt sitzt du hier mit deinem Luxus-Täschchen und erzählst mir, dass du mich verstehst.« Er lachte hart auf.

Marie zuckte kurz zusammen, dann fing sie sich wieder.

»Patrick hat mir von Heiratsplänen erzählt?«, fragte Marie so neutral wie möglich.

Juan ließ sich mit seiner Antwort Zeit. »Ich wollte ihr Sonntag einen Antrag machen – aber man bringt seine Braut natürlich vorher um, wenn man plant, den Rest seines Lebens mit ihr zu verbringen.«

Erneut zuckte Marie zusammen. Er spuckte ihr die Worte wie ein angeschossener Wolf vor die Füße.

»Juan, hör *bitte* auf! Ich bin doch auf deiner Seite. Es muss doch irgendeinen Grund geben, warum sie ermordet wurde. Hast du keinen Verdacht?« Sie versuchte, aus ihm herauszubekommen, ob er irgendetwas wusste, was er der Polizei verheimlichte – Juan war kein Verräter, vielleicht schützte er jemanden.

»Patrick hat von diesen Öko-Rebellen erzählt – ich habe zunächst nicht verstanden, um was genau es ging –, aber dann gab es dieses Attentat im Fitnessstudio. Hast du irgendetwas mit diesen Leuten zu tun?«, fragte sie. Ihre Stimme bebte. Juan schwieg und sah aus dem Fenster.

»Angeblich sind deine Fingerabdrücke auf einem Schokoladenpapier gefunden worden, in dem sich eine giftige Substanz befunden haben soll. Juan, wie kommen sie dorthin?«

»Glaub doch, was du willst«, erwiderte Juan bloß und sah sie nicht einmal mehr an.

»Versuchen diese verrückten Umweltschützer Patrick mit diesen Aktionen unter Druck zu setzen? Gehen diese Leute vielleicht für ihre Ziele so weit, jemanden umzubringen?«, bohrte sie weiter nach.

Für Marie war es schon lange ein Problem, zu beobachten, wie sich Juan auf der einen Seite zu einem engagierten Umweltschützer entwickelte – während die El-Sueño-Hotels auf der anderen Seite nicht gerade eine Vorreiterrolle in Bezug auf Umweltschutz und Nachhaltigkeit einnahmen. Auch wenn sich Patrick im letzten Jahr mehr und mehr bemühte, den Hotels einen grünen Anstrich zu verleihen.

Juan schüttelte den Kopf. »Du bist ja verrückt, Marie! Nur weil Umweltschützer auf die Barrikaden gehen, um euch endlich wachzurütteln, sind sie noch lange keine Mörder. Wie viel Plastikmüll aus euren Hotels soll denn noch unsere Müllberge vergrößern? Weißt du wie viel tausend kleine Shampoo- und Duschfläschchen jährlich allein auf Mallorca im Abfall landen?«

Marie spürte, dass hinter seinem Wutausbruch auch Resignation mitschwang. Sie wusste, es war ein langer Weg gewesen, bis die Mindeststandards endlich in die Gesetzesvorlagen aufgenommen wurden.

»Ich habe stundenlang mit Patrick darüber diskutiert, um ihn von einem plastikfreien Frühstücksbuffet zu überzeugen ...«

Juan fing an zu klatschen. »Bravo, Marie, bravo! Als ob es nur darum geht! Wie hat Patrick eigentlich das Hotel in Santanyí erworben – wie hat er den Bau auf diesem Sahnegrundstück überhaupt genehmigt bekommen? Und was ist mit seinen Bauplänen in Andratx?«

»Juan, die Denglers kaufen hier auf Mallorca seit vierzig Jahren Immobilien. Was willst du Patrick unterstellen? Und von Bauplänen in Andratx weiß ich nichts – da bist du falsch informiert.« Marie fühlte, wie ihr schwindelig wurde. Warum hatte Patrick ihr nichts von seinen Plänen erzählt?

»Was meinst du, wie viele seiner Ferienwohnungen er schwarz gebaut hat – und trotzdem greift niemand ein. Woran liegt das wohl? Wir kämpfen für unsere Landschaften, eigentlich müssten viel mehr Flächen unter Naturschutz stehen und nicht mit Hühnerkäfigen verschandelt werden.« Juan wedelte abfällig mit den Händen. Sein Gesicht wurde puterrot.

»Du scheinst dich ja sehr für Patricks Geschäfte zu interessieren. Woher hast du eigentlich all diese Kenntnisse?«, fragte Marie. Sie versuchte, ihre Stimme so fest wie möglich klingen zu lassen, während sie an den Ärmeln ihrer cremefarbenen Bluse nestelte, die am Handgelenk etwas spannten. Ihr wurde plötzlich heiß in diesem großen Raum, in dem sie allein mit Juan saß. Früher waren sie übereinander hergefallen, wenn sie sich allein irgendwo aufhielten. Wo war diese Leidenschaft geblieben? Empfand er gar nichts mehr für sie? Sie schob ihre Hand über den Tisch zu seiner, als wollte sie ihn beruhigen, doch Juan zog seine Hand sofort hastig zurück. Sein Blick traf sie wie ein kalter Luftzug.

»Ich arbeite seit zehn Jahren für *NatureNow,* wir sind mit anderen Umweltschützern gut vernetzt – genau wie moderne Geschäftsleute.«

»Dann musst du doch auch wissen, wer zu einer solchen Tat fähig ist.« Marie überhörte seine Spitze. Sie wollte nicht glauben, dass er völlig ahnungslos war.

»Nein, Marie, das weiß ich nicht. Fähig sind Menschen zu allem Möglichen – die Frage lautet, warum handeln sie so.

Warum musste Nima sterben? Wem hat sie im Weg gestanden?« Seine tiefe Stimme erschütterte den ganzen Raum.

»Du glaubst also an ein privates Motiv«, erwiderte Marie.

»Was sonst?« Sein Blick glitt wieder zum Fenster. Marie folgte ihm. Hinter der Gefängnismauer waren die sich biegenden Wedel einer Palme zu sehen.

»Und diese ominöse Gruppierung *Rebels with a Cause?«* Marie versuchte es ein letztes Mal.

»Eine Umweltgruppe, die an uns vorbeiarbeitet, kann ich nicht ernst nehmen. Ich kenne niemanden mit so einem Namen«, erklärte er abfällig.

»Und wie kommen dann deine Fingerabdrücke auf dieses Schokoladenpapier der El Sueño-Hotels?«, fragte Marie ungeduldig.

»Wie gesagt, ich habe keine Ahnung. Manchmal stecken sich meine Mitarbeiter von den Schokobohnen welche in die Tasche oder legen sie für die Fahrt ins Auto. Ich habe auch schon mal eins gegessen, na und?«

Juan raufte sich die Haare, sein müder Blick machte sie traurig. Sie spürte, er war mit seinen Nerven am Ende. Sein Hemd zeigte Schweißflecken. »Es ist mir auch egal. Worüber unterhalten wir uns eigentlich? Wenn mich jemand in den Knast bringen wollte, hat er gründliche Arbeit geleistet.«

»Du willst doch nicht etwa behaupten, dass die Mitarbeiterin aus dem Wellness-Bereich gelogen hat. Sie hat dich gesehen – das behauptet sie jedenfalls.«

Marie sah, wie Juan einknickte. Er schien plötzlich noch blasser zu werden. »Aber ... es war doch um diese Uhrzeit noch keiner da ...! Sie lügt.«

»Hast du an diesem Morgen doch noch mal mit Nima gesprochen, nachdem du unten warst?«

»Nein, natürlich nicht. Ich weiß nur, dass mich jemand in den Knast bringen will.« Er sah sie frostig an.

»Du glaubst doch nicht etwa, dass Patrick dahintersteckt. Er könnte froh sein, dass du eine Frau gefunden hast …«

»… und ich mich nach über zwanzig Jahren nicht mehr nach dir verzehre? Wie naiv du noch immer bist, Marie. Als ob sich dein Mann für meine Gefühle interessiert.« Er lachte wieder dieses herzlose Lachen, das ihr durch die Glieder fuhr wie ein altes Lieblingslied, das man in einer scheußlichen Coverversion hörte.

»Juan, ich glaube, du weichst mir aus. Mit wem hatte Nima Probleme?«, fragte sie fast schon verzweifelt.

»Marie, wenn ich es wüsste, wäre ich bestimmt nicht hier.« Er stand auf, und sie betrachte seine schlanke Statur. Wie gern würde sie ihn jetzt umarmen.

»Ich glaube dir sogar, dass du mir helfen willst – aber unsere Geschichte ist lange vorbei. Kümmere dich um deine Familie. Du hast doch noch einiges zu tun. All die Vorbereitungen für die glamouröse Hochzeit erledigen sich bestimmt nicht von selbst.«

Maries Brustkorb schnürte sich zu. Warum kanzelte er sie so ab?

»Du weißt, warum ich mich für Patrick und nicht für dich entschieden habe?«, fragte Marie.

Er zog die Augenbrauen hoch und sah für einen Moment aus wie der Teenager, der mit ihr durch die Orangenbäume gejagt war, um sie küssend zu Boden zu bringen. Sie erinnerte sich an diesen Sommertag, als ob es gestern gewesen wäre. Es hatte überraschend geregnet, und nach dem Schauer waren sie vom Strand zu Fuß hoch nach Sóller gelaufen. Er wollte ihr einen Saft aus frisch gepflückten Orangen pressen, aber keine Orange war ihm gut genug für sie, und so kamen sie ins Rangeln. Das feuchte Erdreich unter ihnen störte sie nicht, und als es wieder anfing zu nieseln, merkten sie es nicht einmal.

»Eigentlich interessiert mich das nicht mehr …«, erwiderte er lakonisch. Doch sie spürte, dass er es wissen wollte.

»Marie, ich weiß, dass ich einen schweren Fehler gemacht habe – und ich habe mich dafür entschuldigt.«

»… aber viel zu spät«, fiel sie ihm ins Wort. »Ich wollte keine Kinder von einem Mann, der mich schlägt«, presste sie heraus.

Er nickte stumm. »Es ist *einmal* passiert und seitdem nie wieder. Aber du hast recht, es ist besser so. Gut, dass du dich für ihn entschieden hast. Ein Leben mit mir wäre anstrengender geworden.«

Marie seufzte auf. »Du wirst dich nie ändern.« Sie erhob sich und holte aus ihrer Handtasche ein Paket. Sie hatte lange überlegt, ob sie ihm ihr Tagebuch schenken sollte, aber sie musste es tun.

»Hier, das ist für dich. Wenn du es gelesen hast, siehst du die Dinge vielleicht auch mal aus einer anderen Perspektive.«

Er nahm das Paket nicht entgegen, und so legte sie es neben den goldenen Karton mit dem Mandelkuchen. Dann trat sie auf ihn zu und gab ihm einen Kuss auf die Wange.

»Verschluck dich nicht an deinem Stolz«, sagte sie leise und wandte sich Richtung Tür.

Ohne sich umzudrehen, hatte sie den Besucherraum verlassen. Kein Wort der Versöhnung. Nur das warme mallorquinische Licht tröstete sie, als sie hinter der eisernen Tür in die Sonne trat, und legte sich schützend um ihr Herz.

Cala Sa Nau, Palma

Die Strecke von Portocolom bis zur Cala Sa Nau betrug knapp zehn Kilometer. Eigentlich brauchte man für den Weg fünfzehn Minuten, Aimée schaffte es in zehn.

Die fjordähnliche, fast dreihundert Meter lange Bucht lag wie ein von der Natur geschaffener Swimmingpool zwischen den ockerfarbenen Klippen mit ihren sich zum Wasser hinabneigenden Pinien und silbergrauen Büschen. Noch nie hatte sie die 64 Stufen so schnell hinter sich gelassen. Die eine Hälfte der Bucht war mit komfortablen türkisfarbenen Sommerliegen bestückt, Sonnenschirme aus Stroh standen wie mit dem Lineal ausgemessen in Reih und Glied daneben. Die späte Nachmittagssonne spielte mit ihren langen Schatten um die besten Plätze.

Josephine kannte sich hier aus. Sie hatten hier gemeinsam unbeschwerte Strandtage verbracht. Während der Fahrt hatte Aimée nur das Bild vor Augen gehabt, Josephine hier zu finden. An der Strandbar stehend, eine Limo in der Hand. Vielleicht hatte ein Anruf von Lélia sie hierher gelotst, hatte Aimée sich zu beruhigen versucht. Warum verlässt man ungeplant eine Stunde vorher sein Schiff? Sie waren doch verabredet!

Aimée ging auf die Badegäste zu, die an ihren Blue-Hour-Getränken nippten und auf ihren Liegen den Sonnenuntergang erwarteten. Doch keiner der Urlauber konnte eine brauchbare Aussage machen. Sie hatten Josephine zwar gesehen, das Mädchen, das in einem grünen Kleid und mit einem wasserdichten Rucksack auf dem Rücken an Land geschwommen war. Aber sie war mit keiner anderen Person gesehen worden. Niemand hatte sie am Strand erwartet. Sie hatte auch niemanden begrüßt und auch mit keiner der Badenden geredet, sie war nur eilig auf die Treppen zugelaufen.

Aimées Herz raste schmerzhaft schnell. Sie blickte auf die Uhr, 20 Minuten nach sieben. Fast eine Stunde hatte sie die Leute hier befragt – es ergab keinen Sinn mehr. Zum zehnten Mal sprach sie Josephine auf die Mailbox, sendete ihr Nachrichten – doch nicht einmal das zweite Häkchen erschien auf dem Handy-Display – was nur bedeuten konnte, dass sie ihr Handy ausgeschaltet hatte, was unwahrscheinlich war, oder dass sie es aufladen musste.

Josephine war bestimmt nicht zu Fuß weitergegangen – wenn sie mit dem Auto abgeholt worden war, konnte sie hier noch ewig suchen. Aimée beschloss, als Erstes Raouf anzurufen. Als Aimée ihren Stiefvater nach Josephine fragte, konnte er ihr nur mitteilen, dass er nichts von ihr gehört hatte. Er klang aufrichtig besorgt

Dann rief sie Mateo an. Da er nicht an sein Handy ging, versuchte sie es in der Konditorei, doch als sie einen Angestellten bat, ihr den Chef zu geben, wurde sie enttäuscht.

»Er ist nicht hier. Wir glauben, er hat sich eine Stunde aufs Ohr gehauen, er hat die letzte Nacht durchgearbeitet.«

»Und Josephine ist auch nicht zufällig bei euch aufgetaucht?«, fragte Aimée sicherheitshalber.

»Nein, aber sie kommt doch morgen? Wir brauchen sie!«

Ja, so war es verabredet. Was sollte sie jetzt darauf sagen? Aimée bedankte sich und bat, Mateo ihren Anruf auszurichten.

Danach sprach sie auch Garcia aufs Band mit der Bitte, sich möglichst schnell bei ihr zu melden – vielleicht saßen die Mädchen plaudernd bei ihm auf der Terrasse und tranken Aperol Spritz, verlor sie sich in Illusionen, während sie die Treppen vom Strand zum Parkplatz hochstieg, wo sie kurz darauf ihre Maschine startete. Diesmal übertönte der Motor nicht das Fiepen in ihrem Ohr.

Aimée war klar, dass der schwerste Anruf noch vor ihr lag – bis Palma gab sie heftig Gas, dann drosselte sie das Tempo und erreichte im gefühlten Autopiloten Carrer de la Corderia. Die Stiegen ins oberste Stockwerk nahm sie im Zweierpack. Mit zittrigen Fingern schloss sie die Tür auf.

Keine Josephine.

Die letzte Chance auf eine harmlose Klärung zerfiel vor ihr wie eine Marionette, der man die Fäden abschneidet.

Wie in Trance ging sie auf die Terrasse, stützte beide Hände auf dem Mauervorsprung ab und holte mehrmals tief Luft. Ihr Kopf fühlte sich an wie mit Beton aufgegossen. Vor ihrer Stirn zuckten helle Blitze, als sie die Augen schloss. Schnell öffnete Aimée sie wieder.

Der Abend legte sich über die Stadt, und sie wusste, dass sie den Anruf nicht weiter aufschieben durfte. Sie musste Diego informieren.

»Entweder Josephine ist völlig durchgeknallt oder irgendjemand hat sie in eine Falle gelockt«, begann Aimée ohne Umschweife das Gespräch, nachdem sie den Namen Diego in ihrer Favoritenliste touchiert hatte.

»Langsam, Aimée. Was ist passiert?«

Aimée fasste die letzten Stunden zusammen. Ihre Verzweiflung verlieh ihrer Stimme einen hohlen Klang.

»Du glaubst nicht ernsthaft, dass Josephine entführt wurde?«, fragte Diego skeptisch. »Bei ihrem Verhalten die letzten Tage ist das unwahrscheinlich. Oder hat man dich kontaktiert?«

»Nein. Aber vielleicht trete ich mit meinen Ermittlungen jemandem auf die Füße.« Aimée angelte sich eine Flasche Wasser und goss sich ein Glas ein.

»Und wenn der Einfluss Lélias größer ist, als du denkst, und die beiden jetzt gemeinsam die Welt retten wollen?«, spekulierte Olivier unverblümt. »Josephines Begeisterung für die kleine de Miravelles war unübersehbar. Du weißt, wie Teenager sein können.«

»Nein, Diego. Sie würde mir eine Nachricht schicken. So haben wir es immer gemacht.« Aimée zwirbelte mit einer Hand ihre langen Haare immer wieder zusammen, bis sich die Strähnen ineinander verknotet hatten.

»Diego, ich will, dass du das ganze Programm auffährst. Schick ihr Foto an alle Polizeidienststellen. Ich kenne einen Redakteur beim Radio und werde eine persönliche Suchmeldung aufsprechen. Irgendjemand wird sich melden. Ich bleibe auf keinen Fall hier sitzen und warte.«

Vor morgen früh konnte er auf keinen Fall aktiv werden, gab Diego ihr zu verstehen. Auch der Radioredakteur hielt eine Durchsage erst am nächsten Morgen für sinnvoll.

Sonst war Aimée diejenige, die um Besonnenheit und Geduld bat. Jetzt konnte sie sich nicht beruhigen und wollte auch nichts von Geduld hören. Nachdem Mateo nicht zurückrief, sprach sie ihm aufs Band. Wahrscheinlich steckte er bis zu den Ellbogen in Buttercreme. Josephine sei nicht aufzutreiben, aber sie hoffe natürlich, dass sie bis morgen wieder auftauchte, um ihm zu helfen. Es war genau der Strohhalm, an den sie sich selbst klammerte. Am liebsten hätte sie irgendetwas die Terrasse hinuntergeworfen, so hilflos fühlte sie sich.

Stattdessen trank sie das Glas Wasser aus, zog sich ihre Lederjacke an und befand sich wenige Minuten später auf der Landstraße Ma 11 Richtung Sóller. Garcia hatte noch nicht zurückgerufen, und da sie es zu Hause nicht aushielt, versuchte sie, sich auf Mallorcas Straßen abzulenken. Wenn sie Garcia einen kurzen Besuch abstattete, hatte sie wenigstens ein Ziel.

Villa de Miravelles, Deià

Sóller lag mit seiner orange angeleuchteten Kathedrale Sant Bartomeu wie eine Satellitenstation im nächtlichen Tal des Tramuntana-Gebirges. Aimée hatte sich schräg in die Kurven gelegt, aber auch ihre riskante Fahrweise vertrieb nicht ihre Angst um Josephine. Außerdem begann sie allmählich Schuldgefühle gegenüber Peer zu entwickeln. Eigentlich müsste sie ihm eine Nachricht auf Band hinterlassen – hören war ja wohl auf einem Schweigeseminar nicht verboten.

Als Aimée vor der erleuchteten Villa Garcias ihre Triumph zum Stehen brachte, war ihr Magen ein einziger harter Knoten. In die nächtliche Stille drang aus den offenen

Fenstern laute Klaviermusik, Chopins Études, war sich Aimée fast sicher. Peer war ein leidenschaftlicher Chopin-Kenner. Ihr war die tiefe Melancholie oft einfach zu viel. Doch in diesem Moment trieb der melodiöse berauschende Klang ihr beinah Tränen in die Augen. Sie straffte sich, als Garcia mit einem Glas Wein in der Hand aus der Terrassentür trat. Anscheinend hatte er trotz Chopin das Motorengeräusch ihrer Triumph gehört.

»Buenas noches, Aimée. Ich habe Ihre Nachricht eben erst abgehört. Was ist passiert?«

Er sprach langsamer als sonst, weicher. Sein Haar war etwas zerrauft. Das war definitiv nicht das erste Glas Wein, das er heute Abend in der Hand hielt. Seiner Garderobe war sein leicht derangierter Zustand nicht anzusehen. Das weiße Hemd saß perfekt. Aimée erklärte ihm kurz, was geschehen war.

»Und jetzt ist sie verschwunden, so wie Lélia, und hat nichts von sich hören lassen?«, fragte er gedehnt und lehnte sich an eine der Säulen auf seiner Veranda.

»Nein, sonst wäre ich nicht hier. Ich nehme an, Lélia hat sich auch nicht gemeldet?«, fragte Aimée und erschrak über ihre raue Stimme – die Tonlage klang völlig fremd in ihren Ohren, doch Garcia schien es nicht aufzufallen.

»Seien Sie für heute Abend meine George Sand und trinken ein Glas Wein mit mir? Ich habe einen Lafitte geöffnet. Er braucht noch etwas Luft, aber seine Nase hat schon eine anschmiegsame Grandezza.« Er sah sie mit treuen Augen an. So kannte sie Garcia gar nicht, war es vielleicht schon seine zweite Flasche Lafitte? Oder hielt er Förmlichkeiten nicht mehr für relevant, weil sie jetzt im gleichen Boot saßen?

»Nein, besser nicht.« Sich mit Lélias Vater zu betrinken war keine gute Idee. »Aber vielen Dank für die Einladung«, erwiderte sie, und ihre Stimme klang nicht mehr ganz so fremd.

»Sicher, ich verstehe – im besten Fall planen die beiden jetzt gemeinsam die Weltrevolution. Und wenn Sie mich fragen, Aimée, es wird höchste Zeit.« Er zeigte mit einer weit ausholenden Bewegung auf sein Anwesen. »Ich würde sie sogar dabei unterstützen, mit allem, was ich besitze!«

Er hielt sein Glas hoch und prostete Aimée zu. »Auf unsere Töchter!«

»Sie informieren mich, wenn Lélia anruft«, befahl sie ihm eher, als dass sie ihn bat.

»Selbstverständlich, el general.« Er schlug die Hacken seiner Wildlederslipper zusammen und salutierte vor ihr mit der Hand an seiner Stirn. Hoffentlich hörte er in dem Zustand überhaupt das Telefon – falls Lélia sich meldete.

»Trinken Sie ein Glas Wasser – wir sollten einen klaren Kopf bewahren. Buenas noches, Garcia.«

»Was haben Sie vor, Aimée? Wollen Sie die ganze Insel nach den beiden absuchen?«, fragte er und trank einen weiteren Schluck aus seinem Kristallglas.

»Genau das hatte ich vor«, rief sie, während sie den Anlasser zündete. Er sah ihr noch zu, wie sie beschleunigte, dann drehte Garcia sich um und verschwand in dem hell erleuchteten Salon wie ein schwarzer Scherenschnitt. Aimée umfasste die Motorradgriffe fester. Sie hatte an diesem Abend nicht die Energie, sich mit einem in Selbstmitleid badenden Garcia de Miravelles zu beschäftigen. Sie war selbst viel zu aufgewühlt.

Um diese Uhrzeit befand sich Aimée fast alleine auf der hoch über dem Meer gelegenen Küstenstraße Richtung Andratx. Sie spürte, wie die kalte Nachtluft an ihr vorbeiglitt. Auf den wenigen geraden Strecken schaltete sie in einen höheren Gang. Nach vierzig Minuten sah sie die Lichter von Banyalbufar unter sich liegen. Sie hielt an einem schmalen Aussichtspunkt und zog die lila Visitenkarte der Baudezernentin aus ihrer Jeans. Dann wählte sie die Nummer.

Es schien ihr eine völlig sinnlose Aktion – Aimée rechnete noch nicht einmal damit, dass Amanda Amandez jetzt noch an ihr Handy ging. Doch nach dem zweiten Klingelton vernahm sie die feste Stimme einer hellwachen Frau.

»Guten Abend, Señora Sander.«

»Guten Abend. Wollen Sie mir jetzt meine Fragen beantworten?«, begrüßte sie Amanda Amandez knapp und kam direkt zur Sache.

»Was hat Nima Ihnen erzählt?«, konterte Amandez mit einer Gegenfrage.

»Sie hat sich ihrer Freundin anvertraut, nicht mir«, erklärte Aimée. Es folgte ein kurzes Schweigen, Amanda Amandez schien nichts von einer Freundin zu wissen.

»Wer ist sie?«

»Ich glaube nicht, dass ihr Name hier von Interesse ist. Mich interessiert vielmehr, in welchem Verhältnis Sie zu Patrick Dengler stehen.« Aimée blickte auf die glitzernde Küstenstadt. Am liebsten hätte sie Amanda Amandez angeschrien, ob sie nicht wüsste, was sie der Insel mit ihren Betrügereien antat. Sind Designerklamotten und prestigeträchtiger Besitz es wirklich wert, Mallorca zu einem Ramschtisch zu degradieren? Doch sie kämpfte gegen ihren Impuls an und schwieg. Ihr Gefühlszustand lähmte sie.

»Das kann ich Ihnen nicht am Telefon erklären. Kommen Sie morgen Abend in meine Finca in Binissalem.« Ihre Stimme klang plötzlich gedämpfter.

Aimée war überrascht, aber nicht erfreut über den Ort des Treffpunkts. »Können wir uns nicht in Palma treffen?«

»Ich möchte nicht in der Öffentlichkeit mit Ihnen gesehen werden. Meine Finca ist ein sicherer Ort. Passt Ihnen 21.00 Uhr? Ich schicke Ihnen meine Adresse.« Mit diesen Worten beendete sie das Gespräch, und Aimée versuchte sich vorzustellen, was sie innerhalb der nächsten 24 Stunden erwartete. Ihr Hals wurde immer enger. Sie setzte sich auf die alte Steinmauer und starrte in die Tiefe. Wo war Josephine? War sie wirklich in eine Falle getappt oder war sie etwa doch auf ihrer nächsten Beachparty gelandet? Ihr Bauchgefühl sagte ihr, dass Letzteres unmöglich war. Das würde Josie ihr nicht antun.

Sie wusste nicht, ob ihre Ermittlungen Josephine in Gefahr gebracht hatten oder Josephines Freundschaft zu Lélia. Konnte es sein, dass jemand verhindern wollte, Carlos in Kolumbien zu befreien? Vielleicht zahlte jemand dafür, einen so unbequemen Aktivisten aus dem Verkehr zu ziehen – Carlos war schließlich nicht der einzige verschleppte Aktivist Südamerikas.

Für Aimée wirkte diese Version einfach absurd – niemand schickte ein Mafia-Team nach Mallorca, um zwei Teenager ruhig zu stellen oder eine Yoga-Lehrerin aus dem siebten Stock zu werfen, damit ein unbequemer Umwelt-Rebell in Ketten blieb. Oder doch?

Aimée begann zu frieren, die Mauer unter ihr war kalt. Am besten machte sie sich auf den Weg in ihr Büro. Irgendwie musste sie die vielen losen Enden zu fassen bekommen. Sie musste herausfinden, ob Josephines Verschwinden mit Nima und ihren Aufträgen in Zusammenhang stand oder ob ihre Tochter selbst die Verantwortung trug – soweit man bei einer 16-Jährigen überhaupt von Verantwortung sprechen konnte. Solange sie darauf keine Antwort hatte, würde sie kein Auge zumachen.

Die Rückfahrt nach Palma zog sich endlos hin. Nach einer Stunde erreichte sie endlich die stille Innenstadt. Nur das Heulen eines Notarztwagens hallte durch die Nacht.

Als Aimée das Haus betrat, in dem ihr Büro lag, leuchtete das Treppenhauslicht, ohne dass sie es anstellen musste. In der nächsten Sekunde hörte sie eine Tür zuschlagen. Dann war es ruhig. Wahrscheinlich ein Tourist, der sich privat in eine der Wohnungen eingemietet hatte, die neuerdings auch als Ferienapartments genutzt wurden.

Doch als Aimée vor ihrem Büro stand, blieb ihr für einen Moment die Luft weg. Rund um das Schloss entdeckte sie frische Kerben und abgesplitterten Lack. Aimée konnte den Knauf drehen, ohne aufzuschließen, und im nächsten Moment stand sie in ihrem völlig auf den Kopf gestellten Büro. Aktenordner waren aus den Regalen gerissen, die Schubladen ihres Schreibtischs standen offen, und Papiere flogen herum. All ihre Unterlagen waren durchwühlt worden.

Aimée rannte zurück in den Flur, wo das Treppenlicht gerade erlosch und die Haustür knallend ins Schloss fiel.

Sie eilte zurück ins Büro und riss das Fenster auf – doch sie hörte nur noch sich entfernende Laufschritte und konnte nicht einmal mehr einen Schatten ausmachen. Frustriert schlug sie das Fenster zu und trat mit aller Wucht gegen ihren Schreibtisch.

Sie durfte jetzt nicht die Nerven verlieren und ratterte alle Meditationstechniken herunter, die sie parat hatte, während in ihrem Ohr ein Konzert von Stockhausen seinen Höhepunkt erreichte.

Dann setzte sie Wasser für Kaffee auf und begann, das Chaos zu sortieren. Schließlich schaltete sie ihren PC an, legte zwei neue Ordner an, Carlos und Amanda. Langsam wurde Aimée klar, dass es hier um sie ging – ihr Kontrahent hatte einen Fehler gemacht. Bestimmt hingen Josephines Verschwinden und der Einbruch in ihrem Büro zusammen.

Sie hatte in ein Wespennest gestochen. Jetzt musste sie nur noch herausfinden, wer versuchte, sie in die Enge zu treiben.

In den frühen Morgenstunden hatte sie Dutzende von Artikeln über Aktivisten, Bauskandale und Bestechung durchgeackert. Auch über Dengler fand sie einiges, allerdings hatte er sich in all den Jahren nie etwas zu Schulden kommen lassen. Als einer der vermögendsten Deutschen auf der Insel hatte er in den 2000er-Jahren vom Bauboom profitiert. Die Weltwirtschaftskrise wurde ihm nur deshalb nicht zum Verhängnis, weil er sich aus vielen Bauprojekten rechtzeitig zurückgezogen oder an Bauspekulanten verkauft hatte. Ein Fuchs. Aber verzweifelt musste Aimée feststellen, dass es kein einziges Puzzleteil gab, das ihr half, Josephine zu finden. Und solange sich niemand bei ihr meldete, war sie zum Warten verdammt.

KAPITEL 6

Donnerstag, 25. Mai 2017
Jachthafen, Palma

Der Sonnenaufgang war an Aimée vorbeigezogen, ohne dass sie einen Blick auf die silberweißen Strahlen geworfen hätte, die sich im hellblauen Wasser spiegelten. Der Tag hatte so routiniert seine Schicht begonnen, wie die Nacht klaglos das Feld geräumt hatte.

Nachdem sie um Punkt sieben Diego angerufen hatte, war eine Suchmeldung an alle mallorquinischen Polizeistationen herausgegangen. Aimée hatte ihm ein Foto übermittelt, dass ihr Josephine vor zwei Wochen auf ihr Handy geschickt hatte. Sie und eine Freundin an der Alster, beide gleichzeitig vor einem königsblauen Himmel hochspringend wie Instagram-Models für Eiscreme-Werbung. Bearbeitet und im Passfotoformat, war Josephines lachendes Gesicht nun den meisten Polizisten der Guardia Civil bekannt, die an diesem Morgen Dienst hatten.

Auch die Suchmeldung mit einer Personenbeschreibung über den Radiosender Fiesta FM 87,6 war bereits einmal abgespielt worden und sollte stündlich wiederholt werden. Gesucht wird: Josephine Sander, deutsche Schülerin aus Hamburg, 1,70 Meter groß, dunkle lange Locken, schlank und der Hinweis, dass sie zuletzt ein grünes Kleid trug. Aimée selbst bedankte sich am Ende der Meldung für jeden Hinweis, der über den Verbleib Josephines informierte.

Kurz darauf erhielt Aimée einen Anruf. Josephines Handtasche war gefunden worden. Nun stand Aimée an der Mole des riesigen Jachthafens der mallorquinischen Metropole und ließ sich von einem Polizisten den Fundort beschreiben, an dem der schwarze Wildlederbeutel mit Fransen entdeckt worden war. Er hielt den Plastikbeutel mit Josephines Tasche in der Hand, dazu einen weiteren, in dem ihr Handy, das Portemonnaie, ihr Personalausweis ein 20-Euro-Schein und etwas Kleingeld durcheinanderflogen.

Das Blut rann wie Eiswasser durch Aimées Adern.

»Es kann vieles heißen. Wir müssen nicht vom Schlimmsten ausgehen.« Diego kam auf Aimée zu und legte ihr den Arm über die Schulter. Sie schüttelte ihn ab. Aimée wollte nicht getröstet werden, sie wollte wissen, wo ihre Tochter war.

»Vielleicht ist ihr die Tasche runtergefallen, als sie sich bei jemandem auf die Vespa setzte? Mit den Dingern rasen doch viele Jugendliche hier nachts durch die Straßen«, versuchte Diego, eine ganz normale Erklärung zu finden.

»Diego, hör auf, das ergibt doch alles keinen Sinn. Josephine ist nicht freiwillig von der Bildfläche verschwunden. Da bin ich mir sicher.« Aimée nahm dem Polizisten den Plastikbeutel aus der Hand und strich mit dem Daumen darüber.

»Was meinst du damit? Hat dich jemand bedroht? Gibt es irgendwelche Lösegeldforderungen?«, fragte er alarmiert. Auch ihm schien es an die Nieren zu gehen, dass Josephine spurlos verschwunden war.

Aimée winkte ab. »Bauchgefühl«, erklärte sie ausweichend. Sie hatte keine Lust, ihm von dem Zettel zu erzählen, den sie frühmorgens unter ihrem Schreibtisch gefunden hatte. Was die Aktivisten *Rebels with a Cause* betraf, war ihr Diego keine Hilfe. Für ihn waren sie ein Ableger von *NatureNow.* Aber noch wollte Aimée nicht wahrhaben, dass die beiden Organisationen gemeinsame Sache machten.

Sie vermutete, dass das Schreiben gestern Abend auf ihrem Schreibtisch gelegen hatte und durch den Luftzug, den sie durch ihr hastiges Öffnen des Fensters verursacht hatte, unter den Tisch gesegelt war. Sie hatte den Zettel erst entdeckt, als sie auf dem Boden liegend ein paar Kraftübungen gemacht hatte, um ihren Kreislauf in Gang zu bringen – schließlich hatte sie die ganze Nacht kein Auge zugemacht.

Don't mess with us – No Coop with P. Dengler
R. w. a. C.

Immer wieder hatte sie diese eine Zeile gelesen. Und dank ihres wie mit Watte gefüllten Kopfes hatte es etwas gedauert, bis sie begriff, was die Aktivisten ihr vorwarfen.

Aber woher wussten sie überhaupt, dass sie für Dengler gearbeitet hatte? Und warum kam die Drohung jetzt, wo der Unternehmer überhaupt nicht mehr ihr Auftraggeber war? Hatte jemand Aimée in der Galerie zusammen mit Dengler gesehen und die falschen Schlüsse gezogen? Aimée wurde klar, wenn sich wirklich ein Mitglied der *Rebels* auf die Pop y Puro-Vernissage eingeschmuggelt hatte, wussten sie viel, sehr viel. Dachten sie vielleicht, Aimée sei von Dengler bezahlt worden, um den Mund zu halten und keine weiteren Nachforschungen mehr anzustellen? Hielten sie Juan Alverez für unschuldig und wollten ihm mit ihrer Drohung helfen? Das hätte man auch mit einem Gespräch klären können. Dafür musste man kein Büro auf den Kopf stellen und erst recht nicht ihre Tochter verschleppen.

Aimée ließ den Blick über die Mole wandern. Die schicken Apartmenthäuser ragten hinter dem Hafen wie eine Bastion des Wohlstands auf – unerschütterlich, unbesiegbar. In einer der sündhaft teuren Penthouse-Wohnungen hatte letzten Samstag alles seinen Anfang genommen. Sie dachte an den Abend in Denglers schneeweißer Wohnung zurück und begann, ihre Entscheidung zu verfluchen – letztendlich hatte sie es nur für Mateo getan. Aber konnte sie ihm deshalb einen Vorwurf machen?

»Bist du dir eigentlich immer noch so sicher, dass Juan Alverez seine Freundin umgebracht hat«, fragte sie Diego, während sie den Blick über die silbrig in der Morgensonne glitzernden Segelboote und Luxusjachten gleiten ließ, deren Masten und Taue im Wind klapperten.

»Es gibt Hautpartikel unter Nimas Fingernägeln, wir sind dabei, einen DNA-Abgleich zu machen. In Kombination mit den Drohungen dieser radikalen Aktivistengruppe wird es allmählich noch enger für deinen Juan.«

Aimée legte die Stirn in Falten. »Gab es denn weitere Angriffe auf Gäste oder Mitarbeiter der El-Sueño-Hotels?«

»Du meinst abgesehen von dem Mord an Nima, der verletzten Sportlerin im Fitnessstudio und der vergifteten Kinderbetreuerin? Nein, nur noch die Drohungen gegen Hendrik Denglers Hochzeit. Aber für die haben wir bereits eine ordentliche Polizeieinheit in Alarmbereitschaft gebracht.« Er blickte auf sein Handy und checkte seine E-Mails.

»Einen Moment, Diego – du glaubst, Juan hat im Namen der Umweltorganisation Nima von der Terrasse gestoßen? Ich dachte, deine These wäre Mord aus Leidenschaft.«

»Meines Erachtens hatte Juan Alverez einen ganzen Sack voll Motive. Deshalb ist er zu einer solch schrecklichen Tat überhaupt fähig gewesen. Das veruntreute Geld, die gestohlenen Spendengelder, ihre Lügen, ihre Affären – es ist schon bitter, wenn man der Wahrheit ins Gesicht schauen muss, beziehungsweise der Frau, die man liebt. Vielleicht bekommt er mildernde Umstände – es war ja kein geplanter Mord. Mit einem guten Anwalt oder besser noch mit einer guten Anwältin werden sich die Richter bestimmt mit Totschlag zufriedengeben.«

Wie einfach das alles aus Diegos Mund klang.

»Wie praktisch, wenn man einem Verdächtigen gleich mehrere Motive unterstellen kann«, erwiderte Aimée und sah geflissentlich an Diego vorbei.

»Du musst nicht beleidigt sein. Kann ich etwas dafür?« Diego wedelte mit den Händen in der Luft. »Wenn heute Nachmittag die Hautreste mit seiner DNA abgeglichen sind, wissen wir mehr. Dann hat dieses Versteckspiel ein Ende, und ich werde Juan in die Mangel nehmen. Ich lasse nicht zu, dass auf Mallorca irgendwelche extremistischen Umweltspinner unsere Bewohner in Angst und Schrecken versetzen. Mir reicht es.« Mit diesem emotionalen Ausbruch wollte er sich auf dem Absatz umdrehen, doch Aimée hielt ihn am Ärmel fest.

»Wenn eine Polizeidienststelle irgendetwas meldet, dann ...«, begann Aimée.

»Natürlich.« Er blickte verlegen auf den Beutel in Aimées Händen. »Es tut mir leid, dass ich gerade ... Ich mache mir genauso viele Sorgen wie du, Aimée.« Er trat näher an sie heran und nahm sie in den Arm. Eine vertraute Geste, die ihr in diesem Moment half, für einige Sekunden loszulassen. Dann straffte sie sich wieder.

»Danke, Diego.«

»Wir finden Josephine. Es wird sich alles aufklären«, sagte er. Aimée wusste Diegos Beistand zu schätzen, auch wenn seine Worte ihr nicht halfen. Auf jeden Fall war ihr klar, wem sie sofort einen Besuch abstatten musste. Und es würde kein bequemes Gespräch werden.

Centre Penitenciari de Mallorca, Carretera de Sóller

Der Gefängniswärter, dem sie am Empfang ihren Ausweis vorlegte, sah sie mit großen Augen an. Seine Lippen verzogen sich zu einem unverschämten Grinsen.

»Señor Alverez scheint einen Schlag bei attraktiven Frauen zu haben«, bemerkte er und zog dabei mit der Zunge die Luft durch seine Zähne.

»Wie kommen Sie darauf?«, fragte Aimée irritiert. Der Beamte wirkte nicht sehr vertrauenserweckend. Vielmehr sah er aus, als ob er selbst eine Haftstrafe abzusitzen hätte.

»Sie sind bereits die dritte Frau, die ihn seit gestern besucht. Sogar Marie Dengler, die Promi-Ehefrau unseres Hotelmillionärs, hat sich die Ehre gegeben.«

Aimée zog überrascht ihre Augenbrauen hoch. Abgesehen davon, dass dies eine interessante Information war, wunderte sie sich. Durfte der Empfangsbeamte einer Strafvollzugsanstalt so eine Plaudertasche sein? Oder wollte er mit ihr flirten? Er schaute auf ihren Ausweis und lugte nun sogar über seinen Tresen hinweg, um ihre ganze Statur zu inspizieren.

»Sagen Sie, geht es Ihnen noch gut? Kriegen Sie sich mal wieder ein.« Mit den Worten riss sie ihm ihren Personalausweis aus der Hand und ging kopfschüttelnd weiter. Jedes weitere Wort wäre zu viel gewesen.

Ein anderer Strafvollzugsangestellter geleitete sie zum Besucherraum. Ohne Kommentare. Da Aimée sich so kurzfristig angemeldet hatte, wusste sie nicht, ob Juan Alverez überhaupt mit ihr reden wollte. Schließlich hatte sie sich seit seinem Notruf nicht mehr bei ihm gemeldet.

Er saß nicht im Besucherzimmer. Doch Aimée konnte warten und setzte sich an den Tisch. Sie war sicher, dass sein Zuspätkommen eine Retourkutsche war und er sie zappeln lassen wollte. Sie konnte es ihm nicht verübeln.

Nach zehn Minuten erschien Alverez durch eine Seitentür. Der Wärter schloss hinter ihm ab. Alverez wirkte eingefallen. Es sah aus, als ob er seit Montag fünf Kilo abgenommen hätte. Doch sie war nicht hier, um ihn zu bemitleiden. Sie wollte endlich wissen, welches Spiel er trieb.

»Buenos dias, Señor Alverez. Schön, dass Sie es doch noch geschafft haben, sich aus ihrer Zelle hierherzubewegen«, begrüßte Aimée ihn kühl.

»Das Gleiche könnte ich zu Ihnen sagen. Sie haben sich Zeit gelassen. Reagieren Sie immer so langsam, wenn sich Menschen in Not an Sie wenden?« Seine Stimme war schwer vor Bitterkeit.

»Warum hat Marie Dengler Sie besucht?« Aimée war nicht in der Stimmung, sich vor ihm zu rechtfertigen.

»Warum interessiert Sie das denn?« Alverez wirkte aufrichtig verblüfft. »Ich dachte, Sie sind hier, um mir aus dieser Scheiße zu helfen.« Er hob die Hände hoch und zeigte auf die blanken Wände.

Aimée musste sich zusammenreißen, um ihn nicht schon zu Beginn ihres Gesprächs anzuschreien. Die Wahrscheinlichkeit, dass er wusste, wo Josephine festgehalten wurde, stand fünfzig zu fünfzig. Sie musste rational vorgehen. Vielleicht würde er sich selbst verraten. Wenn er wirklich mit der Gruppierung *Rebels with a Cause* zusammenarbeitete, durfte sie diese Chance nicht verpatzen.

»Beantworten Sie doch einfach meine Frage, dann kann ich mir Stück für Stück ein Bild von dieser *Scheiße* machen und Ihnen vielleicht wirklich helfen.« Aimée lehnte sich zurück und schlug die Beine übereinander. Langsam wippte sie mit der Spitze ihres Wildlederstiefels auf und ab.

»Fangen wir doch einfach von vorne an. Wie lange kennen Sie Marie Dengler bereits und in welchem Verhältnis stehen Sie zu ihr?«

Aimée sah, wie es in ihm arbeitete. Er wollte nicht über diese Frau reden.

»Das habe ich Ihnen bereits gesagt. Ich liefere an ihre El-Sueño-Hotels meine Bio-Kosmetik.« Alverez knetete jeden seiner Finger einzeln.

»Sie kennen Marie Dengler seit ihrer Kindheit«, half sie ihm auf die Sprünge.

»Na, und? Was ist daran schlimm? Wir sind beide in Sóller aufgewachsen. Da kennt man sich halt.« Sein Blick ging zum Fenster.

»Señor Alverez, ich weiß nicht, ob es Ihnen klar ist, dass die Polizei davon ausgeht, dass Sie Nima Roth getötet haben. Sie treffen sich mit Nimas Chefin, als ob nichts gewesen wäre – Ihre Fingerabdrücke befinden sich im ganzen Yoga-Bereich. Jetzt fehlt nur noch der DNA-Abgleich. Was wollte Frau Dengler von Ihnen?«

»Sie wollte von mir wissen, wen ich im Verdacht habe, für Nimas Tod verantwortlich zu sein. Wer sie auf dem Gewissen hat«, erklärte er und raufte sich durch seine ohnehin schon völlig zerzausten Haare.

»Und?«

»Herrje, ich weiß es nicht.« Er schlug mit der Faust auf den Tisch. »Wäre ich sonst hier?«

»Vielleicht decken Sie jemanden«, entgegnete Aimée scharf und sah ihn durchdringend an. »Wissen Sie, was ich glaube? Die ganze Sache ist Ihnen aus dem Ruder gelaufen. Ihre radikalen Kollegen von wo auch immer haben Sie unter Druck gesetzt, weil Nima Gelder veruntreut hat. Als sie dann erfahren haben, dass Nima Sie betrügt, haben Sie sich doppelt verraten gefühlt. Und um Nima zu schützen, haben Sie diese abstrusen Attentate mitgeplant.« Ihre Stimme war immer lauter geworden. Aber das spielte jetzt keine Rolle mehr. »Sie machen gemeinsame Sache mit diesen James-Dean-Rebellen. Ihnen ist alles recht, nur um Dengler zu schaden und das Andenken Nimas zu bewahren. Auch dass meine Tochter von Ihren Leuten entführt wurde, ist Ihnen völlig egal, habe ich recht?«

Alverez erhob sich. Aimée hatte schon die Befürchtung, er würde auf sie losgehen. Doch stattdessen ging er zum Fenster und stützte sich mit den Händen an der Fensterbank ab. Er holte mehrmals Luft und drehte sich schließlich um.

»Sie haben eine blühende Fantasie, Aimée. Es klingt sogar logisch. Und mit einem Teil haben Sie sogar recht. Ich habe schon länger gespürt, dass Nima nicht ehrlich war – unabhängig von den Spendengeldern, die sie nach Kolumbien transferiert hat, um ihren alten Freund Carlos bei seinen Aktionen gegen die Regenwaldrodung zu unterstützen. Aber mit dem Verschwinden Ihrer Tochter habe ich nichts zu tun, das müssen sie mir glauben. Ich kenne diese *Rebels* überhaupt nicht.«

Aimées Ohrgeräusch rauschte wie ein reißender Bach durch ihren Kopf. Warum glaubte sie ihm? Sie blickte auf die stumpf gescheuerte Tischplatte.

Wenn er wusste, dass Nima nicht ehrlich war, hieß das auch, er wusste, mit wem Nima ihn betrog? Sie würde es ihm bestimmt nicht sagen, das war nicht ihre Angelegenheit. Sie ließ Alverez reden.

Er vergrub seine Hände tief in den Taschen seiner Jeans. »Ich dachte, wenn ich Nima einen Antrag mache, kommt sie zur Ruhe. Ich wollte, dass sie zu uns nach Sóller zieht.«

Aimée wusste für einen Moment nicht, wie sie seinem Blick ausweichen sollte. Zu dritt auf der Orangenplantage?

Er zog die Hände aus den Taschen und verschränkte die Arme vor der Brust.

»Sofia, sie war gestern Abend hier.« Er fing ihren Blick ein, und Aimée schloss für einen Moment die Augen. Okay, er wusste Bescheid.

»Meine Schwester hat mir alles erzählt. Über sich und Nima, über Dengler und seine Sauereien. Ich wusste von all dem nichts. Nima hat mit mir nicht über ihre Arbeit, geschweige denn über ihren Chef gesprochen. Sie wusste von unserem zerrütteten Verhältnis. Ich hatte ihr schließlich von Marie erzählt – von meiner großen unglücklichen Jugendliebe ...«, fügte er ironisch hinzu.

»Ich dachte, Sie sind nur geschäftlich mit ihm verbunden?« Jetzt hatte sie ihn. »Juan, was ist damals zwischen Dengler, Marie und Ihnen passiert?«

»Zwischen uns dreien?« Er lachte. »Es ist eine Geschichte wie sie jeden Tag tausendfach vorkommt. Das Mädchen, in das ich verliebt war, hat sich für einen anderen entschieden. Punkt.«

»Für ihren besten Freund.«

Er blickte zur Decke und bewegte die Schultern, um sich zu entspannen. Dann lächelte er kurz. »Seit Marie war ich nicht mehr verliebt. Und dann kam Nima. Wie ein Komet schoss sie in mein Leben. Ein riesiger Ballast fiel von mir ab, mit ihr füllten sich die kleinsten Dinge des Alltags mit Licht und Energie.« Er hielt einen Moment inne. »Aber Nimas Ausstrahlung hat nicht nur mich von meinem Trauma befreit ...«

Aimée sah ihn überrascht an. »Was meinen Sie damit?«

»Eigentlich musste ich Sofia versprechen, nichts davon zu erzählen. Sie möchte nicht, dass irgendetwas davon an die Öffentlichkeit kommt. Sie wollte auch nicht, dass Nima darüber redet, und erst recht nicht, dass sie Dengler darauf anspricht oder ihn sogar damit erpresst.«

»Juan, ich weiß, es ist alles eine ziemlich verfahrene Situation, aber wovon reden Sie? Sofia hat doch nichts mit Denglers Machenschaften zu tun, oder?« Aimée begann sich auf dem harten Stuhl unwohl zu fühlen. Worauf wollte Alverez hinaus?

»Nein, wissen Sie, ich möchte einfach nur, dass Sie wissen, was Patrick für ein Mensch ist.« Das Sonnenlicht, das durch die vergitterten Fenster fiel, wirkte fahl, so als ob es hier hinter den Gefängnismauern automatisch seinen Glanz verlor.

»Ich verstehe Ihre Verbitterung«, erwiderte Aimée. »Marie hat sich für ihn entschieden und nicht für Sie. Aber ist das nicht alles ziemlich lange her?« Aimée rückte auf ihrem

Stuhl hin und her und warf einen kurzen Blick auf ihr Handy. Keine Anrufe. Eigentlich musste sie weiter nach Josephine suchen und nicht bei Juan und seinen alten Geschichten ihre Zeit verplempern.

»Da haben Sie recht. Und ohne Nima würden meine Schwester und ich uns immer noch in einem Tunnel befinden. Ich kann Sofia nicht böse sein, dass sie mit Nima geschlafen hat, dass sie eine Beziehung hatten.« Aimée fühlte seinen herausfordernden Blick. Der Treffer war ihm geglückt.

»Das ist sehr großzügig von Ihnen – aber ich verstehe immer noch nicht recht. Was hat die Beziehung zwischen Sofia und Nima mit Dengler zu tun?« Doch schon während sie die Frage aussprach, schoss ihr eine üble Vermutung durch den Kopf, und sie erinnerte sich an Sofias Worte, *die Freunde meines Bruders waren ja viel älter als ich.* Aber verlieben kann man sich trotzdem in sie.

Alvarez' Gesichtszüge waren hart geworden, er bildete mit seinen Fingern immer wieder eine Faust.

»Sie war doch noch ein halbes Kind. Und ich habe nichts bemerkt, weil ich nur damit beschäftigt war, Marie zu erobern. Ich habe ihr nicht zur Seite gestanden. Im Gegenteil, ich habe sie zu viel allein gelassen, auch auf der Party, wo Dengler sich an meiner Schwester vergriffen hat wie ein räudiger Hund.«

Aimée konnte seine Wut verstehen. Für einen Moment war sie froh, dass Alverez in U-Haft saß und nicht auf Dengler losstürmen konnte.

»Wissen Sie, er hatte schon alles und bekam immer noch mehr. Warum hat er das getan? Sie war sechzehn. Nur um mir zu schaden?«

Sein Bekenntnis durchschoss Aimée wie ein Blitz.

»Dann war Nima die Erste, der Sofia ihr Herz ausgeschüttet hat.«

Juan nickte steif.

»Warum nur hat sie all die Jahre ihr Geheimnis für sich behalten?« Über sein Gesicht schien ein dunkler Schatten zu ziehen. Er machte sich Vorwürfe, verständlich. Aber vielleicht hatte Sofia durch ihr Schweigen Schlimmeres verhindern wollen.

Aimée hörte Juan zu, wie er weitersprach, doch in Gedanken war sie bereits ein paar Schritte weiter. Nima verfügte also nicht nur über eine Zeugenaussage darüber, dass Dengler massive Bestechung betrieb und sich illegale Baugenehmigungen erschlich, sie wusste auch von der Vergewaltigung. Das hieß, sie hatte Beweise gegen ihn in der Hand, die ihm nicht nur finanziell den Garaus machen und ihn ins Gefängnis bringen konnten – sein guter Ruf und seine Existenz standen auf dem Spiel, womöglich auch seine Ehe? Das war mehr als ein waschechtes Motiv – vor allem Dengler profitierte von Nimas Tod. Aimée erinnerte sich an die Aussage des Barkeepers auf der Roof-Bar des El Sueño. *Finden Sie heraus, wer von Nimas Tod profitiert.* War er auch von Nima eingeweiht?

Doch das spielte jetzt keine Rolle mehr, die Fakten sprachen gegen Dengler – aber das brachte Aimée keinen Schritt weiter, was Josephines Verschwinden betraf. Heiß flackerte die Angst um sie in ihr auf. Ihr Herzschlag verlor jeden Rhythmus. Sie durfte sich nicht ausmalen, in welchem Zustand Josephine sich befinden konnte.

»Weiß Marie davon, was ihr Mann Sofia angetan hat?«, fragte Aimée. Welche Rolle spielte Denglers Frau in diesem Netz? Doch zu ihrer Überraschung schüttelte Alverez den Kopf. »Sofia war nach Marie zu Besuch. Ich habe sie auch nicht gleich angerufen. Was bringt das jetzt noch? Niemand kann das Geschehene rückgängig machen – auch nicht Marie.« Seine Stimme klang bedrohlich dunkel. »Es hilft mir auch nicht, dass sie mir ihre Tagebücher gewidmet hat. Für Entschuldigungen und alte Geständnisse ist es jetzt sowieso zu spät. Nichts davon macht Nima wieder lebendig, und nichts davon macht das, was meine Schwester durchleben musste, ungeschehen.«

Alverez schickte sich an zu gehen. Er warf Aimée einen trüben Blick zu, so als ob er sich mit seinem Schicksal abgefunden hätte.

»Stellen Sie den wahren Mörder, Aimée – ich möchte Sofia nicht alleine lassen.«

»Zunächst muss ich meine Tochter finden, Juan – dann kümmere ich mich um den Mörder von Nima. Das verspreche ich Ihnen.«

Wenige Minuten später schlug die schwere Metalltür der Strafvollzugsanstalt hinter Aimée zu. Mehr hatte sie ihm nicht sagen können. Doch als sie in der frühen Mittagssonne auf dem Gefängnisparkplatz stand und im Begriff war, ihre Triumph zu starten, kam ihr plötzlich ein verwirrend klarer Gedanke. Was wäre, wenn es diese Gruppe, die nun auch sie mit einem ominösen Schreiben bedrohte, überhaupt nicht gab? Wenn jemand der Umweltbewegung den schwarzen Peter zuschieben wollte, nur um von sich selbst abzulenken? Sozusagen als Trittbrettfahrer der besonders perfiden Art. Sie wollte gerade den Zündschlüssel drehen, als Diego sie anrief.

»Ja?« Mehr bekam Aimée nicht heraus.

»Aimée, bisher haben wir nur Anrufe, die ins Leere führen. Ich habe Polizisten sofort an die Orte gefahren, an denen Josephine gesehen worden sein soll. Fehlanzeige. Leider. Waren auch ein paar Wichtigtuer dabei. Ich habe einige Zeugen für 15.00 Uhr ins Präsidium bestellt, kommst du dazu?«

»Natürlich«, erklärte Aimée, als ein Zeichen ihr signalisierte, dass eine unbekannte Nummer anklopfte.

»Okay, Diego, wir sehen uns dann später.«

»Wo bist du, Aimée? Alles in Ordnung mit dir?«

Was für eine Frage? Sie hatte seit 24 Stunden nicht mehr geschlafen. Vor ihren Augen flimmerte die Mittagssonne. Sie musste etwas zu sich nehmen, sonst würde sie den Tag nicht überstehen. Aber allein bei dem Gedanken an Essen wurde ihr schlecht.

»Ja, Diego, mir geht es gut.«

Sie beendete das Gespräch, dann wischte sie über das Display, um den fremden Anruf entgegenzunehmen.

»Aimée Sander.«

»Hallo.«

Aimée erstarrte. Eine Mädchenstimme – aber nicht Josephines.

»Mit wem spreche ich?«, fragte Aimée möglichst ruhig.

»Ich möchte Sie treffen. Können wir uns sehen?«

»Ich müsste erst einmal wissen, worum es geht? Kannst du mir vielleicht deinen Namen sagen?«

»Ich habe die Suchmeldung nach Josephine im Radio gehört. Ich bin Lélia, Lélia de Miravelles.«

»Wo?« Aimées Herzschlag dröhnte in ihren Ohren. Wusste sie etwas über Josephine? Konnte es sein, dass sie etwas mit ihrem Verschwinden zu tun hatte. Bitte nicht!

»Im Es Baluard – das Restaurant hinter dem Museum für moderne Kunst – aber keine Polizei. Und rufen Sie nicht meinen Vater an.«

»Erkenne ich dich?« Vielleicht hatte sich Lélia wieder eine neue Frisur zugelegt. Die alten Fotos von Garcia und der Zeitungsausschnitt waren schließlich ihre einzigen Hinweise.

»Ich erkenne Sie.«

»In Ordnung, Lélia. Ich bin unterwegs.«

El Sueño Spa & Sport, Portals Nous

Patrick Dengler stand fassungslos auf dem oberen Absatz der Treppe, die hinunter zum Steg führte, und blickte auf die Flammen, die sich hungrig durch das hölzerne Bootshaus fraßen. So hoch wie ein St. Martins Feuer, das als fester Bestandteil zu den Ritualen seiner Kindheit im Rheinland gehörte, loderte das Feuer vor seinen Augen. Doch dieses Feuer wärmte nicht. Es flirrte seinen schmutzigen Rauch in den blauen Himmel und verschandelte den Postkartenausblick seines Lieblingshotels.

Wütend stapfte er die Treppen hinunter, wo Marie dem Comisario bereits Auskunft gab.

»Comisario, danke, dass Sie so schnell kommen konnten. Ich bin entsetzt.« Er ging auf Marie zu, gab ihr einen Kuss und legte ihr den Arm um die Schulter. Er spürte ihre Aufregung.

»Patrick, es ist einfach entsetzlich. Wir können von Glück sagen, dass niemand verletzt wurde.« Sie bemühte sich um Fassung, aber der Gedanke, dass womöglich ein Gast in den Flammen hätte umkommen können, schockierte nicht nur sie.

»Buenos dias, Señor Dengler. Das sieht wirklich nicht gut aus. Was befindet sich den alles in dem Bootshaus?«, wollte Fuentes wissen.

»Na, alle Wassersportfahrzeuge. Die Schnellboote natürlich nicht, die liegen dort hinten Aber unsere beiden Jetskis, Kanus, Tretboote und mindestens ein Dutzend SUP-Boards.« Dengler fasste sich an die Stirn, ein verglimmendes Stückchen Holz hatte ihn am Kopf getroffen.

»Wir sollten uns besser entfernen, der Wind dreht«, schlug Fuentes vor. »Wie ich eben schon Ihrer Frau sagte: Die Feuerwehr kann hier nicht mehr viel ausrichten. Ein paar Leute haben versucht, einige Boote zu retten, als der Brand noch nicht um sich gegriffen hatte. Wir können das Feuer jetzt nur noch mit Schaum eindämmen.« Er hob achselzuckend die Schultern. »Aber trotzdem wird von dem Holzhaus nicht viel übrig bleiben.«

Marie Dengler fing an zu husten, und die drei wichen dem Rauch aus. Hinter dem Steg standen in sicherer Entfernung ein paar Loungemöbel, die Dengler ansteuerte; er ließ Marie auf dem Daybed Platz nehmen. Er selbst und Fuentes blieben stehen.

»Über die Brandursache können wir zu diesem Zeitpunkt noch nichts sagen. Einer der Feuerwehrmänner vermutet einen Kurzschluss in der Elektronik eines Jetskis. Da sprühen schon mal Funken – die könnten den Brand verursacht haben. Oder wissen Sie mehr?« Fuentes sah ihn fragend an.

»Ich habe noch keinen weiteren Brief erhalten, wenn Sie das meinen.« Dengler zog sich seinen dunkelblauen Seidenblouson aus. Sie spürten die Hitze bis hierher. »Werde aber sofort nachsehen, ob sich etwas in meinem Büro befindet.«

»Ich war den ganzen Vormittag am Schreibtisch, dort ist bestimmt nichts. Aber es muss doch keine Brandstiftung sein, oder? Vielleicht war es ein Unfall?«, fragte Marie.

»Mag sein, aber ich muss Sie darauf hinweisen, dass ich es unter diesen Umständen fahrlässig finde, die Hochzeit ihres Sohnes morgen stattfinden zu lassen.«

Marie sprang auf. »Was wollen Sie damit sagen? Patrick, wir sagen die Hochzeit nicht ab. Und wenn wir das Sicherheitspersonal verdreifachen!« Ihre Stimme überschlug sich.

»Hattest du nicht kürzlich erwähnt, dass die Benzintanks für die Jetskis im Bootshaus ausgetauscht werden müssen, Patrick?«, fragte sie aufgeregt.

Er konnte sich nicht erinnern, darüber mit ihr gesprochen zu haben. Doch er verstand den Wink. Vielleicht hatte sie ja sogar recht, und ein lecker Kanister war in Brand geraten.

»Stimmt, mein Herz, ich habe mir sogar eingetragen, den Hausmeister daran zu erinnern«, erklärte er.

Fuentes sah zunächst Marie, dann ihn an.

»Ich verstehe. Nun gut, vielleicht warten wir die Ergebnisse der Spurensicherung heute Nachmittag ab. Und wenn Sie erneut ein Drohschreiben erhalten sollten, Señor Dengler, melden Sie sich bitte umgehend – Sie wollen doch sicher auch keine Verletzten auf der Hochzeit ihres Sohnes. Entschuldigen Sie mich jetzt bitte.«

Damit trabte er zügig die Treppen zum Hotel hoch. Dengler drückte mit dem Daumen in die rechte Handinnenfläche, um den aufkommenden Juckreiz zu vertreiben. Er behielt gerne die Kontrolle über alles, was in seinem Leben vor sich ging. Aber dieses Feuer hatte er im wahrsten Sinne des Wortes nicht im Griff. Glitten ihm die Dinge aus der Hand? Er blickte in die Rauchschwaden am Himmel.

»Patrick, hörst du mir überhaupt zu?«, beschwerte Marie sich. Sie klang beleidigt.

»Selbstverständlich.«

Sie hakte sich bei ihm ein, um mit ihm gemeinsam hochzugehen. »Also, wir treffen uns morgen mit den Gästen um 9.30 Uhr auf Son Marroig. Ich bin so froh, dass ich Guilia überzeugen konnte, die Trauung nicht in einer Kirche stattfinden zu lassen. Unter dem Himmelszelt ist man doch Gott viel näher.« Hendriks Braut war katholisch, und es hatte einige Diskussionen um den Trauort gegeben. Doch in dem Punkt hatte sich Marie durchgesetzt.

»... außerdem lässt sich in Son Marroig wesentlich übersichtlicher Sicherheitspersonal einsetzen«, bemerkte Patrick.

Dengler ließ sich gern auf den Small Talk mit seiner Frau ein. Kam es ihm nur so vor, oder war sie in den letzten Tagen etwas anhänglicher geworden? Auch an ihr ging sicher nicht spurlos vorbei, dass ihr gemeinsamer Jugendfreund wegen Mordes an seiner Freundin in U-Haft saß. Aber sie mied das Thema, und das war ihm mehr als recht.

Er wusste, dass Marie für Hendriks und Giulias Hochzeit seit Wochen jedes kleinste Detail plante. Es würde ein unvergesslicher Tag werden, und für den reibungslosen Ablauf hatte er alles vorbereitet. Er war sicher, dass dieser Brand die letzte böse Überraschung sein würde.

»Nun denn, dass Giulia auf einem vegetarischen Menu bestand, konnte ich nicht mehr ändern. Aber damit werden sich unsere fleischfressenden Gäste abfinden müssen.«

Sie waren gerade am obersten Treppenabsatz angekommen, da brach das Dach des Bootshauses mit einem lauten Krachen hinter ihnen zusammen. Die verkohlten Holzbalken verteilten sich von einem Moment auf den anderen wie überdimensional große Mikadostäbchen auf dem Steg. Jetzt erst wurde das Ausmaß der abgebrannten Boote und Boards sichtbar. Ein Kanu hatte sich gelöst und war durch den Aufprall des Daches auf das Meer hinausgetrieben, schwarz vor Ruß und mit kleinen zündelnden Flammen auf der Kanuspitze. Es fehlte nur noch der Fährmann.

Marie drückte sich an ihn. Dengler legte den Arm um seine Frau. Er hatte alles getan, um Marie nicht zu verlieren, und das würde er auch weiterhin tun.

»Ich rufe die Versicherung an.«

Es Baluard, Palma

Aimée wählte einen Tisch an der hellen Steinmauer aus. Hier waren sie etwas geschützt und saßen nicht so exponiert wie auf der übrigen Terrasse des weitläufigen Restaurants. Da sich das Es Baluard auf einer Anhöhe befand, waren von den am Hang stehenden Palmen nur die riesigen Fächer zu sehen. War sie je mit Josephine hier oben gewesen? Sie würde es lieben und sich wahrscheinlich sofort auf die sandfarbene Balustrade stellen, um ein schickes Selfie von sich nach Hamburg zu schicken.

Auch wenn Aimée nicht nach essen zumute war, bestellte sie ein Sandwich mit Tomaten und Manchego. Dazu eine große Flasche Mineralwasser mit zwei Gläsern.

Aimée hatte gerade einen Schluck Wasser getrunken, als sie ein junges Mädchen mit kinnlangen, wasserstoffblond gefärbten Haaren auf sich zukommen sah. Ihre braunen Augen erinnerten sie sofort an Garcia. Sie trug ausgewaschene weite Jeans und ein hellgelbes, zwei Nummern zu großes Shirt mit der Aufschrift »¡No pasarán!« Über dem alten spanischen Schlachtruf zur Verteidigung der Demokratie prangte ein Regenwaldfoto. Das Motiv stand im Gegensatz zu ihrer zierlichen Erscheinung. Sie persönlich konnte wohl kaum die riesigen Bagger davon abhalten, die jahrhundertealten Giganten zu fällen.

Auf den Fotos, die sie kannte, war Lélia noch mit ein wenig Babyspeck zu sehen, jetzt wirkte sie schmal, außerdem war Aimée nicht klar gewesen, wie zierlich Lélia war. Sie war sehr hübsch, dabei hatte sie einen ernsten Zug um den Mund.

»Hallo, Sie sind Señora Sander.« Es war eine Feststellung und keine Frage. Ihre Stimme klang etwas rau.

Aimée nickte und reichte ihr die Hand. »Hallo, Lélia. Ich freue mich, dich zu sehen. Du kannst ruhig Aimée zu mir sagen.«

Lélia nahm ihre Hand nicht, sondern setzte sich gleich auf den weißen Stuhl. Der Kellner brachte einen großen Teller mit einem Sandwich, das in vier Ecken aufgeschnitten war.

»Möchtest du auch etwas essen?«.

Lélia schüttelte den Kopf. Aimée schob den Teller einfach in die Mitte und nahm sich selbst ein Stück. Ohne etwas im Bauch war sie diesen Teenager-Launen nicht gewachsen. Sie biss von dem Sandwich ab und kaute. Lélia nippte schweigend an ihrem Wasser.

»Ehrlich gesagt, habe ich dich mir ganz anders vorgestellt«, erklärte Aimée schließlich. Vielleicht war es ganz gut, sie etwas aus der Reserve zu locken.

»Aha.« Lélia lugte auf den Teller, und Aimée schob ihn ihr kommentarlos hin. Endlich nahm sie sich ein Stück.

»Wo wohnst du denn gerade?«

»Mal hier, mal da. Bei Freunden.« Sie nahm noch ein weiteres Stück, und innerhalb kürzester Zeit war der Teller leer.

»Vielleicht einen Cappuccino?«

»Sehr gerne.« Na, prima. Geht doch. Aimée bestellte einen für sich mit.

»Also, du wolltest mit mir reden. Kannst du mir irgendetwas über Josephine erzählen? Weißt du, wo sie ist?« Aimée spürte, wie ihre Hände anfingen zu zittern in der Hoffnung, gleich etwas über Josephine zu erfahren.

»Keinen Schimmer. Ich verstehe das alles nicht. Josie hat gesagt, dass sie sich auf Sie freut.« Endlich begann Lélia aufzutauen.

Aimée blickte sie überrascht an.

»Wann hat sie dir das gesagt? Wo habt ihr euch denn das letzte Mal gesehen?«, wollte Aimée wissen.

»Gestern Morgen, bevor sie auf das Segelschiff gegangen ist. Ich hatte keine Lust auf den Trip. Wollte noch ein paar Aktionsblätter fertigmalen.«

»Okay.« Aimée nickte und versuchte, ihre Enttäuschung nicht allzu deutlich zu zeigen.

»Und was genau hat sie dir gesagt.«

»Dass sie mit Ihnen reden möchte. Und dass sie es gut findet, dass Sie ihr jetzt vertrauen.«

Aimée schluckte. Wenn sie herausbekam, wer Josephine das angetan hat, würde sie nicht wissen, was sie tat.

»Danke, Lélia, das ist doch schon mal etwas.« Aimée versuchte ein Lächeln, und Lélia lächelte etwas unbeholfen zurück. Was hatte sie auch erwartet, dass Lélia sie entführt hatte, gemeinsam mit den *Rebels?*

Aimée zog ihre Schultern nach hinten und holte tief Luft. Vor ihr saß das Mädchen, nach dem vor einem Jahr halb Mallorca mit vereinten Kräften verzweifelt gesucht hatte. Garcia würde ihr den Hals umdrehen, wenn er wüsste, dass sie sich mit Lélia traf, ohne ihm Bescheid gegeben zu haben. Der Kellner stellte die beiden weiß aufgeschäumten Cappuccini auf den Tisch, und Lélia nahm sich sofort ihren Keks, der auf der Untertasse lag.

»Also, dann ist Josephine nicht freiwillig abgehauen – so wie du, oder?«, fragte Aimée und streute sich etwas Zucker in ihre Tasse.

Lélia schüttelte den Kopf.

»Kannst du mir sagen, was letztes Jahr passiert ist?« Aimée versuchte es mit einem Themenwechsel. Vielleicht machte Lélia doch eine Äußerung, die ihr weiterhelfen könnte.

Garcias Tochter rührte in ihrem Cappuccino, nachdem sie zwei Löffel Zucker in dem cremigen Schaum versenkt hatte.

»Das wollen Sie nicht wissen.«

»Du. Und ich will es doch wissen. Schließlich möchte ich die neue Freundin meiner Tochter kennenlernen.« Wann hatte sie sich in den letzten zwei Jahren überhaupt mal länger mit einer von Josephines Freundinnen unterhalten? Aber ihr war klar, was Josephine an Lélia faszinierte. Sie war direkt, ehrlich und bestimmt kein Mädchen, das den neuesten Designerklamotten hinterherlief wie so manch eine ihrer Mitschülerinnen in Hamburg.

»Die Zeit, bevor ich Carlos kannte, kommt mir vor wie eine andere Welt. Wenn ich daran zurückdenke, ach, ich weiß auch nicht ...« Sie schüttelte ihre vielen kleinen silbernen Armreifen zurecht. Darunter umspannten auch einige neonbunte geflochtene Stoffbänder ihr Handgelenk.

»Du hast ziemlich viel erlebt, oder?«, half ihr Aimée.

»Allerdings. Aber ich bereue nichts«, verteidigte sie sich sofort.

»Warum hattest du deinem Vater nichts von deinen Plänen erzählt?« Aimée sah in Lélias ernstes Gesicht.

»Papa war nur noch mit sich selbst beschäftigt. Er gab mir das Gefühl, sich für nichts, was mit mir zu tun hatte, zu interessieren. Im Gegenteil.« Lélia machte eine wegwerfende Handbewegung. »Er machte alles schlecht. Er machte sich lustig über meine Aktivitäten im Umweltschutz.« Traurig verzog sie die Mundwinkel.

»Wir hatten eine sehr engagierte Lehrerin. Mit ihr haben wir ein Theaterstück selbst geschrieben über die Zerstörung der Natur … über den ganzen Konsumwahnsinn, das viele Plastik. Mein Vater ist nicht zu einer einzigen Aufführung gekommen.«

»Und warum nicht?« Das Bild passte nicht zu dem Garcia de Miravelles, den Aimée kannte und der vor Kummer um seine Tochter verging.

»Er hatte Termine. Auf Weingütern in der ganzen Welt. Letztes Jahr waren australische Weine total angesagt. Oder er hatte Verabredungen. Dates. Mit Freundinnen.« Lélia legte den Kaffeelöffel klirrend auf die Untertasse. »Ich dachte, er merkt es nicht mal, wenn ich weg bin.«

War es wirklich so gewesen? Hatte Garcia erst in dem Moment, als seine Tochter weg war, gespürt, was ihm fehlte, was sie ihm bedeutete?

»Und Carlos?«

»Wir haben uns bei einer der Trashday-Aktionen kennengelernt. Er hat mir zugehört, mich ernst genommen. Er ist phänomenal. Er weiß alles. Wir sind dann ziemlich schnell zusammen gewesen. Und dann hat er mich gefragt, ob ich mit ihm nach Südamerika komme.« Lélia sprach plötzlich sehr schnell. Aimée hob beeindruckt die Augenbrauen. All das, was sie an ihrem Vater vermisste, hatte sie von Carlos bekommen.

»Das ist nicht gerade nebenan.«

»Nein, das stimmt.«

»Und wie bist du von der Insel gekommen? Die Polizei hatte sofort den Flughafen und die Fähren gecheckt. Du warst nirgends aufzufinden. Wir haben dich mit allen Mitteln gesucht, die uns zur Verfügung standen. Es war sehr hart zu akzeptieren, dass wir dich nicht finden konnten – für jeden Einzelnen von uns … und besonders für deinen Vater.« Aimée versuchte, den vorwurfsvollen Ton aus ihrer Stimme herauszuhalten, aber Lélia musste trotzdem klar begreifen, was sie verursacht hatte.

Lélia begann aus ihrer bunten Stofftasche, die auf ihrem Schoß lag, kleine Wollknötchen abzuzupfen. »Wir sind mit einem Segelschiff nach Barcelona gesegelt – die ganze Nacht. Wir hatten Glück, der Wind stand gut.« Lélia senkte den Blick. »Ich wollte mich bei Papa melden. Ich habe ja in Barcelona in den Zeitungen die Vermisstenmeldungen gesehen. Hab mir sofort die Haare gefärbt. Mit jedem Tag fiel es mir schwerer, mich zu melden. Ich hab's versucht. Ehrlich. Irgendwann habe ich mein schlechtes Gewissen einfach verdrängt.«

Das schien auch kein Problem zu sein. Schließlich hatte ihr Leben als Umweltaktivistin für genug Ablenkungen gesorgt. Lélia erzählte von ihren Protesten in Andalusien gegen die Übernutzung des Grundwassers und wie sie für eine Aktion in den Alpen auf einen Gletscher gestiegen waren. Das Foto kannte Aimée. Und schließlich waren sie auf einem Frachter nach Südamerika gereist. Dort gab es falsche Pässe für sie beide. Es hörte sich wild und nach dem großen Abenteuer an – aber auch bedrohlich, oft standen sie mit einem Bein im Gefängnis, wurden von Protestgegnern angefeindet.

»Und was ist dann passiert? Josephine hat mir erzählt, dass du Geld für Carlos bräuchtest.«

»Carlos wollte sich mit Regierungsvertretern treffen, um über neue Maßnahmen zu verhandeln, wie sich diese verdammte Regenwaldabholzung endlich irgendwie eindämmen lässt.« Sie hielt einen Moment inne, dann sprach sie tonlos weiter. »In der Nacht ist er nicht nach Hause gekommen. Es ist alles so ein Albtraum.« Lélia legte für einen Moment die Hände vor ihr Gesicht.

»Das tut mir leid. Aber du hattest zu ihm Kontakt?«, hakte Aimée nach.

»Zunächst erhielt ich noch ein paar Nachrichten. Er würde in einem Keller gefangen gehalten – aber wie sollte ich ihn alleine befreien? Er schrieb mir dann, sie wollten Geld – das wäre seine einzige Chance. Ich habe sofort an den Warhol in meinem Zimmer gedacht. Ich sollte ihn mit achtzehn sowieso geschenkt bekommen ...«

»Und dann ging alles schief.«

»Erst einmal nicht. Ich konnte mit meinem falschen Pass ohne Probleme von Bogotá über Madrid nach Palma fliegen. Carlos hat mir den Kontakt zu Nima vermittelt und ich bin dann gleich zu ihr in die Finca gezogen. Nima war freundlich und hilfsbereit, sie hatte uns immer wieder Geld geschickt – natürlich nicht nur sie – es gibt Spenden von überall für unsere Aktionen.«

»Und obwohl sich Carlos in Lebensgefahr befindet, wolltest du deinen Vater nicht um Hilfe bitten?«, fragte Aimée. Der Punkt schien ihr kaum nachvollziehbar. Garcia war schließlich kein Unmensch.

»Nein. Ich hatte Angst, dass er mich nicht mehr aus dem Haus lässt, mir den Pass abnimmt.« Sie verzog ihr Gesicht vor Schreck. »Dass Carlos ihm egal sein könnte. Das Risiko konnte ich doch nicht eingehen. Also bin ich nachts zu uns nach Hause gefahren und habe mir das Bild geholt.«

»Allein?«

»Nein, Nima hat mich gefahren. Sie hat mir dann von diesem schwedischen Kunstsammler erzählt. Am Freitagabend sollte die Übergabe stattfinden. Er wollte ihr das Geld bar geben.«

»Und du wolltest dann mit einem Koffer voll Geld zurück nach Bogotá fliegen?«, fragte Aimée ungläubig. Sie hatte schon einiges erlebt, aber Lélias Geschichte war wirklich filmreif.

»Nein, ich hätte es über ein Western Union Konto an eine Privatperson überwiesen – Carlos hatte mir sogar eine Kontonummer geschickt«, erklärte sie aufgeregt. Das Zerpflücken ihrer Stofftasche hatte sie mittlerweile eingestellt. Stattdessen flatterten ihre Hände ständig in ihre Haare, und sie zog an den kurzen Strähnen ihres Bobs.

Aimée räusperte sich. Die Polizistin in ihr erwachte – es wäre einen Versuch wert, diese Verbrecher anhand der Kontonummer zu identifizieren. Aber wahrscheinlich handelte es sich um das Konto einer Briefkastenfirma auf irgendeiner exotischen Insel. Diese Leute machten das nicht zum ersten Mal.

»Ich bin gleich wieder da, ich muss mal.« Lélia glitt aus dem Stuhl heraus und schob sich durch die Tische ins Restaurant. Aimée atmete tief durch und holte ihr Handy raus. Sie tippte Garcia eine kurze Nachricht, dass Lélia sich bei ihr gemeldet hätte und seine Hilfe bräuchte. Alles Weitere würde sie ihm später schreiben. Er wäre vorbereitet und konnte sich schon mal Gedanken machen.

Aimée sah sich nach dem Kellner um, um noch zwei Cappuccini und von dem Erdbeerkuchen zu ordern, den sie vorhin in der Vitrine an der Bar gesehen hatte, und entdeckte zwischen den Gästen das Ehepaar Thalberg. Die beiden tranken Sangria, der rote Wein glitzerte im Sonnenlicht.

Als Lélia wieder zurückkehrte, vibrierte Aimées Handy. Dengler.

»Wollen Sie nicht drangehen?«, fragte Lélia.

»Niemand Wichtiges«, erklärte Aimée. »Aber zurück zu dir und Nima. Sie hat sich also mit Stivans getroffen?«

»Ja, aber danach habe ich sie nicht mehr gesehen. Sie würde in Palma übernachten, sagte sie. Ich wollte natürlich das Geld so schnell wie möglich transferieren und war auch echt sauer. Aber sie meinte, wir richten das Konto gleich Samstagmorgen ein.«

Nima hatte wirklich Nerven gehabt. Und bei wem hatte sie übernachtet? Womöglich bei Amanda Amandez? Bisher war die Polizei davon ausgegangen, dass Nima von zu Hause losgefahren wäre. Dank Lélias Aussage wusste man das nun besser. Das Mädchen hatte die ganze Nacht vergeblich auf Nima gewartet.

Aimée legte den Kopf in den Nacken. Das Adrenalin und die Sorge um Josephine hielten sie zwar hellwach, doch ihr Körper ignorierte den Schlafmangel nicht. Sie sah zu, wie Garcias Tochter dankbar den Zucker in ihren Kaffee löffelte, den der Kellner ihnen trotz der überfüllten Terrasse zügig gebracht hatte.

»Und wie hast du von Nimas Tod erfahren? Über Vera?«, fragte Aimée.

»Ja, sie erzählte mir von diesem *Unglück* im Hotel.« Tränen schwammen in Lélias Augen. »Nima war tot, und mein Bild war weg.«

Tapfer erzählte Lélia weiter. »Sonntagnachmittag kamen Sie dann mit Josie in die Finca. Du. Sie erzählte mir, dass du nicht nur herausfinden sollst, wie das mit Nima passiert ist, sondern auch noch einen gestohlenen Warhol finden musst ... Dass ihr gleich einen Mega-Kunstsammler befragt – eben Steven Stivans. Was dieser Zufall für mich bedeutete, konnte Josie ja nicht ahnen. Ich habe sie dann abends über euren Besuch ausgequetscht. Stivans soll gesagt haben, er habe keine Ahnung von einem Warhol und unzertifizierte Kunstwerke anzukaufen sei sowieso schwer. Als ich das hörte, wurde ich natürlich total wütend.«

»Du hast Josephine also benutzt, um an Informationen zu kommen«, stellte Aimée nüchtern fest.

»Was hätte ich denn tun sollen?« Lélia sah sie entschuldigend an. »Wir waren uns auch gleich sympathisch und hatten eine tolle Zeit miteinander.« Lélias Hauptinteresse an dem Kuchen galt den Erdbeeren, die sie nacheinander mit ihrer Gabel aufspießte und hungrig verschlang.

»Und dann hast du mit ihr den Einbruch geplant?«, fügte Aimée hinzu.

»Ich wollte mir den Warhol zurückholen – natürlich. Ich wusste ja nicht, was Nima mit dem Geld angestellt hatte oder wo das Geld überhaupt war. Aber dann sind wir von der Polizei überrascht worden. Josephine war noch im oberen Stockwerk. Sie hätten uns *beide* geschnappt«, erzählte Lélia aufgebracht.

»Das ist der Teil, der mir am allerwenigsten an der Geschichte gefällt«, sagte Aimée gereizt.

»Aber wie sollte ich denn Carlos helfen, wenn ich selbst festsitze?« Lélias Stimme wurde lauter. »Ich wollte Josie nicht im Stich lassen. Aber ihr Leben war auch nicht in Gefahr.«

Aimée sah, wie außer sich Lélia war. Klirrend legte sie die Gabel auf den Teller. Hatte Lélia Angst, ihr Vater würde sie mit ihren Problemen alleine lassen? Den Zahn musste sie ihr ziehen. So wie sie Garcia gestern Abend erlebt hatte, wäre er zu allem bereit, um sich mit seiner Tochter zu versöhnen.

»Ich habe zwar den Warhol nicht gefunden, aber das lag auf Stivans Schreibtisch.« Lélia holte ein zusammengefaltetes Blatt Papier aus ihrer Tasche.

Aimée nahm das Schreiben in die Hand und überflog den Inhalt. »Das ist ein Schuldschein, also eine Kopie davon. 70.000 Euro für Andy Warhols *Red Flowers* von 1963.« Dazu die beiden Unterschriften Nima Roth und Steven Stivans. Aimée fühlte, wie kalte Wut in ihr hochstieg. » Dieser elende Mistkerl. Und ich habe nichts gemerkt.«

»Das ist doch ein richtiger Beweis, oder? Jetzt muss er uns das Bild doch zurückgeben? Damit kannst du jetzt zur Polizei gehen.« Lélia sah sie hoffnungsvoll an.

»Du hättest schon viel früher zu mir kommen sollen. Was hast du denn die letzten Tage gemacht?«

»Ich wusste nicht, wer mir noch glaubt. Dass Juan festgenommen wurde, hat mich total fertiggemacht. Ich habe zwar nie mit ihm gesprochen, aber bevor ich Mallorca verlassen habe, habe ich ihn auf einigen Demos gesehen. Er ist der Leuchtturm für den mallorquinischen Umweltschutz. Jetzt sitzt er im Knast, weil er Nima umgebracht haben soll. Ich konnte das nicht glauben.« Sie stützte ihr Gesicht erschöpft in ihre Hände.

»Okay, Lélia. Du kannst dir sicher denken, wie unglaublich froh ich bin, dass du mit mir über all das gesprochen hast. Aber nun möchte ich dir gerne etwas über deinen Vater erzählen.«

Es war bereits nach Mittag, trotzdem gab es keine freien Plätze auf der Terrasse. Die Thalbergs waren immer noch damit beschäftigt, ihre Karaffe Sangria auszutrinken. Aimée schilderte möglichst knapp und prägnant, wie sich ihr Vater verändert hatte, seit Lélia die Insel verlassen hatte.

Bis zum Höhepunkt gestern Abend, an dem er Aimée sagte, er wäre bereit, den jungen umweltbewussten Menschen sogar sein Anwesen zu überlassen. Gut, Garcia war betrunken gewesen, doch Aimée wusste, er würde seine Tochter nicht noch einmal in seinem Leben im Stich lassen.

Lélias Augen waren immer größer geworden. Zwischendurch war sie rot geworden vor Scham und schlechtem Gewissen, dann wieder blass, weil sie begann, sich Sorgen um ihren Vater zu machen.

Aimée verlangte nach der Rechnung.

»Ich habe keine Zeit, dich nach Hause zu fahren. Aber ich bin sicher, dein Vater holt dich gerne in Palma ab. Könntest du dir das vorstellen? Soll ich ihn anrufen?«

Lélia schüttelte den Kopf. »Das mache ich schon allein. Danke.«

Als der Kellner kam, kramte Lélia in ihrer Tasche.

»Ich bezahle schon. Ruf deinen Vater an. Wir sehen uns.« Aimée legte ihr die Hand auf den Arm. »Er wird dir helfen.«

Lélia stand auf. »Danke.« Dann setzte sich die junge Umweltschützerin mit dem Rücken zu ihr auf die Mauer, sodass Palma und der Hafen unter ihr lagen. Aimée konnte nur ahnen, wie das Gespräch ablief. Aber sie war optimistisch.

Sie blickte auf ihr Handy. Es war 15.00 Uhr – Josephine war noch keine 24 Stunden verschwunden, und es kam ihr wie eine Ewigkeit vor. Garcia hatte seine Tochter ein Jahr nicht gesehen!

Bevor sie das Restaurant verließ, ging Aimée hinüber zu den Thalbergs. Sofort winkte Frau Thalberg ihr freudig zu, als sie Aimée sah.

»Setzen Sie sich doch zu uns und helfen Sie uns bitte mit dieser Sangria.« Frau Thalberg bat den Kellner um ein weiteres Glas, und im nächsten Moment saß Aimée bei ihnen am Tisch.

»Waren Sie in der Ausstellung?«, fragte Aimée.

»Ja, das Museum ist einfach großartig und so behindertengerecht. Und diese Aussicht hier. Wir sind nach dem Brand gleich hierher aufgebrochen. Im Hotel konnte man ja nicht bleiben.«

»Welcher Brand?«, fragte Aimée und zog die Augenbrauen zusammen.

»Das Bootshaus am Hotel ist heute Morgen in Flammen aufgegangen. Irgendjemand scheint das Hotel sabotieren zu wollen. Wahrscheinlich ein unzufriedener Gast.« Frau Thalberg kicherte, sie hatte einen kleinen Schwips.

»Sehen Sie das auch so, Herr Thalberg? Möchte sich jemand für schlechten Service rächen?« Etwas provokant, aber es konnte ja nicht schaden, einen ganz normalen Hotelgast zu fragen, welche Meinung er sich gebildet hatte.

»Wenn Sie mich fragen, ich glaube, dass der Hoteldirektor selbst seine Finger mit im Spiel hat.«

Aimée hätte sich beinahe an einem Stück Orange verschluckt.

»Hans, was sagst du denn da? Du bist ja betrunken.«

»Nein, dieser Mann ist berechnend«, ereiferte sich Hans Thalberg weiter. »Weißt du noch, als wir vor fünfzehn Jahren das erste Mal in einem seiner Hotels Urlaub machten? Wir hatten eigentlich eine Ferienwohnung gebucht – aber die war wegen Baustopp nicht bezugsfertig, wir sind dann ›upgegradet‹ worden, wie man heute sagen würde. Es gab wohl Probleme mit der Finanzierung. Und jetzt? Wie viele Ferienwohnanlagen gehören ihm?«

»Hans, er ist ein erfolgreicher Geschäftsmann«, versuchte seine Frau, ihren Mann zu beruhigen.

»Wer sich so ein Imperium aufbaut, hat Dreck am Stecken, so oder so.« Er nahm noch einen großen Schluck Sangria.

»Hans, du trinkst zu viel. Denk an dein Herz.« Elsa Thalberg klang besorgt.

»Und wie er uns gnädig einen Urlaub im Jahr umsonst genehmigt.« Hans Thalberg verkrampfte seine Hände zu Fäusten. »Du sitzt im Rollstuhl, Elsa, und wir sollen ihm für seine Almosen auch noch dankbar sein. Dieser Mann ist skrupellos, ich sage es Ihnen.«

»Entschuldigen Sie bitte, mein Mann glaubt, weil ich mich in dieser Yogastunde bei Nima verletzt habe, ist das ganze Hotel an meinem Zustand schuld. Dabei war es das Krankenhaus, Hans.«

»Wie du meinst, Elsa. Trotzdem, ich nehme Direktor Dengler seine weiße Weste nicht ab. Er hält sich nicht an Regeln. So wie er letzten Samstag mit diesem Sportboot gefahren ist, mindestens mit zweihundert Sachen, quer über die ganze Bucht von Palma. Das müsste doch verboten werden.«

»Hans, bitte.« Elsa Thalberg legte ihre Hand auf seinen Arm. Doch er schüttelte sie ab und gönnte sich noch einen weiteren Schluck Sangria.

Laut Denglers Alibi war er zur Tatzeit in seinem Hotel an der Playa de Palma, konstatierte Aimée für sich. Das Paar hatte unterschiedliche Meinungen, hoffentlich nicht in allen Bereichen.

»Sicher ist er so gefahren, weil er nach Nimas Tod so schnell wie möglich vor Ort sein wollte«, verteidigte Elsa Thalberg Denglers draufgängerische Fahrweise. »Schließlich ist er der Hoteldirektor.«

»Genau, und deshalb müsste er ein Vorbild sein«, echauffierte Hans Thalberg sich.

»Mein Mann hat bis zu seiner Pensionierung in der Behörde für Statistik gearbeitet. Er nimmt die Dinge immer sehr genau«, warf Frau Thalberg ein, während sie sich ein mit Sangria getränkte Pfirsichscheibe in den Mund steckte.

»Mich geht das Ganze ja nichts an, aber ich habe mich gewundert, warum er mit diesem Boot anlegte. Das hatte am Abend zuvor noch an seinem Platz gelegen«, war sich Thalberg sicher.

»Vielleicht hatte abends noch jemand ein Rendezvous an der Playa de Palma?«, versuchte Elsa Thalberg kokett, eine Erklärung zu finden.

Aimée biss sich auf die Unterlippe. Ja, vielleicht war es so gewesen. Wenn Dengler jedoch wie ein Verrückter die Bucht von Palma überquerte, um von einem seiner Hotels ins nächste zu kommen, könnte er dann nicht auch morgens um sieben Uhr den Sprint hinter sich gebracht haben?

»Haben Sie Ihre Beobachtungen gegenüber der Polizei erwähnt?«, fragte Aimée.

»Warum sollten wir?« Thalberg schüttelte verständnislos den Kopf. »Wir mischen uns nicht gerne in Dinge anderer Leute ein.«

Klar, Aimée nickte und stand auf. »Vielen Dank für die Sangria. Und noch entspannte Urlaubstage für Sie beide.« Frau Thalberg winkte ihr fröhlich zu, und Aimée lächelte kurz zurück, während sie innerlich vor Enttäuschung bebte. Wenn alle so dachten, hatte wahrscheinlich niemand Dengler gesehen.

Àrea de seguretat Ciutadana policía local, Palma

»Das glaubst du doch nicht ernsthaft?« Diego saß hinter seinem Schreibtisch und sah endlich von seiner Tastatur auf. »Und solange du dafür keine Zeugen hast ...«

»Diego, ich sage dir nur, was dieses Ehepaar mir erzählt hat. Aber solange ich nicht weiß, wo sich Josephine aufhält, vergiss es einfach. Hast du mich verstanden?«

»Ich mache dir erst einmal einen Kaffee, du siehst aus wie ein Gespenst.«

»Ich fühle mich auch so.« Ihr Ohrgeräusch hatte sich in den letzten Stunden auf eine rauschende Frequenz eingependelt. So mussten sich die Niagarafälle anhören.

Als Diego mit einem Becher Kaffee zurückkam, legte Aimée den Schuldschein von Stivans auf seinen Schreibtisch.

»Was ist das denn?«, fragte Diego.

»Wonach sieht es denn aus?«, zischte sie. Aimées Nerven lagen blank.

»Stivans hat Nima den Andy Warhol abgekauft und schreibt ihr einen Schuldschein? Deshalb sind Lélia und Josephine bei ihm eingebrochen?« Aimée war froh über Diegos schnelles Kombinationsvermögen.

»Genau, Lélia hat das Bild von zu Hause – sagen wir mal – ›entwendet‹ und sich Nima anvertraut. Die hat es an Stivans unter der Hand verkauft, aber kein Geld dafür bekommen. Nicht wirklich eine Win-win-Situation.«

»Außer für Stivans.«

»... wenn Lélia bei ihrem Einbruch nicht den Schuldschein gefunden hätte. Reicht das für einen Durchsuchungsbefehl?«

»Ich schaue, was ich machen kann. De Miravelles hat keine Anzeige gegen seine Tochter erstattet. Das heißt, offiziell ist das Bild nicht als gestohlen gemeldet«, versuchte Diego die rechtlichen Zusammenhänge zu bündeln.

»Nein, natürlich nicht. Trotzdem ist das Bild unrechtmäßig in Stivans Besitz.« Aimée schlug mit der Hand auf Diegos Schreibtisch. Sie konnte immer noch nicht fassen, dass Stivans sie so übel hinters Licht geführt hatte.

»Beruhige dich, Aimée. Ich kümmere mich drum.«

»Danke, Diego.« Eine Nachricht ploppte auf Aimées Handy auf. Mateo. Er hatte ihr ein Foto der Hochzeitstorte geschickt. Eine riesige mehrstöckige rosarote Torte in Herzform. Dazu ein *Alles wird gut – das verspreche ich dir!* Für Aimée klangen die Worte etwas hohl. Aber was sollte er auch sonst schreiben?

Sie legte ihr Handy beiseite. Während sich Diego mit seinem Assistenten Jermal wegen des Warhols besprach, las Aimée sich schon mal die Namen der Leute durch, die vorgaben, Josephine gesehen zu haben. Sie musste sich jetzt voll auf diese Gespräche konzentrieren. Ihr durfte nicht der kleinste Hinweis entgehen. Alles, was mit dem Mord an Nima zu tun hatte, musste sie ausblenden, bis sie Josephine gefunden hatten.

Die Befragungen waren eine mühselige Angelegenheit. Fünfzehn Personen hatte Diego eingeladen. Aimée durfte als Beisitzerin teilnehmen, ansonsten befragten Diego und Jermal Urlauber und Mallorquiner. Wenn sie Fragen hatte, schrieb sie diese auf Zettel.

»Warum sind Sie denn überhaupt hierhergekommen?«, verlor Aimée bei einem angeblichen Zeugen die Geduld. Der Tourist konnte Josephine auf dem Foto nicht wiedererkennen, obwohl er behauptet hatte, sie in Santanyí in einem Supermarkt gesehen zu haben. Diego warf ihr einen warnenden Seitenblick zu, verkniff sich aber einen Kommentar.

»Sie sah ihr ähnlich, wirklich. Darf ich trotzdem ein Foto von Ihnen machen, Herr Kommissar?«

»Fotos sind im Polizeigebäude streng untersagt«, erklärte Diego, und Jermal geleitete den Mann aus dem Büro. Aimée war sicher, dass er den Daheimgebliebenen nur eine spannende Urlaubsgeschichte erzählen wollte.

Am interessantesten waren die beiden Zeugen, die Mittwochnachmittag auf dem Parkplatz an der Cala Sa Nau waren. Leider widersprachen sich ihre Aussagen in Bezug auf die Farbe des Autos, in das Josephine gestiegen sein soll. Die Spanierin sprach von einem schwarzen Golf oder Audi, der Engländer von einem blauen VW. Es war zum Verrücktwerden. Immerhin stimmten sie darin überein, dass Josephine bereitwillig in das Auto eingestiegen war.

»Sie kennt also die Person, zu der sie ins Auto gestiegen ist. Das ist ein gutes Zeichen«, sagte Diego, nachdem sie allein waren, und schob Aimée das Glas Wasser hin, das sie bisher noch nicht berührt hatte.

»Sicher.« Aimée rieb sich die Schläfen. Natürlich war es ein Trost, dass keine Gewalt mit ihm Spiel war, jedenfalls zu Beginn.

»Ich bin sicher, dass es ihr gut geht. Niemand wird ihr schaden wollen. Trink doch mal einen Schluck.«

»Diego, man will nicht *ihr* schaden, sondern mir! Ich komme irgendjemandem in die Quere«, erklärte sie aufgebracht und ignorierte seinen Rat.

»Es gibt keine Beweise für deine Behauptungen, Dengler sei in irgendetwas involviert.«

»Noch nicht.« Aimée sah, wie unangenehm es Diego war, einen der reichsten Deutschen auf der Insel womöglich in naher Zukunft ins Kreuzverhör nehmen zu müssen. Aimées Handy vibrierte. Dengler.

»Wenn man vom Teufel spricht.« Aimée zeigte Diego den Anrufer und bewegte sich zum Fenster.

»Herr Dengler.« Mehr bekam sie nicht über die Lippen.

»Ich habe eben Radio gehört, Frau Sander. Ihre Tochter wird vermisst. Das tut mir sehr leid. Ich wollte Ihnen nur sagen, dass Sie auf meine Hilfe zählen können. Wenn ich irgendetwas tun kann, bitte sagen Sie es mir.« Er hörte sich aufrichtig besorgt an. Aimée kochte innerlich.

»Nein, das ist wirklich nicht nötig. Ich arbeite eng mit der Polizei zusammen. Wir werden schon herausfinden, was hinter dieser Entführung steckt«, erwiderte sie so sachlich wie möglich.

»Sie gehen also wirklich von einer Entführung aus? Das wäre ja entsetzlich. Aber was wollen denn die Täter von Ihnen?«

»Gute Frage. Vermögend bin ich nicht.« Diego beobachtete sie, und Aimée rollte entnervt mit den Augen.

»Vielleicht ist es ein Missverständnis.«

»Ja, vielleicht.«

»Ich wollte Ihnen sagen, dass diese Umweltgruppe auch ohne Juan Alverez noch aktiv ist. Unser Bootshaus ist abgebrannt. Ich dachte, das interessiert Sie vielleicht.«

»Ich habe bereits davon gehört. Na, Sie sind bestimmt gut versichert, Herr Dengler. Aber schön, dass niemand verletzt wurde. Ach, Herr Dengler, die Täter wollen von mir, dass ich nicht mit ihnen *kooperiere,* ich dachte das interessiert *Sie* vielleicht.«

Am Ende der Leitung herrschte Stille.

»Vielleicht sind die *Rebels* jetzt auch hinter Ihnen her«, haspelte er aufgeregt. »... weil Sie für mich gearbeitet haben, diese Leute sind unberechenbar.«

»Hören Sie doch auf mit dem Unsinn. Feiern Sie Ihre Hochzeit und lassen Sie mich in Ruhe.« Damit wischte sie ihn von ihrem Display.

»Dieser scheinheilige Heuchler«, schimpfte Aimée und rieb sich die Schläfen. Hastig kippte sie jetzt das Glas Wasser hinunter.

»Ich arbeite in meinem Büro weiter«, erklärte Aimée. Ihre Stimme krächzte.

»Versuch doch zu schlafen. Meine Männer sind alle im Einsatz. Völlig übermüdet hilfst du Josie auch nicht.« Er kam auf sie zu und nahm sie in den Arm.

»Ich weiß«, sagte Aimée erschöpft. In Mali waren sie oft an ihre Grenzen gekommen. Die glühende Hitze, der Wüstensand, die giftigen Insekten. Als sie von einer Schlange gebissen worden war, hatte sie gedacht, es nicht zu schaffen. Diego hatte sie in den Armen gehalten, bis das Gegengift gewirkt hatte. Danach hatte sie gedacht, ein neues Leben geschenkt bekommen zu haben. Wenn sie Josie wiedersah, würde sie das Gleiche empfinden.

»Danke, Diego. Ich muss los.« Sie löste sich aus der Umarmung und verließ die Polizeistation.

Aimées Büro, Carrer del Deganant, Altstadt Palma

Aimées Plan war einfach. Wenn sie davon ausging, dass Dengler hinter Josephines Verschwinden steckte, dann musste sie sich in ihn hineinversetzen. Sie ging davon aus, dass er mindestens einen Komplizen hatte, von dem Josephine in ein Versteck gebracht worden war: eine einsame Finca vielleicht oder irgendeine leer stehende Ferienwohnung. Davon besaß Dengler einige; es konnte dauern, bis sie die alle ausfindig gemacht hatte.

In den folgen Stunden durchpflügte sie auf der spanischen Seite für Grundbucheintragungen alle Immobilien Denglers. Sie war sprachlos über die Vielzahl: Hotels, Ferienanlagen, Wohnungen in Stadthäusern.

Die Objekte, die sie auf Urlaubsportalen finden konnte, waren für sie uninteressant. Sie suchte nach den Immobilien, die der Öffentlichkeit nicht zugänglich waren. Tatsächlich besaß Dengler allein zehn Fincas über ganz Mallorca verteilt, acht konnte man für einen Urlaubsaufenthalt buchen. Zwei davon waren nicht zu vermieten, aus welchen Gründen auch immer. Sie stellte sich eine Route zusammen. Auch zwei Ferienanlagen, die einst zu Denglers Portfolio gehörten, aber nicht fertiggestellt worden waren, würde sie durchsuchen. Allerdings lagen alle Gebäude ziemlich weit auseinander, selbst mit dem Motorrad wäre sie die nächsten Stunden unterwegs.

Da sie vorher endlich noch etwas essen musste, ging Aimée bei Raouf vorbei, um sich ein Sandwich mitzunehmen. Ihr Stiefvater hatte ebenfalls die Nacht kaum geschlafen. Er hatte tiefe dunkle Ränder unter den Augen, aber sein Bärtchen saß trotzdem perfekt.

»Aimée, wenn wir dieses Schwein finden, ich verspreche dir ...«

»... du machst Pâté aus ihm, ich weiß.« Während sie auf ihr *bocadillo* wartete, blickte sie auf den Fernseher an der Wand. Der Mallorca-Kanal brachte eine Kurzreportage über die letzten Hochzeitsvorbereitungen für die Vermählung von Hendrik Dengler mit seiner Giulia auf Son Marroig. Die Brautjungfern wurden interviewt, der Fünfsterne-Caterer und natürlich die Designerin, die sogar schon für das spanische Königshaus Kleider entworfen hatte. Es war ein Medienspektakel. Während ihre Tochter irgendwo auf dieser Insel allein festsaß, feierten diese Menschen, als ob nichts wäre. Die Welt konnte bitterböse sein und verdammt ungerecht. Aimées Magen fühlte sich an wie ein harter Steinklumpen.

Raouf reichte ihr das in Papier eingepackte Brötchen, und Aimée fischte sich noch ein paar Oliven aus einer Schale.

»Muss ich mir Sorgen machen, Aimée?«

»Diego weiß Bescheid«, behauptete Aimée, um ihn zu beruhigen.

Noch während sie hinausging, biss sie in das Brötchen und steckte sich eine Olive nach der anderen in den Mund. Sie hielten vor. Ihr verkrampfter Magen entspannte sich etwas. Wenige Minuten später saß sie auf ihrer Triumph und hatte die nächtlichen Lichter Palmas bereits hinter sich gelassen.

Ihr erstes Ziel war eine Finca oberhalb von Pollença, ein abseits gelegenes Ferienhaus mit einer runden Steinterrasse. Der Blick musste bei Tag überwältigend sein. Jetzt sah man nur von Ferne die beleuchtete Küste, die sich wie ein silberner Halbmond an den Meerbusen schmiegte.

Türen und Fenster waren mit Holzverschlägen zugenagelt. Auf ihnen hatte sich sogar schon Moos gebildet. Nichts wies auf eine kürzliche Benutzung hin.

Eine halbe Stunde später stand Aimée vor einer Landfinca unterhalb von Selva, aber auch dort war alles verschlossen, kein Licht, kein Fahrzeug. Am Waldrand gelegen, wäre es das perfekte Versteck. Aimée ging auf der Veranda um das Haus herum, doch die einzigen Fußabdrücke auf dem mit Blättern und Ästen übersäten Holzboden waren ihre eigenen. Mit dem Taschenlampenlicht ihres Handys leuchtete sie sich den Weg zurück zu ihrem Motorrad, als ihr Handy ging.

»Sander.«

»Señora Sander, ich hoffe, Sie verspäten sich nicht noch mehr.«

Aimée blickte auf ihr Display: 21.20 Uhr. Amanda Amandez. Die hatte sie komplett vergessen. Wollte sie jetzt wirklich zu der Baudezernentin fahren? Aimée zögerte.

»Entschuldigen Sie, Señora Amandez, wie Sie wahrscheinlich mitbekommen haben, habe ich gerade anderes zu tun …«

»Ich habe von Ihrer Tochter gehört. Wollen Sie jetzt nicht mehr mit mir reden?« Die Baudezernentin klang enttäuscht.
Aimée schwieg.

»Ich habe niemandem von Ihrem Besuch erzählt«, versicherte Amandez.

»Ich bin noch in Selva.« Auch wenn sie brannte darauf zu hören, was die Dezernentin ihr zu sagen hatte, wollte Aimée den Termin am liebsten verschieben.

»Dann könnten Sie in einer halben Stunde hier sein. Ich bitte Sie. Sie werden es nicht bereuen.«

»Ich fahre jetzt los.« Aimée biss sich auf die Lippe.

»Sie müssen kurz vor Binissalem abfahren. Und dann Richtung Lloseta. Das erste Haus oberhalb des Ortes«, erklärte ihr Amanda Amandez.

Es würde nur ein kurzer Abstecher werden, beschloss Aimée. Anschließend musste sie die beiden Ferienanlagen in der Nähe von San Jordi und danach in Andratx abklappern.

Auf dem Weg zu Amandez spürte Aimée, wie ihr vor Müdigkeit schon die Augen zufielen. Sie machte eine Pause, stöpselte ihre Kopfhörer in die Ohren und drehte Katy Perrys *Chained to the Rhythm* so laut auf wie möglich. Josephines Lieblingslied hielt sie wach.

Finca Ca'n Amanda, Binissalem

»Ich danke Ihnen, dass Sie doch noch gekommen sind. Ich werde Sie auch nicht lange aufhalten. Setzen Sie sich doch.«

Amanda Amandez trug einen cremefarbenen Jumpsuit. Sie passte wie ein Sahnebonbon in diese wie aus einem Mallorca-Magazin eingerichtete Finca, in der es weder an Luxus, gedämpftem Licht noch an mediterraner Tischdeko fehlte.

Aimée ließ sich auf ein Sofa sinken. Es war so weich und bequem, dass sie sich am liebsten auf ihm eingerollt hätte.

»Haben Sie vielleicht einen Espresso oder eine Cola für mich?«

»Natürlich.« Amanda Amandez ging in die Küche und kam mit einem Tablett zurück. Aimée schenkte sich Cola in ein mit Eiswürfeln gefülltes Glas ein und trank es fast in einem Zug aus.

»Señora Sander, ich möchte nicht lange um den heißen Brei herumreden. Sie haben andere Sorgen, und auch mir steht nicht der Sinn nach Small Talk. Ich möchte, dass Sie es als Erste erfahren.«

Aimée stellte ihr Glas ab und sah die attraktive Fünfzigerin gespannt an. War das Sofa geheizt? Sie fühlte plötzlich eine kribbelnde Wärme in sich aufsteigen.

»Ich werde morgen Selbstanzeige erstatten.«

Die Worte rüttelten Aimée wach, und sie räusperte sich.

»Aus welchem Grund?« In Aimées Kopf begann sich plötzlich alles zu drehen. »Ich meine, wie lautet ihre Anklage? Ach, Sie wissen schon …« Ihr Mund fühlte sich etwas taub an. Ihre Augen wurden unglaublich schwer. Half denn die Cola überhaupt nicht?

»Das können Sie sich doch sicher denken.« Sie zeigte auf die Inneneinrichtung.

Aimée folgte ihrer Handbewegung, doch sie konnte die Worte nicht mehr einordnen. Amandez' Hand schien sich von ihrem Körper zu lösen und schwebte durch den Raum. Sie hörte nur noch, wie jemand ihren Namen rief und eine Männerstimme sagte: »Die ist bis morgen Mittag hinüber.« Dengler? Aimées Sinne waren völlig benebelt. Hatte sie Halluzinationen? Die Stimmen entfernten sich. Sie konnte sich nicht mehr rühren. Mit aller Kraft versuchte Aimée, die Augen offen zu halten. Ihre Lieder waren bleischwer. Sie durfte nicht einschlafen, wiederholte sie immer wieder, als ihr Handy in ihrer Jeans vibrierte. Unmöglich, den Anruf anzunehmen.

Nicht umsonst hatte sie eine Spezialausbildung absolviert, bevor sie nach Mali gegangen war. Aber James Bond war sie leider auch nicht. Sie ließ sich das Sofa herunterrutschen und fokussierte die Schale mit den Eiswürfeln, die am Rand des Tabletts stand. Mühsam rutschte sie näher an den Tisch heran. Vielleicht könnte sie wach bleiben, wenn sie ihr Gesicht in die Eiswürfel legte. Doch diese Hoffnung wurde im nächsten Augenblick zerstört.

»Nein, das können Sie doch nicht machen. Nein.« War sie das oder die Stimme von Amandez?

Im nächsten Moment spürte Aimée einen Tritt in die Seite, dann schlug sie schmerzhaft mit dem Kopf an der Tischkante auf und kippte zur Seite. Sie würde jeden Baustein auf dieser Insel umdrehen, den Dengler je besessen hat, um ihre Tochter zu finden. Und Dengler würde bezahlen, für alles. Das waren ihre letzten Gedanken, dann war um sie herum nur noch watteweiche stumpfe Dunkelheit.

KAPITEL 7

Tapas Bar & Café Josie, Plaça Llorenç Bisbal, Palma Molina, Campos

Aimée fühlte sich völlig ausgelaugt, trotz der Schmerztabletten dröhnte ihr Kopf. Sie saß bei Raouf am Tresen und rührte wie ein aufgezogener Automat in ihrem Cappuccino. Vor ihrem inneren Auge ließ sie die letzte Nacht und den heutigen Morgen an sich vorüberziehen, dabei erlebte sie die Geräuschkulisse in der Bar ihres Stiefvaters wie aus weiter Ferne. Der Sturz auf den Tisch war nicht folgenlos geblieben. Raouf musste alles zweimal sagen; jedes Wort hallte, als ob jemand in einen Tunnel sprach. Gut, dass viel Betrieb herrschte. Ein Frage- und Antwortspiel wäre das Letzte gewesen, wozu sie jetzt in der Lage war. Die Beule am Kopf wurde von ihren Haaren überdeckt. Doch Raoufs Blicke verrieten ihr, dass er alles andere als glücklich war, sie in diesem Zustand zu sehen.

Amandez hatte sie letzte Nacht im Auftrag Denglers außer Gefecht gesetzt, damit Aimée die Hochzeit des Jahres nicht platzen ließ. Davon war Aimée mittlerweile überzeugt. Sie war so wütend über sich selbst. Wie hatte sie nur so naiv sein können, dieser Frau zu vertrauen? Sie war Denglers Komplizin. Selbstanzeige? Eine Luxusfrau wie Amanda Amandez?

Als Aimée mit pochenden Schläfen in Amandez' Wohnzimmer aufwachte, war von der Baudezernentin weit und breit nichts zu sehen und zu hören gewesen. Außer dem tief brummenden Motor ihres Porsches. Aimée hatte sich nicht fragen müssen, wo sie hingefahren war.

Minutenlang hatte sie sich in der Küche Wasser ins Gesicht geschüttet, dann hatte sie Diego angerufen. Er war mit der Kontrolle des Sicherheitsteams für die Dengler-Hochzeit beschäftigt. Die einzige Neuigkeit? Eine nicht nachzuverfolgende Nummer auf Josephines Handy.

Sie sparte es sich, Diego über ihre letzte Nacht aufzuklären. Seine Kommentare konnte sie jetzt nicht gebrauchen. Auch wenn er ihre Vorwürfe gegenüber Dengler als Hirngespinste abtat, hatte er ihr zwei Mann zur Verfügung gestellt, um in den leer stehenden, von Dengler einst abgestoßenen Ferienanlagen nach Josephine zu suchen.

Ohne Erfolg. Die Geistersiedlungen waren leere Betonungeheuer, die die mallorquinische Landschaft in das Setting eines Katastrophenfilms verwandelt hatten. Gefühlte Ewigkeiten war Aimée mit den beiden Polizisten durch die kahlen Baracken gewandert.

Sie hatten jeden Winkel der Rohbauten nach einem Versteck durchsucht und Dutzende leere Pools inspiziert, die wie ausgehobene Gräber wirkten. Alles war verlassen und menschenleer.

Aimée nippte an ihrem Kaffee. Müde zog sie ihre Schultern nach hinten, als sie auf dem Fernseher an der Wand Live-Ausschnitte der gerade in Son Marroig stattfindenden Luxushochzeit erblickte. Hinter der Traumkulisse des goldgelben Herrenhauses leuchtete der Himmel saphirblau. Eine glamourös gekleidete Gästeschar bewegte sich auf den kleinen weißen Tempel zu, der aus der Perspektive wie eine Hochzeitskrone wirkte.

»Raouf, kannst du bitte den Sender wechseln?« Der Anblick war Aimée unerträglich. Raouf schaltete unverfänglich auf Eurosport, und im nächsten Moment liefen junge Fußballspieler über das Bild. U20-Fußball-WM. Deutschland gegen Vanuatu. Besser, als sich anzuhören, ob das Kleid der Brautmutter aus Seiden-Satin oder Seiden-Chiffon bestand.

Während Aimée ihre Ensaimada zerpflückte, überlegte sie fieberhaft, was sie übersehen hatte. Wie ferngesteuert tippte sie den Namen Marie Dengler auf ihrem Handy in das Grundbuchregister ein. Vielleicht war Josephine in ein Gebäude verschleppt worden, das nicht unter Patrick Denglers Namen eingetragen war, sondern unter dem Namen seiner Frau. Erneut erschien eine Vielzahl von Ferienwohnungen. Eigentlich keine Überraschung. Doch bei einer Immobilie blieb Aimée hängen. Eine Mühle. Sie hatte keine Grundstücksnachbarn, musste also irgendwo weit ab vom Schuss liegen. Die einzige Ortsangabe lautete Campos Sud. Aimée sah sich die Lage auf der Internetkarte an. Eine diffuse Übelkeit überfiel sie. Allein unterhalb von Campos standen Hunderte solcher Windmühlen.

Auf der Ebene vor der mallorquinischen Südostküste wurde früher ausschließlich Landwirtschaft betrieben. Um die Felder bewässern zu können, benötigte man die Mühlen, die Wasser aus dem Erdreich pumpten. Das hatte ihr Mateo einmal erzählt, als sie dort joggen waren. Er kannte sich in der Gegend aus. Seine Großeltern hatten dort noch bis in die Neunzigerjahre einige Felder und eine Mühle besessen.

Aimées schluckte hart. Wenn Josephine sich wirklich in dieser Mühle befand, die unter Marie Denglers Namen eingetragen war, stand ihr eine Suche nach der Nadel im Heuhaufen bevor. Sie musste jede dieser Mühlen einzeln abklappern. Das konnte dauern. Es musste doch irgendwo eine Bezeichnung geben, die die Molinas voneinander unterschied.

»Aimée, Diego hat mir gesagt, dass Josephine zu einer Person ins Auto gestiegen sein muss, der sie vertraut.« Raouf legte Aimée seine Hand auf ihren Arm. »Ich glaube nicht, dass derjenige ihr Gewalt antut.« Immer wieder versuchte ihr Stiefvater, sie zu beruhigen. Doch sein Trost half ihr nicht.

»Meine Tochter gegen ihren Willen irgendwo gefangen zu halten ist für dich keine Gewalt?«, fragte Aimée und bereute ihren vorwurfsvollen Ton sofort. Doch wie bei einem Dominospiel, bei dem ein Stein den folgenden mitriss, reihte sich in Aimées Kopf plötzlich ein absurder Gedanke an den nächsten. War es ein Zufall, dass Mateos Großeltern in dieser Gegend eine Mühle besessen hatten? Und an wen war sie verkauft worden? An Denglers? Und warum versprach ihr Mateo, dass alles gut wird?

Aimée erinnerte sich an ihre letzten Gespräche: Alles drehte sich bei Mateo nur noch um Geld. Bereits zu Beginn ihres Auftrags hatte er sie hintergangen, aber Aimée hatte sich nichts dabei gedacht. Raoufs Worte fielen ihr ein, *eine Person, der Josephine vertraut.* Welchem anderen Menschen auf der Insel als Mateo würde Josie so blindlings folgen? Aimées Übelkeit verstärkte sich.

Sie nahm sich das Glas Wasser, das Raouf ihr gerade auf den Tresen stellte, und kippte es hinunter. Sie musste Mateo zur Rede stellen.

Unruhig ging sie vor der Tür des Josie's auf der kleinen Plaça auf und ab und wählte Mateos Nummer. Doch stets sprang sofort die Mailbox an. Natürlich, er belieferte die Hochzeit des Jahres mit seinen Torten, da hatte er keine Zeit, an sein Handy zu gehen. Dann würde sie eben ohne genaue Ortsangabe zu den Mühlen nach Campos fahren. So sicher war sie mittlerweile, dass Mateo zu Denglers Handlanger geworden war. Ob ihr dröhnender Schädel ihr einen Streich spielte und sie Verbindungen knüpfte, wo vielleicht gar keine existierten, war ihr egal. Für sie fügte sich eins zum anderen, das bestätigte ihr auch ihr Bauchgefühl. Keine Stunde länger wollte sie Josephine sich selbst überlassen.

Oder konnte sie Garcia um Hilfe bitten? Seine Villa lag nur wenige Minuten von Son Marroig entfernt. Aimée touchierte seinen Namen auf ihren Kontakten.

»Aimée, wie geht es Ihnen? Haben Sie etwas von Josephine gehört?«, fragte er sofort. Der dunkle Moll-Ton in seiner Stimme war verschwunden. Wahrscheinlich hatte Garcia de Miravelles die erste Nacht seit einem Jahr wieder durchgeschlafen.

»Nein. Ja. Ich habe eine Vermutung, wo sie sein könnte – aber ich brauche Ihre Hilfe.«

»Alles, was Sie wollen, Aimée.«

»Sie haben sich mit Lélia ausgesprochen?«, fragte sie.

»Ja. Das habe ich Ihnen zu verdanken.«

Aimée erklärte ihm, dass er nach Son Marroig fahren musste, um ihr den Chefpatissier des Hochzeitsbanketts Mateo Conta ans Telefon zu holen.

»Ich rufe Sie zurück, sobald ich ihn habe«, erklärte er sich sofort bereit.

»Danke, Garcia.«

»Ich habe Ihnen zu danken, Aimée.« Auch wenn er sich wiederholte, fühlte Aimée sich für einen Moment beruhigt. Wenigstens eine Tochter war zurück.

Campos, Es Trenc

Während Garcia auf Son Marroig Mateo suchte, ließ Aimée mit Höchstgeschwindigkeit einen Kilometer nach dem anderen hinter sich und konzentrierte sich auf die Straße. Kurz vor Campos rief Garcia an. Aimée bremste ab und stellte sich an den Straßenrand, um den Anruf anzunehmen.

»Ich habe hier eine Ansprechpartnerin für die Riesenparty zum 18. Geburtstag meiner Tochter«, hörte sie Garcia laut und deutlich sagen.

Nur kurz sah sie ihr Handy an. Dann verstand sie, womit er Mateo von den letzten Handgriffen seines Tortenbuffets gelockt hatte.

»Wo hast du Josephine versteckt?«, schoss es aus Aimée.

Stille. Dann hörte sie, wie Mateo Garcia anzischte. »¡Coño! Sie haben mich angelogen!« Aimée hörte einen hektischen Wortwechsel, den Garcia anscheinend für sich entschied.

»Aimée, Mateo spricht jetzt mit dir.«

Hielt Garcia den Patissier im Schwitzkasten?

»Warum du das getan hast, kannst du mir in deinem nächsten Leben erzählen, Mateo. Du sagst mir *jetzt,* wo die Mühle deiner Großeltern steht.«

»Ich weiß überhaupt nicht, wovon du sprichst«, jammerte Mateo.

»*Jetzt,* Mateo!«

»Aimée, ich wollte Josephine heute Nachmittag freilassen. Es ging alles nur um die Hochzeit. Du solltest aufhören, herumzuschnüffeln. Ich hatte keine andere Wahl. Josephine geht es gut. Ich habe Schulden. Ich brauche die Aufträge. Verstehst du das denn nicht?«, ratterte Matteo seine Entschuldigungen herunter.

»Nein, Mateo. Ich stehe am Straßenrand an der Ma19 kurz vor dem Ortseingang von Campos. Ich warte auf deine Wegbeschreibung, um meine Tochter aus einer bruchreifen Mühle zu befreien. Das ist das Einzige, was ich im Moment verstehe!«

Mateo lenkte schließlich ein und erklärte ihr, wo sie langfahren musste.

»Der Schlüssel liegt in einem Mauerstück neben der Tür. Bitte, verzeih mir, Aimée!« Dann nahm Garcia das Telefon wieder an sich.

»Kannst du damit etwas anfangen?«, fragte er.

»Danke. Ich glaube schon. Garcia? Kann ich Josephine später bei euch vorbeibringen? Ich habe noch etwas zu erledigen.«

»Sí, selbstverständlich. Siempre. Bis gleich«, erwiderte Garcia de Miravelles ohne weitere Nachfragen. Warum fühlten sich seine Worte wie Balsam für sie an? Aimée hatte keine Zeit, darüber nachzudenken, startete den Motor und passte auf, keine Abfahrt zu verpassen.

Schließlich stand sie vor einer Steinmühle mit einer pyramidenförmigen Spitze. Die Windräder waren nur noch zum Teil vorhanden, die Witterung hatte die alte Holzkonstruktion stark angegriffen.

Sobald Aimée den lehmigen Vorplatz betrat, rief sie nach Josephine. Keine Antwort. Neben der alten Holztür suchte sie im Mauerwerk nach der Ritze, wo der Schlüssel versteckt war.

»Maman?«

Aimées Hände zitterten. Wie eine Blinde tastete sie die Spalten des rissigen Steins ab, und es dauerte eine gefühlte Ewigkeit, bis sie endlich den Schlüssel fand und in das rostige Schloss stecken konnte.

Im nächsten Augenblick kam ihr Josephine entgegen, und Aimée fühlte, wie die Welle der Erleichterung sie überrollte, als sie sich umarmten. Die Zeit blieb einfach stehen. Einige Momente später saß Aimée mit ihrer Tochter auf einem Bett und ließ sich alles erzählen.

»Maman, Mateo meinte, du wüsstest Bescheid. Er hat mich gut versorgt. Aber seine Geschichte klang schon verrückt. Er meinte, ich würde ihm seine Existenz retten, und wenn ich nicht mitspielte, wäre alles verloren.«

Aimée konnte nicht aufhören ihre Tochter anzusehen. Sie hatte ihre Haare zu zwei langen Zöpfen geflochten, so wie früher, was sie viel jünger als sechzehn aussehen ließ.

»Und wie hat er dich von dem Segelboot bekommen, wir waren doch verabredet?«, fragte Aimée sanft.

»Das war ganz schön gemein. Er sagte, du hättest einen Unfall«, erklärte Josephine stockend. »Aber es würde dir gut gehen. Du bräuchtest Ruhe und würdest im Krankenhaus versorgt und viel schlafen.« Josephine sah sie entschuldigend an.

Aimée nahm ihre Tochter in den Arm. Sie schauderte. Diese Lügen wurden ja immer perfider. »Es ist alles gut.«

»Maman, ich habe ihm geglaubt. Er hat mich mit allem versorgt. Ich hatte sogar Netflix.« Josephine lächelte schwach.

Aimée war entsetzt über das Verhalten ihres Freundes. Wie weit gingen Menschen für Geld? Wie konnte Mateo sich alles so hinbiegen, dass es wie ein harmloses Spiel aussah?

»Josephine, Mateo wurde zwar erpresst. Aber er hätte sich nicht darauf einlassen dürfen«, erklärte Aimée.

»Sicher«, erwiderte sie tapfer.

»Ich muss mich jetzt um den Mann kümmern, der hinter all den Schweinereien steckt, ehe er womöglich flieht. Er wird sicher schon von Mateo gewarnt worden sein, dass ich jetzt Bescheid weiß.«

Josephine nickte. »Ich verstehe.«

»Ich habe auch eine gute Nachricht für dich.« Sie nahm Josephines Hand. »Lélia hat sich mit ihrem Vater versöhnt.«

»Hey, mega.« Josephine strahlte für einen Moment. »Kann ich mich mit ihr treffen? Ich muss ihr alles erzählen.«

»Ich wollte dich fragen, ob es okay ist, wenn ich dich zu ihr nach Deià bringe, während ich …?«

»Also, ich muss hier keine Minute mehr länger abrosten«, unterbrach Josephine sie sofort. Aimée spürte, wie sich Josephine vor ihr zusammenriss. So locker, wie ihre Tochter jetzt tat, waren die letzten Tage bestimmt nicht für sie gewesen. Sie brauchte Zeit, um das alles zu verarbeiten. Und eine Freundin.

Son Marroig, Landzunge Sa Foradada

Auf der Fahrt von Campos nach Deià fühlte sich Aimée wie auf Wolken. Die Nähe Josephines, die sich auf ihrer

Triumph dicht an ihren Rücken schmiegte, gab ihr die in den letzten Tagen verlorene Kraft zurück und wirkte wie ein Zauberelixier. Als sie vom Dunkel des Tunnels in das helle wärmende Licht hinausfuhren und sich vor ihnen das Orangental von Sóller auftat wie ein Paradiesgarten, umgab sie der Duft von wildem Oleander und Thymian. Wie gern hätte Aimée mit Garcia und ihren beiden Töchtern einen entspannten Nachmittag auf der Terrasse verbracht.

Doch sie wusste, dass sie die Ruhe keine zwei Minuten aushalten würde, während fünf Kilometer weiter der Mann ein rauschendes Fest feierte, der sich so vieler Delikte schuldig gemacht hatte, dass ihr schwindelig wurde. Der erfolgreiche Patrick Dengler tarnte sich nicht nur als Wohltäter; mit seinem Talent, Menschen zu manipulieren, hatte er selbst sie getäuscht. Und die Vielzahl der Leidtragenden reichte bis zu ihrer Tochter – aber sie dachte auch an Juan und Sofia Alverez und nicht zuletzt an die tote Nima. Und bevor sie Diego mit Erklärungen überzeugen musste, die er sowieso wieder infrage stellen würde, nahm sie die Dinge lieber selbst in die Hand.

Nachdem Aimée ihr Motorrad vor dem in der Sonne leuchtenden Landsitz Son Marroig geparkt und die elegant gekleideten Hochzeitsgäste zwischen den Olivenbäumen ausgemacht hatte, blickte sie kurz an sich herab. Jeans und Lederjacke, nicht das passende Outfit für eine Hochzeit. Jeder würde sofort erkennen, dass sie nicht dazugehörte. Sollte sie jemand fragen, gehörte sie eben zum Sicherheitspersonal – auf eine gewisse Weise stimmte das auch. Schließlich waren so gut wie keine Polizisten zu sehen.

Aimée hatte keine Ahnung, wo Diego seine Leute positioniert hatte. Alles wirkte friedlich, ruhig und festlich. Auf der Terrasse waren lange Tische für Kuchen, Kaffee und Champagner weiß eingedeckt.

Allein betrat Aimée über eine Seitentreppe das festlich dekorierte ehemalige Feriendomizil des österreichischen Großherzogs und sah von der Seite in den Tanzsaal-großen Raum, in dem das opulente Kuchenbuffet aufgebaut war. Neben Dutzenden von Torten entdeckte sie Mateo, der in seiner weißen Konditorenmütze hinter Dengler stand. Er wippte etwas ungeduldig hin und her, bis Dengler ihm das Zeichen gab, worauf Mateo begann, eine kleine Glocke zu läuten. Im nächsten Moment strömten von allen Seiten die Hochzeitsgäste in den Panorama-Saal, um den spektakulär angekündigten Tortenanschnitt nicht zu verpassen.

Braut und Bräutigam fassten sich vor der mehrstöckigen Torte fest an den Händen, und Dengler hielt nicht nur eine Rede auf das Brautpaar, sondern lobte auch das Kunstwerk, das Mateo Conta mit seinem Team geschaffen hatte. Unter brausendem Applaus schnitt die Braut durch die weißen, dunkelroten und roséfarbenen Cremeschichten, worauf ein Raunen durch die Menge ging.

Aimée hätte sich am liebsten Dengler und ihren ehemals besten Freund sofort geschnappt, doch sie brachte es nicht über sich, Mateos Auftritt zu zerstören. Also zog sie sich während des Zeremoniells in eine Nische zurück, wo bereits Dutzende Gläser Champagner eingeschenkt wurden, blickte auf ihr Handy und sah eine neue Nachricht von Amanda Amandez:

Es bleibt bei meiner Selbstanzeige. Amanda

Aimée sah konsterniert auf die Nachricht und schnappte sich ein Glas Champagner. Was war gestern Nacht genau vorgefallen, hatte sie Amanda eventuell doch falsch eingeschätzt?

Nachdem Aimée ihr Handy weggesteckt und das halbe Glas Champagner zurückgestellt hatte, trat sie wieder in den Flur, um in den Saal zu blicken. Mateo stand stolz und mit glänzenden Augen vor seinen exquisiten Torten und verteilte die sahnigen Kuchenstücke. Nur Dengler konnte sie in der

Menge plötzlich nicht mehr ausfindig machen. Hatte er sie bemerkt? Hatte er Panik bekommen? Aimée beeilte sich, durch den Flur zu einem der Fenster zu gehen, die den Blick auf die Küste freigaben, und sah, wie Dengler sich seitlich an den Olivenbäumen vorbei in Richtung Mauer vom Haus entfernte.

Wo wollte er hin? Hinter den alten Steinabgrenzungen war nur unwegsames Gelände. Was hatte Dengler vor? Wollte er über die Meerseite fliehen? Soweit Aimée wusste, ging es hinter den alten Mauern ziemlich steil bergab. Bis hinunter zum Strand wäre er zu Fuß über eine halbe Stunde unterwegs.

Aimée wollte sich nicht darauf verlassen, dass er nur frische Luft schnappte, verließ eilig das Herrenhaus und schwang sich auf ihr Motorrad. Die Abzweigung hinunter zur Landzunge Sa Foradada verlief gleich hinter Son Marroig. Sie nahm im Schritttempo die Serpentinenstraße und hielt nach Dengler Ausschau. Doch er war nirgends zu sehen – hatte sie sich geirrt? So schnell konnte er den steilen Abhang zu Fuß nicht geschafft haben. Das war unmöglich. Aimée wollte gerade umkehren, als sie ein ganzes Stück weiter unten zwischen den Pinien etwas rasant Schnelles aufblitzen sah. Patrick Dengler hatte sich ein Mountainbike geschnappt und raste damit im Stehen, fast ohne zu bremsen, den Berg hinunter.

Aimée gab Gas. Dengler hatte sie bereits bemerkt, aber das war ihr egal. Er sollte ruhig wissen, dass sie ihm auf den Fersen war. Sie musste sich ihm nur in der nächsten Haarnadelkurve quer in den Weg stellen, dann wäre er geliefert. Aber Dengler riskierte alles und sprang in hohem Satz von einem kleinen Felsvorsprung, was ihm erneut einen Vorsprung verschaffte.

Während er quer durch das Waldstück preschte, verlor Aimée auf dem kurvenreichen Straßenverlauf kostbare Zeit. So war er auf jeden Fall schneller an der Küste als sie. Die beiden letzten Haarnadelkurven würden ihm den nötigen Vorsprung verschaffen. Das konnte Aimée nicht zulassen; sie riss ihren Lenker herum und verließ die Straße, um ihre Triumph das letzte Stück quer durch den lichten Pinienwald zu steuern. Sie sah Dengler bereist kurz vor dem geraden Stück Straße, die zum Strand führte, an dem einige Schnellboote lagen, als ihre Räder auf dem weichen Waldboden hohldrehten. Wie auf einer Zielgerade raste Dengler nach vorne, während sie feststeckte.

Aimée holte tief Luft, nahm das Gas weg, gewann wieder die Kontrolle über ihre Maschine und zog mit einem Satz auf die Straße. Sie folgte Dengler, doch bis zum Strand holte sie ihn nicht mehr ein. Erst als er im Begriff war, das Mountainbike zur Seite zu werfen und auf das Boot, das an einer Felskante festgemacht war, zu flüchten, war sie auf seiner Höhe und blockierte ihm den Weg.

Aimée sah sein rotes Gesicht. Er japste nach Luft, sein Smokinghemd war durchgeschwitzt, die schwarzen Lackschuhe waren von Zweigen ruiniert.

»Señor Dengler. Warum so eilig?« Erst jetzt sah sie, dass seine Smokinghose einen Riss hatte. Er blutete am Oberschenkel. Jetzt nur kein Mitleid.

»Sind Sie eigentlich komplett verrückt geworden, mich zu jagen wie einen Schwerverbrecher?«, bellte er sie schnaufend an.

Aimée runzelte die Stirn, Wut kochte in ihr hoch. »Wie schön, dass Sie sich selbst so bezeichnen. Sie haben Nima umgebracht! Sie haben Anschläge inszeniert, um die mallorquinische Umweltbewegung wie eine Horde von Gewalttätern dastehen zu lassen und als Sie merkten, dass ich über die gleichen Informationen verfüge wie Nima, haben Sie meine Tochter verschleppt.« Aimée hielt das Steuer ihrer Triumph fest im Griff, um ihm sofort den Weg zu versperren, sollte er versuchen zu fliehen.

»Ich glaube, Sie haben zu viel Krimis gelesen. Wie soll ich das alles bewerkstelligt haben?« Er beugte sich vornüber, stützte sich mit den Händen auf seine Knie, um Luft zu bekommen. »Mein Alibi ist wasserdicht.«

»Wasserdicht, wohl kaum. Sie sind in dem Schnellboot gesehen worden.« Das war keine Lüge, die Frage war, wann?

»Mich kann niemand gesehen haben. Es war ja noch fast dunkel. Es gibt keine Zeugen.«

Ups. »Falsch, Sonnenaufgang war am Samstagmorgen um 6:29 Uhr. Und Herr Thalberg hat sie trotzdem erkannt.« Egal, sie musste pokern. »Sie haben falsche Spuren gelegt, wo Sie nur konnten, äußerst raffiniert, das muss ich zugeben. Falsche Zeugen, gefälschte Indizien, falsches Alibi. Alles, um von ihren Machenschaften und den Bestechungsgeldern abzulenken. Wie haben sie eigentlich Alverez' Fingerabdrücke auf dieses Schokoladenpapier bekommen?«

»Sie halluzinieren.«

»Vielleicht von den Drogen, die sie mir gestern mithilfe von Amanda Amandez in die Cola gekippt haben? Nur zu dumm, dass ich früher wach geworden bin als geplant? Nicht wahr?«

Dengler presste sich die Hand auf seine Wunde am Bein und blickte auf eines der Boote.

»Denken Sie nicht einmal daran! Sie kommen in den Knast, ihren Bootstrip nach Monte Carlo können Sie sich abschminken«, erklärte Aimée trocken.

»Warum sollte ich Nima umbringen wollen? Nur weil herauskommen könnte, dass ich ein paar Leuten Geschenke mache?« Er lachte krächzend. »Lächerlich. Das ist doch kein Mordmotiv.«

Aimée stützte sich mit einem Stiefel im Sand ab. Sie musste ihre Trümpfe ausspielen. Er sollte vor ihr einknicken, jetzt und hier.

»Es muss bitter sein, zu lesen, dass die Frau, die man liebt, einem anderen ihre geheimsten Gedanken anvertraut.«

»Was faseln Sie da?«

»Ich rede von den Tagebüchern Ihrer Frau Marie.«

Sie sah an seinen vor Wut blitzenden Augen, dass sie ins Schwarze getroffen hatte.

»Woher wissen Sie von Maries Tagebüchern? Sind Sie etwa bei uns eingebrochen? Damit haben Sie sich strafbar gemacht ...«, brauste er auf.

»Juan Alverez hat mir davon erzählt. Marie hat ihn im Gefängnis besucht und ihm eines ihrer Tagebücher geschenkt.« Dengler sah sie aufgelöst aus seinen eisblauen Augen an. Plötzlich fing er an zu würgen. Er musste sich an der Mauer abstützen, dann redete er – mehr zu sich selbst als zu Aimée.

»Jeden Eintrag hat sie mit *Querido Juan* begonnen. Lieber Juan. Jeden Tag.« Dengler wankte. »Ich wollte gar nicht in ihren Tagebüchern lesen, aber vor wenigen Wochen hatte sie eins offen auf ihrem Nachttisch liegen lassen, und dann ... « Er schien förmlich in sich zusammenzusacken. »Ihm ihre Tagebucheinträge zu widmen ... mit mir hat sie nie über die Dinge gesprochen, die sie dort Tag für Tag aufgeschrieben hat. Nie!«

»Aber warum haben Sie dann nicht ihn umgebracht? Das wäre doch viel naheliegender gewesen?«, provozierte Aimée ihn.

»Damit meine Frau ihn womöglich noch im Tod als Märtyrer verehrt? Als Opfer, als den Weltretter, der für die Umwelt kämpft, der gute Bad Boy!« Dengler war kurz davor, die Kontrolle zu verlieren; auch ihm musste klar sein, dass er damit den Mord an Nima gestanden hatte, aber er hörte nicht auf. »Nein, ich habe ihn als Mörder perfekt inszeniert. Selbst der Comisario ist davon überzeugt. Als Mörder von Nima wird er seinen Heiligenschein endlich verlieren. Und er wird endlich das sein, was er ist: ein Choleriker, der sich nicht unter Kontrolle hat.«

»Das ist ebenso unakzeptabel wie ein Mann, der Frauen und minderjährige Mädchen vergewaltigt. So wie Sie damals Sofia.« Was maß Dengler sich an, über andere zu urteilen?

»Ich habe Sofia nicht vergewaltigt, sie war in mich verknallt, sie wollte die Nummer doch auch«, verteidigte er sich voller Überzeugung. In Aimées Ohr sirrten die Töne plötzlich auf einer besonders hohen Frequenz. Ihr wurde übel vor Empörung.

»Passen Sie auf, was Sie jetzt sagen. Sofia hat nach dieser ›Nummer‹ mit Ihnen keinen Mann mehr angefasst.« Er sollte hören, was seine Tat für Folgen hatte. Aber besaß Patrick Dengler überhaupt ein Gewissen?

»Das hat doch alles keinen Bestand vor Gericht, ist doch ewig her. Ist das alles?« Er nestelte an seiner Wunde herum und riss den Stoff auf.

»Nima hat Sofia von Ihrer *intensiven* Zusammenarbeit mit Baudezernentin Amandez erzählt. Nima hat Sie mit ihrem Wissen erpresst, Sie wollten nicht nur Alverez hinter Gitter bringen, Sie mussten auch Ihre Yoga-Trainerin loswerden.«

»Richtig, das nennt man wohl zwei Fliegen mit einer Klappe schlagen. Ich arbeite gerne effektiv.« Plötzlich sah Dengler sie aus schmerzverzerrten Augen wie von Sinnen an. »Sie war wie eine Klette, ließ nicht mehr locker. Sie wollte immer höhere Summen. Immer mehr. Ich wäre sie niemals losgeworden, sie hätte mich für den Rest meines Lebens in der Hand gehabt.«

»Und dann haben Sie Nima einfach über das Balkongeländer geworfen.« Jetzt hatte sie ihn so weit. »Und damit Nima nicht schreit, haben Sie ihr ein hoch dosiertes Schlafmittel in ihren Smoothie gegeben und es dann in Juan Alverez' Büro versteckt. Geben Sie es doch endlich zu.«

»Auf nüchternen Magen hat es besonders schnell gewirkt«, erwiderte er bloß, und sein sonst so charmantes Lächeln verzog sich zu einer bösartigen Fratze.

»Aber jetzt ...« Er rieb sich die Hände, als ob er sich den Dreck von ihnen wischen wollte, der an ihnen klebte. »... jetzt gibt es keine Beweise mehr.«

»Oh doch. Amanda Amandez wird Selbstanzeige erstatten«, zog Aimée ihren letzten Trumpf aus dem Ärmel. »Sie hat genug Dokumente, die ihre *effektive* Zusammenarbeit belegen. Wie Sie lästige Umweltgesetze umgangen haben, um lukrative Bauprojekte durchzusetzen. Und um von sich abzulenken, haben Sie nicht davor zurückgeschreckt, ihre eigenen Hotelgäste in Lebensgefahr zu bringen.«

Aimée sah, wie Dengler fahrig den Stoff an seinem Hosenbein weiter aufriss. »Nein, damit habe ich nichts zu tun, das schwöre ich.« Er schüttelte den Kopf, als ob er mit der Erkenntnis kämpfen müsste, dass seine Inszenierung wie ein Kartenhaus in sich zusammenfiel. Schweißperlen standen ihm auf der Stirn. Obwohl die Sonne gerade hinter einer Wolke verschwand, war es für Mai sehr heiß. Oder lag es an seiner Wunde, dass er so schwitzte?

»Mir reicht es jetzt, Frau Sander«, stieß er plötzlich hervor. »Sie lassen mich jetzt durch, was soll ich denn noch alles getan haben? Ich sorge hier auf der Insel für Arbeitsplätze, für Wachstum, das lasse ich mir doch nicht von Ihnen kaputtmachen ...«

»Warum haben Sie mich dann überhaupt als Privatdetektivin engagiert?«

»Sie waren meine Absicherung. Niemand wäre auf die Idee gekommen, dass ich mit dem Mord etwas zu tun haben könnte. Wer setzt schon auf sich selbst eine Ermittlerin an?«

Damit zog Dengler eine kleine Beretta aus seinem Strumpf unter dem Hosenbein hervor und richtete die Waffe auf Aimée. Sie erstarrte.

»Wenn Sie mir jetzt nicht sofort Platz machen, muss ich Ihnen in Ihr schönes Bein schießen, wollen Sie das wirklich?« Er sah sie aus glasigen Augen an.

Aimée kannte diesen Blick. Dengler war kurz davor, Amok zu laufen. Für seine Freiheit würde er sie über den Haufen schießen, das war ihr klar. Sie gab sich geschlagen und tat so, als ob sie absteigen wollte, doch im nächsten Moment startete sie blitzschnell ihre Triumph und drehte sie nach hinten weg, sodass sie Dengler mit dem Hinterrad traf. Er stürzte stöhnend in den Sand, ein Schuss löste sich, zog an Aimée vorbei und traf eines der Boote.

»Waffe fallen lassen! Hände hoch! Lassen Sie sofort die Waffe fallen, Señor Dengler!« Aimée hörte Diegos durchdringende Stimme. Endlich.

Dann sah sie, wie Diego auf Denglers Arm zielte. Nimas Mörder hielt noch immer die Waffe auf sie gerichtet. Aimées Herzschlag füllte ihren ganzen Brustkorb aus, ihr Ohr fiepte, und vor ihren Augen tanzten grelle Blitze. Immer wieder hörte sie Diego, wie er Dengler aufrief, die Waffe fallenzulassen. Dann fiel erneut ein Schuss. Aimée sah, wie Denglers Arm nach oben schoss; seine Beretta flog in hohem Bogen in die Wellen, dann sackte der sonst so souveräne Millionär jaulend in sich zusammen.

Einige Polizisten stürzten sich auf ihn. Aimée hörte die Sirene eines Notarztwagens. Sie stellte wie in Trance ihre Triumph in Parkposition. Diego reichte ihr eine Flasche Wasser. Sie setzte sich auf einen Felsen und trank.

»¡Perdón, Aimée! Du hattest das richtige Bauchgefühl. Ich habe mich völlig verrannt. Ich hätte stutzig werden soll, dass die Beweislage so eindeutig war«, erklärte Diego und setzte sich neben sie.

»Hast du endlich meine Nachrichten abgehört? Ich dachte, du bist hier und sorgst für Sicherheit.« Sie versuchte zu lächeln, doch sie spürte, dass es bei einem Versuch blieb.

»Ich musste ins El Sueño nach Portals Nous. Ein Gast ist in seinem Zimmer leblos aufgefunden worden.«

»Wie bitte, aber ...?« Sie sah ihn von der Seite an.

»Ein Rentner aus Deutschland. Keine Fremdeinwirkung, wie wir schnell feststellten. Herzinfarkt. Nach dem Frühstück. Seine Frau sitzt im Rollstuhl.«

Aimée blieb stehen. »Hans Thalberg?«

Diego nickte.

»Die arme Frau.« Aimée dachte an die lächelnde ältere Dame mit dem Sangriaglas in der Hand.

»Ach, Frau Thalberg schien eigentlich recht gefasst«, erwiderte Diego amüsiert. »Sie hat sich gleich nach Seniorenresidenzen hier auf Mallorca erkundigt.«

»Das klingt nach einer guten Idee.« Aimée erinnerte sich, wie Hans Thalberg kein gutes Haar an Dengler gelassen hatte, aber auch wie schnippisch er seiner Frau gegenüber gewesen war.

»Tja, er hatte die ganze Woche seine Herztabletten nicht genommen. Dafür ist Patrick Dengler mal nicht verantwortlich. Und auch nicht für den Sabotage-Akt im Fitnessstudio und das brennende Bootshaus.«

»Wie bitte?« Was kommt denn jetzt, fragte sich Aimée.

»Herr Thalberg war von Racheplänen besessen. Er hat die beiden Angriffe minutiös in seinem Taschenkalender notiert«, erklärte Diego.

»Dann hat Dengler, was das betrifft, nicht gelogen«, bemerkte Aimée.

»Dafür hat er diese Racheaktionen benutzt, um seine verrückten Bekennerschreiben zu lancieren.« Es fühlte sich für Aimée gut an, diese Worte aus Diegos Mund zu hören.

»Patrick Dengler weiß anscheinend alles für sich zu nutzen, selbst Dinge, die ihm eigentlich schaden sollten. Gute Arbeit, Diego«, lobte sie und berührte mit dem Zeigefinger seine Schulter.

Sie standen auf, und Aimée war dankbar, dass Diego ihre Triumph den Strand hinaufzog. Sie trank von dem Wasser und sah, wie Dengler nach der Behandlung seiner Wunde in eines der Polizeifahrzeuge geschoben wurde. Als Dengler im

Wagen saß, warf er Aimée einen sonderbaren Blick zu, so als ob er nicht glaubte, was gerade mit ihm geschah.

»Gut, dass du gekommen bist, Diego. Ich hatte keine Waffe dabei«, sagte Aimée. Ob Dengler wirklich geschossen hätte?

»Da kannst du dich bei unserer Rechtsmedizin bedanken. Die Hautpartikel unter Nimas Fingernägeln sind nicht mit der DNA von Juan Alverez identisch. Und bei Amanda Amandez. Sie ist direkt nach der Trauung ins Polizeipräsidium gefahren und hat sich bei meinem Kollegen vom Betrugsdezernat selbst angezeigt. Sie wollte nicht, dass ihr frühzeitiges Fehlen Dengler auffällt. Dann hat sie mich angerufen. Sie wusste von Nimas Erpressung. Jetzt fühlt sie sich schuldig an ihrem Tod und will es mit ihrem Geständnis wiedergutmachen.«

»Wiedergutmachen?« Aimée zog ihre Augenbrauen hoch.

Diego zuckte mit den Schultern und schob das Motorrad die Straße entlang.

»Das muss ich wohl auch«, erklärte er und sah mit ernster Miene geradeaus.

»Du hast deinen Job gemacht, Diego. Dengler hat uns alle getäuscht«, sagte Aimée ernüchtert.

»Und letztlich hat er nur einen Fehler begangen«, erklärte Diego.

Sie musste gegen die Sonne anblinzeln, während sie für einen Moment auf der Landzunge Sa Foradada stehen blieben. Fragend sah sie Diego an.

»Was meinst du?«

»Er hat dich unterschätzt, Aimée. Das hat ihn zu Fall gebracht.«

Aimée winkte ab. »Ich hätte früher erkennen müssen, was er für ein Spiel spielt, Diego. Er hat mich eingewickelt – wie dich auch.«

Normalerweise vertraute Aimée ihren Instinkten, doch Dengler hatte sich ihr gegenüber nicht als abgebrühter Spekulant gezeigt, der über Leichen geht. Außerdem wirkte seine Selbstsicherheit unerschütterlich – das hatte sie beeindruckt. Sie hatte ihre Lektion gelernt.

KAPITEL 8

Samstag, 27. Mai 2017
Finca Fonoll Marí

Nachdem Aimée gemeinsam mit Josephine, Lélia und Garcia im schattigen Garten der Villa De Miravelles etwas getrunken hatte, war sie mit ihrer Tochter zurück nach Palma gefahren.

Diego hatte ihr gestern noch versichert, seine verlorene Wette einzuhalten. Er hatte versprochen, das Geburtstagsbuffet auszurichten, und er hielt sein Versprechen. Ja, es gab sogar eingelegten Meerfenchel nach dem Geheimrezept seiner Mutter.

Eigentlich hatte sie Raouf mit einer Feier in der Tapas-Bar überraschen wollen. Doch dann hatte sie kurz entschlossen bei Vera angerufen. Ob sie ihre Finca für eine Feier zur Verfügung stelle, sie wäre natürlich auch eingeladen, oder ob sie das so kurz nach Nimas Tod taktlos fände. Schließlich war Nima erst eine Woche tot.

Doch Vera war gleich Feuer und Flamme. »Eine Feier ist immer in Nimas Sinne. Wenn man vielleicht auch ein Gläschen auf sie trinken könnte?«

Aimée hatte einen Getränkelieferservice angerufen, der neben Cava und Bier auch Geschirr und Gläser mitlieferte.

Jetzt schrubbte sie schon seit einer Stunde gemeinsam mit Josephine und Lélia Tische und Bänke sauber. Die beiden Mädchen hatten Kornblumen in Glasflaschen gestellt, die sie auf Veras Weiden gepflückt hatten. Als Nächstes wollten sie Orangen für eine Sangria schneiden.

Vera hatte bereits in der Küche einen großen Topf vorbereitet und stellte immer wieder Fragen zu den Vorfällen der letzten Woche.

»Aber wo ist das Geld, das Nima für den Warhol bekommen hat?«, wollte sie wissen.

»Sie hat es ja eben nicht bekommen«, schaltete sich Lélia ein. »Stivans hat ihr nur einen Schuldschein ausgeschrieben. Jetzt hat er den Warhol und rückt ihn nicht raus.«

Lélia schnitt mit dem Messer durch eine Orange, dass es spritzte. »Ich hätte zusammen mit ihr zu Stivans gehen sollen an dem Abend. Aber sie wollte nicht, dass ich mitkomme.«

Aimée war dem Gespräch gefolgt. Nima hatte sich eine Zukunft erträumt, die sie mithilfe von Denglers Geld in die Realität umsetzen wollte. Wie viel Geld sie auf die Seite geschafft hatte, würde erst eine Finanzprüfung ergeben. Aber der großen Batzen Geld, der ihr den Absprung ermöglicht hätte, um ein eigenes Yoga-Resort zu eröffnen, war ihr nicht zuteilgeworden. Dengler hatte sie wohl immer wieder mit kleineren Summen vertröstet, das hatte sie Lélia erzählt.

»Und jetzt ist das Bild weg. Die Polizei hat heute Morgen nichts bei Stivans gefunden!«, schimpfte Josephine.

»Wahrscheinlich hängt es in Paris«, vermutete Aimée. »Das erklärt seine Reise nach Frankreich.« Sie hatte eine Rotweinflasche geöffnet und schüttete ihn vorsichtig in eine ballongroße Sangria-Karaffe.

»Die französische Kunstfahndung ist informiert, sein Apartment am Montmartre wird noch heute durchsucht«, informierte Diego die Runde, als er mit riesigen Platten die Küche betrat. »Wo soll das Essen hin? Im Wagen draußen ist noch mehr. Vielleicht hilft mir jemand?«

Aimée stellte die Weinflasche ab und begrüßte Diego.

»Erstaunlich, wie schnell plötzlich alles geht. Ich kann mir kaum erklären, woran das liegt?«, ärgerte sie den stolzen Koch.

»Ich muss den guten Ruf der mallorquinischen Polizei wiederherstellen. Das ist mir einige Anrufe wert«, erklärte Diego etwas großspurig.

Eine Stunde später waren alle Gäste versammelt, auch Juan und Sofia waren gekommen. Sie hatten Pepita mitgebracht. Der kleine Malteser kläffte jeden aufgeregt an, der sich Sofia näherte. Josephine hatte ihre Freude an dem Hündchen und versicherte Pepita, dass sie ein erstklassiger Bodyguard sei.

Aimée sah auf die Uhr, in wenigen Minuten sollte das Geburtstagskind erscheinen. Sie hatte einen Mitarbeiter Raoufs gebeten, ihn abzuholen und hierherzubringen, ohne etwas zu verraten.

Als Aimée ihn mit der Gästeschar hinter sich empfing, hielten einige Partybesucher brennende Wunderkerzen in der Hand, und alle sangen etwas schief ein spanisches Geburtstagslied.

»Aimée, du Katastrophe, was machst du mit mir? Ich bin ein alter Mann. Ich vertrage keine Überraschungen mehr.« Er lachte Aimée mit glänzenden Augen an und verschränkte die Hände zum Dank.

Die Überraschung war geglückt, und nachdem sich alle Gäste von den Platten mit eingelegten Fonoll Mari, getrockneten Tomaten, Hähnchenspießen und anderen Tapas bedient hatten, wurde an dem langen Tisch mit den bunten Holzstühlen gegessen und sich lebhaft unterhalten. Gläser klirrten. Alle stießen gemeinsam auf Raouf an.

Vera hielt eine kleine Rede auf Nima, in der sie betonte, wie wichtig es Nima war, im Augenblick zu leben. Sofia und Juan hörten ihr aufmerksam zu. Aimée hatte das Gefühl, dass die vielen Menschen und vor allem Veras warmherzige Gastfreundschaft und ihre positive Lebenseinstellung Juan und Sofia guttaten. Die beiden hatten eine harte Woche hinter sich.

»Und was macht Marie?«, wollte Aimée von Juan wissen, als sie sich beide an der provisorisch aufgestellten Bar trafen.

»Wir haben telefoniert. Sie hat sich in ein Ferienhaus auf Ibiza zurückgezogen. Sie muss über alles nachdenken.« Er zuckte mit den Schultern. »Vielleicht hat sie in mir all die Jahre jemanden gesehen, der ich gar nicht mehr bin. Ich glaube nicht, dass sie auf das Leben, das sie führt, verzichten möchte.«

»Lass es auf dich zukommen, Juan.«

»Sicher, vieles hat sich geändert. Ich hab auch genug mit der Pressearbeit zu tun. Letztendlich hat mir Patrick einen Gefallen getan. *Rebels with a cause?* In der Übersetzung müsste es lauten *Denn sie wissen, was sie tun.* Genau, wir wissen, was wir tun. Der Name hätte wirklich von mir kommen können.«

»Das war ja der Sinn der Sache«, bemerkte Aimée.

»Trotzdem verrückt, dass Patrick all diese Drohbriefe selbst geschrieben hat. Unser Spendentelefon steht seit gestern Abend nicht mehr still.«

»Da ist wohl irgendwie durchgesickert, dass Dengler dem Leiter von *NatureNow* einen Mord unterschieben wollte«, grinste Aimée. »Ich kenne da eine Baudezernentin, die gute Kontakte zu den Medien hat. Wahrscheinlich will sie wirklich einiges klarstellen.«

»Leider zu spät«, erwiderte Juan bedrückt.

Aimée goss ihm eine Kelle Sangria in sein Glas.

»Wann ist übrigens eure nächste Trashday-Aktion?«, fragte sie, um Juan abzulenken.

»Wie immer, maman, am Montag«, ging Josephine dazwischen.

»Aber zuerst wird Aimée unser neues Ehrenmitglied«, stellte Juan feierlich fest. »Für den Einsatz, den du für *Natur-*

eNow geleistet hast. Ohne dich säße ich wahrscheinlich immer noch im Knast.« Juan lächelte sie sogar für einen kurzen Moment an. Aimée bedankte sich für die Wertschätzung, und sie stießen auf ein plastikfreies Mallorca an, als Peer anrief.

»Entschuldige, Juan. Josephines Vater, da muss ich ran.« Juan winkte verständnisvoll und ging auf Diego zu.

»Wie war es auf deinem Schweigeseminar?«, fragte Aimée sofort und stellte auf laut, damit Josephine mithören konnte.

»Ich war nicht auf einem Schweige-, sondern auf einem Tantra-Seminar«, erklärte Peer irritiert.

Aimée starrte Josephine sprachlos an. Ihre Tochter konnte sich das Lachen nicht verkneifen. »Da habe ich mich wohl verhört.«

»Ach, und? Hat es deinen Horizont erweitert?«, wollte Aimée interessiert wissen und schwenkte ihr Sangriaglas.

»Sicher, solltest du auch mal versuchen. Tantra hilft dir dabei, deine ekstatische Energie zu kultivieren«, erklärte er Aimée seine neu erworbenen Kenntnisse.

»Meine was? Vielen Dank für den Tipp, Peer. Vielleicht mache ich mal einen Workshop hier auf Mallorca.« Josephine schüttelte nur ungläubig den Kopf, worauf Aimée mit der Schulter zuckte. Man konnte nie wissen.

»Was ist eigentlich passiert?«, fragte Peer ahnungslos. »Warum ist Josephine nicht mit Luca in Dänemark? Ich hab erst heute die Abbuchung für den Flug auf meiner Kreditkarte entdeckt.«

Aimée erzählte ihm die Kurzversion etwas verklärt und kündigte an, bald nach Hamburg zu kommen. »Du bist immer willkommen, Aimée.«

Ihr Handy vibrierte. Garcia.

»Entschuldige Peer, ein Anruf auf der anderen Leitung. Wir sehen uns in Hamburg.« Damit beendete sie das Gespräch und nahm Garcia an. Josephine sah sie mit einem rätselhaften Ausdruck auf ihrem Gesicht an und verschwand Richtung Lélia.

»Ich wollte mich persönlich für die Einladung bedanken, Aimée. Lélia hat Ihnen sicher erzählt, dass ich einen spanischen Winzer aus Ribera del Duero zu Besuch habe, ein lang geplanter Termin.«

»Ja, Lélia hat mir davon erzählt. Schade, aber nicht zu ändern.« Klang sie etwa beleidigt? Sie presste die Lippen zusammen. Es hätte ihr gefallen, wenn er aufgetaucht wäre.

»Freut mich übrigens, dass Sie Ihre Kontakte in Chile dazu nutzen konnten, Carlos freizukaufen«, wechselte sie das Thema.

»Enrico gehört eines der größten Weingüter Südamerikas. Er hat in meinem Namen das Geld an diese kolumbianischen Verbrecher überwiesen. Carlos sitzt bereits im Flugzeug nach Madrid.«

»Und Lélia, bleibt sie auf Mallorca?«

»Sie will jetzt ihr Bachillerato in Palma machen und dann Internationale Beziehung studieren.«

»Nach den Erfahrungen sicher eine gute Entscheidung«, konstatierte sie und nippte an ihrer Sangria.

»Sie müssen meine neuen Weine probieren. Kommen Sie mich bald besuchen, Aimée?«

»Sicher. Vielleicht, wenn Josephine das nächste Mal wieder hier ist, dann sehen wir uns zusammen mit unseren beiden Weltretterinnen.« Eine etwas kindische Retourkutsche für sein Nichterscheinen, aber es war besser so.

»Einverstanden«, sagte er nach einer kurzen Pause. »Adios, Aimée.«

Aimée steckte ihr Handy in die Jeans und blickte über die lange Tafel. Noch vor ein paar Monaten saß hier Nima zwischen ihren Freunden, hatte gelacht und die Stunden genossen. Jetzt war sie in einer anderen Sphäre unterwegs, wo auch immer Yoga-Göttinnen sich nach ihrem Ableben bewegten. Sie sah, wie Raouf ihren Blick suchte und sein Glas hochhielt. Er warf Aimée eine Kusshand zu und lachte. Sie warf ihm eine Kusshand zurück.

Die Wärme des Tages verschmolz mit der seidigen Kühle des Abends. Die Sonne hatte einen lilablauen Himmel hinterlassen. Zwischen den silbergrünen Blättern der Olivenbäume leuchteten noch vereinzelt orangefarbene Streifen auf.

Aimée dachte an Mateo und seine Lügen, versuchte aber im gleichen Moment, die Gedanken an ihn zu verdrängen. Ob sie ihm je wieder vertrauen konnte, wollte sie nicht jetzt entscheiden. Sie genoss den magischen Abend, hörte die durcheinander plappernden Stimmen. Zu sehen, wie wohl Josephine sich hier fühlte und wie lebendig sie sich mit allen Gästen unterhielt, war für sie ein Geschenk. Ob sie in Hamburg auch so glücklich war?

Morgen früh würden sie beide gemeinsam mit Sofia über dem Meer an den Felsen der abgelegen Cala Mitjana klettern. Die Temperaturen sollten über 25 Grad steigen.

Sie sog die Abendluft tief in sich ein und blickte auf ihr Glas. Keine Zeit, trübsinnig zu werden, dachte Aimée. Ohne die schlechten Seiten der Menschen wäre sie ihren Job los – Grund genug, in ihrem Privatleben die guten Seiten zu feiern.

Danksagung

»Es sind doch nur Wörter« – Ich weiß nicht mehr, in welchem Buch über die Kunst des Schreibens ich diesen Satz gelesen habe. Er sollte wohl darauf hinweisen, dass man sich als Autor möglichst unbeschwert ans Werk machen sollte. Mir ist dieser Satz in Erinnerung geblieben, weil Wörter natürlich nicht einfach nur Wörter sind. Gut, sie werden mir körperlich nichts anhaben können. Sie bleiben auf den Seiten, auf denen ich sie niederschreibe, Buchstabe für Buchstabe. Sie sind geduldig, tragen einem nicht nach, wenn man sie streicht, und glänzen, wenn man sie perfekt in Szene setzt. Außerdem haben Wörter die magische Fähigkeit, je nachdem welches von ihnen ich wähle, Bilder, die in meiner Fantasie ihre eigene Welt besitzen, für andere sichtbar zu machen. Egal, wo man sich befindet, ob an einem grauen Wintertag in einer schneenassen U-Bahn oder allein in einem noch kalten Bett, beamen Wörter Leser an Orte, an denen sie physisch nicht sind, lösen in ihnen Gefühle der Wut, der Trauer, des Mitleids oder der Empörung aus, sorgen für Atemlosigkeit oder ersetzen einfach dunkle Wolken durch gleißendes wärmendes Sonnenlicht.

Die Story um Aimée, der Plot, die Wendungen – alles hatte sich in mir versammelt. Aber dass *Tod auf Mallorca* so wie jetzt auf Wortreise geht, verdanke ich nicht nur meiner Hoffnung, Aimée bis zur Lösung des Falls zur Seite stehen zu können, sondern auch den Menschen, die mich immer wieder davon überzeugt haben, dass mir dies auch wirklich gelingt:

Vielen Dank an meine Agentin Sabine Langohr, die mich schon vor vielen Jahren ermutigt hat, *Tod auf Mallorca* weiterzuschreiben; ohne sie wäre es wahrscheinlich ein Exposé geblieben. Doch der Blick auf ihre E-Mail, die ausgedruckt neben meinem Schreibtisch hing, hat mich immer wieder daran erinnert, dass Aimée immer noch allein in Palma steht, mit einem Fall, der gelöst werden will. Vielen Dank an Hartmut und Anke vom writer's room, meine Schreibgruppe, die mich mit Leib und Seele unterstützt hat, danke für eure Kritik, die so unglaublich wichtig war – wer weiß, wer sonst der Mörder geworden wäre? Mein Dank gilt auch meinen Erstlesern: meinem fantastischen Mann, der mir den Rücken für meine Flausen freihält und sich durch erste Fassungen liest, meiner Freundin Nanette für ihren treuen Zuspruch und ihr Lob – ja, auch das tut einem einsamen Schreibtischleben gut. Und meiner Freundin Amélie für deine Begeisterung, außerdem der lieben Dana, dass Aimée dich überzeugt hat, hat mich besonders gefreut. Und Dank auch an Christoph, von einem Literaturkenner wie dir zählt ein Lob natürlich doppelt. Ein großes Merci auch an Angela für deine positive anfeuernde Energie! Bedanken möchte ich mich auch bei den Mörderischen Schwestern e. V., durch sie »I never walk alone«, sowie bei all meinen Freunden und Freundinnen, insbesondere bei meinem leider schon verstorbenen alten Freund Ufo, der mich zu der Figur des Raouf inspiriert hat.

Mein großer Dank gilt natürlich dem Piper Verlag – die Zusage, *Tod auf Mallorca* bei Piper digital, und auch analog, zu veröffentlichen, zählt zu meinen Sternstunden – und Dank meiner Redakteurin Christiane Bauer, der herzliche Austausch ist einfach erfrischend. Ebenso meinem Lektor Franz Leipold, genau, die Pubertät der eigenen Kinder durchzustehen weckt ungeahnte Energien. Danke Luna und Leander, dafür, dass ihr so seid, wie ihr seid, meine Goldschätze. Last but not least danke ich meiner wunderbaren

Mutter, die mich auf all meinen Wegen unterstützt, stärkt und an mich glaubt. Danke! Und meinem Vater! Seine stets sanft gesprochenen Worte »In der Ruhe liegt die Kraft« haben mich in turbulenten (Schreib-)Zeiten oft gerettet!

Bea De Olivera, im Januar 2023